真夏の方程式

東野圭吾

文藝春秋

真夏の方程式

装丁　石崎健太郎
ＤＴＰ組版　萩原印刷

1

新幹線から在来線への乗換口はすぐにわかった。階段を上がってホームに辿り着くと電車はすでに入っていて、扉も開いていた。賑やかな声が車内から聞こえてくる。

柄崎《えさき》恭平は手近な入り口から乗り込み、思わず眉をひそめた。お盆も終わったし、そんなに混まないだろうと両親はいっていたが、空席は殆どなかった。四人掛けのボックスシートが並んでいるのだが、殆どのところに三人以上が座っている。なるべくなら一人か二人だけで座っているシートがいいと思い、恭平は通路を進んだ。

家族連れが多かった。彼と同い年ぐらい、つまり小学校五年生ぐらいの子供もたくさんいた。誰もが楽しそうで、大きな声を出してはしゃいでいる。

馬鹿みたいだな、と恭平は思った。海水浴に行くのが、どうしてそんなに嬉しいんだ。たかが海じゃないか。遊ぶのならプールのほうがよっぽど楽しい。海には流れるプールはない。でっかい滑り台だってない。

車両の一番奥のシートが無人だと気づいた。向き合っているシートには誰かがいるのだろうが、二人掛けに一人で座れるのはありがたかった。

恭平は近づいていき、空いているシートの上にリュックサックを下ろした。向かいの席に座っているのは、背の高い男性だった。縁なしの眼鏡をかけ、雑誌を読んでいる。雑誌の表紙にはわけのわからない模様が描かれ、聞いたことのない言葉が並んでいた。男性は恭平が座っても全く無表情で、雑誌を読み続けていた。シャツの上からジャケットを羽織っている。観光客には見えなかった。

通路を挟んだ隣のシートには、白髪頭で大柄な爺さんと丸い顔をした婆さんが向き合って座っていた。二人は夫婦に見えた。婆さんがペットボトルのお茶をプラスチックのコップに注ぎ、爺さんに渡した。爺さんは仏頂面で受け取り、ぐいと飲んで少しむせた。量が多すぎる、と文句をいっている。どちらも普段着で、旅行をしているわけではなさそうだった。これから自分たちの町に帰るのかもしれない。

間もなく電車が動きだした。恭平はリュックサックを横に置き、昼食を入れたビニール袋を取りだした。アルミホイルに包まれたおにぎりは、まだ少し暖かい。タッパウェアには、鶏の唐揚げと卵焼きが入っていた。どちらも大好物だ。

ペットボトルの水を飲みながら、おにぎりを頬張った。窓の外には、早くも海が広がっている。今日は雲の少ない晴天で、遠くの海面はきらきらと光り、手前では白いしぶきが上がっていた。

「大阪でお仕事があるから、その間だけね。恭平も、ホテルで留守番をしてるより、海で遊んだほうが楽しいでしょ」母の由里がそういったのは、ほんの三日前だった。それまで恭平は、自分が遠く離れた親戚の家へ一人で出かけていくことなど、まるで頭になかった。

「でも大丈夫かあ？　玻璃ヶ浦《はりがうら》は遠いぜ」ウイスキーグラスを傾け、疑わしそうな顔をしたのは父の敬一だ。

「平気でしょ。もう五年生よ。小林さんちのハナちゃんなんて、一人でオーストラリアまで行ったそうよ」パソコンのキーを叩きながら由里がいう。店の売上げをリビングルームで計算するのは、毎夜の恒例行事だ。

「だってあれは、親が空港まで送っていって、向こうに着いたら今度は親戚に空港まで迎えにきてもらったんだろ。ただ飛行機に乗ってるだけなら、そりゃ安心だよ」

「同じことよ。新幹線と電車を乗り継ぐだけじゃない。駅からはそんなに遠くないし、地図があれば大丈夫よねえ」由里の終わりのほうの言葉は、恭平に向けられたものだった。

うん、と恭平は短く答える。彼の視線は手元のゲーム機に注がれていた。ここで自分がどう答えようとも、両親が仕事で大阪に行っている間、玻璃ヶ浦という何の愛着もない田舎に行かされることに変わりはない、とわかっている。同じようなことは、これまでにも何度かあった。祖母が生きていた頃は、何かというと由里の実家である八王子の家に預けられた。ところが去年亡くなったので、預けられ先が敬一の姉夫婦のもとに変わったというわけだ。

恭平の両親は、二人でブティックを経営している。ふだんから忙しくて、オリジナル商品の宣伝のため、各地に出かけていくことも多い。恭平がついていくこともあるが、学校のある日はそういうわけにもいかない。おかげで一晩ぐらいなら一人きりで過ごすのは何でもなくなった。

今回の大阪行きは、新しい店のオープン準備が目的らしい。最低でも一週間ぐらいは帰れないそうだ。

「そうだよな、もう五年生だもんな。まあ、問題ないか。いいなあ恭平、海で一週間、たっぷり遊べて。あそこは食べ物もうまいぞ。新鮮な魚をたっぷり食わせてやってくれって、伯母さんに頼んどいてやるからな」ウイスキーで舌の動きが滑らかになったのか、敬一が軽い口調でいった。

夫婦で形だけの議論を交わしつつも、結局最後には息子を預けるという結論に落ち着く。いつものことだ。


特急電車は海岸沿いを順調に走っている。おにぎりを食べ終え、ゲーム機で遊んでいると、リュックサックのポケットに入れた携帯電話が鳴りだした。恭平はゲームをスリープ状態にしてからポケットをまさぐった。彼の電話は子供用の特殊なものだ。

かけてきているのは由里だった。面倒臭いな、と思いながらも電話に出る。

「もしもし」

「ああ、恭平。今、どこ?」

間抜けなことを訊いてくる。予定を立て、切符を手配したのは自分ではなかったのか。

「電車の中」小声で答えた。車内でのマナーぐらいはわかっている。

「あ、そう。じゃあ、ちゃんと乗れたのね」

「うん」馬鹿にすんなよ、と思った。

「向こうに着いたら、ちゃんと挨拶するのよ。お土産も渡してね」

「わかってる。もう切るよ」

「宿題もよ。少しずつでもいいから、毎日きちんとやること。溜まったら、却って大変なんだから」

「わかってるっていってるだろ」短くいい、電話を切った。家を出る前にいわれたことを、もう一度繰り返されただけだ。母親というのは、どうしてああなのか。

電話を戻し、ゲームを再開しようとした時だった。おい、とどこからか低い声がした。自分にかけられたものだとは思わずに無視していると、「おい、そこの僕」と聞こえた。今度は少し苛立った声だった。

恭平はゲーム機から顔を上げ、隣を見た。白髪頭の爺さんが、怖い顔で睨んでいた。

「ケータイ、いかんぞ」かすれた声でいった。

恭平は驚いた。今時、こんなことで文句をいう人間がいるのか。さすがは田舎だ。

「だって、向こうからかかってきたから」恭平は口を尖らせた。

爺さんは皺だらけの手でリュックサックを指差した。

「電源、切っとけ。ここはだめだ」

さらに、ほら、と車両の壁を指した。そこには、『優先座席　この付近では携帯電話の電源をお切りください』と書いたプレートが貼られていた。

「あ……」

「わかっただろ。ここじゃだめなんだ」爺さんは勝ち誇ったようにいう。

恭平はリュックサックから携帯電話を取り出した。しかし電源は切らず、爺さんのほうに見せた。

「これ、キッズケータイ」

爺さんは怪訝そうに白い眉を寄せた。意味がわからないようだ。

「電源を切っても、しばらくしたらまた自動的に入っちゃうんだ。暗証番号がわからないと切れないようになってる。だから、どうしようもないんだよね」

爺さんは少し考えた後、顎をしゃくった。

「だったら、ほかの席に移れ。ここはだめだ。優先座席だ」

「あんた、いいじゃないの」向かいの婆さんがいい、恭平に笑いかけた。「ごめんね」

「いや、だめだ。社会のルールだ」爺さんの声は次第に大きくなる。ほかの乗客たちがじろじろと見始めた。

恭平はため息をついた。ちぇ、うるせえじじい。リュックとゴミ捨て用のビニール袋を摑み、腰を上げようとした。

その時だった。前から腕が伸びてきて、彼が立ち上がるのを制するように肩を押さえた。さらに彼の手から携帯電話を奪い取った。

恭平は驚いて前の男を見た。男は無表情のままで、今度は恭平の提げているビニール袋に片手を突っ込んだ。出してきたのは、おにぎりを包んであったアルミホイルだ。

恭平が声を出す暇もなかった。男はアルミホイルを広げると、それで携帯電話を包み込んでしまった。

「これでいい」男はそれを恭平のほうに差し出した。「席を移る必要はない」

恭平は黙って受け取った。手品を見ているような気分だった。本当にこれでいいのだろうか。

「なんだそりゃあ。そんなことをして何になる」爺さんが、まだしつこく難癖をつけてきた。

「アルミホイルは電波を遮断する」男は雑誌に目を落としたままでいった。「車内で携帯の電源を切るように、というのはペースメーカー使用者に配慮してのことだ。電源が入っていようと電波を遮断しているのだから、目的は果たしている」

恭平は呆気にとられながら爺さんと男とを見比べた。爺さんは当惑したように男を見ていたが、恭平の視線に気づくと、ばつが悪そうに何やら呟きながら目を閉じた。騒ぎが無事に済んだことにほっとしたのか、婆さんはにこにこしていた。

それからしばらくすると、多くの乗客たちがそわそわし始めた。立ち上がり、網棚から荷物を下ろしたりしている。車内アナウンスが、次に停車する駅名を告げた。海水浴場で有名な駅だった。

間もなく電車が止まり、半分ほどの乗客が降りていった。さっきのことがあるので、恭平は席を移ろうかなと思った。するとその前に、向かいの男がすっと立ち上がった。網棚に置いてあったバッグを提げると、三つほど離れたシートに移動した。

何となく機先を制されたようで、恭平は腰を上げるのを躊躇《ためら》った。横を見ると、あのうるさい爺さんは鼾《いびき》をかいていた。

この路線には海水浴場が並んでいる。電車が駅に止まるたびに、車内に残った乗客の数は減っていった。恭平が目指す玻璃ヶ浦は、まだ先だ。

隣の爺さんの鼾がうるさくなった。一緒にいる婆さんは慣れているのか、平気な顔で窓の外を眺めている。ゲームに集中できないので、ついに恭平は移動することにした。リュックサックとビニール袋を提げ、シートから立ち上がった。

もはや空席はいくらでもあった。なるべく爺さんから離れようと思って通路を進むと、さっきまで向かい側にいた男の背中が見えた。足を組み、雑誌を広げている。恭平は何気なく後ろから覗き込んだ。男が開いているのは、クロスワードパズルの頁だった。いくつかの空欄はすでに埋まっているが、どうやら一つの問題で男は壁にぶつかっているようだ。

「テンペランス」恭平は呟いた。

男がぎくりとしたように振り返った。「何？」

恭平はパズルの空欄を指差した。

「タテの5番。骨を読むのは誰っていう問題。そこ、テンペランスだと思う」

男はパズルに目を落とし、頷いた。

「たしかに、ぴったり合う。それは人の名前かい？　聞いたことないな」

「テンペランス・ブレナン。『ＢＯＮＥＳ』の主人公。死体の骨から、いろいろと推理しちゃうんだ。海外ドラマだよ」

男は眉をひそめ、なぜか雑誌の表紙を見た。

「フィクションの人物か。どうしてそんなものを科学雑誌のクイズに出すんだ。フェアじゃない」ぶつぶついっている。

恭平は男の向かい側に座った。男は何もいわず、クロスワードパズルを続けている。さっきまで止まっていたボールペンが動き始めたのは、壁を一つ越えたからに違いない。

男の手が隣席に置いてある、お茶のペットボトルに伸びた。だが持ち上げた瞬間、それがすでに空であることを思い出したらしく、元に戻した。

恭平は、まだ半分ほど残っている水のペットボトルを男の顔の前に出した。「これ、いいよ」

男は意表を衝かれたように目を見開いた後、小さく首を横に振った。「いや、結構」

恭平は何だか少しがっかりして、ペットボトルをリュックサックにしまおうとした。するとその時、「ありがとう」と男がいった。恭平が驚いて顔を上げると、男と目が合った。目が合うのは、これが初めてだった。男はあわてたように顔をそむけた。

玻璃ヶ浦の駅が近づいてきた。恭平は短パンのポケットから一枚の地図を取り出した。手描きではなく、印刷されたものだ。『緑岩荘』という宿の位置が記されている。昨日、宿からファクスで送ってもらった。

前に行ったのは、二年前だ。あの時は両親も一緒だった。ただし電車ではなく車を使った。だから駅から行くのは今日が初めてだ。

地図を広げて場所を確認していると、「そこに一人で泊まるのかい」と男が尋ねてきた。小学生には似つかわしくない、と思ったのだろう。

「親戚の家」恭平は答えた。「伯父さんと伯母さんが、この旅館をやってるんだ」

男は合点したとばかりに頷いた後、「そこはどう?」と訊いてきた。

「どうって?」

「いい宿か、と訊いてるんだよ。設備が新しくて奇麗だとか、景色がいいとか、料理がうまいとか、何かアピールできることはあるのかい」

恭平は首を傾げた。

「一回しか行ったことがないからよく覚えてないけど、建物はすごく古い。海からは少し離れてるから、景色もあまりよくない。料理はどうかな。ふつうって感じ」

「ふうん。ちょっとそれ、見せてくれるかな」

恭平が地図を渡すと、男は雑誌の余白にボールペンで電話番号と住所、そして緑岩荘という宿名を書き込み、その部分をちぎった。

「これは何と読むのかな。りょくがんそう、でいいのか」

「ろくがんそう。宿の前に、大きな岩でできた看板があるよ」

「そうか。ありがとう」男は地図を返してきた。

恭平は地図を畳み、ポケットに戻した。電車はトンネルを抜けたところだった。海の色が一段と鮮やかになったような気がした。

2

スニーカーを両足に履いた時、壁に掛けられた古い時計の針は、一時半のあたりを指していた。ちょうどいい、と川畑成実《かわはたなるみ》は思った。自転車を使えば、会場までは十五分で着く。約十五分の余裕があれば、最後の打ち合わせを仲間たちと行える。

「お母さん、じゃああたし、行ってくるからね」カウンターの奥に向かって叫んだ。丈の長い暖《の》簾《れん》の奥は厨房になっている。

その暖簾をかきわけ、節子が出てきた。頭に手ぬぐいを被っている。下ごしらえの最中だったのだろう。

「時間、どれぐらいかかる?」節子が訊く。五十四という年齢のわりには皺が少ない。きちんと化粧すれば、十歳ぐらいは若く見えるだろう。だが当人はお洒落をする気はないようで、夏の間は日焼け止めを兼ねたファンデーションを塗る程度だ。

「わかんないけど、たぶん二時間程度だと思う」成実は答えた。「今日、予約は一組だよね。何時頃に到着か聞いてる?」

「はっきりとは聞いてないんだけど、夕食頃ってことだった」

「ふうん。大丈夫、それまでには戻れると思う」

「あとそれから、恭平ちゃんが来ることになってるの」

「ああ、そうだよね。一人で来るんだっけ」

「そう。そろそろ電車が着く頃だと思うんだけど」

「わかった。通り道だから、駅に寄ってみる。もし道に迷ってるようだったら、連れてくるよ」

「悪いけど、そうしてちょうだい。こんなところで迷子にでもなられたら、弟に顔向けできないから」

この狭い町でそんなことはあるまいとは思ったが、うん、と頷いて成実は外に出た。今日も晴天で日差しが強い。緑岩荘と彫られた黒曜石が、入り口のそばで眩しいほどに光っている。

ショルダーバッグを斜め掛けすると、自転車に跨《また》がり、駅に向かってこぎだした。このあたりの道はどこも起伏が激しい。『緑岩荘』は高台にあるので、駅へはずっと下り坂だ。

五分も経たないうちに駅に着いた。ちょうど電車が到着したところらしく、駅舎からの階段を乗客たちが下りてくる。といっても、せいぜい十数名だ。

その中に、赤いTシャツにカーキ色の短パンという出で立ちの少年がいた。背中にリュックサックを背負っている。

気むずかしそうな表情に見覚えがあったが、成実は声をかけるのを一瞬躊躇った。恭平に会うのは二年ぶりで、思った以上に身体が大きくなっていたせいもあるが、彼が横にいる男性と親しげに言葉を交わしていたからだ。恭平は一人で来ると聞いていたし、父親の敬一ならば何度も会っている。

だがそれはやはり恭平だった。やがて彼のほうも成実に気づいたようだ。一緒にいた男性に何か話すと、駆け足で近づいてきた。「こんにちは」

「こんにちは。恭平ちゃん、大きくなったね」

「えっ、そうかなあ」

「もう五年生だっけ」

「うん。成実ちゃん、わざわざ迎えに来てくれたの？」眩しそうに見上げてきた。

二十歳近くも下の従弟から、ちゃん付けで呼ばれると妙な感じがする。彼の両親が成実のことをそう呼ぶので、それがうつってしまったのだろう。

「無事に着いたか見に来たの。あたしはほかに行くところがあるんだけど、まだ時間はあるから、もし道がわからないなら連れてってあげるよ」

少年は首と手を同時に振った。

「大丈夫。地図を持ってるし、前にも来たことあるから。この道、ずっと上っていけばいいんだよね」目の前の坂道を指差した。

「そう。家の前に大きな石があるから、それが目印」

「うん、わかってる」

「ねえ、恭平ちゃん。あの人、恭平ちゃんの知ってる人？　さっき、話してたよね」成実は遠くに視線を移した。恭平といた男性が携帯電話で話しているところだった。

「電車で一緒だったんだ。でも、知らない人だよ」

「ふうん。知らないのに、話してたの？」

あまりよくないな、と思った。男性は怪しい人物には見えなかったが。

「変な爺さんに文句つけられてさ、その時に助けてもらったんだ」

「へえ」

どんな文句をつけられたのか。そちらのほうが気になった。ともかく、それなら安心か。

「じゃあ僕、行くよ」

「うん、気をつけてね。また後で、ゆっくり話そ」

恭平は頷き、坂道に向かって歩きだした。それを見送ってから、成実は自転車のペダルを踏んだ。例の男性がタクシー乗り場にいるのが見えた。気の毒に、と思った。この町のタクシーは、電車の到着時刻に合わせて駅にやってくる。しかもせいぜい二、三台だ。今、ここにいないということは、すでに出払った後で、次にやってくるのは早くても約三十分後だろう。

海岸線に沿って作られた道を、成実は軽快に自転車で走った。磯の香りがする風が髪を乱すが気にならない。もう十年以上、髪を伸ばしていない。気が向いた時に海に潜り、シャワーも浴びないで居酒屋でビールを飲むことだってある。そういうことを考えれば、節子の化粧気のなさを笑えない。

途中で道を曲がり、海から遠ざかった。少し上り坂だ。ショッピングセンターや銀行が並んでいたりして、ほんのわずかだが華やかな雰囲気が漂う。そこを通り過ぎたところに、灰色の建物があった。市の公民館だ。今日はここの講堂で、重要な会合がある。

自転車を所定の場所に止めた後、駐車場を覗いてみた。一台の観光バスが止まっている。近づき、正面に貼られているプレートを見た。『DESMEC御一行様』とある。デスメック、と発音する。海底金属鉱物資源機構というのが、正式な名称だ。

バスには誰も乗っていない。すでに到着し、出動準備中というところか。こちらもうかうかしていられない。成実は入り口に向かった。

入り口では市役所の職員が入場者をチェックしていた。成実は参加票を見せて通過し、ロビーに向かった。

ロビーには、すでに大勢の参加者が集まっていた。彼女がきょろきょろしていると、成実君、と呼ぶ声がした。

沢村元也が大股で近づいてくるところだった。春までは東京を拠点に働いていたが、最近になって、この土地に戻ってきた。家業の電器屋を手伝いながら、フリーライターをしている。顔もシャツから出た腕も真っ黒だ。

「遅かったじゃないか。何してたんだ」

「ごめんなさい。ほかのみんなは？」

「もう集まってる。こっちだ」

沢村についていくと、どう話をつけたのか、控え室の一つが使えるようになっていた。そこには十数名のよく知った顔があった。半分ほどは成実と同年代で、あとは四十代、五十代といったところだ。職業は様々だが、全員が玻璃ヶ浦の住民だった。以前から顔見知りだった者もいるが、殆どの者は今回の運動を通じて知り合った。

沢村が、深呼吸を一つしてから全員を見回した。

「今日はとりあえず、向こうの話を聞きましょう。先程お配りした資料には、我々が独自に調査した内容が記されています。先方の言い分には、この資料と食い違うところが必ずあると思います。そこが、今回の議論の中心になると考えてください。でも本格的な討論は明日です。向こうの説明を全部聞いてから、今夜もう一度作戦会議を行います。何か質問はありますか」

「これ、お金の話は書いてないですね」中学で社会科を教えている男がいった。「今回の開発で、どれぐらいの経済効果があるかとか。向こうは、それを強調してくると思うんですけど」

沢村は教師に笑いかけた。

「経済効果というのは、絵に描いた餅みたいなものです。誰が描くかによって変わるし、どう見るかによっても変わります。向こうはいい話ばかりするでしょうけど、鵜呑みにしてはいけないと思います」

それに、と成実も口を挟んだ。「大事なのは、お金じゃないです。ここの奇麗な海をどうやって守っていくかってことだと思うんです。だって、一度破壊された環境は、何億円かけたって元には戻せないんですから」

やや強い語気に、それはまあねと社会科教師は肩をすくめた。

ノックの音がして、ドアが開いた。顔を覗かせたのは、役場の若い男性職員だった。

「そろそろ時間なので、会場に入っていただけますか」

よし行こう、と沢村が気合いのこもった声でいった。それを合図に全員が動きだした。

講堂の椅子は階段状に並んでいた。詰めて座れば、四、五百人は入れるのではないか。講演などにも使えるようにということで作られたらしいが、成実の記憶にある範囲では、この土地で著名人の講演会が開かれたことなど一度もない。

成実たちは前のほうの席に陣取った。机の上に資料を置き、メモを取る準備をした。隣では沢村がレコーダーの具合をチェックしている。

広い講堂が埋まりつつあった。市長や町長たちの姿もある。地元民だけでなく、周辺の市町村からも様々な人間がやってくるという話だった。誰もが興味を抱きつつ、殆どの者が何も知らない——今回この地で話し合われるテーマは、そういうものなのだ。

参加者を眺めていると一人の男性と目が合った。六十歳は越えているだろうか。白髪混じりの頭は五分刈りで、白い開襟シャツを着ていた。男性は笑みを浮かべ、成実に向かって小さく会釈してきた。それで彼女も応じたが、どこの誰かはわからなかった。

壇上には細長い会議机が置かれ、パイプ椅子が並べられていた。机には、肩書きと名前を書いた紙が貼られている。デスメックの人間が殆どだが、海洋学者や物理学者も来るらしい。正面にはスクリーンが用意されていた。

前方のドアが開き、スーツ姿の男たちがぞろぞろと入ってきた。全員が硬い表情をしている。市役所の職員に導かれ、黙々と壇上に用意された席についていく。

彼等から少し離れたところに司会者用の席が作られていた。三十歳ぐらいの眼鏡をかけた男がマイクを手にした。

「時間になりましたので、これより始めさせていただきます。まだ一人遅れていますが、もう間もなく着くということで――」

司会者がそこまでいった時、勢いよくドアが開き、ばたばたと一人の男が駆け込んできた。脱いだ上着を手にしている。

成実は驚いた。駅で見た人物――恭平と一緒にいた男だったからだ。男のこめかみは汗で光っていた。やはりタクシーには乗れなかったらしい。駅からここまで歩いたのだろう。自転車ならすぐだが、徒歩だとかなりかかる。

男がついた席には、『帝都大学物理学科准教授　湯川学』とあった。

「ええと、では全員が揃ったところで、改めまして」司会者が再び話し始めた。「これより、海底金属鉱物資源の開発に関する説明会を行いたいと思います。私は海底金属鉱物資源機構広報課の桑野といいます。本日は司会を務めさせていただきます。どうかよろしくお願いいたします。ではまず、技術課より概略の説明がございます」

技術課長の肩書きを持った男が立ち上がると同時に、室内の明かりが消された。スクリーンに、『海底鉱物資源の開発について』という仰々しいタイトルが映し出された。

成実は背筋を伸ばした。相手の一言一句を聞き逃してはならないと思った。海を守るのは自分の使命だ。資源開発のために、自然の宝を破壊されることなどあってはならない。

この夏、玻璃ヶ浦と周辺の市町村は揺れていた。きっかけは経済産業省の資源エネルギー調査会が発表した一つのレポートだった。その内容は、玻璃ヶ浦から数十キロ南方の海域は、海底熱水鉱床開発の商業化を目指す試験候補地として極めて有望である、というものだった。

海底熱水鉱床とは、海底から噴出する熱水に含まれる金属成分が沈殿してできた岩石塊のことだ。その成分は、銅、鉛、亜鉛、金、銀などだが、ゲルマニウム、ガリウムといったレアメタルも豊富に含有している。世界中で不足しがちなレアメタルを採算が取れる状態で発掘できるとなれば、日本は一躍資源大国となれる。当然のことながら、政府はこの分野の技術開発に力を入れている。デスメックは、その先鋒といったところだ。

今回、この鉱床が特に注目されることになったのは、八百メートルという比較的浅い海底に存在するからだった。浅ければ、当然発掘が容易で、コストダウンも可能になる。陸地から数十キロというのも、商業化を目指すには手頃な距離といえた。

この計画が発表されると、玻璃ヶ浦をはじめ、近辺の市町村は大騒ぎになった。自分たちの海が荒らされる、ということで怒ったのではない。地元に新たな産業が生まれる、と多くの人々が期待したのだ。

3

この坂道って、こんなに長かったんだな――恭平は足を止め、うんざりした思いで周りを眺めた。前に来た時も、海水浴場への行き来などで何度か通った。ただしあの時は、父の運転する車に乗っての移動だった。歩いて通るのは、これが初めてだ。

周囲の景色は、二年前とはあまり変わっていないように思えた。坂道のすぐ下には、かつて旅館だったと思われる、大きな建物が潜んでいた。屋根も壁も煤けたような灰色で、巨大な看板の塗装も剝げ落ちている。前回この道を車で通る時、父の敬一が「ハイキョ」という言葉を使ったのを思い出した。

「こういうのをさ、ハイキョっていうんだ。漢字はちょっと難しいかな。誰も住まなくなって、荒れ果てちゃった建物のことだ。昔は立派な旅館だったんだろうなあ」

「どうして誰も住まないの？」恭平は訊いた。

「それはさあ、もうお金が儲からないからなんだよ。お客さんが来なくなったんだな」

「どうして来なくなったの？」

父は、うーんと唸ってから答えた。「ほかに、もっといいところがあるからだよ」

「いいところって？」

「楽しいところだよ。ディズニーランドとかハワイとか」

「ふうん」

ハワイには行ったことがなかったが、ディズニーランドは恭平も大好きだ。玻璃ヶ浦に行くといっても、友達は誰も知らなかった。羨ましがってもくれなかった。

その時のやりとりを思い出しながら、恭平は再び坂道を上り始めた。そもそも、どうしてこんなところに大きな旅館を作ったのだろう、という疑問が湧いた。昔は人がいっぱい来たということなのか。

やがて前方に見覚えのある建物が現れた。先程のハイキョに比べれば、四分の一以下の大きさだ。ただし古さという点では負けていない。経営者は恭平の伯父にあたる川畑重治《しげはる》だが、彼は二代目で、約十五年前に引き継いで以来、一度も改装工事をしていないそうだ。敬一はよく、「ろくに客なんか来ないんだから、あんなボロ宿、さっさとやめちゃえばいいのにな」といっている。

恭平は玄関の引き戸を開け、中に入った。ほどよく冷房が効いていて、気持ちがいい。こんにちは、と奥に向かって呼びかけた。

カウンターの後ろの暖簾が動き、伯母の川畑節子がにこにこしながら出てきた。

「あらあ、恭平ちゃん、こんにちは。大きくなったわねえ」第一声は、成実と全く同じだった。大きくなった、といえば子供は喜ぶと思っているのだろう。

恭平は、ぺこりと頭を下げた。「伯母さん、今日からお世話になります」

節子は苦笑を浮かべた。

「何をいってるの、他人行儀な。さあさあ、とにかく上がってちょうだい」

恭平は靴を脱ぎ、スリッパに履き替えた。狭いながらもロビーがある。籐の長椅子が置いてあった。

「外は暑かったでしょう？　今、冷たいものを用意するからね。ジュースと麦茶、どっちがいい？　コーラもあるけど」

「じゃあ、コーラ」

「コーラね。了解」節子は指でVサインを作り、カウンターの後ろに消えた。

恭平はリュックサックを下ろし、籐の椅子に腰掛けた。何気なく室内を見回す。近くの海を描いたと思われる油絵が、額に入れて飾られていた。その横には周辺の観光スポットをイラスト付きで紹介した地図が貼ってある。ただし、すっかり色あせているので、殆ど読めそうになかった。壁に掛けられた古そうな時計が、午後二時を指していた。

「おうおう」しわがれた声が聞こえた。見ると、奥の廊下から重治が現れた。「いらっしゃい。よく来たな」

達磨《だるま》のように太っているのは、二年前に会った時のままだ。髪はさらに薄くなり、禿頭と呼ぶのが相応《ふさわ》しくなっていた。違っているのは、杖をついてることだった。体重が増えすぎて膝が使い物にならなくなったらしい、と敬一が話していたのを恭平は思い出した。

恭平は立ち上がり、こんにちは、と挨拶した。

「立たんでいい、伯父さんも座らせてもらうからな。どっこいしょっと」重治は恭平の向かい側に座り、でへへと笑った。恵比寿様のような顔になった。「どうだ、お父さんとお母さんは元気か」

うん、と恭平は頷いた。「二人とも、すっごく忙しいよ」

「そうか。商売繁盛で結構なことだなあ」

節子が盆にポットとグラスを載せて出てきた。重治の声が聞こえたらしく、グラスは三つある。そのうちの一つにはコーラが注がれていた。

「なんだ、俺もコーラがよかったな」重治がいった。

「あんたはだめ。糖分を控えなきゃ」節子はグラスにポットの麦茶を注いだ。

恭平はコーラを飲んだ。喉が渇いていたのでおいしかった。

節子は敬一の姉だが、母親が違っていた。節子の母親は、彼女が幼い頃、交通事故で亡くなったという話だった。その後、父親が再婚し、敬一が生まれたのだ。だから節子と敬一の間には九歳の年齢差がある。

「駅で成実ちゃんに会ったよ。何か、用事があるっていってたけど」

「用事？　なんだ？」知らないらしく、重治は節子に訊いた。

「例のあれよ。海底なんとかってやつ。金とか銀とかを海の底から掘り出すって話」

「ああ、あれか」重治は大して関心がなさそうだ。「どうなんだ。本当にそんなにうまい話があるのか。どうせ眉唾ものなんだろ？」

「さあねえ」節子は首を傾げる。「成実は、本当に開発が始まったら海が汚れるんじゃないかって心配してたけど」

「海がか……そりゃいかんなあ」重治は真顔になって麦茶を飲んだ。

「あっ、そうだ」恭平はリュックサックを開け、中から紙包みを取りだした。「忘れてた。これ、お土産。渡してくれって、お母さんが」

「あらあらあら、悪いわねえ。そんな気を遣ってくれなくてもいいのに」節子が眉を寄せつつ、笑顔で受け取った。早速、包装を開き始める。「あらあ、牛肉の佃煮。このお店、有名なのよねえ。後で由里さんにお礼をいっておかなくちゃ」

恭平はコーラを飲み干した。するとすかさず節子が、「おかわりは？」と尋ねてきた。うん、と頷いただけで、彼女は空のグラスを持っていった。自宅だと、ほしいなら自分で注いできなさい、といわれるところだ。

ここで残りの夏休みを過ごすのも悪くないかもしれないな、と恭平は思った。

4

開発課長が立ち上がり、今後の計画を話し始めた。まずは地形を調べ、鉱石の量や比重、金属品位などを確認する。それらと並行して、採鉱、揚鉱といった資源開発技術を高める。さらには製錬技術を確立していく。十年後には商業化を検討できるレベルにまで推し進めたい――そういった内容だった。

話を聞きながら、成実は少し安堵していた。彼等の口から、地元を支える新しい産業として有望である、というような甘い言葉が出てこないからだ。やはりまだ未知の部分が多く、彼等も慎重になっているのだろう。

それでも、海底資源という言葉には、夢をもたらしてくれる響きがある。地元経済の活性化を目指す人々が、突然救世主が現れたように感じるのも無理はなかった。玻璃ヶ浦の町は、年々廃れる一方だ。最大の収益源である観光産業が低迷し続けている。

しかし、だからといって未知の技術を安易に受け入れても大丈夫なのか、と不安になる。玻璃ヶ浦は海で成り立っている。しかもそれは、美しく生命力に溢れた海でなくてはならない。町を支えるために、町の根源である海を犠牲にしたのでは本末転倒ではないか。

とはいえ、一人では何もできない。せめて、自分の思いを発信しようと思い、ブログに書いた。

以前から成実は、玻璃ヶ浦の海を紹介するサイトを個人的に運営していたのだ。

その時にメールを送ってきたのが、玻璃ヶ浦出身の沢村元也だった。フリーライターの彼は、環境保護をテーマにした仕事に積極的だった。彼は仲間のナチュラリストたちと連絡を取り合い、反対運動の準備をすでに始めていた。そこで成実にも加わらないかと誘ってきたのだ。

まさに渡りに舟だった。すぐに成実は返事を書いた。海を守る活動に参加したい、と。

それからは情報交換と勉強の日々だ。沢村は東京のアパートを引き払い、実家に戻ってきた。腰を据えて問題に取り組むためだ。彼の人脈なども生かしながら、反対運動に協力してくれる人間を集めた。成実たちによる、生態系の破壊を招くという主張は、主に漁業関係者たちを刺激した。反対派の集会にも、彼等の姿が多く見られるようになった。

こうした気運の高まりに、ようやく国も動きをみせた。経済産業省が、鉱床の海域に関わる住民たちに対して説明会を開くよう、関係機関に指示を出したのだ。

このようにして、今回の説明会は開かれることになった。せっかくのチャンスだ。海に対する自分の思いをぶつけよう、と成実は決めていた。

デスメックの技術者たちによる話は続いた。彼等は環境保護に関する説明も用意していた。しかし聞いているかぎりでは、その内容は納得のいくものではなかった。

約二時間に及ぶデスメックによる説明が終わった後、質疑応答となった。

即座に隣の沢村が手を挙げた。マイクを受け取り、話し始めた。

「海底熱水鉱床には、その文字が示す通り、熱水の噴き出す穴があります。その穴の周辺には、様々な深海生物が生息しています。採鉱によってどのような影響が出るかを予測し、対策を考えたいとおっしゃいましたが、そんなものは予測するまでもありません。それらの生物は確実に死滅します。深海生物の中には、十数センチの大きさに成長するのに何年もかかるものだっています。それでも殺すのは一瞬です。それをどう保護するのか、現時点でのアイデアで結構ですから教えてください」

さすがだな、と成実は感心した。自分の思っていたことを代弁してくれた。

デスメックの開発課長が答弁に立った。

「おっしゃるとおり、一部の生物に被害が出ることは避けられないと思われます。そこで遺伝子学的研究による環境保全策を検討しております。生息している生物の遺伝子を調べ、ほかの海域に存在していないかどうかを確認するわけです。もしそこにしか存在しないということになれば、その種に関しては、何らかの保護を図る必要がございます。その方法については、種に応じて、ということになります」

沢村がマイクを構えた。

「つまり、ほかの場所に同じものが生息していれば、そこにいる生物は死滅させてもいい、ということですね」

開発課長は顔を歪めながら、「まあ、そういうことです」と答えた。

「だけど、そこにいるすべての生物の遺伝子を調べるなんてことができるんですか。ただでさえ深海生物は謎が多い。どこに何がいるか、完全に把握するなんてことは不可能ではありませんか」

「いや、それはまあ、そこを何とかやらねばと考えております」

開発課長がそういった時だ。「よくないいな」と突然、別のところから声が聞こえた。壇上にいる全員が、ぎょっとしたように声の主を見た。声を発したのは、湯川という物理学者だった。

「そういう発言はよくない」湯川は改めていった。「専門家でさえ、深海生物のことを完全に理解しているとはいいがたい。できないことはできないと正直にいうべきだ」

開発課長は困惑したように黙り込んだ。司会者が何かいわねばというようにマイクに近寄った。だがその前に湯川が言葉を発した。

「地下資源を利用するには採鉱しかありません。採鉱すれば、生物に被害が出ます。それは陸上でも海底でも同じことです。人間はそういうことを繰り返してきた。あとは選択の問題です」それだけいうとマイクを置き、自分に視線が集中していることなど無視するように瞼を閉じた。


成実が沢村らと共に講堂を出た時には、四時半を過ぎていた。

「大体予想通りだったな。思ったよりも建前の話が少なかったから、いらいらしなくて済んだ」廊下を歩きながら沢村がいった。

「あたしも、わりと本音を聞けたのかなって思いました。向こうもまだ手探り状態みたいですよね。とりあえず環境保護も考えてはいるみたいだし」

「いや、安心はできない。商売になるとなったら、猪突猛進で開発を始めるだろう。そうなったら環境なんて二の次だ。これまでだって、ずっとそうだったんだ。原発がいい例さ。騙されちゃいけない」

成実は頷いた。その通りだと思った。説明会に出たことで、何となく一仕事を終えた気になっているが、勝負はこれからなのだ。

「それにしても、推進派にもいろいろな人がいるんですね。沢村さんが質問した時、口を挟んできた大学の先生がいたでしょ。できないことはできないといったほうがいいって。ああ、こんな人もいるんだなと思いました」

「あの学者ね」沢村は口元を歪めた。「あれは居直りだよ」

「でもごまかそうとしない分、良心的だと思いました。役人や政治家だと、なかなかあんなふうにはいわないでしょ」

「それはまあね」沢村は頷いたが、不承不承といった感じだ。敵を褒めたくないのだろう。

公民館を出たところで、一旦解散ということになった。

「じゃあ、また後で」沢村が仲間たちに声をかけた。今夜、夕食後に再び集まり、明日に備えての勉強会をやろうということになっている。

成実は自転車に跨り、皆に軽く手を振ってからペダルをこぎ始めた。

駅前を通過したところで自転車から降りた。ここから先は上り坂なので、押して上がったほうがずっと楽なのだ。

『緑岩荘』の建物がようやく見えてきた頃、後ろから来たタクシーに追い越された。見送っていると、『緑岩荘』の前で止まった。今夜予約が入っている、唯一の客らしい。

最近では、予約が一組というのは、もはや珍しくも何ともない。今年の夏も、宿泊客が増えることはなかった。むしろ、年々減る一方だ。『緑岩荘』だけの話ではない。玻璃ヶ浦の観光産業すべてが落ち込んでいるのだ。ここ数年で、いくつものホテルや旅館が廃業に追い込まれた。うちも時間の問題だろう、と成実は覚悟を決めている。繁忙期以外は人を雇う余裕がなく、重治が足を痛めてからというもの、節子と二人で切り盛りしている状況だ。それが可能なぐらい客が少ない、ということなのだが。

客を降ろしたタクシーが戻ってきた。時々見かける運転手だ。成実とすれ違う時、ぺこりと頭を下げてきた。狭い町ならではのことだ。

『緑岩荘』の玄関をくぐると、一人の男性客がカウンターで宿泊票を書いているところだった。応対している節子が、成実に頷きかけてきた。

記入を終えた男性客が振り返った。その顔を見て、成実は少し驚いた。説明会に参加していた、開襟シャツの男性だったからだ。彼はここでも、柔らかい表情で会釈を寄越してきた。彼女が帰ってくるのを予想していたかのような表情だ。

「ではお部屋に御案内いたしますね」節子が鍵を手にしてカウンターを出た。男性客は黙ってついていく。小さな旅行バッグを提げていた。

二人の姿が消えてから、成実はカウンターに入り、宿泊票を確認した。男性客の名前は、塚原正次《まさつぐ》となっていた。まるで知らない名前だ。

気にすることはないのかもしれない、と思った。公民館では、たまたま目が合ってしまったので、友好の気持ちを示すために微笑みかけてきたとも考えられる。

ただ――宿泊票を見て、成実は首を傾げた。住所は埼玉県になっている。なぜ埼玉の人間が、あの説明会に出ていたのか。

「成実ちゃん、おかえり」

声をかけられ、彼女は顔を上げた。そばのドアが開いていて、恭平が立っていた。

「あれっ、地下にいたの？」

「うん、伯父さんも一緒」

恭平の言葉の後、こつんこつんと杖をつく音が聞こえてきた。ドアの向こうには地下のボイラー室に下りる階段がある。

やがて重治の太った身体が現れた。歩く姿が痛々しい。こんな人間にボイラーの操作を任せていると知られたら、消防署から大目玉を食うかもしれない。

「成実、帰ってたのか。どうだった、説明会は」重治が訊いてきた。

「うん、いろいろと参考になった。明日も討論会があるの。留守にして悪いけど」

「それは構わんよ。気の済むようにしたらいい」

「成実ちゃん、環境保護の運動してるんでしょ。すごいなあ」恭平が感心したようにいう。

「別にすごくないよ」

「ねえねえ、船に乗って、捕鯨船に体当たりとかするの？」

成実はのけぞった。

「しないよ、そんなこと。あたしたちがやってるのは、海を無闇に汚すのはやめようっていう運動。海底資源を掘ったら、漁業とかにも影響が出るかもしれないでしょ」

「ふうん、そうなんだ」恭平は途端に興味をなくしたようだ。捕鯨船とのバトル話を期待していたらしい。

節子が戻ってきた。「さっきのお客さん、夕食は七時からね」

成実は時計を見た。間もなく五時になろうとしている。

「あとそれから、急遽お客さんがもう一人増えたから」節子がいった。「成実が出ていった後、電話があったのよ。男の人で、一人だって」

「へえ」

珍しいことがあるものだと思っていたら、玄関の戸が開いた。「ごめんください」と男性の声が響いた。成実がはっとしたのは、その声に聞き覚えがあるからだった。

振り向くと、そこには予想通りの人物——あの物理学者が立っていた。

5

『緑岩荘』には、ちょっとした宴会のできる部屋が一階にいくつかあり、それが宿泊客の食事室として使われていた。恭平は、成実たちと一緒に厨房の隣にある部屋で夕食を摂ることになっていたが、午後六時になると、宴会場のほうに行ってみた。この時間に、あの湯川という人物が食事をすると聞いたからだった。

一番手前の宴会場の襖が開いていた。ワゴンが廊下に置いてある。ちょうど、節子が料理を運びにきたところらしい。

恭平は、そっと中を覗いてみた。十人ほどが入れる部屋に、湯川がぽつんと一人で座っていた。前に置かれた小さな膳に、節子が料理を並べている。

「そうですか。じゃあ、わりと遅い時間まで開いている店はあるんですね」湯川が訊いている。

何のことかはわからない。

「遅いといっても、田舎のことですから、せいぜい十時とか十時半とかですけどね。私の知っているお店でよければ、御案内しますけど」節子が応じた。

「それはありがたい。よく、飲みに出られるんですか」

「いえ、そんな。よくなんてことはありません。ごくたまにです」

「そうですか」湯川の顔が、不意に恭平のほうを向いた。目が合ったので、恭平はぎくりとして顔を引っ込めた。

「何でしょうか」節子が訊いている。彼女は恭平には気づかなかったようだ。

「いえ、何でも。いただきます」

湯川の声を背中で聞きつつ、恭平は足音を殺し、その場から離れた。

それからしばらくして、恭平たちの夕食も始まった。久しぶりに甥が来てくれたということで張り切ったのか、テーブルの上には刺身をはじめ、たくさんの料理が並んでいた。

「しっかり食べるんだぞ。あの家に預けたら息子が痩せて帰ってきた、なんてことになったら大変だからな」刺身の皿を恭平のほうに押しながら重治はいった。腹がスイカのように丸く突き出ている。

「それにしても、恭平ちゃんが客引きをしてくれたとはねえ。驚いちゃった」節子がいう。湯川から、この宿のことを知った経緯を聞いたようだ。

「僕、ここの地図を見てただけだよ。そうしたら、勝手に電話番号を書き始めたんだ」

「それがよかったのよ。子供一人で泊まらせるぐらいだから、安心できる宿だと思ったんじゃないかな」

どうかな、と恭平は首を傾げる。そういう感じではなかったのだが。

成実によれば、湯川は物理学者で、海底資源開発の説明会のために来ているらしい。恭平は、彼が携帯電話をアルミホイルで包んだ時のことを思い出していた。

七時が近づくと、成実が席を立った。環境保護活動の仲間たちとの会合があるという。恭平も部屋に戻ることにした。見たいテレビ番組があるからだ。

エレベータを待っていると、扉が開き、歳を取った髪の短い男性客が降りてきた。すでに風呂に入った後らしく、浴衣姿で、顔の血色がよかった。男は恭平を見て、少し意外そうな顔をした後、宴会場のほうへ歩いていった。

恭平はエレベータで二階に上がった。彼に与えられたのは、四人までが泊まれる部屋だ。広すぎて寂しいかしらと節子は心配したが、小さい子供じゃあるまいし、そんなことは全然ない。畳の上で大の字になった後、テレビのリモコンに手を伸ばした。

一時間ほどテレビを見た後、カーテンを閉めるついでに窓から外を眺めた。遠くに海が見えるはずだが、暗くてよくわからない。

やがて玄関の戸の開く音がして、誰かが出てきた。湯川と節子だった。こんな時間に、どこへ行くのか。重治の姿はない。

すると突然、部屋の電話が鳴りだした。びっくりし、あわてて受話器を取った。

「はい」

「あー、恭平ちゃん。伯父さんだ。寝てるのか」重治がいった。

「ううん。今までテレビ見てた」

「そうか。どうだい。これから、花火をやらないか。前に買ったのが残ってるんだ」

「あ、やる。やりたい」

「じゃあ、下におりといで」

「うん、わかった」

恭平が下に行くと、重治は靴脱ぎで待っていた。足元にバケツと段ボール箱がある。

「みんな出ていっちゃったからな。こっちだって遊ばなきゃ損だ」重治がいった。

恭平は段ボール箱の中を覗き込んだ。手持ち花火だけでなく、地面に置いて火を付けるものや打ち上げ花火など、いろいろと入っている。

「じゃあ、行こうか。恭平ちゃん、悪いけど、その箱を持ってくれるかい」重治はバケツを提げ、もう一方の手で杖をつきながら歩きだした。恭平は段ボール箱を抱え、伯父についていった。

6

成実が沢村らと共に町の集会所を出たのは、九時少し前のことだった。

「どうだい、これから少し飲まないか」沢村が提案した。

「いいですねえ」

「あたしも」

若い二人の男女が賛同した。「川畑君は?」と沢村が成実に訊いてくる。「じゃあ、少しだけ」

と答えた。

　このまま帰るという者たちとは駅前で別れ、成実たちは、いつもの居酒屋に向かった。このあたりでは一番遅くまで開いている店だ。

　店の前まで来た時、向かいの防波堤のそばに節子が立っているのが見えた。じっと暗い海のほうを向いている。お母さん、と呼びかけた。

　節子は我に返ったような顔で振り向くと、曖昧な笑みを浮かべ、道路を渡ってきた。

「こんばんは」彼女は沢村たちに挨拶した後、成実のほうを向いた。「話し合いは終わったの？」

「うん。それよりお母さん、何やってるの？　こんなところで」

　節子は顎の先を居酒屋に向けた。

「お客さんを案内してきたのよ。湯川さん。飲み直したいとおっしゃったから」

「お母さんも飲んだの？」

「ほんのちょっとだけね」節子は親指と人差し指で分量の少なさを表現した。

「また？　お客さんを案内するたびに付き合っちゃうんだから」

　重治は身体を壊して以来アルコールを口にしなくなったが、節子は酒好きだ。居酒屋に来なくても、寝る前には必ずウイスキーのお湯割りを飲む。

「わかった。それで酔いをさますために風に当たってたんでしょ」

「まあ、そういうこと。あんたも飲み過ぎちゃだめよ」

「お母さんにいわれたくないよ」

「じゃあ、私は帰るからね。――皆さん、お先に」節子は沢村たちに頭を下げた。

「待ってください。俺、送っていきますよ」そういった後、沢村は成実を見た。「じつは、店の軽トラで来たんだ。駅の近くに止めてあるんだけど、どうしようかと迷ってたところでさ。お母さんを送っていくついでに、家に置いてくるよ」

「いえいえそんな、申し訳ないわあ」節子が恐縮して手を振った。

「遠慮しないでください。あそこはかなり暗いし、しかも上り坂だ。車なら二、三分です」

「いいんですか。それじゃ、お言葉に甘えようかしら」

「それがいいですよ。そういうことだから、ちょっと行ってくる」沢村は成実にいった。

「すみません。お願いします」成実は礼をいった。

沢村と節子が立ち去るのを見送った後、成実はほかの二人と店に入った。店内をさっと見回す。隅のテーブルで、湯川が雑誌を読みながら焼酎をロックで飲んでいた。

「あの人って、昼間の学者さんじゃないですか」仲間の一人である女子大生が、成実に耳打ちしてきた。ほんとだ、ともう一人の若者も呟く。

成実は二人に、湯川が自分のところの宿泊客だということを話した。二人は合点したように頷いた。成実の家が旅館を経営していることは彼等も知っている。

成実たちは、湯川からは少し離れたテーブルについた。湯川は雑誌を読み続けている。

ビールを飲みながら三人で三十分ほど話した後、「ちょっとごめん」といって成実は立ち上がり、湯川のテーブルに近づいた。「こんばんは」

湯川は雑誌から顔を上げ、瞬きした。「あ、どうも」

声をかけられて驚いた様子はない。成実たちのことは、とうに気づいていたのだろう。

「さっきまで母と飲んでたそうですね」

「ええ。お酒がお好きなようだったので、少し付き合っていただきました。いけませんでしたか」

「そんなことはありませんけど……あのう、ここ、ちょっといいですか」向かい側の椅子を指した。

「ええ、もちろん。でも、お友達が御一緒のようですが」

「大丈夫です」成実は仲間の男女を見た。二人は向き合い、楽しそうに話している。「少しは二人きりにしてあげたいし」首を傾げた湯川を見て、小声で続けた。「あの二人、付き合ってるんです」

「ああ、なるほど」

店員を呼び、成実も焼酎のロックを頼んだ。

「お母さんから聞きましたよ。あなたも今日の説明会に出席しておられたそうですね」

「深海生物の保護について質問した人がいたでしょう？　あの人と同じグループです」

「あの彼と」湯川は頷いた。「それならば謝っておいてください。横から口を挟んで申し訳なかったと」

「だったら、御自分の口からおっしゃってください。すぐにここに来るはずですから。でも謝る必要はないんじゃないですか。とても率直な意見だったと思います」

「率直すぎました。非論理的な発言を聞くと黙っていられないたちでね」

店員が焼酎の入ったグラスを運んできた。湯川が自分のグラスを持ち上げたので、自然と乾杯することになった。

「お母さんの口ぶりでは、あなたはかなり過激な活動家のようだ」

「そんなことないです。あたしは自分のすべきことをやってるだけです」

「海底資源開発に関しては、反対運動があなたのすべきこと、というわけだ」

「開発そのものに反対しているわけじゃなくて、自然を守りたいんです。特に海を」

湯川はグラスの氷をからからと鳴らし、成実の言葉を吟味するように、ゆっくりと焼酎を飲んだ。

「海を守るとはどういうことなのかな。海は人間に守ってもらわなきゃならないほど脆弱なものだろうか」

「脆弱にしてしまったんです。人間が。科学文明という武器を使って」

湯川はグラスを置いた。「聞き捨てならないな」

「すべての生物の起源が海にあるってことはおわかりでしょう。何億年もかけていろいろな種が誕生し、進化を遂げてきたんです。それなのに最近のたった三十年間で、海の動物が三十パーセント以上も減ったってこと御存じですか。その代表例が珊瑚礁です」すらすらと口から出てくるのは、様々な場所で発言しているからだ。

「それが科学のせいだと？」

「太平洋上で核実験を行ったのは科学者ではないんですか」

湯川はグラスを持ち上げた。だが焼酎を口にする前に視線を上げた。

「君たちは、今回の海底熱水鉱床の開発計画においても、我々科学者が同じような間違いを犯すと決めてかかっているのかな。つまり環境破壊を顧みず、海底を荒らしてしまうと」

「それなりに環境保護のことも考えておられるだろうとは思います。でも、何が起きるかはわからないじゃないですか。石油の利用が始まった時、地球全体の気温が上昇するなんてこと、科学者たちは予想しなかったわけでしょう?」

「だから、調査と研究が必要なんだ。デスメックは今すぐに商業化を目指して海底を掘り返すといってるわけじゃない。君がいうように、開発によって何が起きるかはわからない。だからそれを可能なかぎり明らかにするといっている」

「でも完璧にできるわけじゃないでしょう? 今日の説明会で、先生御自身がそう発言されました」

「選択の問題だ、ともいったはずだ。海底を掘ってまでレアメタルを入手する必要などないということなら、この計画は無意味だ」

議論が本質的な部分に触れてきた。海底鉱物資源開発の必要性という問題だ。これが明日の討論会でも、中心的なテーマになるはずだった。

「ここから先は」彼女はいった。「明日、公民館で話したいと思います」

湯川は口元を緩めた。

「手の内を見せられないということか。それも結構」彼は焼酎のおかわりを注文した後、視線を成実に戻した。「しかし断っておくけど、僕は決して推進派ではないよ」

「そうなんですか」意外な思いで学者の端正な顔を見返した。「じゃあ、どうしてあそこに座っておられたんですか」

「デスメックから依頼を受けたからだ。電磁探査についての説明が必要かもしれないってことでね」

「電磁探査?」知らない言葉だった。

「コイルを使い、海底の電磁場を測定し、分析する。それによって、海底下百メートル程度まで、その構造を把握できる。要するに、金属資源がどこにどのように分布しているかを、掘らずに明確にできるわけだ」

「それって、環境に優しいってことをいいたいわけですか」

「もちろん、それが最大のメリットだ」

焼酎のロックが運ばれてきた。湯川はメニューを見て、塩辛を注文した。

「そういう研究をされているってことは、推進派ってことじゃないんですか」

「どうしてそうなる? たしかに僕はデスメックという推進派に、新方式の電磁探査法を提案した。だけどそれは、仮に計画を進めるのなら、経済的にも環境保護の面からも合理的であるべきだと思うからだ。計画を中止するというのなら、それはそれで構わない」

「でもせっかく研究したことが無駄になるじゃないですか」

「この世に無駄な研究なんかはない」

塩辛が運ばれてきた。「やあ、これは旨そうだ」湯川が眼鏡の向こうの目を細めた。

その時、入り口の戸ががらりと開き、沢村が入ってきた。店内を見回した後、戸惑った表情になった。成実だけが別のテーブルにいて、しかも昼間の学者が一緒だからだろう。

腑に落ちない顔つきのまま、彼は近づいてきた。「ええと、どういうことかな」

「御存じですよね。帝都大学の湯川先生です。いいそびれてたんですけど、うちにお泊まりになってるんです」

ああ、と沢村は口を開けて頷いた。

「そういえばさっき、君のお母さんがいってたな。湯川さんを案内してきたって。へえ、そうだったんだ。君のところに」

「よければ、御一緒にいかがですか」湯川が成実の隣の席を勧めた。

じゃあ、といって沢村は椅子を引き、腰を下ろした。店員に生ビールを注文する。

「意外に遅かったですね」成実はいった。

「うん。君のところで、ちょっとしたトラブルがあって」

「トラブル？」聞き捨てならない。成実は眉をひそめた。

「ああいや、トラブルは大袈裟だった。いつの間にかお客さんの一人がいなくなっていて、この時間になっても戻らないから、お父さんが心配しておられたんだよ。それで、俺の車で旅館の周りを少し探してた」

「あのお客さんが？　たしか塚原さんっていったと思うんですけど」

「そう、その人」

「それで、見つかったんですか」

「いやあ、それが見つからなくてさ」沢村は運ばれてきた生ビールに口をつけた。「旅館の周辺にはいないようだった。もう少し探そうかと思ったんだけど、君の御両親から遠慮されちゃったんだ。たぶんそのうちに帰ってくるだろうから、沢村さんは早くみんなのところに戻ってやってくれってね」

あの両親なら、そういうだろうと成実は思った。節子を送ってもらったついでに、戻ってこない客を探しに行かせただけでも、かなり図々しいのだ。

「夜釣りじゃないのかな」そう尋ねてきたのは湯川だった。

「違うと思います。荷物を見ましたけど、そんな準備はしてきておられないようでした。それに、あのお客さんは観光目的で来ているんじゃないんです」

成実は公民館で見かけたことをいった。沢村は当惑の表情を浮かべた。

それから少し飲み、みんなで店を出た。成実は湯川と共に歩いて『緑岩荘』に戻ることになった。

「すっかり飲み過ぎてしまったな。でも、いい店を教えてもらえた。毎晩、通ってしまいそうだ」歩きながら湯川がいった。

「先生は、いつまでこちらにいらっしゃるんですか」

「それが、よくわからない。じつはデスメックの調査船に乗り込んで、電磁探査法の実験手順を指導することになっている。ところがその肝心の調査船が、まだこちらに来ていない。手続き上のことで、いろいろと手間取っているらしい。全く役人のやることはこれだから困る」湯川の口調には、デスメックを少し突き放したような響きがあった。推進派ではない、というのは本当かもしれないと成実は思った。

『緑岩荘』の玄関の明かりはまだ消えていなかった。中に入ると、重治と節子がロビーにいた。二人とも、浮かない顔だ。成実たちを見て、お帰りなさいませ、と節子がいった。もちろん、湯川にかけられた言葉だ。

「お客さんがまだ帰らないって聞いたけど」成実はいった。

「そうなのよ。それで、どうしようかってお父さんと話してたところなんだけど」

「警察に届けたって、この時間からじゃ何もできないだろう。朝になっても帰ってこないようなら、一一〇番しようと思って……」重治の目が成実の後方に向けられた。振り返ると湯川が立っている。彼等のやりとりを聞いていたようだ。

「大変ですね。僕に何かお手伝いできることがありますか」湯川は訊いた。

「いえいえ」重治が手を振った。「私らで何とかいたします。お騒がせして申し訳ありません」

「そうですか。では、僕はこれで。おやすみなさい」物理学者はエレベータに向かった。

7

現場は、玻璃ヶ浦の港から海岸に沿って二百メートルほど南に進んだところだった。制服を着た警官が、堤防の手前に立っている。そばには警察のワゴン車が止まっていた。先着した鑑識のものだろう。朝早いせいか、野次馬はいない。

署の車を運転してきた西口剛《つよし》は、上司と先輩が降りるのを待って、運転席のドアを開けた。足早に二人の後を追う。制服の警官が彼等に敬礼してきた。

係長の元山が、つま先立ちして堤防の下を覗き込んだ。途端に、丸い顔をしかめた。

「うわあ、またえらいところに……」

どれどれ、とばかりに上司に倣ったのは、西口よりも五歳上の橋上《はしがみ》だ。こちらは元山と違って長身なので、そのままひょいと下を覗き込める。「あららら。本当ですね」

西口も、おそるおそる堤防に近づいた。溺死体かもしれないと思ったからだ。今の職場に配属されて以来、何度か溺死体を見ることになったが、とても慣れられそうにない。

唾を呑み込んでから下を見た。四、五メートル下のごつごつとした岩場の上を、鑑識の人間たちが動き回っている。

死体は大きな岩の上で仰向けになっていた。浴衣に丹前という恰好だが、妙な具合にまくれあがり、着ているというよりも、ただ身体にまとわりついているだけといった感じだ。やや太めの体格だが、溺死体特有の膨れあがったものではない。そのかわりに頭部が割れ、赤黒い血が周囲の岩を汚していた。

「おーい、鑑識さん」元山が下に向かって呼びかけた。「どんな具合?」

眼鏡をかけた年配の鑑識係が、帽子の庇《ひさし》に手をやって顔を上げた。

「まだわかんねえな。そこから落っこちたんだろうとは思うけど」

「財布とか、見つかった?」

「ない。下駄が落ちてただけだ」

「どこの旅館かわかる?」

「わからん。下駄にも浴衣にも宿名が書いてない」

次に元山は、制服警官のほうを向いた。「誰が見つけたの?」

「この近くに住んでいる人です。夏は海水浴場でパラソルとかのレンタルをやっていて、仕事に向かう途中、たまたま見つけたそうです。今は海水浴場に行っておられますが、連絡を取ることはできます」

「いや、それは別にいいよ」元山は面倒臭そうに手を振った後、携帯電話を取り出した。太く短い指で操作し、耳に当てる。すぐに繋がったようだ。「ああ、課長ですか。元山です。今、現場に来てるんですけどね、溺死じゃなくて、堤防から岩場に落ちたみたいです。……たぶんどこかの宿泊客です。浴衣と丹前を着てますから。……えっ、何ですか。……あっ、そうですか。じゃあ、いっぺん当たってみます。その宿というのは……えっ？　ろくがんそう？　それ、どういう字を書くんですか」

『緑岩荘』のことだ、と西口にはすぐにわかった。元山の前に立ち、自分を指差し、頷いて見せた。

「あっ、課長、ちょっと待ってください」元山は電話の送話口を手で塞ぎ、なんだ、と西口に訊いた。

「俺、知ってます。その宿なら」

「そうか」元山は再び携帯電話を耳に当てた。「西口の知っている宿だそうです。……ええ、そうさせます」

電話を切った後、元山は西口と橋上を交互に見た。

「ゆうべから宿泊客が出ていったまま帰らない、という通報があったそうだ。ちょっと当たってみてくれ」

「車、使っていいですか」橋上が訊く。

「いや、ここからなら歩いて行けますよ」西口はいった。「だからたぶん、そこの客だと思います」

「じゃあ、決まりだな」元山は再び堤防の下を覗き込んだ。「鑑識さん、ホトケさんの顔写真は撮った？　ポラで。あったら、一枚お借りしたいんだけど。なるべく、あまりえげつなくないやつ。……あ、そう。悪いねえ」

若い鑑識が梯子を使って堤防を上がってきた。一枚のポラロイド写真を元山に渡す。元山はそれを西口に差し出した。「ほら、これを持っていけ」

そこにはややピンクがかった、能面のように無表情の顔が写っていた。ぱっくりと割れているのは後頭部なので、前から見るだけならさほど異様ではない。これならば一般人にも見せられるだろうと安堵した。

『緑岩荘』は、そこから数百メートルの距離にあった。丘に向かって、曲がりくねった道を歩いていく。途中から、やけに急な坂道が続いた。やっぱり車にすればよかった、と橋上はぶつぶついっている。

「西口はこの町の出身だったな。だからその宿のことを知ってるのか」

「そうです。同級生の親がやってるんです」

「ふうん。それはいいや。じゃあ、話はおまえに任せるよ」

「でも俺のことを覚えてくれてるかなあ。高校卒業以来、全然会ってないし」

西口は川畑成実のことを思い出していた。地元の高校で一緒だった。同級生の殆どは中学の時から顔見知りだったが、彼女だけは別だった。彼女は東京の出身で、中学三年の時、この町に移ってきたのだ。

最初、川畑成実は物静かな少女だった。中学時代からの友人がいないせいか、大抵は一人でいた。学校のそばに、海を見下ろせる小さな展望台があるのだが、彼女がよくそこにいるのを見かけたことがある。じっと海を眺めながら、物思いにふけっているようだった。学校の成績はいいし、そんな様子から、文学少女のようなイメージを西口は勝手に持っていた。

だがやがて彼女は全く違う面を見せ始める。夏になると家の仕事を手伝いながら、海水浴場でもバイトを始めた。しかも売店や食堂ではなく、ゴミ集めのバイトだった。大したお金はもらえない、殆どボランティアといっていい仕事だ。西口も海の家でバイトをしていたのでよく顔を合わせたのだが、どうしてそんなことをしているんだと訊いたことがある。彼女は真っ黒に日焼けした顔で、こう答えた。

「この奇麗な海を守らなくてどうするの？　最初からここにいる人には、宝物だってことがわからないのかな」

怒っているわけではなかったが、金儲けだけを優先する姿勢を非難されたようで、少々ばつが悪かったことを西口は覚えている。

ようやく『緑岩荘』に着いた。西口も橋上と同様、とうに上着は脱いでいた。ワイシャツの腋は汗びっしょりだ。

宿の玄関を開け、「こんにちは」と声をかけた。エアコンで冷やされた空気が心地良い。

はあい、と女性の声が聞こえ、カウンターの奥にある暖簾が動いた。出てきたのは、Tシャツにジーンズという出で立ちの女性だった。川畑成実だとすぐにわかったが、あまりに大人っぽくなっていたことに驚き、西口は咄嗟《とっさ》に声が出せなかった。

「わっ、びっくり」成実が目を丸くし、表情を和ませた。「西口君だよね。お久しぶりねえ。元気?」声まで大人っぽくなっている。考えてみれば当然だった。彼女だって西口と同様に、三十歳にはなっているはずだ。

「久しぶり。俺は元気だよ。そっちも元気そうで何より」

うん、と頷いた後、成実は戸惑ったような目を橋上に向け、会釈した。

「じつは、仕事で来たんだ。俺、今、玻璃警察署にいるんだ」警察手帳を見せた。

彼の言葉に成実は瞬きを繰り返した。「警察官? 西口君が?」

「まあ、笑っちゃうとは思うけどさ」西口は名刺を出し、手渡した。

「へええ、刑事課なんだ」成実は感心したような声を出す。

「今朝、お宅から通報があったそうだね。お客さんがいなくなったとか」

「そうなの。あ、そうか。そのことで西口君が来てくれたんだ」ようやく成実は合点がいったようだ。

「そういうこと。で、じつをいうと、ついさっき、そこの海岸で遺体が見つかってさ」

えっ、と成実の顔が曇った。「マジで?」

マジで、と西口は答えた。かつての同級生が相手だと、どうしてもその頃の言葉遣いに戻ってしまう。「浴衣に丹前っていう恰好だし、おたくのお客さんじゃないかと思ってさ」

「ちょっと待って。そういうことなら、うちの両親を呼ぶから」成実は顔に緊張感を走らせ、カウンターの奥に消えた。

橋上が寄ってきて、西口の脇腹を肘で突いた。

「なかなかいけてるじゃねえか。同級生っていうから、てっきり男だと思ったんだけどさ」

「橋上さん、ああいうのがタイプですか」小声で訊く。

「いいねえ。ちゃんと化粧すりゃ、もっと美人になるぜ」

たぶんそうだろうと西口も思ったが、「どうですかねえ」と首を傾げておいた。

やがてカウンターの奥から成実が出てきた。彼女に続いて、年配の男女が現れた。男のほうはでっぷりと太り、杖をついていた。成実が二人を紹介した。彼女の両親で、川畑重治、節子という名前らしい。死体が見つかったということを成実から聞いたのか、どちらも表情が強張っていた。

通報したのは重治だということなので、西口は彼に遺体の写真を見せた。重治は一瞥して顔をしかめた後、節子にも確認させた。節子は青ざめ、口元に手を当てた。成実は顔をそむけている。

いかがですか、と西口は訊いた。

「間違いないです。うちのお客さんです」重治が答えた。「事故ですか」

「まだわかりません。岩場に落ちて、頭を打ったようですが」

「ははあ、岩場に……」

節子が宿帳と宿泊票を出してきた。それによれば客の名前は塚原正次といい、埼玉県から来たようだ。年齢は六十一歳とある。

「宿からいなくなったのはいつですか」

この西口の質問に対し、「それが、よくわからんのです」と重治は答えた。

彼によれば、昨夜八時頃から、小学生の甥と旅館の裏庭で花火を始めたらしい。だが八時半頃になって、塚原という客の朝食時刻を確認していないことに気づいた。それで一旦旅館に戻り、カウンターから部屋に電話をかけてみたところ、出る様子がない。トイレに入っているか、あるいは入浴中かもしれないと思い、裏庭で花火を再開した。花火を終えたのは九時前で、それからもう一度部屋に電話をかけたが、やはり出なかった。一階の大浴場を覗いてみたが、そこにもいない。仕方なく、四階の部屋まで行くことにした。ノックしても返事がないし、鍵もかかっていないようなので戸を開けてみると、荷物はあったが客の姿がない。

そうこうするうちに節子が知人に送られて戻ってきた。彼女は別の宿泊客を近所の居酒屋に案内し、お相伴に与《あず》かっていたのだ。

節子を送ってきた沢村という知人については成実が説明してくれた。彼女と共に海底資源開発の反対運動をしている人物で、昨夜は会合の後、ほかの仲間を加えた四人で居酒屋に向かったところ、たまたま店の前に節子がいたということだった。

「沢村さんは主人にも挨拶したいとおっしゃって、ここまで入ってこられたんですけど、お客さんがいなくなったといって主人があわてているのを見て、じゃあ近くを探してみましょうといってくださったんです」節子が後を引き継いで話し始めた。「主人と沢村さんが軽トラで付近を探し回っている間に、私は建物の周りを見ました。でも、どこにもいらっしゃいませんでした。そのうちに主人たちも戻ってきましたけど、やっぱり見つからなかったそうです」

「探すといっても、九時過ぎともなればこのあたりは真っ暗でね、道を歩いてたり、目立つところに立ってたりしないかぎりは、見つけられそうにはなかったです」

重治の言葉に西口は頷いた。そうだろうな、と思う。この周辺には街灯が殆どない。橋上が携帯電話を取り出しながら、玄関の戸を開けて出ていった。ここまでの話を元山に報告するつもりだろう。

「いやあしかし、そんなことになってたとはなあ」重治は頭に手をやった。「場所はどのあたりですか」

「『岬食堂』があったあたりの堤防の下です」

三年前に潰れた店の名を出して説明した。地元出身の強みだ。すぐにわかったらしく、川畑親子三人は一様に納得顔で頷いた。

「あそこの岩場に落ちたんじゃ、打ち所によっては助からんだろうなあ」そういって重治は口をへの字に結んだ。

「でも、どうしてあんなところに行ったのかな」成実がいう。

「そりゃあ、散歩だろう。夜の海でも見たくなったんじゃないか。夕食の時に酒を飲んでおられたし、酔いをさましたかったのかもしれん」

「で、堤防によじのぼって、落ちちゃったってこと?」

「そうじゃないのか」

成実は西口のほうを見た。「そういうことなの?」

さあ、と西口は首を傾げた。「そんなこと、まだわからないよ。これから詳しいことを調べるわけだし」

ふうん、と成実は鼻を鳴らす。釈然としないらしい。

橋上が戻ってきて、西口の耳元で、荷物、と囁いた。元山から指示が出たらしい。

「お手数ですが、塚原さんの荷物を確認したいので、部屋まで案内していただけますか」西口はいった。

「では私が」節子が小さく手を上げた。

彼女に案内され、西口たちはエレベータに乗った。乗っている間に手袋を嵌めた。

各フロアには客室が八つずつあるらしい。塚原正次が泊まっていたのは、『虹の間』という部屋だった。和室の部分は十畳で、テーブルと座布団は隅に寄せられ、布団が敷いてあった。窓際は板の間になっており、椅子と小さなテーブルが置いてある。

「布団は、いつ何方《どなた》が敷いたんですか」西口は訊いた。

「七時過ぎだったと思います。塚原さんが夕食を召し上がっている間に私が敷きました。主人は、あの通りの身体ですから。アルバイトを雇ってない時は、布団敷きは私と成実の仕事です」節子が答えた。

布団は使われた気配がなかった。塚原正次は、夕食後に部屋に戻ってきて、すぐに出ていったのかもしれない。

荷物は古びた旅行バッグが一つあるだけだった。橋上が中を探り、携帯電話を出してきた。老人向けの、簡単な機能だけが付いたものだった。

衣服は奇麗に畳んで、部屋の隅に置いてあった。開襟シャツとグレーのズボンだ。西口が探ってみるとズボンのポケットから財布が出てきた。現金は、それなりに入っている。免許証が見つかった。氏名は塚原正次で、住所も宿泊票と一致しているようだ。

あっ、と思わず声を漏らした。「どうした？」橋上がすかさず訊いてきた。

「これ」西口は財布から一枚のカードを抜き取った。「警察共済組合の、組合員証です」

8

誰かの怒鳴り声を聞いたような気がして目を開けた。恭平は布団の上にいた。ゆっくりと顔を巡らせる。天井も壁も、見覚えのないものだった。

やがて、ああそうだここは伯母さんの家だったんだ、と思い出した。昨日、新幹線に乗ってやってきたのだ。夜は伯父さんと花火をした。

しかしこの部屋は、昨日の昼間に恭平が案内された部屋ではなかった。彼のリュックサックも見当たらない。

そうか、と改めて思い出すことがあった。花火の後、スイカを食べようということになったのだ。ここは重治たちが自分たちの居間として使っている部屋だ。恭平がスイカを食べていると、ちょっとお客さんに電話をかけてくるといって重治は出ていった。それで一人でテレビを見始めたことは覚えているが、その後どうしたのかはわからない。

恭平は起きあがり、周囲を見回した。スイカを食べる時に使った卓袱台《ちゃぶだい》が隅に寄せられている。どうやらテレビを見ているうちに眠ってしまったようだ。それで伯父さんたちが、ここに布団を敷いてくれたのだろう。

テレビ台の上に置時計が載っていた。その針は九時二十分のあたりを指している。恭平は立ち上がった。Tシャツに短パンという恰好は、花火をしていた時のままだ。

襖を開け、部屋を出た。ロビーのほうから声が聞こえるので行ってみると、二人の男が立っていた。一方は中年で背が低く、ずんぐりした体格だった。もう一人は若くて、顔つきも身体つきも引き締まっている。重治が籐の長椅子に座り、相手をしているようだ。

「おう、恭平ちゃん。今、起きたのか」重治が恭平に気づいていった。

男たちの視線が向けられた。恭平は思わず立ちすくんだ。

「甥御さん？」中年の男が重治に訊いた。

「そうです。妻の弟の子なんです。夏休みで、昨日から遊びに来ています」

中年の男は頷いている。その後ろで若い男が、小さなメモ帳に何やら書き込んでいた。

「それでは申し訳ありませんが、そういうことで、もうしばらくあの部屋はあのままにしておいてもらえますか」中年の男がいった。

「わかりました。まあ、一部屋ぐらいはどうってことありません。お盆も終わって、予約も殆ど入ってませんから」重治が自嘲気味にいった。

どうやら何かあったようだ。あの部屋とは、どの部屋のことだろう。

伯父さん、と恭平は呼びかけた。「僕、昨日の部屋に行ってもいい？」

重治が中年の男のほうを見た。

「この子の部屋は二階の客室です。問題ないですよね」

「ああ、それはもちろん」中年の男は恭平に笑いかけてきた。「悪いんだけどね、用がないかぎり、四階には行かないでもらえるかな。おじさんたちが、ちょっと調べたいことがあるんでね」

「この方たちは警察の人なんだよ」

重治の言葉に、恭平は目を見開いた。「何かあったの？」

「いや、まあ、その、ちょっとな」重治は中年男たちのことを気にする素振りを見せた。

子供には話せない、ということだろう。またこれだ。大人たちは何の根拠もなく、子供とは秘密を共有できないと思い込んでいる。

こういう場合でも、少し前ならしつこく尋ねたものだが、今はもう諦めるようにしている。ふうん、とだけいって、エレベータホールに向かった。

エレベータに乗ろうとボタンを押す直前、何気なく宴会場のほうを見た。誰かが朝食を摂っているらしく、一つの部屋の前にスリッパが置いてある。

恭平は足音を殺し、部屋に近づいた。襖は開け放たれている。こっそり覗くと、昨夜の夕食時と同じ位置に湯川が座り、納豆を混ぜていた。

その手が急に止まった。「他人の食事を覗くのが君の趣味か」

恭平は一旦顔を引っ込めた後、今度は堂々と姿を現すことにした。湯川は混ぜた納豆を御飯にかけているところだった。顔を恭平のほうに向けようとしない。

「誰がいるのかと思って」

湯川は、ふんと鼻を鳴らし、小馬鹿にするような笑みを浮かべた。

「間抜けな回答だな。ここは宿泊客専用の食事室だ。となれば、今の時間にここにいるのは客に決まっている。そしてこの宿には、昨日から宿泊客は二人しかおらず、その一人がいなくなったとなれば、残っているのは一人だけ。つまり私だけということになる」

「いなくなった？　もう一人のお客さん、いなくなったの？」

干物に箸を伸ばしていた湯川の手が止まった。ここでようやく彼の目が恭平に向いた。

「そうか。君はまだ知らないのか」

「何かあったみたいだね。警察の人が来てる。でも僕には教えてくれなかった。大人はいつだってこうだ」

「くだらないことで拗ねるな。大人が隠していることを知ったって、君の人生にとって大してプラスにはならない」湯川は味噌汁を啜った。「死体で見つかったそうだ」

「死体？　えっ、死んじゃったの？」

「昨夜、いつの間にか宿を出ていって、そのまま帰らなかったそうだ。今朝になって、海岸の岩場で発見されたらしい。堤防から誤って落ちた可能性が高いとか」

「そうなんだ……。それ、誰から教えてもらったの？」

「ここの娘さんだ。成実さんといったかな。朝食の時間が遅れていたので尋ねたところ、事情を話してくれた」

「へえ」恭平は廊下のほうを振り返った。今、成実はどこにいるのだろう。

「成実さんなら、たぶん警察じゃないかな」彼の心を見抜いたように湯川はいった。「女将さんの付き添いで」

「どうして伯母さんが警察に行かなきゃいけないの？」

「正式な調書を作るためだろう。亡くなった方の接客をしたのは、実質的には女将さんだけだったそうだからね。その時のお客さんの様子などを訊かれるのだと思う」

「ずいぶん面倒臭いことをするんだね。岩場に落ちて死んじゃっただけなのに」

湯川は再び箸を持つ手を止め、恭平のほうを向いた。

「亡くなった方の家族の気持ちを考えるといい。岩場に落ちて死んじゃっただけです、と警察にいわれて納得できるかい？　なぜそんなことになったのか、できるかぎり詳しいことを知りたいはずだ。むしろ私は、警察の捜査が通り一遍のものにならないことを祈るね」

「それ、どういう意味？」

「別に深い意味はない」湯川は納豆をかけた御飯をかきこんだ後、湯飲みに手を伸ばした。

「ねえ、一つ訊いていい？」

「事件のことなら、それ以上のことは知らない」

「そうじゃなくて、どうしてここに泊まることにしたの？　ほかに宿なんていっぱいあるのに」

湯川は茶碗を弄びながら首を傾げた。「ここに泊まっちゃいけなかったかい」

「そんなことないけど。玻璃ヶ浦へ来る前に、どこか予約するものでしょ、ふつう」

「予約はしてあった。ただし、私ではなくデスメックの人間が用意した宿だ」

「あっ、それ知ってる。海底を掘ろうとしている人たちでしょ。成実ちゃんの敵だ」

敵という言い方がおかしかったのか、湯川は苦笑した。

「その表現を借りれば、私はデスメックの完全な味方ではない。是が非でも今回の海底資源開発計画を進めたい、と考えているわけではないからね。だからデスメックには、なるべく借りを作りたくなかった。説明会での応援を頼まれたのだから、宿ぐらいは用意してもらって当然だとも思うが、やはり引っ掛かっていた。そんな時、君に会って、この宿のことを知った。それでこれも何かの縁かもしれないと思い、泊まることにしたわけだ。これで納得してもらえたかな」

ふうん、と恭平は頷いた。「納得したけど、博士って変わってるよね」

湯川は眉をひそめた。「ハカセ？」

「大学で科学を研究しているんでしょう？　そういう人のことは、博士って呼ぶんじゃないの？　それとも、先生って呼んだほうがいい？」

「どちらでもいい。博士でも先生でも、博士課程を終えているのは事実だし」

「じゃあ、博士にしようよ。そっちのほうがかっこいい」

「君に任せる。それより、私のどこが変わっているんだ」

「だって僕なら用意してもらった宿に泊まる。たぶん、そっちのほうがいい宿だろうし」

「玻璃ヶ浦で一番高級なリゾートホテルだと聞いている」

「ほらやっぱり。海底資源の計画だって、やったほうが博士は儲かるんじゃないの」

湯川は茶を飲み干すと、首を横に振りながら湯飲み茶碗を置いた。

「儲かるか儲からないかだけで、科学者は自分の立場を変えたりしない。科学者がまず一番最初に考えるべきなのは、どの道が人類にとってより有益かということだ。有益だと判明すれば、たとえ自分には利益がなくても、その道を選ばなくてはならない。無論、有益であり尚かつ自分も儲かるというのが理想ではあるが」

理屈っぽくてわかりにくい言葉を使う人だな、と恭平は思った。人類、なんて言葉を日常的に使う者など彼の周りにはいない。

「科学者はお金がほしくないってこと？」

「そんなことはない。私だって金はほしい。くれるというのなら遠慮なく貰う。金だけのために研究しているのではない、ということだ」

「でも博士は科学を研究するのが仕事でしょ。仕事ってことは、それでお金を貰ってるってことだよね」

「大学から給料を貰っている」

「じゃあやっぱり、まずは儲かることを考えなきゃいけないんじゃないの。うちのお父さんやお母さんだって、しょっちゅういってるよ。せっかく給料を払ってるんだから、お金を稼げない店員なんかはクビにしたほうがいいって」

湯川は両手を畳について尻をずらし、胡座《あぐら》を組んだ姿勢のままで恭平に正対してきた。

「誤解しているようだからいっておくが、私は学生たちに物理学を教える報酬として給料を受け取っている。研究に対する報酬は何もない。もちろん自分の研究もしているが、どんなに論文を発表したところで、それに対する報酬は何もない。研究費は大学が出しているが、それはいわば投資だ。私の論文がたとえばノーベル賞のような形で評価されることがあれば、大学にとって名誉となるからね」

恭平は物理学者のまじめくさった顔を見返した。「ノーベル賞、獲れるの？」

「たとえば、といったはずだ」湯川は眼鏡を中指で押し上げた。「科学者は真理を探究したいだけだ。真理っていうのはわかるかな」

「何となく」

「物理学者の中には、宇宙の成り立ちを追究し続けている者も多い。ニュートリノを知ってるかい？　超新星が爆発する時に放出される素粒子だ。この素粒子を分析することで気が遠くなるほど遥か彼方の星の姿を把握できるわけだが、さてではそんな研究にどんなメリットがあるのかと問われれば、日常生活にはまず何の影響もないと答えるしかない」

「じゃあ、何のためにそんなことをするの？」

「知りたいからだ」湯川はきっぱりといった。「君はこの宿に来るための地図を持っていただろう？　地図のおかげで迷うことなく辿り着けたわけだ。それと同じで、人類が正しい道を進むためには、この世界がどうなっているのかを教えてくれる詳しい地図が必要だ。ところが我々が持っている地図はまだまだ未完成で、殆ど使い物にならない。だから二十一世紀になったというのに、人類は相変わらず間違いをしでかす。戦争がなくならないのも、環境を破壊してしまうのも、欠陥だらけの地図しか持ってないからだ。その欠けた部分を解明するのが科学者の使命だ」

「ふうん、なんかつまんないね」

「どうして？　何がつまらない？」

「お金に繋がらないってところが。僕だったら、やる気が出ないな。大体、理科って苦手なんだよね。あれって何か役に立つのかな。ねえ、科学の研究なんて楽しい？」

「この上なくね。君は科学の楽しさを知らないだけだ。この世は謎に満ちあふれている。ほんの些細な謎であっても、それを自分の力で解明できた時の歓びは、ほかの何物にもかえがたい」

ぴんとこない話だった。恭平は首を捻り、身体も傾けた。

「僕はいいよ、そういうの。人類が正しい道を進むかどうかなんてこと、アメリカの大統領にでもならないかぎり関係ないと思うし」

湯川はふんと鼻を鳴らし、苦笑した。

「人類というと大袈裟に聞こえてしまうかもしれないが、単純に人といってもいい。何か行動を起こす時、人は常に選択を迫られる。君は今日、何をするつもりだ？」

「まだ決めてない。昨日の夜は、伯父さんが海に連れていってくれるといってたけど、そんな事故があったんなら、どうなるかわかんないし」

「では仮に伯父さんの都合がついたとしよう。君にはまず、予定通り海に行くか、それとも延期するかという二つの道がある」

「そんなことないよ。伯父さんが連れていってくれるなら、行くに決まってるもん」

「その時、雨が降っててもかい？」

恭平は窓から外を見た。「今日、天気が悪くなるの？」

「わからない。君がここを出る時には晴れていても、すぐに悪くなるかもしれない」

「じゃあ、とりあえず天気予報を確かめる」

「それだ。天気予報というのは気象という科学の賜《たまもの》だ。だけど現在の天気予報はまだ確実なものではない。君はもっと詳しくて正確な予報がほしいはずだ。具体的には、玻璃ヶ浦の海水浴場の天気が一時間後にどうなるか、二時間後にどうなるかってことがわかればいいと思わないか」

「それはそうだけど、わかんないものはどうしようもないよ」

「では試しに、地元の漁師さんに今日の天気を尋ねてみるといい。きっと詳しく教えてくれるだろう。彼等は毎朝、その日の天候を予測してから漁に出る。海が荒れたら命取りだからね。天気予報だけに頼るのではなく、昨日までの天気、空の色、風向き、空気の湿り具合などから、極めて正確に予測を行う。それは紛れもなく科学だ。理科の勉強が役に立たない？　そういうことは天気図の見方でも覚えてからいってもらいたいね」

恭平は、むっとして黙り込んだ。いい負かしたと納得したのか、湯川は腰を上げた。だが部屋を出ていく前に振り返り、恭平を見下ろしていった。

「理科嫌いは結構だ。でも覚えておくことだな。わかんないものはどうしようもない、などといっていては、いつか大きな過ちを犯すことになる」

9

玻璃警察署の最寄り駅である中玻璃《なかはり》駅は、この路線では最も大きい。曲がりなりにも駅ビルはあるし、駅前はロータリーになっている。それでも東京の人間には所詮田舎の駅としか見えないだろうな、と西口は思った。年に何度かは東京へ出向くが、どの街に行っても駅が立派なことにいつも驚かされる。

「そろそろだな」元山が腕時計を見て呟いた。それにつられて西口も時刻を確かめた。午後二時二十分になろうとしている。間もなく下りの特急列車が到着するはずだった。

二人は改札口のすぐ外にいた。朝から動き回ったせいでワイシャツは汗で濡れているが、どちらも上着を脱いでいない。ネクタイもきちんと締めている。

塚原正次の遺族には、すぐに連絡が取れた。宿泊票に記された自宅の番号にかけたところ、妻の早苗が在宅していたからだ。西口が事情を伝えると、早苗は絶句した。長い沈黙は、彼女がどんな表情でいるのかを如実に伝えてきた。

やがて、何があったんでしょうか、と早苗は尋ねてきた。ぎくりとするほど落ち着いた声だった。

西口はありのままを話した。早苗は相槌を打つだけで特に質問を差し挟むこともなく、最後まで聞いていた。

遺体を確認してもらいたい旨を述べると、これからすぐに行きますという答えが返ってきた。西口は、列車が決まったら連絡してほしいといって、自分の携帯電話の番号を教えた。駅で出迎えるつもりだったからだ。ただしこの時点では、彼一人が行くことになっていた。

塚原早苗に電話をかけた約一時間後、西口の携帯電話に元山から連絡が入った。自分も駅まで遺族を迎えに行くことになった、というのだった。

元山によれば、警視庁捜査一課の多々良《たたら》という管理官から署長に電話があり、塚原早苗に同行したいといってきたらしい。死んだ塚原正次は多々良の捜査一課での先輩で、昨年定年退職したのだという。

警察共済組合の組合員証を所持していたことから、塚原は元警察官らしいと察してはいたが、まさか警視庁捜査一課の所属だったとは思わなかった。だがこれで納得がいったと西口は思った。塚原正次の死を知らされた直後の早苗の腹の据わりぶりは、長年の間、覚悟を決めて夫を送り出してきた妻だからこそのものだったのだ。

ともあれ、警視庁の管理官が同行するとなれば、ヒラ刑事一人で出迎えるわけにはいかない。係長である元山がここにいるのは、そういう事情からだった。

「おっ、着いたらしいな」元山が改札口の向こうを見ていった。

階段をぞろぞろと乗客が下ってくる。お盆以降はめっきり観光客が減った。改札口に向かって歩いてくるのは、一目で地元民とわかる人間ばかりだった。荷物の大きさでわかるのだ。

その中に、明らかに周りとは雰囲気の違う男女がいた。女性はほっそりとした体格で、グレーのワンピースを着て、淡い色のサングラスをかけている。年齢は五十歳前後か。男性は身長のわりに肩幅が広く、黒っぽいスーツがよく似合っている。やや白いものが混じった髪を奇麗に分け、金縁の眼鏡をかけていた。

あの二人だ、と元山が囁いた。「間違いない。あれは叩き上げの刑事の目だ」

二人が改札口を出てきた。男性が西口たちに気づいたらしく、迷いのない足取りで近づいてきた。女性も後からついてくる。

「多々良管理官ですね」元山が話しかけた。

「そうです。あなた方が……」

「玻璃警察署刑事課一係の元山です。この者は部下の西口です」

「よろしくお願いいたします」西口は頭を下げた。

多々良は小さく頷いた後、斜め後ろに立っている女性を手で示した。

「こちらが塚原さんの奥様です。お名前は御存じですね」

「はい、伺っております」元山は塚原早苗のほうに向き直り、深々と頭を下げた。「このたびは誠にお気の毒なことでした。心中、お察しいたします」

西口も上司に倣い、腰を折った。

「御面倒をおかけしております」早苗がいった。電話で聞いた時よりも声が低かった。

「今回は無理なことをいって申し訳ありませんでした」多々良がいった。

「いえ、とんでもない」元山が恐縮する。

「亡くなったことを奥様から知らされ、いてもたってもいられなくなったんです。何しろ、私にとっては単なる先輩というより、恩人というべき人物でしたから」

「ははあ、それほどの方でしたか……」元山はハンカチを出し、こめかみの汗を拭いた。

「遺体は今、どちらに？」多々良が訊いてきた。

「署の霊安室にあります。検視は終わっておりますので、これから御案内いたします」

「そうですか。いろいろとお手数をおかけします」そういった多々良の隣で、塚原早苗が再び深く頭を下げた。

西口が車を運転し、二人を玻璃警察署まで運んだ。署では、刑事課長の岡本が玄関口で待っていて、低姿勢で多々良と早苗を出迎えた。

「何でも遠慮なくお申し付けください。我々にできるだけのことはいたしますので」やや猫背の岡本は、今にも揉み手を始めそうだった。警視庁の管理官ともなれば、小さな警察署の署長と階級的には変わらない。

西口と元山が、霊安室のある地下に二人を案内した。塚原正次の遺体は、なるべく傷が目立たない状態でベッドに横たえられている。

一目見て、主人です、と早苗はいった。青ざめてはいたが、取り乱す気配はなかった。

二人を部屋に残して西口と元山は廊下で待っていた。すると五分ほどでドアが開き、多々良だけが出てきた。

「もうよろしいんですか」元山が訊いた。

「しばらく奥様だけにして差し上げようと思いましてね。その間に、詳しいことをお聞かせいただければと思うのですが」

「わかりました。では別室のほうで」そういってから元山は西口を見た。「君はここにいてくれ。奥様が出てこられたら、第二会議室に御案内するように」

わかりました、と西口は答えた。

薄暗い廊下で十分ほど待っていると、ドアが静かに開き、早苗が出てきた。目は充血していたが、涙の跡はなかった。出る前に化粧を直したのだろう。

彼女は西口を見て、ぺこりと頭を下げた。「お待たせいたしました」

「今、多々良管理官が、うちの上司から詳しい話を聞いておられます。そちらに御案内いたします」

「すみません。お願いいたします」

第二会議室は二階のフロアにある。西口が早苗を連れていくと、元山が会議机の上に地図を広げ、現場の位置を多々良に教えているところだった。ほかには岡本だけでなく、署長の富田もいた。早苗が入っていくと富田は太った身体に似合わない素早い動きで立ち上がり、頭を下げて悔やみの言葉を述べた。

「塚原さんが亡くなったのは、玻璃ヶ浦という場所だそうです」多々良が早苗のほうを向いていった。「何かお心当たりは？」

さあ、と彼女は首を捻りながら椅子に腰掛けた。

「今、多々良管理官から伺ったのですが、御主人は詳しい行き先を告げずにお宅を出られたそうですね」元山が訊いた。「そういうことはよくあったのですか」

早苗は膝の上でバッグのベルトを握りしめた。

「昨年退職して以来、たまにふらりと温泉などに出かけることはありました。平日は私が仕事をしているものですから。行き先が決まっていることもありましたけど、紅葉を見てくるとか、日本海を見てくるとか、そんなことだけいって出ていくことも少なくありませんでした。今回も、行き先がこちらのほうだとは聞いておりましたけど、細かいことは知りませんでした」

「御主人の口から玻璃ヶ浦という地名が出たことは？」

「どうだったでしょう……なかったように思うんですけど」自信なさそうに答えた。

元山は横の椅子に置いてあった旅行鞄を机に置いた。

「このバッグに見覚えは？」

「主人のものです」

「中身を確かめていただけますか。見覚えのないものがあればいってください」

「素手で触っても平気ですか」早苗は、元刑事の妻ならではのことを訊いた。大丈夫です、と元山は答えた。

バッグの中を調べた後、「すべて主人のものだと思います」と彼女は答えた。

「携帯電話の内容についてはどうですか。こちらで確認したかぎりでは、このところあまり使っておられなかったようですが」

早苗は携帯電話を操作し、登録内容や着信発信履歴などを確認した。警察で調べたかぎりでは、三日前に発信したのが最後だ。かけた先は『緑岩荘』だった。宿泊の予約をしたらしい。

「別に問題はないと思います。携帯電話を持ってはいましたけど、主人は殆ど使うことはありませんでした。定年後はかける相手がいなくなったとかいって……。メールはしませんでしたし」

元山は頷き、今度は上着の内ポケットからビニール袋を出してきた。中に一枚の紙片が入っている。それを机の上に置いた。

「これは御存じですか。どうぞ手に取って、お確かめください」

塚原早苗はビニール袋を手にし、その中のものを見つめた。顔に戸惑いの色がある。

その紙片を見つけたのは西口だった。塚原正次の開襟シャツのポケットに折り畳んで入れてあったのだ。紙片には、『海底熱水鉱床開発計画に関する説明会及び討論会参加票』と印刷されており、海底金属鉱物資源機構の印が押されている。

早苗は首を傾げ、ビニール袋を置いた。「見たことないものです」

「これは何ですか」多々良が質問した。

「昨日と今日、この町で開かれている会議の参加票です」元山が答える。「この近くの海底に、何やらいろいろな資源が眠ってるとかで、開発計画が進んでいるんですよ。それについて、開発側と地元の人間が話し合っているわけです」

「塚原さんも、その会議に参加していたと?」

「そうです。昨日、会場で塚原さんを目撃したという人もいます。つまり塚原さんは、この会議に参加するために玻璃ヶ浦に来られた可能性が高いということになります」

多々良は腑に落ちないといった顔を塚原早苗に向けた。

「このことを奥様はお聞きになってないわけですね」

「全く聞いておりません。海底資源の話なんて、初めて聞きました」

多々良は机に肘を載せ、首を捻った。「一体、どういうことかな」

「ええと、ですね。この会議に関わっている人たちにいろいろと話を聞いたところ、参加しているのは関係者や地元の人間だけではないということでした」元山がいった。「何しろ日本で初のことなので、興味のある人なら全国どこからでも参加申込みができるそうなんです。だからたぶん塚原さんは、この問題に関心をお持ちになって、申し込まれたのだと思われます。申し込まないと、この参加票は手に入らないそうですから」

塚原早苗と多々良は小さく頷いたが、どちらも納得している表情ではなかった。

するとこれまで黙っていた署長の富田が口を開いた。

「もしかすると定年退職されて、あちこち一人で旅をしているうちに、自然保護に関心を持たれるようになったのかもしれませんな。玻璃ヶ浦の海は奇麗ですからね、万一汚染されるようなことになったら大変だと思い、駆けつけられたんじゃないですか」

富田は明らかに、この問題から早く手を引きたがっていた。今のところ事件性は認められないし、警視庁の管理官などという煙たい存在と、いつまでも関わっていたくないのだろう。

多々良は富田の言葉には答えず、地図を引き寄せた。

「ここから現場へは、どうやって行けばいいのですか。一度、見ておきたいのですが」

「電車でも行けますが、そういうことでしたら、我々が車で御案内いたします」元山がいった。

「そうですか。では、是非お願いいたします」

「承知しました。あのう、御遺体のほうはどのようにされますか。葬儀の手配などは、まだこれからだろうとは思いますが」

多々良は元山と岡本の顔を見比べた後、視線を富田に移した。

「解剖の予定はない、ということですね」

西口は横で聞いていて、どきりとした。警視庁捜査一課の管理官の口から解剖などという言葉が出ると、事態が実際以上に重々しく感じられる。

「いや、その、これまでに報告を受けたかぎりでは、その必要はなさそうなので」富田が助けを求めるように岡本と元山を見た。

「地元の医者の見立てでは、たぶん脳挫傷だろうということでした」岡本がしどろもどろになっていい、そうだろ、と隣の元山に振った。

元山は、そうです、と答えた後、「血中アルコール濃度は鑑識のほうで調べてもらいました」と続けた。「やはり少し酒が入っていたようで、酩酊とまではいかないけれど、少しふらつく程度には酔っていたのではないか、ということでした。酔いをさますために散歩して、堤防によじのぼったところ、足を滑らせるかして岩場に転落した——そう考えるのが妥当ではないかと」

多々良は少し俯いて黙考した後、顔を上げた。

「とりあえず現場を見せてもらいましょうか。遺体については、その後で考えます。——それでいいですね」最後の台詞は塚原早苗に向けられたものだ。はい、と彼女は答えた。

それから約三十分後、西口の運転する車は、遺体発見現場に到着していた。ただし足場が悪いので、堤防の上から見下ろすしかない。それでも遺体のあった岩場に血の痕が生々しく残っていることは確認できた。塚原早苗は口元を押さえ、嗚咽《おえつ》を漏らした。多々良は合掌した後、鋭い目つきで改めて現場を見下ろした。

「今朝からずっと周辺の聞き込みをやらせていますが、昨夜塚原さんらしき姿を目撃したという人は見つかっていないんです。何しろ、こんな田舎ですからね、夜八時を過ぎてしまえば、大抵の者は家から出ません」元山が言い訳をするようにいった。

多々良は周囲を見回した。「このあたり、夜は暗そうですね」

「そりゃもう、真っ暗でしょうなあ」

「旅館からは四百メートルほどだという話でしたね。暗い中でその距離を、よく歩いてこられたものですね。塚原さんは懐中電灯を持っておられたのかな」多々良は独り言のように呟いた。

「いや、真っ暗といっても足元が見えないほどでは。昨夜は月明かりもあったと思いますし」元山があわてた様子で自らの発言を修正した。

「とにかく懐中電灯は見つかっていないわけだ」

「それはまあ、そうですが、海に落ちたのかも」元山の泳いだ視線が西口に向けられた。

「旅館の主人たちは塚原さんが出ていったことさえ知らなかったわけですから、懐中電灯を貸したということはないはずです」西口はいった。「ただ、ああいう宿では各部屋に非常用の懐中電灯を備えてありますから、それを持ち出した可能性はあります。後で確認しておきます」

だが多々良は西口の話を聞いていないのか、頷くこともなく岩場を見下ろしている。やがてその鋭い目を元山に向けた。

「申し訳ないんですが、急いで署に戻っていただけますか。署長さんに御相談したいことがあります」

10

場内の冷房はしっかりと効いていたが、デスメックの開発課長は額に汗をかいていた。それをハンカチで拭きながらマイクを手にした。

「ですから、プランクトンへの影響についても、これから調べていかなければならないと考えています。おっしゃる通り、海底を掘削すれば、食物連鎖に多少の影響は出てくると思います。それがどの程度なのかを明らかにした上で――」

「だから、その調査段階の掘削で大きな影響が出たらどうするんだって、こっちは訊いてるわけ。それで魚が獲れなくなったら、どこがどう責任を取ってくれるわけよ」Tシャツから太い腕をむきだしにした男が立ち上がって怒鳴っている。漁業関係者だった。成実たちが開く集会にも熱心に参加してくれている。

「すみません。そう興奮しないで。デスメック側の説明はまだ終わってないみたいなので、それを聞いてから、手を上げてください。何度もいいますけど、どうか勝手に発言しないで」うんざりした様子で司会進行役を務めているのは、昨日とは違い、市役所の広報課長だ。約二時間に及ぶ討論会を仕切っているうちに、彼はすっかり声を潰していた。

デスメックの開発課長はマイクを握り直した。

「調査のための掘削は、すでに少しずつ行っておりますが、今のところ大きな影響は認められておりません。その規模を今後、徐々に大きくしていくわけですが――」

「それがおかしいっていうんだよ。なんで、そんなことを勝手に始めてるんだよ。誰が許可したんだ」座ったままで別の誰かが声を荒らげた。

「何いってんの。調査の掘削をしたから、あそこにレアメタルが眠ってるってことがわかったんじゃないか。調査なんて、誰の許可もいらんだろ」そういったのはデスメックの人間ではなく、成実のそばにいた背広姿の男だった。

「なんだよ、あんた。どっちの味方だ」さっき発言した男が怒鳴る。

「どっちの味方をするかを考えるために来てるんだよ。魚の話はもういいよ。それよりデスメックさんには、もっとビジネスの話をしてほしいんだけど」

「もういいって、何だよ、それっ」

「すみません。ちょっと待ってください。手を上げてください。お願いですから、いう通りにしてください」司会者が眉を八の字にしてマイクで叫んだ。

海底熱水鉱床開発を巡る日本初の討論会は、円滑に進んでいるとはお世辞にもいえなかった。デスメックを含めた一部の人間を除くと、殆どの者が十分な知識を持っておらず、議論がうまく嚙み合わないのだ。しっかりと準備をしてきたつもりの成実でさえ、すべてを理解できているとはいいがたく、フラストレーションが溜まっていた。

もっとも今日の成実は、あまりこの討論会に気持ちを集中できないでいる。理由は明白で、例の塚原という客の遺体が見つかったことが気に掛かっているのだ。

昨日、この同じ講堂で、塚原と目が合ったことを思い出した。彼はたしかに成実に向かって会釈してきたように見えた。それともあれは勘違いだったのだろうか。節子に付き添って玻璃警察署まで出向いたが、いろいろと訊かれるだけで、詳しいことは殆ど教えてもらえなかった。

成実は、デスメックの社員たちと並んで座っている湯川に目を向けた。彼は机に置いた資料を眺めているようにも見えたが、心ここにあらずで、討論の内容など聞いていないのではないかと思われた。眼鏡を外していたからだ。

結局、予定より四十分以上もオーバーして、討論会は閉会となった。デスメックの面々は疲れきった顔をしている。推進派側にいる者で平気そうなのは湯川だけだ。荷物を片づけると、飄々とした様子で出ていった。

「まあ、こんなところかな」成実の隣にいた沢村が立ち上がりながらいった。「次の討論会を約束させただけでも収穫だ」

「でも、深海生物の生息に関するデータは公表させたかったたです。まだ整理してないなんていってましたけど、絶対に嘘だと思うんですよね。質疑応答の時に、沢村さんが何かおっしゃるかなと思ったんですけど」

沢村は資料を鞄に収め、肩をすくめた。

「いおうかどうか、迷ってはいたんだ。だけどそのうちに漁業の話になっちゃってさ。つまりまあ、タイミングを逃しちゃったわけだ」

討論に慣れている彼にしては珍しいことだ。裏を返せば、それだけ難しい問題だということでもある。

「ところでさ」講堂を出た後、沢村は周りを気にするように声のトーンを落とした。「討論会が終わるまでは訊かないでおこうと思ってたんだけど、家のほうはどうなの?」

「家のほう?」

「聞いたよ。昨日、帰ってこなかったお客さん、結局亡くなってたんだって?」

「ああ……」狭い町のことだ。噂はすぐに広がる。「そうなんです。びっくりしました」

「どこかから落ちたらしいって聞いたけど」

「堤防です。堤防から岩場に落ちて、頭を打ったみたいです」

「そりゃあ気の毒に。しかし君のところも大変だな。警察が来たんじゃないの?」

成実は頷き、午前中は節子と警察に行っていたことを話した。

「それで、警察は何といってんの?」

「特に何もいってません。まだ何もわからないみたいです。うちでは、酔っ払って堤防によじ上って、それで足を滑らせたんじゃないかっていってるんですけど」

「ふうん。何もそんなところに上らなくてもよかったのになあ。自殺ってことはありえないのかな」

「それはないと思います。だって、高さはせいぜい五メートルぐらいですよ。飛び降りたって、必ず死ぬとはかぎらないじゃないですか」

それもそうかな、と沢村は呟いている。

公民館を出ると、沢村たちと別れ、成実は自転車に跨った。海沿いの道を軽快にペダルを漕いで進む。間もなく、前方に長身の後ろ姿が見えた。湯川だとすぐにわかった。ブレーキをかけてスピードを落とし、「湯川さん、早すぎ」と後ろから声をかけた。

湯川は立ち止まって振り返った。「やあ」力の抜けた返事だ。「早すぎる？　何が？」

「席を立つのが、です。誰よりも早かったじゃないですか」

「見てたのか」

「眼鏡を外して、やる気なさそうに座っているところもね」

「不毛な議論に付き合わされて、虚しさを感じていただけだ」

湯川が歩き始めたので、成実は自転車から降り、ハンドルを押しながら並んで歩いた。

「宿に戻られるんですよね。タクシー、使わないんですか」

「この町のタクシーは当てにしないことにした。必要ない時にはいくらでも走っているくせに、こっちが必要な時には一台も見当たらない」

昨日、駅でタクシーを捕まえられなかったことが、余程悔しいらしい。

「ところで、不毛な議論っていうのは聞き捨てなりませんね。みんな、一生懸命に話し合ってるのに」

「話し合ってない。デスメックの連中は討論会を開いたという実績を残したいだけだし、君たち反対派はただ難癖をつけているだけだ。あんなものは議論ではない」

「環境保護を要求するのは難癖ですか」

「君たちは完璧な環境保護を要求している。この世に完璧なものなどない。存在しないものを要求するのは難癖以外の何物でもない」湯川の口調が鋭くなると同時に、彼の歩幅は広くなる。成実は小走りになった。

「何かをしてほしいわけじゃありません。破壊しないでくれといってるんです。人間がおかしなことをしなければ、この美しい海は守られるはずです」

「おかしなことかどうかは誰が判断する？　君か？」

湯川の台詞を聞き、成実は足を止めた。だが彼は構わず、すたすたと歩いていく。

その背中をひと睨みした後、彼女は自転車に跨った。ぐいっとペダルを漕ぎ、スピードを上げる。湯川を追い越したところでブレーキをかけた。

物理学者は足を止め、冷めた目で見返してきた。「まだ議論を続けたいのか、討論会は終わったというのに」

成実は彼を睨みつけた後、ふうーっと息を吐き、笑顔を作った。

「湯川さん、まだしばらくはこの町にいるんですよね」

「調査船での仕事が終わるまではね」

「だったら、御案内したい場所があります。湯川さん、潜れますか」

「潜る？」

「スキューバ・ダイビングです。やったことありますか」

湯川は背筋を伸ばし、警戒する目つきになった。さらに、ぐいと顎を引く。「こう見えても、ライセンスを持っている」

「素晴らしい」成実は目を見開いた。「じゃあ、近々、是非一緒に潜りましょうよ」

「案内したい場所というのは海かい？」

「もちろん。だってあたしたち、たった今まで海の話をしていたじゃないですか」

「たしかに。では、機会があれば是非」

「機会は作ります。きっとですよ。約束しましたからね」成実はペダルに足を載せ、踏み込んだ。玻璃ヶ浦の海に潜った時、あの物理学者は一体どんな顔をするだろう。それを想像するだけで、わくわくしてきた。

11

玻璃ヶ浦駅のそばには、小さな土産物屋が並んでいる。そのうちの一軒の店先を眺めていると、「恭平ちゃん」と声をかけられた。成実が自転車でゆっくりと近づいてくるところだった。「何してるの？　もう、家へのお土産を探してるの？」

恭平は首を横に振った。

「やることがなくてつまんないから、何か面白いものがないかなと思って、ここまで来ただけ」

「そうかあ。本当だったら今日は、海に行くはずだったもんねえ」成実は顔を曇らせる。

「まあ、仕方ないんだけどね」

午後になってからも、ひっきりなしに警察の人間が『緑岩荘』にやってくるので、重治が家を空けられないのだ。

「まだ、警察の人はいる？」

「もう帰ったと思う。成実ちゃん、会議どうだった？　面白かった？」

成実は苦笑した。「あんなもの、面白いわけないよ。恭平ちゃん、まだ帰らないの？」

「うん、もうちょっと散歩してる」

「そう。じゃあ、あまり遅くなりすぎないようにね」成実は自転車から降り、坂道を上がり始めた。

　喉が渇いたので自動販売機でコーラを買った。飲みながら、どうしようかと考えていたら、湯川が歩いてくるのが見えた。上着を脱ぎ、肩にかけている。

「海には行かなかったみたいだな」恭平を見て、湯川がいった。

「どうしてわかるの？」

　湯川は恭平の顔を指差してきた。「ちっとも日焼けしてない」

　恭平は下唇を突き出した。「警察が来るから、伯父さんが忙しいんだ」

「それは残念だな。警察は一体何を調べているんだろう」

「知らないよ。さっき、岩場を見てきたけど、全部片づけられちゃってる感じだし」

「岩場を？」湯川の眼鏡が光った。「君は現場を知ってるのか」

「知ってるよ。伯父さんに教えてもらったから。近づいちゃいけないっていわれたけど」

　湯川は小さく頷いた。「案内してくれ」

「えっ、僕が？」

「そうだ。ほかに誰がいる」

「いいけど……もう何もないよ」

「構わない。さあ、行こう」湯川が先に歩きだした。

　数分後、二人は堤防のそばに立っていた。立入禁止を示すテープが張り巡らされているが、見張りの警察官はいない。さすがは田舎だ。湯川が構わずテープの内側に侵入したので、恭平も倣った。堤防に飛びつき、身を乗り出す。

「あそこに落ちたみたいだね」恭平は血らしきものが付着した岩を指した。「下駄の片方が見つからないんだって。たぶん、海に落ちたんだね」

「下駄の片方が？　ということは、もう一方は遺体が履いていたのかな」

「そうなんじゃないの」

湯川は頷き、中指で眼鏡の位置を直した。何かを観察するように、じっと岩場を見つめている。

「どうしたの？」

湯川は我に返ったように瞬きし、「いや、何でもない」といった後、視線を遠くに向けた。「それにしても素晴らしい眺めだ。成実さんが自慢するのも無理ないな」

「お昼頃だと、もっと眺めがいいそうだよ。ねえ、知ってる？　どうしてこのあたりの地名に玻《は》璃《り》って付いてるか」

「火山地帯だからじゃないのか」湯川は、あっさりと答える。

「火山？　どうして？」

「玻璃というのは、火山岩に含まれる非結晶物質のことだからだ」

恭平は眉根を寄せ、物理学者のすました横顔を見た。

「そんなんじゃないよ。ここでいう玻璃は水晶のことなんだ。七宝って知ってる？　仏教に、この世での最高の宝ってのが七つあって、そのうちの一つが水晶なんだって」

湯川は、ゆっくりと恭平のほうに顔を巡らせた。「君は仏教マニアか」

恭平はにやりと笑い、鼻の下を擦った。

「昨日、花火をしている時に伯父さんから聞いたんだ」

「なるほど。で、その水晶がどうした」

「太陽が真上近くに昇ると、海の底が照らされて、まるで色のついた水晶がいくつも沈んでいるみたいに見えるんだって。だから玻璃、玻璃ヶ浦ってわけ」

湯川は口を半開きにし、顔を上下に動かした。そのまま再び海のほうを向く。

「そういうことか。それほど海の水が澄んでいるというわけだな。なかなか勉強になった。機会があれば、昼間に眺めに来よう」

「それがさあ、浅いところだと、そんなふうには見えないみたいだよ。少なくとも百メートルぐらいは沖に出ていかないとだめなんだってさ」

「百メートルか。泳げない距離ではないな」

「だって、このあたりは遊泳禁止だよ」

「海水浴場に行けばいい」

「わかってないな。海水浴場があるあたりだと、奇麗な海底を見るにはもっと沖に行かなきゃいけないんだよ。二百メートルとか三百メートルとか。遊泳禁止のブイより先だよ」

「そうか。海水浴場は遠浅だからな。じゃあ、ボートに乗って行けばいい」

「だよね、やっぱり」恭平は肩を落とす。

「どうした？　何か問題があるのか」

恭平は組んだ両腕を堤防に載せ、さらにその上に顎を置いた。

「大きな船だと大丈夫なんだけど、小さい船だと、すぐに酔っちゃうんだ。お母さんは、僕が偏食だからだっていうんだけど、そんなの関係ないと思う。体質だよ。友達に、僕なんかよりもっと好き嫌いの多いやつがいるけど、乗り物酔いなんてしたことないっていってるもん」

「たしかに体質は大いに関係がある。三半規管がうまく機能しなくなるわけだ。しかし、心がけ次第で、かなり改善できるケースもある。君は車は平気なのか」

「お父さんの車なら大丈夫だけど、バスだと時々酔う。だから、なるべく前の席に座らせてもらうようにしてる。前のほうが揺れが少ないから」

「前の席に座るだけでなく、視線も重要だ。たとえばカーブの多い道を走っている時なんか、身体が遠心力で外側に振られるだろう？　その時、視線も一緒に振られると、三半規管の情報と視覚情報が一致しなくなり、脳が混乱する。その結果、乗り物酔いになる。視線を乗り物の進行方向に固定しておけば、その症状は出にくい。乗り物酔いしやすい人でも自分で運転している時には大丈夫なのは、運転中は常に前方を見ているからだ」

恭平は顔を起こし、湯川を見た。「博士はそんなことも研究してるの？」

「専門外ではあるけれど、関連技術について調べたことはある」

「ふうん。いろいろなことをするんだね、科学者って。その方法、今度バスに乗った時に試してみるよ。でも、それで効果があったとしても、船では使えないな」

「どうして？」

「だってさ、僕は海の底が見たいんだよ。前ばっかり見てたら、下を見られないじゃん」

「まあ、たしかに」

「乗り物酔いの薬はあまり飲んじゃいけないってお母さんからいわれてるし、残念だけど仕方ないよ」恭平は堤防から離れ、踵《きびす》を返した。さっき来た道を引き返す。

「諦めるのか」湯川が問いかけてきた。「海底の玻璃を見たくないのか」

「だって、どうしようもないもん。船酔いしたくないし」そういって少し歩いた後、恭平は足を止め、振り返った。湯川はまだ堤防のそばで佇んでいる。「宿に戻らないの?」

湯川は肩にかけていた上着を着始めた。

「先に戻っててくれ。私はここで少しプランを練る」

「プラン? 何の?」

「決まっている。君に玻璃を見せるプランだ」

12

湯川の夕食時刻は七時からと指示されていた。ところが七時になっても、あの偏屈の物理学者は宿に戻ってこない。

どうしようかと考えていると、両手に紙袋を提げて湯川が現れた。汗びっしょりだった。

「湯川さん、今、電話しようかと思っていたところだったんです」

「申し訳ない。例によってタクシーが捕まらなくてね」

「一度、お部屋に戻られますか」

「いや、このままで結構」

すでに膳は用意してある。荷物と上着を傍らに置き、湯川は座布団の上で胡座をかいた。

「ホームセンターに行かれてたんですか」グラスにビールを注ぎながら成実は訊いた。紙袋が、その店のものだったからだ。小さな店だが、この町では重宝されている。

「ちょっとした実験をしたくてね」湯川はグラスを口元に近づけたが、ビールを飲む前に成実を見た。「一つ頼みたいことがあるんだけど、きいてもらえるだろうか」

「何でしょうか」

「空いたペットボトルがほしいんだ。できれば炭酸飲料の容器がいい」

「ペットボトル？　コーラの一・五リットルのならあると思いますけど」

「最高だ。五、六個用意しておいてくれ。後でもらいに行くよ」

「何に使うんですか、そんなもの」

「それは、明日、偏屈少年から聞くといい」

「偏屈少年？」成実は眉をひそめた。「うちの甥のことですか」

「そうだ。こういっては何だが、あんなに偏屈な子供は久しぶりに見た」

旨そうにビールを飲む湯川の顔を、成実はしげしげと眺めた。すると彼はそれに気づいて、

「僕の顔に何か？」と尋ねてきた。

「いいえ」笑いを堪えながら彼女は答え、腰を上げた。「どうぞ、ごゆっくり」

宴会場を出た後、そのままエレベータに乗り、三階にある湯川の部屋に行った。布団を敷くためだ。マスターキーはポケットに入れてある。

部屋に入った途端、床の間の前に置かれた段ボールが目に留まった。今日届いた宅配便だ。彼がこの宿に泊まることにしたのは昨日だから、宿についてから、誰かに送るよう指示したのだろ

う。伝票を見ると、差出人は帝都大学物理学科第十三研究室となっていた。ワレモノ注意のシールが貼ってある。品名の欄には、「瓶類」とあった。

布団を敷いた後、成実は自分たちの居間に戻った。重治と節子が食後の茶を飲んでいるところだった。恭平の姿はない。自分の部屋にいるのだろう。

「湯川さんの布団、敷いてきたから」

御苦労様、と節子が呟いた。その声は沈んでいる。重治の表情も冴えない。

「どうしたの?」成実は両親の顔を交互に見た。

「いやあ、その、今二人で話してたんだけどさ」重治が口を開いた。「そろそろ潮時かなって思うわけだ」

「潮時……」それだけで何のことをいっているのかはわかった。「閉めるの、この宿?」

「仕方ないだろう、こんな状況じゃあ。いくら盆が過ぎたからって、客がたった一人ってのはどうかと思う。しかも、あんな事故は起きちまうし」

「事故はうちのせいじゃないでしょう」

「いや、そうでもないぞ。従業員がいないから、塚原さんが出ていってもわからなかったし、いないと気づいた後も、すぐには探しに行けなかった。今日の昼間、塚原さんの奥さんがいらっしゃってなあ、恨みがましいことは一言もおっしゃらなかったんだけど、俺は申し訳なくて仕方がなかったよ。それなのに奥さんは、一泊分の料金を払うとまでいってくださって……」

「まさか、受け取ったんじゃないでしょうね」

「受け取るわけないだろ」重治は手を大きく横に振った。「もちろん、宿泊費なんかは結構ですといったさ。それでも奥さんは、迷惑をかけてるんだから料金ぐらいは払わせてくれといって、なかなか引き下がってくれなかったんだ。最後には何とか納得してもらえたけどな」

「そう……」

「まあ、そろそろやめてもいい頃だとは思うんだ。十五年か。自分でも、よくやったほうだと思うよ」重治は腕組みをし、昔を懐かしむように室内を見回した。

その言葉を聞き、成実の脳裏に忽ち当時の記憶が蘇った。その頃、彼女はまだ中学生だった。東京で会社員をしていた重治が、地元に戻って『緑岩荘』を継ぐことを決心した。じつはその数年前に彼の父、すなわち成実の祖父が脳梗塞で倒れており、周囲の人間から継いではどうかといわれていたのだ。

この町に越してきた当時のことを、成実は今も鮮明に思い出すことができる。父の生家なので、それまでにも何度か来たことはあったが、これからの自分の住処だと思うと、すべての風景が違って見えた。取り分け彼女を感動させたのは、海の色の美しさだった。これを守ることが自分の役目であり生き甲斐になるだろう、と直感的に思った。

そんなふうに過去に思いを巡らせていたが、低いブザーの音が彼女の思考を現実に引き戻した。表のカウンターに取り付けられたボタンを、誰かが押したらしい。湯川のはずはないから、訪問者だろう。

「誰かしらね、こんな時間に」節子が時計を見ていった。

成実は首を傾げながら腰を上げた。ロビーに出てみると、西口剛が靴脱ぎに立っていた。

「よお。何度もごめん」軽く右手を上げた。

「それはいいけど、西口君、まだ仕事してたんだ。大変だね、警察官って」

「まあ、ふだんは大して忙しくもないいんだけど、ああいうことがあると、やっぱりね。人の命が関わってるとなれば、いい加減なこともできないしさ」

成実は頷いた。そうだろうな、と思った。

「あれからどうなった？　事故の原因とか、わかったの？」

「いやあ、まだ何ともいえないいんだよね。事故かどうかも怪しいって話でさ」

軽い口調で漏らした西口の言葉に、成実はぎくりとした。

「えっ、それ、どういうこと？　事故じゃないいんなら何なの？　自殺？」

「だから何ともいえないいんだって。たぶん自殺のセンはないだろうけど、ほかの可能性はあるわけで……。あっ、いや、でもやっぱり事故ってことで落ち着くかもしれないし」西口はしどろもどろになった。

成実は顎を引き、上目遣いにかつての同級生を見た。「他殺かもしれないってこと？」

西口は、ばつが悪そうな顔つきで眉のあたりを掻いた。

「本当に、まだ何もわかってないいんだ。ただね、あの塚原っていう人、元警視庁の刑事だったんだ。しかも捜査一課の」

「えっ……」その部署が殺人事件の捜査を担当するということぐらいは成実も知っている。彼女は中学時代まではミステリマニアだったのだ。

「それで今日の昼間、奥さんと一緒に、塚原さんの後輩だっていう人もうちの署に来たんだよ。その人も捜査一課でさ、しかも管理官なんだ。わかる？　管理官って。捜査一課長の下の役職でさ、実質的に捜査を仕切る立場なわけよ。階級は警視だぜ。そんな偉い人が来ちゃったもんだから、署長までびくびくしてやがんの」

「その人が何かいったの？」

「いったんだと思う、たぶん。というのはさ、現場を案内した後、もう一度署長に会いたいっていいだしたんだ。で、小一時間ぐらい、署長室で何かひそひそやってた。その後、その管理官は奥さんと一緒に帰ったんだけど、遺体も東京に運ばれることになったわけよ。でもどうやら葬儀のためではなさそうなんだよね」

「じゃあ、何のため？」

「そりゃあもちろん」西口は口元を右手で覆った。「解剖する気じゃねえの。司法解剖」

成実は息を呑んだ。言葉が出なかった。

「まあ、もし殺人事件ってことになったら、県警本部が黙ってないだろうし、玻璃ヶ浦の事件で警視庁が動くってのは変なんだけど、そのへん、上のほうで何やら話し合ったんだと思うんだよね。とにかくそういうわけで、途端にうちの署内もピリピリしたムードになっちゃってさ、調べられるだけのことは今日中に調べとけって号令がかかったって次第」西口は、さすがにしゃべりすぎたと思ったらしく、「いけねえいけねえ」と口にチャックをする仕草をした。「ここまで話したのは、川畑が同級生だからだぜ。だからさ、ここだけの話ってことにしてくれよな」

「うん、わかった。それで西口君、用件は何？」

「そうだった。肝心なことを忘れてた」西口は一度ぴんと背筋を伸ばした後、軽く会釈するように腰を曲げた。「じつは、お借りしたいものがあります。宿泊客名簿……っていうのかな。つまり、こちらに泊まった人たちの名簿があればありがたいのですが」

「そんなもの、どうするの？」

「まあ、これはいいにくいことなんだけど」西口は館内を見回した。「塚原さんがこの宿を選んだのはなぜだろうって話になってるんだ」

「ふつうなら、こんなに古くて汚い宿は選ばないってこと？」

「そこまではいわないけど、何か特別な理由があったのかもしれないだろ。誰かに勧められたとか。それで、過去の宿泊客が知りたいんだ」

「ああ、なるほどね。何年分ぐらい？」

「できれば、あるだけ」

「わかった。両親に訊いてみる」成実は居間に引き上げながら、西口の言葉を反芻していた。本当にそうだ。なぜ塚原は、この『緑岩荘』を選んだのだろうか。

13

恭平が朝食を終えて自分の部屋に戻ろうとすると、ロビーに湯川がいた。籐の長椅子に座り、壁の絵をじっと眺めている。海を描いたものだ。

「この絵は、ここの家の人が描いたものだろうか」突然尋ねてきた。

「知らない。この絵がどうかしたの？」

湯川は絵を指差した。

「この宿からだと、どんなにがんばってもこんな風には見えない。どこから海を眺めたのだろうかと思ってね」

恭平は絵と物理学者の顔を交互に見てから首を捻った。

「どこからでもいいじゃない。そんなこと」

「よくはない。この町は海の美しさを売りにしていて、ここはそれに惹かれてやってきた人々が泊まるために建てられた宿のはずだ。そんな宿に海の絵があれば、近くの風景だと思って当然だ。もしこの絵に描かれた海が別の場所だったり、想像図だったりした場合は、一種の詐欺行為だといえる」

「えー、そんな大袈裟な」

湯川は改めて絵を見つめた後、恭平のほうを向いた。「君の今日の予定は?」

「別に決めてないけど」

「そうか」湯川は腕時計に目を落とした。「今、八時半だ。よし、三十分後の九時に、再びこの場所に集合しよう」

「えっ、どうして?」

「昨日、いったはずだ。君に海底の玻璃を見せるプランを練っていると。それが固まったので、早速実行してみようと思ってね」湯川は立ち上がった。

恭平は驚いて学者を見上げた。「僕、船は嫌だよ」

「わかっている。たった百メートルだ。船なんかは必要ない」湯川は指で拳銃の形を作り、海の絵に向けた。「うまくいくといいがね」

約三十分後、半袖シャツ姿でロビーに現れた湯川は、両手に鞄と二つの大きな紙袋を提げていた。片方の紙袋を渡されたが、口がしっかりと閉じられているので何が入っているのかは恭平にはわからない。提げたところ、見た目のわりに重くはなかった。中身は何かと尋ねたが、「弁当ではないから期待するな」とはぐらかされた。

「ところで、携帯電話を持ってきたか」宿を出る時、湯川が訊いた。

これ、といって恭平は短パンのポケットから例のキッズケータイを見せた。湯川は満足そうに頷き、歩きだした。

行き先についても湯川は何も教えてくれなかった。恭平としては後をついていくしかない。宿泊客が転落死した場所のそばを通ったが、湯川が足を止めることはなかった。

港を通りすぎ、防波堤までやってきた。湯川は突端に向かって足を速める。

「防波堤の先で、何かするわけ？」

「そのために君を連れてきた」

「何する気？　早く教えてよ」

「がつがつするな。すぐにわかる。君が好奇心を働かせるのは、その後だ」

防波堤の突端に辿り着いたところで湯川はようやく足を止めた。

「紙袋を開けて、中のものを地面に並べてくれ」

恭平はいわれた通りにした。紙袋の中には、プラスチック製のバケツにビニールロープ、ペットボトルを加工して作ったと思われる筒のようなものなどが入っていた。

「ペットボトルロケットを知っているか。水ロケットともいう」

「学校の行事で見たことがある。水を噴かせて飛ばすんだよね」

「知っているなら好都合だ。今からここでそれを作る」

「えー、今から？」

「心配しなくても、ほぼ完成している。昨夜、部屋で作り上げた。持ち運ぶために分解しただけで、組み立てるのは簡単だ」話しながら湯川は、慣れた手つきで部品を組み合わせていく。みるみるうちに単なる筒がロケットの形に仕上がってきた。しかも、恭平がいつか学校の催しで見たものよりもはるかに大きい。長さは一メートルを優に超えている。

「博士、こんなものを部屋で作ってたんだ……」

「君に百メートル以上先の海底を見せる方法についていろいろと検討した結果、これが一番いいという結論に達した。物理の勉強にもなるしな」

「どうしてロケットを飛ばせば海の底が見えるわけ？　関係ないじゃん」

湯川は作業の手を止めた。

「ガガーリンを知ってるか。ロケットがなければ、人類は地球の本当の姿を見られなかった。ロケットは必要なんだよ」そういって指先で眼鏡を押し上げた。

14

報告書を書いていると、机の前に誰かが立った。草薙《くさなぎ》はパソコンのキーボードから顔を上げた。係長の間宮《まみや》が見下ろしてきた。

「何だ、草薙。ブラインドタッチ、できないのか」

「そういう係長はどうなんですか」

「俺にそんなことできるわけないだろ」間宮は周囲を見回した後、腰を屈めた。「今、時間はあるか」

草薙は身体を揺すって笑った。「急いで報告書を仕上げろといったのは係長ですよ」

「それは後回しでいい。ちょっと一緒に来てくれ。多々良さんが待っている」

「管理官が？」咄嗟に、最近の自分の言動を大急ぎで振り返った。何かミスをしでかしただろうか。

「心配するな。叱責されるわけではなさそうだ。とにかく来てくれ」

返事を待つこともなく間宮は歩きだした。草薙はあわてて立ち上がり、後を追った。

小会議室の前まで行くと、間宮がドアをノックした。どうぞ、という返事が聞こえた。多々良の声だ。

間宮がドアを開けて入っていく。草薙も続いた。

多々良は上着を脱ぎ、椅子に腰掛けていた。会議机の上には何枚もの書類が載っている。中には写真もある。どこの町かはわからないが、地図のコピーもあった。

「忙しいところを悪いな。まあ、座ってくれ」

多々良に促され、草薙は間宮と並んで椅子に腰を下ろした。

「君たちに来てもらったのはほかでもない。少々イレギュラーなことを草薙君に頼みたいからだ」多々良は草薙のほうを向いた。穏やかな顔つきではあるが、眼鏡の奥の目からは鋭い光が放たれている。

草薙は背筋を伸ばし、はい、と答えた。

「塚原正次さんが亡くなったことは聞いているかね」

即座に返答できなかった。全く予期していない質問だったからだ。

「昨日、噂で聞きました。旅先で亡くなられたとか」

塚原正次が捜査一課にいたのは十年ほど前までだ。その後、体調を崩したことが理由で、他の部署に移っていった。もっとも係が違ったので、草薙は塚原のことを殆ど知らない。昨年、定年退職していたということも、昨日初めて知った。

「塚原さんは私の先輩でね、非常に世話になった。私が一人前の警察官になれたのは塚原さんのおかげだといっていい」

草薙は頭を下げた。御冥福をお祈りします、とでもいえばいいのだろうかと考えた。

「昨日、塚原さんの奥さんに付き添って、亡くなられた現場を見てきた。こういう場所だった」

多々良が一枚の写真を草薙の前に置いた。どこかの海岸の岩場を、上から撮影したようだ。「この岩場で倒れているのが見つかったんだ。脳挫傷というのが診断結果だ」

草薙は眉間に皺を寄せた。「足を滑らせて、堤防かどこかから転落されたんでしょうか」

「地元の警察では、そういう結論に落ち着かせたいようだった。解剖に回す気もなさそうだった」

その微妙な言い方に、草薙は何らかの思惑を感じ取った。「何か気になることでも？」

「霊安室で遺体を見た瞬間、すぐに思った。これは単なる転落死ではない、とね」多々良は草薙と間宮を交互に見てから続けた。「私は転落死体は何度も見ている。たとえ数メートルの高さであっても、脳挫傷するほどの衝撃を受けたのなら、全身に内出血が残るはずだ。だが遺体に内出血は殆ど見られなかった。つまり、岩場に落ちる前から、塚原さんは亡くなっていた可能性が高い」

ぞくり、と全身に鳥肌が立つのを草薙は感じた。他殺かもしれないという予感からか、多々良の慧眼に恐れ入ったからなのか、自分でもわからなかった。

「現場を見て、さらに確信した。塚原さんは酒好きだったが、酒に飲まれるようなことはなかった。酔って堤防に上がり、足を滑らせて落ちたなんて話、到底受け入れられん」

「向こうの警察にも、そのように話をされたわけですか」間宮が訊いた。

多々良は苦笑し、かぶりを振った。

「あの田舎警察に任せていたのでは、いつまで経っても死因すら特定できないおそれがある。それよりも、さっさと遺体を引き取って、こっちで解剖したほうが話が早い」

間宮が目を見開いた。「こちらで解剖されるおつもりですか」

「そんなに驚くことはないだろう。手続きさえ踏めば、何も問題ない。じつは刑事部長から、向こうの県警本部に電話を入れてもらった。こちらで解剖して、もし他殺の疑いが濃厚ということになれば、即座に向こうの捜査一課に動いてもらう手筈だ。もちろん情報は漏らさず提供する。それなら向こうの面子《メンツ》が潰れることもないだろう。玻璃警察署の署長も納得してくれた」

早口で語る多々良の顔を、感嘆する思いで草薙は眺めた。きちんと櫛目の入った髪、銀行マンを思わせる容貌に似合わず、捜査員時代はやや暴走気味の行動で周囲をはらはらさせたという。

単なる噂ではなかったらしい、と今の話を聞いていて思った。

「それで、解剖はいつ？」

間宮の質問に、多々良はにやりと笑った。「もう終わった」

えっ、と草薙は間宮と共に声を上げた。

「いや、終わったというのは正確ではない。昨夜のうちに遺体を運んで、今朝早くから解剖に取りかかってもらったのだが、まだ正式な死体検案書は出ていない。死因がわからないそうだ」

「死因不明……」草薙は呟いた。「ということは、やはり脳挫傷ではなかった、と？」

「そういうことだ。死因は不明だが、頭部の傷は死亡後に生じたものだということは明らかになっている。脳溢血、心臓麻痺といった自然死の可能性も否定されている。つまり堤防の上で急死し、転落したということはまずありえないわけだ。また頭部以外には、死因となりそうな大きな傷はない」

「傷がなく、病死でもないとすれば……」草薙は慎重に続けた。「毒物でしょうか」

「だろうな」多々良は頷いた。「現在、様々な検査を行ってもらっている。時間の問題で死因は判明するはずだ。しかし本質的な問題はそんなことではない。すでに死んでいた人間が、なぜそんなところに倒れていたのか、ということだ」先程の岩場の写真を指差した。

すでに草薙には、多々良のいいたいことはわかっている。塚原正次は何者かによって殺されたのだ。

「玻璃警察に捜査本部が立てられそうですね」

「時間の問題でな。おそらく県警本部からうちに捜査協力の要請が来るだろう。しかし、それを待っていたのでは、捜査が後手に回るおそれがある。それに向こうとしては、主導権までは渡す気はないだろうから、すべての情報を流してくれるとはかぎらない。つまり、こちらでも独自に捜査を進めていく必要があるということだ」

「実質的な主導権は警視庁が握る、というわけだ」

草薙の問いに、管理官は首を振った。

「そうではない。私はね、向こうの警察を出し抜こうなんてことは考えちゃいない。あっちがきちんと捜査して、犯人を挙げられるならそれでいいと思っている。しかしもし見当違いなことでもして捜査を長引かせ、結果的に迷宮入りにでもなったら、私は御遺族だけでなく、あの世の塚原さんにも顔向けできない。だから、こちらでも独自の捜査を進めようと考えたわけだ。もしそれで有益な手がかりを摑めれば、迷いなく向こうの県警本部に情報提供するつもりだ」

「その独自の捜査というのを自分にやれと？」

「そういうことだ」多々良は視線を間宮に移した。「どうだろう。君のところは事件を一つ片づけた直後で、しばらくは出番が回ってこない。もちろんいつまでもその状況が続くわけではないだろうが、次の出動まで彼を貸してもらえないだろうか」

「それは……私は構いませんが」間宮は草薙のほうに顔を向けてきた。

「なぜ自分なのでしょうか」草薙は訊いた。

多々良の目が光った。「嫌なのか」

「そうではありません。ただ、不思議なだけです。塚原さんのことなら、自分よりもよく知っている先輩方がたくさんいらっしゃいます」

「わかっているよ。たとえば私がそうだ」

「はい。もちろん、管理官御自身が動くわけにはいかないということはわかっていますが」

管理官は複数の係を指揮している。その中のいくつかは、今も事件を抱えている。

「この警視庁で、私以上にあの方のことを知っている者はいない。つまり、捜査にあたるのが私自身でないのなら、知識という点では誰でも同じことなんだ」

「誰でも同じだから、たまたま手の空いていそうな自分が選ばれたということですか」

「おい、草薙」間宮が窘《たしな》める口調でいった。「言葉に気をつけろ」

「構わんよ。草薙君が疑問に思うのはもっともだ」多々良は意味ありげな笑みを浮かべ、一枚の書類を手にした。「今もいったように、まだ県警本部から協力の要請があったわけではない。それなのにこちらが目立った動きを示せば、向こうとしては面白くないだろう。下手なことをしてへそを曲げられたら後が厄介だ。とはいえ、現地の情報が全くない状態では、こちらとしても手の打ちようがない。何とかして、現場周辺の情報を集める必要がある。さて、その問題をどうやって解決するか」持っていた書類を草薙のほうに押してきた。「塚原さんが宿泊していた宿には、ほかにどんな人間が泊まっていたか、玻璃警察の若手刑事に尋ねてみたら、あっさりと教えてくれた。驚いたことに、塚原さん以外には一人しか客がいなかった。だがもっと驚いたのは、その客が我々のよく知っている人物だったことだ」

草薙は書類に手を伸ばした。そこには、宿は川畑重治という人物が経営する『緑岩荘』という旅館であることが記されていた。さらに宿泊客の名前が——。

「湯川？」草薙は書類から顔を上げた。「あいつがその宿に？」

「今も滞在中らしい」多々良が頬を緩めていった。「これでわかっただろう？　なぜ私がこの任務に君を選んだのかが」

15

　ぶしゅっ、と噴射音が聞こえた時には、ロケットは遥か前方を飛んでいた。恭平は口を尖らせた。また、発射の瞬間を見逃してしまった。ロケットが飛び出すスピードに目が追いつかない。その迫力は彼の予想を越えていた。

　湯川が小さな双眼鏡を構えた。ロケットは海面に着水したようだ。

「距離は？」

　恭平は地面に固定された電動リールの目盛りを確かめた。ロケットには釣り糸が取り付けられていて、引き出された長さで大体の飛距離が測れるようになっている。

「えーと、百三十五メートル。さっきより、ちょっと落ちた」

「よし。では、回収してくれ」湯川は地面に胡座をかき、鞄の上に置いたノートパソコンのキーを叩き始めた。

　その様子を横目で見ながら、恭平は電動リールを使ってロケットを引き寄せる。先程から、これと同じことを六回も繰り返している。湯川はロケットを飛ばすばかりで、なかなか海の底を見せてくれようとしない。そもそも、こんなことを繰り返していて何の意味があるのか、恭平にはまるでわからなかった。

湯川がパソコンの画面を睨み、腕組みした。

「どうやら結論が出たようだな。シミュレーション結果との誤差の原因もはっきりした。これで最適条件で飛ばせるぞ」

「また飛ばすの？　一体、何回飛ばせば気が済むわけ？」

「できれば何回でもだ。本番に向けて、テストは何度でも繰り返しておきたいというのは、有人宇宙ロケットでもペットボトルロケットでも同じことだ。しかし実際のロケットには予算という制約があり、我々には、そろそろ日が高くなってきたことだし、ぐずぐずしていたら海底の玻璃を見られなくなるという時間的制約がある。次を本番としよう」

湯川は立ち上がり、そばに置いてあったバケツを海に投げ込んだ。バケツにはビニールロープを結びつけてある。

電動リールで引き寄せられたペットボトルロケットを恭平が回収する横で、湯川はビニールロープに繋いだバケツを器用に操り、海の水を汲み上げた。これまた、先程から何度も繰り返していることだった。

湯川の作ったロケットは、大きいだけでなく、変わった形の翼が付いていた。本人にいわせると湯川オリジナルなのだそうだが、どこが独創的なのかは恭平にはわからなかった。また、もう一つ特徴があって、内部に煙草の箱ぐらいの大きさの重りがセットされている。その重りの位置を細かく変えて、テストを繰り返してきたのだった。それは百グラムほどの重さがあり、そのせいで飛距離が伸びないのではないかと恭平は思うのだが、湯川によれば、それは絶対に必要なものらしい。

この学者は一体どういう人なんだろう、と恭平は改めて考えずにはいられない。海底の玻璃を見たいといったのはたしかだが、そんなに強い願望があったわけではない。それなのにこんなに真剣に、その願いを叶えようとしてくれている。そのくせ詳しい説明はしてくれない。黙って見ていればわかるとばかりに黙々と作業を進めてしまう。

だがなぜか逆らう気になれなかった。一緒にいれば何かどきどきするようなものに出会えるのではないか、という期待感があった。

「さて、では本番といこう」

湯川はロケットを手にすると、中にセットしてあった例の重りを取り外した。えっ、と恭平は声を上げた。「その重りが大事なんじゃないの」

「この重りはテスト用のダミーだ。本番では、別の物を搭載する」

その時、どこかで携帯電話の着信音がした。湯川が鞄から携帯電話を取り出し、液晶画面を見て表情を曇らせてから電話に出た。「はい、湯川です」

相手は何かを話しているようだ。湯川の眉が動いた。

「申し訳ありませんが、本日は無理です。明日以降にしてください。……実験中なんです。物理の実験をしていますから、今日は無理です。ではそういうことで」電話を切った。

仕事なの、と恭平は訊いた。

「デスメックの人間だ。打ち合わせという名目だが、単に無駄話をしながら食事をするだけだ。そういうものは仕事とはいわない」

湯川はロケットのタンクに、きちんと量を計った海水を入れた。噴射口には水道弁を改造した特性の栓が付けられている。ロケット全体を、これまた手作りの発射台に取り付けた後、自転車の空気入れを使い、タンク内部に空気を送り込み始めた。ペットボトルが膨らむのが目で見てはっきりわかる。海水の量、空気を送り込む量、発射台の角度、すべてこれまでのテストで、どのぐらいが一番いいのかはわかっている。これまでと違うのは、例の重りを取り付けていないことだ。

よし、といって湯川は空気入れをロケットから外した。次に彼がポケットから出してきたのは、先程の携帯電話だ。彼は親指で素早く操作した後、電話を先程まで重りを入れていた部分にセットし始めた。

「えっ、そこにケータイを入れちゃうわけ？」

恭平が驚いて訊いた時、彼のキッズケータイが着信を告げた。思わず出ようとした。

「電話に出るのは後にしろっ」湯川が叫んだ。「スリーカウントで行くぞ。スリー、ツー、ワン、発射」

湯川が発射台に繋がれたスイッチを押した瞬間、ものすごい勢いでロケットの後ろから大量の海水が噴き出した。恭平は素早く前方に視線を移動させる。青い空を背景に、透明のロケットが真っ直ぐに飛んでいく。太陽の日差しを浴び、途中でキラリと光った。

ロケットは、さっきよりも遥かに遠くの海上に落下した。恭平は電動リールの目盛りを見た。二百二十五メートル。これまでで最高記録だ。彼は興奮した声で、そのことを湯川に教えた。

「よし」科学者の反応は淡泊だった。「電話に出るんだ」

そういわれて恭平は、自分の携帯電話が鳴り続けていることに気づいた。ポケットから出してみると、テレビ電話の表示がある。液晶画面を見つめながら繋いだ。

「わあ」思わず声を上げていた。

画面には、色鮮やかに光る海底の様子が映っていた。赤、青、緑。まるで巨大なステンドグラスが沈められているようだ。海の水は澄み切っており、光の角度によって色合いが変化するのもわかった。

「どうだ？」湯川が訊いてきた。

恭平は黙って液晶画面を彼のほうに向けた。無表情だった科学者が、ほんの少しだけ目を見張った。それから二度三度と満足そうに頷き、「実験成功だな」と抑揚のない声でいった。

16

県警本部捜査一課からやってきた磯部という警部は、笑わないかぎりは仏頂面にしか見えないという容貌の持ち主だった。四角い顔の皮膚は分厚そうで、眉も目も糸のように細い。口は黙っているとへの字に曲がったままだ。仮に笑ったところで、野心と企みを秘めた狡猾なものにしか見えないことだろう。

磯部はとりあえず三人の部下を連れて、玻璃警察署に乗り込んできた。とりあえず、というのは本人がいったことだ。

「実際にこちらに捜査本部が立つようなことになれば、五十人ほど連れてきますから」やや胸を張り気味にしていった。仮にそれぐらいの人数が来るとしても、その全員が磯部の部下であるわけがない。彼の肩書きは係長なのだ。

しかし刑事課長の岡本は愛想笑いを消すことなく、「その時にはこちらもきちんと対応できるようにしておきます。よろしくお願いいたします」といって頭まで下げている。

磯部たちが来た目的は、玻璃ヶ浦で塚原正次なる人物の遺体が見つかった件に関して、これまでに判明していることを確認することだった。そこで説明役として、元山と橋上、そして西口の三人が会議室に呼ばれていた。

主に元山が、大体の流れを磯部たちに話した。磯部は腕組みをして聞いている。

「大体、以上が今までに明らかになっていることであります。塚原氏と玻璃ヶ浦の関係については不明で、どういうわけで今回の海底鉱物資源開発に興味を持たれたのかということについても、まだはっきりしたことはわかっていないという状況です」

磯部は腕組みをしたままで黙っている。目が細いので眠っているように見えなくもないが、どうやら起きているようだ。

低く唸った後、磯部は少しだけ目を大きくし、所轄組を見渡した。「で、どうなんですか」

「どう、といいますと?」元山が訊く。

「おたくさんたちから見て、殺しの可能性はどの程度あると思いますか」

「さあ、それは……」元山は隣にいる岡本をちらりと見る。だが岡本は下を向いたままで、特に発言する気はなさそうだ。仕方なさそうに元山は続けた。「現場の状況を見たかぎりでは、特に不審な点はなかったと思います。争った形跡はないし、ほかに目立った外傷もありませんでした」

「しかし警視庁の管理官は何か気づいたわけでしょう？　だから東京で解剖したいといいだしたんじゃないんですか」

　すると岡本が顔を上げた。「いや、それについては必ずしもそういうわけでは……」

「じゃあ、どういうことなんですか」

「亡くなった塚原氏はその管理官の警視庁での先輩だったわけです。それで、解剖もしないで埋葬するのは心残りだから、遺体を東京に運んで専門の医師に解剖を任せたいとのことだったんです」

「その話は聞いています。だから我々がこうして来ているんです。じゃあおたくさんたちは、解剖したところで何も出ないだろうと予想しておられるわけですか。やっぱり単なる事故だろうと」

　岡本は答えない。元山も黙ったままだ。磯部は首を振り、しょうがないな、と小声で呟いた。


「あの磯部っていう係長の評判、あんまりよくないんだよな」窓枠に肘をつき、外を眺めながら橋上がいった。

「どんなふうによくないんですか」西口は訊く。手には缶コーヒーを持っていた。

　二人は中玻璃駅から電車に乗っていた。車内はがらがらだ。四人掛けのボックスシートに、二人で向き合って座っている。

「噂によれば、計算高くて野心家で、おまけにごますり野郎なんだってさ。もしこれが他殺だったら手柄を立てられるチャンスだから、はりきってやがるんだよ」

「あれではりきってるんですか。やけに不機嫌に見えましたけど」

橋上は、ちっちっちっと舌を鳴らして指を振った。

「照れ隠しだよ。今頃は県警本部に戻って、唾を飛ばしそうな勢いで課長に報告してるぜ」

その想像が当たっているのなら、磯部は他殺であることを望んでいるわけだ。岡本や元山に対して苛立った様子を見せたのは、他殺だという確証を得られなかったからかもしれない。

電車は海岸線に沿って軽快に走っていた。やがて玻璃ヶ浦に到着したが、二人が腰を上げることはなかった。今回の目的地は、もう少し先の東玻璃駅だった。

塚原正次はデスメックによる説明会に出席しているが、彼を公民館まで乗せたというタクシーが見つかっていた。その運転手によれば、無線で呼ばれ、東玻璃駅の駅前で乗せたらしい。公民館なら玻璃ヶ浦駅が最寄り駅で、そのことは塚原が所持していた説明会の参加票にも記されている。それなのになぜ東玻璃駅から乗ったのか。考えられるのは、説明会の前に東玻璃駅に行く用があったということだ。そこで西口と橋上が聞き込みに行くことになったのだ。

地形の関係で、東玻璃駅は海から少し離れたところに作られていた。駅前から真正面に伸びる道を進めば、海岸に出られる。その手前にはいくつか脇道があり、バラ園やオルゴール館、トリックアート館といった施設に行けるようになっていた。駅が海から遠いせいか、一時期この町では観光の目玉となりそうな施設が次々と作られたのだ。いうまでもなく、それらの殆どが失敗に終わっている。

通りに沿って小さな商店が並んでいた。その多くはシャッターが閉じられたままだ。開いている店でも、実際に営業をしているのかどうか、外から見ただけではわからない。

「この町に比べたら、中玻璃はまだましだよなあ」歩きながら橋上がいった。「ぎりぎり、活気ってものがあるからな。ここなんて、人が歩いてないじゃねえかよ」

それでも営業中の店はいくつかあった。二人は手分けして、塚原正次の写真を手に聞き込みに当たった。やがて手がかりを摑んだのは西口のほうだった。海産物の干物をずらりと並べた店の婆さんが、塚原正次の顔を覚えていた。一昨日、寄ったという。

「マリンヒルズにはどう行けばいいですかって訊かれたんです」

「マリンヒルズ？」

婆さんは顔をしわくちゃにして笑い、手を振った。

「別荘。ずいぶん前に作られたのだけど、今じゃ誰も使ってないんじゃないかね」

西口は橋上を呼び、報告した。別荘地への行き方については婆さんから教わっている。

海に向かう道から脇にそれ、緩い坂道を上っていった。舗装が行き届いているのは、この先に別荘地があるからだろう。

「そういえば、聞いたことがある」橋上がいった。「ずいぶん昔、大手不動産会社が建売の別荘販売で儲けようとしたらしい。マリンヒルズ玻璃とかいった。だけど実際にはほんの少ししか売れなくて、大損したって話だ」

「へえ、塚原さんはどうしてそんなものを見に来たのかなあ」

やがて、建てられた当時は豪華で洒落ていたに違いないと思われる別荘が、ちらほらと見られるようになった。今はどの建物も痛々しいほどに老朽化が進んでいるようだ。

道路脇の草を刈っている男がいた。五十歳ぐらいで、麦わら帽を被っている。橋上が声をかけた。

男は、不動産業者に雇われている、といった。

「ここの別荘、たぶん全部売りに出てるけど、買い手がつかないんだよね。だけどほうっておくわけにもいかないから、一応草刈り程度はやっておこうってことじゃないの」

橋上は塚原の写真を見せてみた。

「おっ、この人なら見たよ、一昨日」男はさらりといった。「センバの家を見てたからさ、ちょっと気になったんだよね」

「センバの家？」

橋上が訊くと、男は遠くを指差した。

「あそこに、白い家があるだろ。高台の斜面に建っているやつ。あれが元センバの家」さらに、こう付け加えた。「殺人犯だよ」

17

「見つけましたよ、草薙さん」後ろから声が聞こえたので、草薙は背もたれに身体を預けたままで椅子をくるりと回転させた。パンツスーツ姿の内海薫が、書類を手に近づいてくるところだった。

「おう、御苦労。どんな事件だ」

「自分で読んだほうが早いんじゃないですか」

「細かいところは自分で確認するけど、まずは概略が知りたいんだ。ざっと説明してくれ」

内海薫は、そばの机に寄りかかり、草薙を見下ろしてきた。

「今日は、いつも以上に威張ってますね」

「当然だろう。管理官から特命を受けてるんだ。いわば、この件に関しては管理官代行だ」

「それはわかりましたけど、なぜ私が補佐役なんですか」

「管理官と係長から、誰か一人を補佐として使っていいといわれた」

「なぜ私なのかを訊いてるんですけど」

草薙はにやりと笑い、後輩の女性刑事を見上げた。

「さっきいっただろ。現地に湯川がいるんだ」

「だから何ですか？　それで草薙さんが任命されたことはわかりましたけど」

「おまえならわかるだろ。あの偏屈が、あっさりと捜査に協力してくれるとは思えない。もし、ぐちゃぐちゃと理屈をいいだしたら、おまえが説得に当たるんだ」

内海薫はむっとした。「私に説得できるとは思えないんですけど」

「大丈夫だ。あいつは俺の頼みはきかなくても、おまえに泣きつかれたら嫌とはいえないはずだ。俺が保証する」

「泣きつくんですか。私が」心外そうな顔をする。

「場合によってはだ。さあ、文句いってないで、さっさと説明してくれ。時間が惜しい」

内海薫はため息をつき、書類に目を落とした。

「氏名、仙波《せんば》英俊。十六年前に殺人罪で起訴され、懲役八年の実刑判決が下されています。現場は杉並区荻窪の路上です」

「路上？　喧嘩か」

内海薫は首を振った。

「被害者はミヤケノブコさん、当時四十歳。長くホステスをしていたみたいですが、殺された時点では無職だったようです。仙波とは以前から面識があり、殺される前夜も、二人で飲みに行っています。その時、仙波が以前に貸した金を返してほしいといったところ、そんな金を借りた覚えはないと被害者にしらをきられたそうです。そこで翌日、仙波は改めて被害者を呼び出すと、金を返さないと殺すといって包丁を見せました。しかし被害者は怖がるどころか馬鹿にしたように笑ったので、かっとなって刺し殺した——事件の概要は、大体こんなところです」

　草薙は両腕を頭の後ろに回し、足を組んだ。

「わっかりやすい事件だなあ。手こずりそうな気配が全くない。その仙波って犯人、すぐには捕まらなかったのか」

「いえ、事件発生から二日後の夜に捕まっています」

　内海薫の説明によれば、荻窪の住宅街の路上で女性が倒れているという通報があったのが、五月十日の夜十時頃だ。警官が駆けつけたところすでに死亡していて、腹部に刺された痕があった。所持品などから遺体が元ホステスの三宅伸子だということはすぐにわかった。さらに、殺される前夜に中年の男性と二人で、古くから馴染みにしている店で飲んでいたことも判明した。また、その店で二人が口論していたのを多くの人間が記憶していた。男性客がその店に来るのは久しぶりだったが、店長が仙波という名字を覚えていた。

三宅伸子の部屋を調べたところ、仙波の古い名刺が見つかった。伸子がホステス時代の客だったらしい。仙波は事業に失敗し、一旦妻の故郷に移り住んだ後、再び上京してきていた。江戸川区にある二階建てのアパートが、当時の彼の住まいだった。

仙波を訪ねていったベテランの捜査員は、一見して彼の様子がおかしいと見抜いた。それで部屋の中を見せてほしいと頼んだが、頑として承諾しない。捜査員は引き下がったが、アパートからは立ち去らず、離れたところから見張ることにした。

やがて仙波が部屋を出てきた。手に小さな鞄を提げている。近くの水路のそばで周囲の様子を窺っているのを見て、ベテラン捜査員は近づいていき、声をかけた。するとその瞬間、仙波は鞄を抱えたままで脱兎のごとく逃げだした。あやうく逃げられるところだったが、捜査員は何とか追いつき、捕まえた。

仙波の鞄からは血まみれの包丁が見つかった。その血が三宅伸子のものだということは間もなく証明された。

「その時の仙波を逮捕したベテラン捜査員というのが塚原正次さんです。さすが、多々良管理官の先輩ですよね」内海薫はいった。

草薙は足を組み換え、首を捻った。

「さすがっていうほどのことか？　部屋の中を見せろといって拒否されたら、大抵の刑事なら怪しいと思うぜ」

「それはそうですけど、こうすんなりとはいかないものですよ」

「わかったようなことをいうじゃないか。新人のくせに」

内海薫の目が少し吊り上がった。「まだ新人ですか」

「下が入ってくるまでは、何年経とうが新人だ。で、取り調べも仙波さんが担当したのか」

「記録によれば、そうなっています」

「懲役八年か。ということは、もう娑婆《しゃば》に出てきているわけだ。塚原さんは一体何のために、そんな男が以前住んでいた家を見に行ったのか……」

玻璃警察署の西口という巡査から電話があったのは小一時間前だ。多々良はすでに向こうの警察に、この件に関しては草薙という警部補が連絡係をする旨を伝えているらしい。

西口によれば、塚原正次は玻璃ヶ浦での説明会に出る前、東玻璃町にある別荘地で、一軒の家を眺めていたそうだ。その家は、東京で殺人事件を起こして逮捕された男がかつて住んでいて、事件が起きた時には売りに出されていたという。殺人犯の家ということで、地元では有名らしい。

だが当然のことながら、その事件に関する資料は向こうの警察にはないので、送ってもらえないだろうか、というのが西口の用件だった。

「ついで、でしょうか」内海薫がいった。

「ついで?」

「塚原さんが玻璃ヶ浦に行った目的は説明会に出ることで、そのついでにかつて自分が逮捕した男の家を見に行った……とか」

うーん、と草薙は唸った。

「そんなことあるかな。そこに本人とか本人の家族が住んでるならわかるけど、誰も住んでないんだぜ。しかも事件が起きた時点で、すでに売りに出されていた。わざわざ見に行くほど、思い入れがあるかねえ」

「たしかに……そうですね」内海薫は珍しくあっさりと引き下がった。

「まあいいや、その資料、向こうに送るよう手続きしてくれ。あとそれから、現住所を調べるんだ」

「仙波英俊の、ですね」

「そうだ。わかってるじゃないか」

「まだ新人ですけどね」

くるりと身体を反転させて歩きだす内海薫の後ろ姿を眺めていると、草薙の携帯電話が着信を告げた。表示されているのは知らない番号だ。電話を繋ぎ、はい、といってみた。

「多々良だ。今、ちょっといいか」

「あ、はい、もちろん」思わず姿勢を正した。

「解剖を依頼した法医学研究室から連絡が入った。詳しい死因がわかったぞ」

「何だったんですか」

「驚いた。一酸化炭素中毒だってさ」

えっ、と声を漏らした。全く予期していないものだった。

「どうしても死因が特定できないから、片っ端から血液検査をやってみたらしい。そうしたら、一酸化炭素ヘモグロビン濃度というのが致死量をかなり上回っていたそうだ。高濃度の一酸化炭素が充満したところにいて、おそらく十五分以内には死亡していたのではないか、ということだった。あとそれから、睡眠導入剤を服用した形跡もあるらしい」

「一酸化炭素中毒に睡眠導入剤ですか……」

練炭自殺のパターンじゃないかと思ったが、黙っていた。自殺した人間が堤防から落ちるわけがない。

「県警には私から連絡しておく。死体検案書も、一部向こうに送ってもらえるよう頼んだ。問い合わせがあったら、そう答えてくれ」早口でいう多々良の背後から、大勢の人間のざわめきが聞こえてくる。どこかの捜査本部にいるのだろう。

「管理官、ひとつお尋ねしたいことが」

「なんだ。手短に頼む」

「十六年前、管理官は塚原さんと同じ係におられましたよね」

「そうだ。それがどうかしたか」

「その頃に逮捕した、仙波という殺人犯のことを覚えておられますか」

「仙波？　仙波英俊か」

反応の速さに草薙は驚いた。多々良ほどの人物なら、数多くの殺人者と出会っているはずだ。特に印象的でもない事件の犯人の名を、十六年後もこれほど明瞭に覚えている自信が草薙にはなかった。

「そうです。元ホステスを殺した男です」

「あの男がどうかしたのか」

草薙は西口から聞いた話をかいつまんで話した。しばしの沈黙の後、多々良がいった。

「今、品川署にいる。御足労だが、ちょっと来てくれ」

18

湯川の夕食は六時からと指示されていた。成実がいつもの宴会場で支度をしていると、恭平がやってきた。

「僕もここで食べていい？」

「ここで？」成実は従弟の顔を見返した。「湯川さんと一緒に食べるってこと？」

「うん。博士も構わないっていってたよ。僕、自分で運ぶから」

「そう……それならいいけど」

どうやら二人は意気投合したらしい。今日は夕方まで一緒に遊んでいたようだ。二人とも、真っ赤に日焼けしていた。

湯川の料理を並べ終えた頃、タイミングよく本人がやってきた。提げたビニール袋に入っているのは花火らしい。「やあ、これはうまそうだ」料理を見ながら胡座をかく。伊勢エビを使った冷菜が目に留まったようだ。

「大したものをお出しできなくてすみません」

「御謙遜を。ここにいる間に太ってしまうんじゃないかと心配になる」湯川は目を細めた。

恭平がトレイを持って現れた。載っているのはオムライスを入れた皿とスプーンだ。慎重に、湯川の向かい側に置かれた食膳にトレイごと置いた。

「そっちも旨そうだな」湯川がいった。

「交換する？」

「今日のところはやめておこう」

その時、玄関からブザーの音が聞こえてきた。来客らしい。湯川に、ごゆっくり、と声をかけて成実は宴会場を出た。

玄関に出てみると昨夜と同じように西口が立っていた。よう、と手を上げてきたが、少し気まずそうな表情だ。

「塚原さんのこと？」成実は訊いてみた。

「うん、ちょっと協力してもらいたいことがあって」西口は唇を舐めてから続けた。「もう一度、館内を調べさせてもらえるかなあ」

「塚原さんが使ってた部屋を？」

「いや、そうじゃなくて、館内全部を」

「全部？」成実は思わず眉をひそめた。「どうして？　何のために？」

西口は、ばつが悪そうな顔で、ちらりと外に目を向けた。つられて表を見て、成実はぎょっとした。濃紺の制服らしきものを着た男たちが、ずらりと並んでいる。

どういうこと、と彼女は改めて訊いた。

「県警の鑑識班だよ。悪いけど、詳しいことは話せない。どうしてもだめだってことなら、無理にとはいわない。だけど今度は令状を取って来ると思うから、その時には断れないよ。だったら、今日のうちにさっさと済ませたほうがいいんじゃないかな」

言い訳がましく述べる西口の顔を見返した後、「両親と相談してくるから、少し待ってて」といって成実は奥に下がった。

居間では重治と節子が食事をしているところだった。成実の話に、二人は箸を止めた。

「何を調べるんだ。昨日、十分に調べたはずじゃないか」重治が不満そうにいった。

「あたしにいわないでよ。どうする？」

重治は節子と顔を見合わせた後、どっこいしょ、と声を出して腰を上げた。

「私も行くわ」節子がいい、結局三人とも部屋を出た。

玄関に行ってみると、数名の男たちが靴脱ぎに入っていた。全員が帽子をかぶり、様々な荷物を提げている。

重治が説明を求めたので、西口が先程と同じことを繰り返した。ほかの男たちは館内を舐めるように見回している。

「具体的には、どこを見たいんですか。お客さんに迷惑がかからないようにしてほしいんですが」重治がいった。

帽子をかぶった男が一歩前に出た。「まずは厨房を見せていただけますか」

「厨房は、そこですけど」

重治がカウンターの奥を指すと、失礼します、といって男は靴を脱ぎ始めた。それを合図のように、鑑識班の全員が上がり込んできた。交渉成立と受け取ったらしい。

何人かが厨房に入っていく。それを追うように節子が続いた。

別の鑑識が重治と成実を交互に見た。「ボイラー室はどちらですか」

「地下にあります」重治が答え、杖をつきながら歩きだした。「こちらです」そばのドアを開けた。

さらに別の男が成実に訊いた。「被害者が使っていた部屋を見せていただきたいのですが」案内しろということらしい。成実はカウンターの内側に入り、部屋の鍵を探した。

19

「打ち上げ花火とロケット花火は、基本原理が似ているようで、じつは微妙に違っている。打ち上げ花火は、いわば大砲だ。そのストローに」湯川は箸を持つ手で、恭平が飲んでいるコーラのストローを指差した。「ティッシュペーパーの切れ端を丸めて詰めた後、口で息を吹き込んだら、ティッシュペーパーは反対側から勢いよく飛び出すだろう。打ち上げ花火は、円筒形の発射台にセットする際、その下に発射用の火薬を仕込む。それが爆発する時の衝撃力とガス圧によって、花火は上空まで飛んでいくんだ。それに対してロケット花火は、自らが爆発し、後方に火花を噴射することで、その反作用によって飛んでいく。ペットボトルロケットにおける圧縮空気と水の役割を、火薬がしてくれているわけだ」

淀みなく話しながらも湯川は絶えず箸と口を動かしている。器用なものだな、と話の内容よりもそのことに恭平は感心していた。

「じゃあ、さっき買ったのは打ち上げ花火じゃなくて、ロケット花火なんだ」

「そういうことだ。本物の打ち上げ花火は、一般人では手に入らない。火薬類取締法で規制されていて、花火師の資格が必要だ」

「ふうん」

海からの帰り道、コンビニエンスストアに寄り、花火を買った。恭平がねだったわけではなく、一昨日の夜に伯父さんとやったことを話したら、湯川が買うといいだしたのだ。

オムライスを食べ終えた恭平がコーラを飲んでいると、不意に入り口の襖が開いた。帽子をかぶり、紺色の服を着た男が顔を覗かせた。

「あっと失礼」男はすぐに襖を閉めた。

恭平は瞬きした。「何だろ、今の人」

「あの服装は警察の鑑識のものだ。また何か調べにきたらしいな」湯川がいった。

それから間もなくして、成実がお茶を運んできた。お騒がせしてすみません、と湯川に謝っている。

「また警察が来ているみたいだね。一体何を調べているのかな」

「それがよくわからないんですけど、火の元を主に調べているようです」

「火の元？」

「厨房のコンロがきちんと火がつくかとか、そんなことを確かめてました」

「それはおかしな話だ。岩場の事故とは別件かな」

「いえ、あの件だと警察の人はいっています。でも何が目的かは教えてもらえないんです」

湯川はお茶を啜り、「まあ、彼等はそういう人種だからね」と諦めたようにいった。

夕食の後、そのまま花火をしに外へ出ることになった。宴会場を出てみると、先程の男と同じ服装をした者が何人も館内を歩き回っていた。

恭平は湯川と共に玄関に出た。バケツがどこにあるかはわかっている。

恭平ちゃん、と声をかけられた。地下への階段の入り口が開いていて、そこから重治が出てきた。「花火か？」

「うん。バケツ、借りるね」

「ああ、それは構わんが……」重治は湯川が提げているビニール袋に目を留めた。「打ち上げ花火も入ってるみたいだな」

「正確にはロケット花火。あっ、だめ？」

重治は苦笑いを浮かべ、禿げた頭を撫でて湯川を見た。

「あの夜はこっそりやりましたが、そういう花火は海辺でしかやっちゃいかんと町内会で決まってるんです。消防からも指導がありましてね。いつもならそんな固いことはいわないんですが、今夜はちょっと……」

「わかりました。民家に飛び込んだりしたら大変ですからね。じゃあ、ロケット花火は諦めよう」湯川の言葉に、恭平も頷いた。

外に出ると、建物の裏に回った。そこは空き地になっていて、背後には森が迫っている。

恭平は早速手持ち花火を始めようとしたが、「待って」と湯川に制された。「君は花火の原理を知っているか」

「えっ、火薬を固めてあるだけじゃないの？」

「それでは火を点けたら爆発してしまう」

よし、といって湯川はポケットから白いものを取り出した。よく見ると綿だ。それを地面に置いた。さらにもう片方のポケットから、釘と紙ヤスリを出してきた。綿の上で釘を擦り始めると、みるみるうちに綿は鉄粉で黒く汚れていった。

「これに火を点ける」湯川は使い捨てライターの火を近づけた。

その瞬間、綿は細かい火花を散らしながら燃え上がった。わお、と恭平は声を上げた。

「通常は燃えない金属でも、このように条件を整えてやることで燃える。花火の正体は金属だ。いくつかの種類を組み合わせて作ってある」

「どうしていろんな種類を組み合わせるの？」

「いい質問だ。じゃあ、その花火に火を点けてみるといい」湯川がライターを差し出した。

恭平は手持ち花火に火を点けた。その途端、先端から様々な色の光が火花と共に放出された。その色も、時間と共に変化していく。

「青い光を放っているのは銅で、緑はバリウムだ。赤はストロンチウムで、黄色はナトリウム。いずれも金属だ。このように、ある種の金属や金属化合物は、燃える時にその物質特有の光を放つ。これを炎色反応という」派手な音と華やかな火花とは対照的に、淡々とした口調だ。「花火はこれを利用して——」湯川が突然言葉を切り、視線を上げた。

建物の裏側にある非常階段を二人の男が下りてくるところだった。どちらも鑑識の制服を着ている。二人は恭平たちのほうをちらりと見て、ぺこりと形ばかりの会釈をしてきた。

「どこにいたんだろう。気がつかなかったな」

「屋上に上がってたんじゃないの。煙突があるから」

二人の鑑識のうち、眼鏡をかけたほうが近づいてきた。

「お楽しみ中、すみません。こちらに泊まっておられる方ですよね」湯川に訊いた。

「そうですが」

「少しお話を伺いたいのですが構いませんか」胸ポケットから何かを出そうとする。

「警察の方だということは見ればわかります。僕に何か」湯川が訊く。彼が自分のことを僕というのを恭平は初めて聞いた。

「この宿には、一昨日からお泊まりですね」

「そうです。一昨日の夕方、チェックインしました」

「なるほど。この宿にいて、これまでに何か変わったことはありませんでしたか」

湯川は、意味がよくわからない、というような顔をした。

「お客さんが岩場に落ちて亡くなった、という話なら聞いています」

「いえ、そうではなくて、この宿の中で異変はなかったかとお尋ねしているわけです。気分が悪くなったとか、妙な臭いがしたとか、そういったことはありませんでしたか」

「気分？　臭い？」湯川は首を捻った。「いや、そういうことはなかったと思います」

「そうですか。わかりました。どうもお邪魔いたしました」男は立ち去ろうとした。

「彼には訊かないんですか」湯川がいった。えっと振り返った男に、彼は恭平のほうを向いて続けた。「子供からは話を聞かないというのは論理的じゃない」

「あ、はあ……」男は戸惑った顔つきで恭平に近づいてきた。「君はどうかな。何か変わったことはあったかかな」

恭平は黙って首を振った。男は頷き、湯川に小さく頭を下げてから去っていった。

湯川は建物を見上げて頷いた後、「どこまで話したかな」と訊いてきた。

「花火の色が変わる原理なら聞いたよ」

「よし。じゃあ次はヘビ花火の原理だ」湯川はビニール袋の中を探り始めた。

20

成実がいつもの居酒屋に着いたのは、午後八時を少し過ぎた頃だった。店内では沢村がテーブルの上でノートパソコンを広げて待っていた。

「すみません。お待たせしちゃって」謝りながら椅子を引いた。説明会と討論会のまとめをやろうということで、待ち合わせていたのだ。無論、警察が来たので少し遅れそうだということは沢村に連絡してあった。

「それはいいけど、連中は?」

「さっき帰りました」

「一体何を調べにきたわけ?」

怪訝そうに訊く沢村に、成実は湯川の時と同じように話した。沢村は顔を曇らせた。

「どうなってるの? あの人は堤防から落ちて頭を打って死んだんじゃないの? なんでそんなことを調べる必要があるわけ?」責めるように質問してくるが、成実としては、さあ、と首を傾げるしかない。そのことに気づいたらしく、「ごめん。問い詰められたって困るよね」と彼は笑いながら謝った。

「あたしにも何が何だかわからないんです。でも、たぶん、そんなに大したことではないと思います」

「どうして？」

「これはたまたま耳に入ってきたんですけど――」

湯川の膳を下げ、厨房に入ろうとした時だった。中から数名の男たちの声が聞こえてきた。特に異状はない、この旅館は問題ない、という言葉が飛び交っていた。また彼等が引き上げる時に西口が、「これでもうおそらく大丈夫だよ」と耳打ちしてきたのだ。

その話を聞いて沢村は安心したように吐息をついたが、やはり何となく釈然としない様子で、「わかんないよな、警察の考えてることは」と呟くようにいった。

この後、二人で会議のまとめを作ろうとしたが、どちらもなかなか気持ちを集中させられなかった。今日はやめよう、と沢村はパソコンの電源を切った。

「ところでさ、夏が終わったら、おたくはどうするの？　多くの旅館は開店休業状態になっちゃうわけだけど」

辛い質問だった。成実は、両親たちが廃業を考えていることを話した。予想外の話でもなかったのか、沢村は驚きを見せなかった。

「そうか。やっぱり大変なんだね。じゃあ、仕事はどうするの？」

「探すつもりです。どっちみち、秋になったら探さなきゃと思ってたし」

「だったらさ、どうだろう」沢村が真剣な眼差しを向けてきた。「俺のアシスタントをしてくれないか」

えっ、と目を見開いた。「アシスタントって……」

「フリーライターっていう仕事は、あちこち出かけていかなきゃいけない。だけど俺には環境保護活動家という肩書きもあって、各方面と常に連絡を取り合える状態にしておかなきゃならない。つまりどうしても留守を守ってくれる人が必要なんだよね。今度、自宅の一部を改築して、事務所にしようと思ってる。君が来てくれると心強いんだけどな。もちろん、それに見合うだけの給料は払えると思う」

成実は背筋を伸ばしたまま視線をテーブルに落とした。唐突な申し出に戸惑った。

悪い話ではないと思った。それどころか、じつにありがたい話だ。この町から離れなくていいし、海を守る運動に没頭できる。だが彼女は、この申し出の裏にある沢村の思いのほうが気になっていた。

「どうだろうか」沢村が微笑みかけてきた。「いつもいってることだけど、君は俺のベストパートナーになれる人材だ。俺も君のベストパートナーになる自信がある。我々が組めば最強だ。そうは思わないか」

成実は微妙な笑みを浮かべ、首を傾げる。

沢村はいつもこういう曖昧な表現を使う。ベストパートナーといっても、環境保護活動上だけのことなのか、公私共にという意味なのかがはっきりしない。いや、させないのだ。

一緒に活動するようになってしばらくした頃から、沢村に好意を持たれているという感触が成実にはあった。だが彼女は気づかないふりをした。彼のことは尊敬しているが、恋愛の対象としては見られない。

するとある時期から沢村は、聞きようによっては告白と受け取れるようなことをいいだすようになった。そういうことを繰り返せば、彼女もまた彼のことを異性として意識するのではないかと期待しているかのようだ。

「少し考えさせてもらってもいいですか」

成実の答えに、沢村は鼻を膨らませて頷いた。「もちろんだ。ゆっくり考えるといい」

微笑みを返しながら、気持ちが重たくなっているのを彼女は感じた。

宿に戻ると、ロビーで湯川がうろうろしていた。手に赤ワインのボトルを持っている。

「ちょうどよかった。ワインの栓抜きを借りようと思っていたところだ」

「そのワインは?」

「大学から送ってもらった。しばらく滞在することになりそうなので」

あの段ボール箱がそうだったのか、と成実は納得した。そういえばワレモノ注意のシールが貼ってあった。

厨房から栓抜きを取ってくると、「あなたもどう?」と誘われた。

「いいんですか」

「一人で飲むより二人のほうが楽しい」

成実は厨房に戻り、数少ないワイングラスを棚から出した。

ロビーのテーブルを挟み、乾杯した。一口含んだだけで、樽を想起させる木の香りが広がった。

やがて口の中に甘みが残り、それに引きずられるように、また一口飲みたくなる。

瓶のラベルには『SADOYA』の文字があった。湯川によると、山梨にある会社らしい。

「国産ワインがこんなにおいしいなんて思いませんでした」成実は正直な感想をいった。

「日本人は日本の良さを知らなさすぎる」湯川はグラスをくるくると回した。「地方の努力に多くの人が目を向けない。どんなにおいしいワインを作っても、飲む前にたかが国産と切り捨てられる。君たちが玻璃ヶ浦を命がけで守っているとしても、外部の人間は、奇麗な海などほかにいくらでもあると冷めている」

「だからあたしたちの運動など意味がない、とでも？」

「そうじゃない。報われるべきだといっている。今日の昼間、玻璃ヶ浦の由来だという海の底の景色を恭平君と一緒に見た。じつに美しかった」

湯川の言葉は社交辞令には聞こえなかった。やはりこの人は自分たちの敵ではないかもしれない、と成実は思った。

その時だった。カウンターの奥にある電話が鳴った。成実は時計を見ながら立ち上がった。間もなく午後十時になろうとしている。こんな時間にかかってくることなどめったにない。

「はい、『緑岩荘』です」

「夜分に申し訳ありません」男の声がいった。「そちらに泊まっている、湯川という人物と話がしたいのですが。私はクサナギといいます」

21

「……というわけで、『緑岩荘』にある暖房器具や調理器具等すべての火器に異状は認められませんでした。いずれの器具もかなり使用期間が長く、中には二十年を超えるものもありましたが、不具合はありません。塚原正次氏が使用していた部屋についても細かく調査を行いましたが、練炭等が燃やされた形跡はなく、一酸化炭素が発生した可能性は極めて低いといえます。以上です」

淡々と話しているのは、県警からやってきた鑑識課の係長だ。会議室の隅で話を聞きながら、西口は胸を撫で下ろしていた。じつは昨夜は不安でよく眠れなかったのだ。鑑識班に付き合って八時近くまで『緑岩荘』にいたが、詳しい見解は聞かせてもらえなかった。ただ言葉のニュアンスから、どうやら特に問題はなさそうだと察しただけだ。にもかかわらず宿を出る時には川畑成実を安心させたくて、たぶん大丈夫だ、などといってしまった。もしこの会議で何らかの問題点が指摘されたらどうしよう、と内心びくびくしていたのだ。

「宿は関係ないか。まあそうだろうな。客が一酸化炭素中毒を起こしたら、まずは救急車を呼ぶわな」そういったのは県警捜査一課の穂積という課長だ。髪は多くて黒々としている。鷲鼻の下に蓄えた髭には、ちらほらと白いものが混じっていた。

東京から送られてきた死体検案書の内容は、玻璃警察署だけでなく県警本部としても無視できないものだった。岩場に転落する前に塚原正次は死んでいた。しかも死因は一酸化炭素中毒だという。酒に酔って堤防から落ちた、という当初の見解はまるっきり間違っていたことになる。

だが他殺だと断じる決め手がないのも事実だった。そのため、捜査本部はまだ正式には開設されていない。

「事故の可能性っていうのは、もうないと考えていいのかな」穂積が誰にともなく尋ねた。

「あの堤防の上で中毒を起こした可能性はないと考えていいと思います」鑑識の係長が答えた。「初動捜査の記録を見ましたが、何かが燃やされた形跡はなかったようですし、仮に練炭のようなものを燃やしたところで、屋外ですから中毒することはないはずです」

「ほかの場所で一酸化炭素を吸って中毒を起こし、堤防まで行ってから息絶えたってことはありえないか。症状が後から出るという話を聞いたことがあるぞ」

「あっ、それでしたら」穂積の隣に座っている磯部が小さく手を上げた。「昨日、うちの若い者にいって、専門家の意見を聞いてこさせました。――おい」離れた席にいる若い捜査員を睨みつけた。

その部下が手帳を開きながら立ち上がった。

「県立大医学部のヤマダ教授から話を伺ってきました。課長がおっしゃった通り、軽症だと思っていたところ、後に意識障害が出たり、時には人格変化が起きたりする例は過去にもあるようです。血中の一酸化炭素へモグロビン濃度が十パーセント以上の場合は、後にそうした症状が出現するおそれがあるので用心が必要だとのことでした。しかし死体検案書に記されていた数値は十パーセントをはるかに超えており、自力で別の場所に移動することなど事実上不可能、中毒した場所で死亡したと考えるのが妥当だろうといわれました」

磯部は部下の報告に満足そうに頷き、そういうことだそうです、と穂積にいった。

「つまり、中毒死したのが別の場所だということは確実なわけだ。意図的に誰かを中毒死させる方法となると、どういうものが考えられるかな」

この問いかけにも鑑識課の係長が答えた。

「最もオーソドックスな手は、密閉した狭い空間、たとえば車の中などで練炭などを燃やすという方法です。苦しまずに死ねる自殺方法として、一時インターネットによって流行しました」

「そういえば、そんなことがあったなあ」穂積は髭をぴくつかせた。「死体検案書によれば、睡眠導入剤も検出されているんだったな。なるほど。被害者を車の中に引き入れ、何らかの方法で薬を飲ませて眠らせる。その後、練炭に火をつける」

「中毒死したのを確認し、堤防から落とす」磯部が後を引き継いだ。「犯人は車に乗って、そのまま逃走。これなら話が合います」

穂積は頷いた。

「話は合う。しかし残念ながら確証はない。中毒死が第三者の意図によるものなのか、あるいは本人の意思だったのか、現時点では判断できない」

「それは、そうですね」上司の意見に磯部は即座に同意する。橋上がごますり野郎だといっていたのを西口は思い出した。

「被害者の携帯電話の記録にも、不審なものはないということだったな」

「そうです。何者かによって消去された可能性もありますので、電話会社から詳しい記録を出してもらいましたが、問題ありませんでした」

この会議は一体何だ、と西口は思った。玻璃警察署内で行われているというのに、意見を述べているのは県警本部の人間ばかりだ。係長の元山や刑事課長の岡本だけでなく、署長の富田までもが借りてきた猫のように小さくなっている。

「ところで、被害者の足取りに関して新たなことが判明したと聞きましたが。何でも、かつて自分が逮捕した人物の家を訪ねていったとか」西口の思いが伝わったわけではないだろうが、穂積が所轄組のほうを向いていった。

「ああ、それでしたら、うちの西口から報告させます」元山がいい、目配せしてきた。

西口は立ち上がり、メモ帳を開いた。

「被害者が立ち寄ったのは東玻璃町の別荘地にある一軒家です。その家も別荘として売りに出されていたのですが、仙波英俊という人物が購入し、いつの頃からか住まいとして使っていたそうです。しかしやがて売りに出され、仙波は仕事のために上京しました。ところが東京で殺人事件を起こし、逮捕されています。その時に担当したのが塚原さんだったようです。事件の詳細については警視庁より資料を取り寄せ、すでに磯部係長の元に送ってあるはずです」

磯部が自分のファイルを開き、穂積に見せた。

「田舎者が東京に出ていって、元ホステスを刺し殺した……か。哀れなほど短絡的な犯行だなあ」穂積はあまり興味のなさそうな口調でいった。

「塚原さんの奥さんと電話で話したんですが」磯部が口を挟んできた。「現役時代に逮捕した人間たちのことを、ずっと気にかけていたそうです。だから今度も、玻璃ヶ浦に来たついでに寄ったんじゃないでしょうか」

穂積は顎を擦り、頷いた。

「そういう刑事は多いからな。しかし逆恨みされてるってこともあるぞ。一応、その仙波という人物が今どこで何をしているのか、調べておいてくれ」

わかりました、といって磯部は部下に目で合図した。

「いかがでしょうか、富田署長」相変わらず無言の署長に向かって穂積はいった。「一旦県警本部に戻り、上と相談してみますが、とりあえず死体遺棄事件ということで捜査本部を開設するのがいいんじゃないでしょうか」

富田は我に返ったような顔をし、口を半開きにして首を縦に何度か動かした。

「はあはあ、なるほど。それがいいかもしれませんね」

「では今日中に手筈を整えましょう。まずは磯部君の係を全員こちらに呼びます。そのほか、必要に応じて人員を増やします。それでいいですね」

「ええ、はい、了解しました。どうかよろしくお願いいたします」

署長がぺこぺこ頭を下げるのを見て、西口は小さくため息をついた。

その時、彼の上着の内側で携帯電話が震えた。メールの着信があったらしい。彼はこっそりと取り出し、机の下で確認した。差出人の名前を見た途端、胸が少し高鳴った。川畑成実からのものだったからだ。

22

愛車のスカイラインを道路脇に止め、草薙はカーナビ画面と周囲の風景を見比べた。曲がりくねった一本道の両側に住宅が並んでいる。住宅の合間には林や小さな畑がある。

「このあたりのはずなんだけどな」各住居は道路から少し下がったところに建てられている。そのせいで表札が確認しづらかった。

「探してきます」内海薫が助手席から出ていった。

草薙は灰皿のトレイを引き出し、煙草をくわえた。自分の車だから喫煙するのも気が楽だ。窓を開けると暑い空気が入ってきた。

彼等は埼玉県鳩ヶ谷市に来ていた。この近くに塚原正次の家があるはずだった。

昨日、多々良に呼ばれて品川署に行ったところ、「それはきっと何かある」といきなりいわれた。何のことかわからずに唖然としていると、多々良は続けた。

「塚原さんが定年退職する直前、二人だけで飲みに行った。その時、こんな質問をしてみたんだ。これまでに担当した事件で一番印象に残っているのは何ですか、と。私としては、それほど深い考えがあって訊いたわけではなかった。塚原さんは記憶力のいい人で、自分が手がけた事件や犯人のことは、すべて詳細に覚えておられた。だから、一番というのはない、どの事件もすべて印象深い――そんな答えを予想していた」

だが塚原正次の答えは、そんな多々良の予想に反したものだった。

「仙波英俊――しばらく考え込んだ後、塚原さんはぽつりとその名前をいったんだよ。私は正直いって戸惑った。まるで記憶になかったからだ。荻窪で元ホステスを刺し殺した男だといわれて、ようやくぼんやりと思い出したぐらいだ。短期間で解決した事件だし、公判でも何ら問題がなかった。なぜそんな事件のことを、と私は訊いてみた」

だが塚原は、この問いには答えなかった。いやいや、と首を振った後、「気紛れでいってみただけだ。忘れてくれ」と多々良にいったらしい。

「事件の大小に拘わらず、自分が取り調べた犯人のことがいつまでも頭から離れないっていうのは、刑事を続けていればよくある。その理由が自分でもわからないということも多い。だから私も、しつこくは訊かなかった。しかし塚原さんがそんなところまで行っていたとなると話は別だ。是非、徹底的に調べてみてくれ」

この指示を受け、草薙は早速仙波に会おうとした。ところが居場所が摑めなかった。内海薫が調べたところによれば、刑期を終えた直後は、かつての知り合いの紹介で足立区の廃品回収会社で働きだしたが、その会社も間もなく潰れてしまい、それ以来仙波の行方もわからなくなっているらしい。

では塚原はどうか。それほど仙波のことを気にかけていたのなら、出所後も連絡を取り合っていた可能性がある。手帳や携帯電話を調べたいが、それらは玻璃警察署にある。

内海薫が駆け足で戻ってきた。

「見つけました。もう少し先です。車を止めるスペースもあります」

「助かった」草薙は車のサイドブレーキを外した。

塚原正次の自宅は、木造二階建ての質素な佇まいをした家だった。妻の早苗は快く招き入れてくれた。小さな裏庭を眺められる和室に、草薙たちは案内された。仏壇があったが、さすがにまだ塚原の遺影は置かれてなかった。

「遺体は明日受け取れるよう、葬儀屋さんに手配いたしました」早苗は外見通りの細い声でいった。

草薙は悔やみの言葉を述べた後、塚原の死が単なる事故でない可能性が高まった旨を述べた。早苗は驚いた様子を見せなかった。すでに多々良から、解剖結果について電話で知らされていたらしい。

「死んだという知らせを受けた時から、何かあると思っておりました。あの人が酒に酔った挙げ句に岩場に落ちて死ぬなんてこと……」首を振った。「そんなこと、絶対にあるわけないと思っていました」

物静かな口調だが、その言葉には強い確信と意思が込められているようだった。長年にわたって名刑事を陰で支えてきたのだ。見かけだけではわからない芯の強さを持っているに違いない。

草薙は、塚原が仙波の住んでいた家に行ったことを話し、何か心当たりはないかと訊いてみた。

早苗は眉を少しひそめ、首を傾げた。

「向こうの警察からも電話があって、そのことを訊かれました。うちの人は、自分が担当した事件に関わった人たちのことをずっと気にかけておりましたから、そういうことがあっても不思議ではないと思います。ただ、その仙波さんという名前は聞いたことがございません。手紙のやりとりなどもなかったと思います」

「塚原さんは現役時代の捜査資料のようなものを残しておられないのですか」

草薙の問いに早苗はかぶりを振った。

「そういったものは、退職した際にすべて焼却処分したはずです。自分にはもう必要がないし、他人のプライバシーに関わるものだからといって」

「なるほど、そうですか」塚原の真面目で頑固な性格が窺えた。

「でも、書斎には何か残っているかもしれません。御覧になられますか」

是非、と草薙は答えた。

書斎は二階にある六畳ほどの和室だった。木製の机が窓際に置かれ、その横には本棚があった。司馬遼太郎や吉川英治の作品が並んでいる。警察関連の本は一冊も見当たらない。一番下の棚には分厚い電話帳が収められていた。

早苗の許可を得て、机の引き出しを開けてみたが、特に今回の事件と繋がりそうなものは見つからなかった。

階下で電話が鳴った。ちょっと失礼します、といって早苗は部屋を出ていった。

草薙は首を捻りながら、本棚から電話帳を取り出した。

「それが何か？」内海薫が訊いてきた。

「あの年代の習慣として、ふつうこういうものは固定電話のそばに置いておかないか。ところがここにはコードレスホンの子機すらない」

「あ、それもそうですね」

「しかも、これは東京都のタウンページだ。おまけに発行が約一年前。警視庁を退職したっていうのに、なぜこんなものが必要だったのか」

草薙は机の上に電話帳を置き、ぱらぱらと頁をめくった。すると端を折り曲げてある頁があることに気づいた。そこを開いてみると、簡易宿泊所の番号が並んでいた。殆どが台東区や荒川区だ。特に南千住という住所が多い。泪橋《なみだばし》の付近だ。

草薙は内海薫と顔を見合わせた後、折られた部分を伸ばし、電話帳を閉じた。本棚に戻したところで、階段を上がってくる足音が聞こえた。

「玻璃警察署からでした。今夜、県警の方がいらっしゃるそうです。主人のことで改めて話が訊きたいとかで。どのように答えておけばいいでしょうか」早苗が訊いた。

「我々に対してと同様、ありのままをお答えになったらいいと思います」草薙はいった。

「そうですよね。――それで、何か見つかりました?」

「いや、残念ながら」草薙は首を振り、腰を上げた。「どうもお邪魔しました。これで失礼します。ただその前に、御主人の写真を一枚お借りできますか。顔がよくわかる写真がいいのですが」


「電話帳のこと、どうして奥さんに話さなかったんですか」内海薫が尋ねてきたのは、草薙が車を発進させて間もなくのことだった。ずっと質問したくてたまらなかったらしい。

「まだ事件に関係しているかどうかはわからないだろう。中途半端なことは遺族に教えるべからず。刑事の鉄則だぜ」

「でも草薙さんは、関係している可能性が高いと思ってますよね」

「さあ、それはどうかな。おまえはどうなんだ」

「高いと思います」

草薙は横目を助手席に走らせた。「即答だな」

「塚原さんが定年退職後にあのタウンページを入手したのだとしたら、それは何のためか。もし簡易宿泊所の番号を調べるためだとしたら、その目的は一つしかないと思います」

「何だ?」

「人捜しです」ここでも内海薫の返答は早い。「塚原さんは住所不定の人物を捜していたのではないでしょうか。ではなぜその人物は住所不定なのか」

「前科者で定職に就けず、したがって部屋を借りることもできないから……か」

「この推理は飛躍しすぎていますか」

「いや、妥当だと思う。実際に仙波がそうした宿にいたかどうかはわからないが、塚原さんが定年退職を機に、昔取った杵柄《きねづか》で聞き込みをしていた可能性は高い」

だからその後を辿れば仙波に行き着けるかもしれない——草薙はそう考えていた。

「一つ訊いていいですか」

「何だ」

「このことを、向こうの警察には伝えないんですか。伝えれば、仙波捜しも向こうがやってくれると思うんですけど」

「連中は土地鑑がない。俺たちがやったほうが早いだろ」

「やっぱり伝える気はないんですね。塚原さんが印象に残っている事件として仙波のことを挙げたっていう管理官の話も、向こうにはしないつもりですね」

草薙は顔をしかめた。

「何だよ、おまえ。やけに絡んでくるじゃないか」

「管理官からは、県警に対して最大限の協力をしろと命じられたんじゃないんですか」

草薙は歪めた口からため息を吐いた。

「単に連中に情報を流すだけでは事件解決に繋がらないと思うからだ」

「どういう意味です」

「昨夜、『緑岩荘』に電話をかけた。湯川に連絡するためだ」

「旅館に？　なぜケータイにかけなかったんですか」

「かけたけど、繋がらなかったんだ。何かの実験をしていてケータイはぶっ壊れたらしい。防水機能に問題があったとかいってたな。まあ、そんなことはいい。当然のことながら、あいつも宿泊客が死んだことは知っていた。しかしそれ以上の詳しいことは何も知らない様子だった。そこでこれまでの流れだとか、俺が連絡係に任命された経緯とかを手短に説明してやった」

「湯川先生、驚かれたでしょうね」

「いや、さほど驚かなかった。やっぱりそうか、といいやがった。死んだのが元警視庁の刑事だとは知らなかったが、たぶん他殺じゃないかと疑ってたってな」

「先生が？　何か不審な点でも？」

「下駄だ。岩場には、塚原さんが履いていたと思われる下駄も一緒に落ちていたらしい。湯川によれば、堤防は結構高くて、下駄を履いたままでは上りにくいんじゃないかってことだった。気にはなっていたが、日本の警察は優秀だから素人が口出しするまでもないと思い、黙ってたんだってさ」皮肉を込めた湯川の口調を思い出しながら草薙はいった。

「先生らしいですね。それで、捜査協力については何とおっしゃってるんですか」

草薙は車のブレーキに足を乗せた。すぐ前の信号が黄色に変わったからだ。停止線の手前で車を止めた後、助手席のほうに顔を向けた。「そこだ。何ていったと思う？」

「先生らしいですね。それで」


内海薫は黒目を左上に動かした。「警察に協力するのは、もうこりごりだ……とか？」

「そう思うだろ？　俺もそんな答えを覚悟していた。ところが、やつはこういったんだ。わかった、大した情報を提供できるとは思えないが、やれる範囲で協力しよう――」

内海薫の黒目が、またくるくると動いた。「本当ですか」

「こっちから頼んどいてこんなことをいうのも何だが、面食らったね。思わず、一体どうしたんだと訊きたくなった。へそを曲げられたらまずいので黙っていたけどさ」

「賢明だったと思います。で、そのことと草薙さんが県警に情報を流さないことと、どういう関係があるんですか」

信号が青に変わったので、草薙は前を向いて車を動かした。

「電話を切る直前、湯川はぽつりといったんだ。これは非常に厄介な事件かもしれないって。どういう意味だと訊いたけど、言葉を濁された。その瞬間、ぴんときたんだよ。こいつ、下駄の件以外に何か気づいてやがるなって。いや、まだそこまでの段階ではないかもしれないけど、事件に関心を抱いているのは間違いない。おまえだって、湯川と話をすれば同じ印象を持つだろう」

「先生の犯罪捜査における観察眼の鋭さなら、よくわかっているつもりですけど……」

「それは物に対してだけじゃない。人間相手の観察力もなかなかのものだ。あいつが事件に興味を持つってことは、鍵になる人間がそばにいるってことを意味する。そこで俺は、県警なんかをあてにせず、湯川を利用したほうが事件解決の早道じゃないかって考えたわけだ」草薙は一瞬だけ助手席を見た。「どう思う？　俺のいってることは見当外れか」

「いえ、狙いはよくわかります。実際、先生の力によって解決した事件もたくさんありましたし。でも、だからといって県警に情報を流さないのは問題じゃないですか」

「全く流さないわけじゃない。ケースバイケースだ。いいか、よく考えろ。俺たち警視庁の人間は湯川に一目置いているが、ほかの県警から見れば、ただの一般人だ。捜査を手伝ってもらおうなんていう発想はない。湯川の推理能力は天才的だが、推理する材料がなくてはその能力も発揮できない。あいつにそれを与えられるのは俺たちだけなんだ。ということは、県警には悪いけれど、有力な情報は俺たちが一足先に確保しておく必要がある。どうだ。これで納得したか」

内海薫が頷くのを、草薙は視界の端で確認した。

「湯川先生は自分で確証を得られるまでは推理の内容を一切話さず、急にわけのわからないことを調べろといってきたりしますものね。たしかに、あれに付き合えるのは私たちだけかもしれません」

「俺たちが手足になって、やつの頭脳をバックアップする。いつものパターンだよ」

それから約二十分後、草薙は明治通り沿いに車を止めていた。

「仙波英俊に関する資料は、全部持ってるな。仙波の顔写真もあるんだろ」

「出所前の写真ならあります」

「それで十分だ。あと、これを持っていけ」草薙は塚原正次の写真を内ポケットから取り出した。

「じゃあ、頼んだぜ」

写真を受け取ったままで呆然としている内海薫を見て、草薙は正面を指差した。「何をぼんやりしているんだ。ここをどこだと思っている」

すぐ前の交差点には『泪橋』の表示があった。周囲のいたるところに、簡易宿泊所を示す看板がある。

あっ、といって内海薫はショルダーバッグを手にし、助手席側のドアを開けた。

「どの相手にも、じっくりと顔写真を見てもらうんだぞ」

草薙の指示に、内海薫は大きく首を縦に振って応じ、ばたんと力強くドアを閉めた。

23

西口が、磯部と彼の部下二人を『緑岩荘』に案内したのは、午後三時を少し過ぎた頃だった。事前に連絡してあったので、川畑夫妻と成実はロビーで待っていた。元々緊張した面持ちだった三人は、強面の磯部が現れたことで、一層表情を固くした。

磯部は、塚原正次が宿からいなくなった夜のことを詳しく質問した。すでに何度も同じ話をさせられているはずだったが、三人は丁寧に答えた。彼等の話に矛盾はなく、不自然さも感じられなかった。西口にとっても、もはや聞き飽きた内容で、やりとりの途中から彼は成実の整った顔立ちをぼんやりと眺めていた。

「さてと、では塚原さんが使っていた部屋を見せていただけますか」磯部が野太い声で三人に向かっていった。

節子が立ち上がった。「それでは私が御案内いたします。こちらへどうぞ」

磯部と捜査員に続いて、「俺も行ってこよう」といって重治も杖をつきながらエレベータに向かった。

成実と二人きりになってから、「ごめんね、何度も」と西口は謝った。

「どうも、単なる事故じゃないってことでさ、捜査の規模が大きくなってるんだよね。そのたびに新しい人間が加わってくるものだから、俺たちとしても参っちゃうよ」

成実は薄く微笑んで首を振った。

「そんなことはいいよ、別に。気にしないで。それより、あたしのほうこそごめんね。西口君、忙しいのに、変なメールしちゃって」

西口はあわてて手を振った。

「全然平気だよ。忙しいのは事実だけど、俺なんか雑用をやらされてるだけだしさ。それより、訊きたいことって何?」

今朝、会議の最中に彼女から送られてきたメールには、『教えてほしいことがあるので、どこかで会えませんか。電話のほうがいいなら、都合のいい時間を知らせてください。』とあったのだ。

「うん、じつはね」そういってから成実は切り出し方を考えるように唇を舐めた。「この前、西口君がうちに宿泊名簿を借りに来たでしょ。塚原さんが、どうしてうちみたいな宿に泊まることにしたのかを突き止めたいからって。あれについて、何かわかった?」

「ああ、あの件か。ごめん、あの名簿、もう少し借りてていいかな。まだ全部調べてないんだ」

「それはいいんだけど、今のところ、あそこからは何も見つかってないってこと?」

「そうだね。少なくとも、ここ二年間での宿泊客に、塚原さんと繋がりそうな人はいなかった。まあ、特に深い意味もなく、この宿を選んだのかもしれない。玻璃ヶ浦の旅館組合が運営しているサイトには、この『緑岩荘』のことも紹介してあるわけだし」

成実は視線を斜め下に向け、ふうん、と頷く。ほかのことを考えているように見えた。

「何か気になることでもあるの?」西口は訊いてみた。

「気になるっていうか……」成実は曖昧な笑みを浮かべたまま、首を少し傾けた。「うちに今、湯川さんという大学の先生が泊まってることは知ってるよね。あの人に、昨日電話がかかってきたの。特に聞き耳を立ててたわけじゃないんだけど、そこのカウンターで大声で話すものだから、会話が耳に入ってきちゃって……」

西口は戸惑った。湯川という宿泊客のことは捜査資料の中で知っているだけで、話したこともない。どこかでちらりと姿を見たような気もするが、明瞭な記憶はなかった。彼にとっては通行人Aにすぎないのだ。

「それがどうもね、かけてきたのは警視庁の人だったみたい」

成実が声をひそめていった言葉に、西口はぴくんと背筋を伸ばした。「警視庁?」

「湯川さんはこういったの。どうしてこっちの事件のことで、警視庁の君が僕に電話をかけてくるんだって。その後は、大声で話すのはまずいと思ったらしく、何も聞こえなくなっちゃった。後で尋ねたら、大学時代の友人なんだって。でもどんな話をしたのかは教えてもらえなかった」

「へええ、大学の先生と警視庁の人間がねえ……」

西口も大学は出ている。友人たちの顔を思い浮かべたが、大学の教壇に立ちそうな者など一人もいない。

「いくら友人だからといっても、警視庁の人が何の関係もない湯川さんにわざわざ電話をかけてくるなんて変だと思わない? もしかしたら、うちのことを訊いたんじゃないかと思って……。宿のこととか、うちの両親のこととか、あたしのこととか」

まさか、と西口は口元を緩めた。

「警視庁のことはよく知らないけど、それはないと思うよ。たまたま知り合いが泊まってることがわかったので、現地の様子を尋ねてみた――そんなところじゃないのかな」

「そうかなあ」成実は釈然としない表情だ。

「何をそんなに気にしてんのさ。そりゃあさ、自分のところの宿泊客が変な死に方をしたんだから気になるのは当然だと思うけど、どっからどう見ても、川畑のところに落ち度はないよ。変な評判が立って、客がますます遠のくようなことになったらまずいけど、今のところはそんな気配もないし、傍観者を決め込んでたほうがいいって」

西口が力を込めていった直後、エレベータの扉が開き、磯部らが降りてきた。磯部は相変わらずの仏頂面だが、特に変わった様子はない。

その時だった。成実が玄関のほうを見て、「お帰りなさい」と声をかけた。西口が見ると、眼鏡をかけた長身の男が靴を脱いでいるところだった。この人物が湯川らしい。

磯部が湯川を見て節子に何やら尋ね、「ちょうどいい」と呟いた。

「すみません。ちょっとよろしいですか」磯部は湯川に警察のバッジを見せた。

何か、と湯川は冷めた目で見返した。

「三日前の夜についてお尋ねしたいんです。あなたはどこで何をしておられましたか」

湯川は成実たちに視線を走らせてから口を開いた。

「八時頃から十時過ぎまで、港の近くにある居酒屋にいました。注文したのは枝豆と塩辛と黒霧島のロック。最初はこちらの女将さんが、後半はお嬢さんが相手をしてくれました」

淀みのない口調だ。話した内容は、これまでの捜査資料と一致している。

「ではその居酒屋への行き帰りで、不審な車両を目撃されませんでしたか」

「不審というと？」

「たとえば、路上駐車していて、中に人が乗っているとかです」

湯川は首を捻った。「さあ、気がつきませんでした」

「そうですか。いやどうも、御協力ありがとうございました」磯部は頭を下げた。

「僕から一つ質問してもいいですか」

「何でしょう」

「COガスの発生源は特定できましたか」

湯川の言葉に、磯部は目を丸くした。「なぜそれを……」

「昨夜の鑑識の動きを見ていれば見当がつきます。発生源は特定できたんですか」

「それは……申し上げられません。捜査上の秘密なので」磯部は口をへの字に結んだ。

「なるほど。わかりました」湯川はにっこり笑い、エレベータに向かった。

24

もう少しでクリアできる、と思った時にドアをノックする音が聞こえた。そのせいで、ほんの一瞬だけ集中が途切れた。予期しないところから飛んできた敵に慌てる。

「わっ、いけねっ」

コントローラを素早く操作したが間に合わなかった。人を小馬鹿にしたような音楽と共に、貴重な命を一つ落としてしまった。

「ちぇっ、何だよ」恭平は画面を見て口を尖らせた後、入り口に向かって怒鳴った。「誰？　鍵ならかかってないよ」

遠慮がちにドアが開き、湯川が顔を覗かせた。

「なんだ、博士か」恭平はコントローラを置いた。「どうしたの？」

「入っても構わないか」

「いいよ」

湯川は無表情のままで入ってきた。白いシャツ姿で、上着と書類鞄を持っていた。

「仕事、終わったの？」

「今日のところは」湯川はいい、窓に近づいた。「ただし、収穫はゼロに等しい。デスメックとの実験前の手続きだけで終わってしまった。不必要な人間がやたらと首を突っ込みすぎる。なんだ、あの技術管理課長というのは。口出しするばかりで、建設的な意見を出そうとしない。一体何のために来ているんだ。邪魔なだけだ」ひとしきりぼやいた後、ふと我に返ったように振り返った。「ああ、すまない。いきなりこんな文句を聞かされても迷惑なだけだな」

「僕は別にいいけど。いろいろと嫌なことがあったみたいだね」

「少々ね。他人と共同で何かやろうとすると、大なり小なりストレスは溜まる」

「わかるわかる。友達とゲームをする時でも、あんまり気の合わないやつがいたら、協力プレイはしたくないもん」

「協力プレイ？」

「三人とか四人とかで、一つのゲームをやるんだよ。コントローラが人数分必要だけど」

「ふうん」湯川は恭平とテレビ画面とを見比べた。「君はゲームが得意なのか」

「わりと」

「自信ありげだな」湯川は画面を見つめた。「やってみてくれ」

「今？」

「そうだ。今までやってたんだろ？」

「人に見られてやるのは好きじゃないんだ。特に大人には」

「勿体ぶるほどのことではないだろう。さあ、早く」湯川は恭平のすぐ後ろで胡座をかき、腕組みもした。

やむなく恭平はコントローラを手にし、ゲームを始めた。後ろで湯川が見ていると思うと気になるが、しばらくすると慣れてきて、集中できるようになった。

先程は失敗したシーンを無事にくぐりぬけたところで、ゲームを一旦ストップさせた。後ろを振り返り、「こういう感じだけど」といった。

なるほど、と湯川は呟く。「たしかに、なかなかの腕前のように見える」

「何だよ、その言い方」

「仕方がないだろう。そのゲームの難易度がどうなのかを知らないし、ほかの人間のレベルもわからない。君の実力を推し量るにはデータ不足だ」

「じゃあ、博士が自分でやってみれば」恭平はコントローラを差し出した。

湯川が戸惑った顔になった。「私はいい」

「どうして?」

「私は現実世界で試行錯誤するタイプだ。仮想世界には興味がない」

「なに面倒臭いこといってんだよ。あ、わかった。自信がないんだな。それで逃げてんだ」

湯川がむっとした。「逃げてるわけじゃない」

「じゃあ、やりなよ。自分こそ勿体つけてないでさ」恭平は、さあさあ、とコントローラを湯川に押しつけた。

渋々といった感じで湯川はコントローラを受け取った。「使い方がよくわからない」

「やってればわかるよ」恭平はゲームをスタートさせた。

「わっ、待て、そんないきなり」湯川は眼鏡の奥の目を見開き、画面を凝視した。大慌てで懸命にコントローラを動かす。全身に力が入っているのが傍目にも明らかだ。

三つ残っていたゲームキャラクターの命が、あっという間になくなった。恭平は畳の上で身をよじって笑った。

「ありえないよー。うちのお母さんだって、もうちょっとましだぜー。なんだよ、それー。見たことないよー」

湯川は全くの無表情で、コントローラを置いた。

「多少はわかった。このゲームに関しては、君の実力はかなり上のようだ」

恭平は寝転んだままでのけぞった。「悪いけど、博士に僕の実力を測ってほしくない」

「それはともかく、これは何だ」湯川が座卓の上を見た。

恭平は身体を起こし、渋面を作った。「見ればわかるでしょ。国語と算数のドリルだよ」

「ははあ、夏休みの宿題か」

「それだけじゃないんだ」

恭平は床の間に置いてあった段ボール箱を引きずってきた。この宿に来た翌日に宅配便で届いたのだ。着替えやゲーム機と一緒に入っていたのが、夏休みの宿題一式だった。

「まず生活表。毎日の計画を立てて、その通りにできたかどうかを書くんだ。これ結構面倒臭いんだよね。あと、本を読んで感想文を書かなきゃいけない。それから自由研究。何をやっていいかわかんないよ。どうして大人って、こういうことをさせたがるのかな。夏休みの間ぐらい、自由に遊ばせてくれればいいのに」

湯川は算数のドリルを手にし、ぱらぱらとめくった。

「まだ殆ど手つかずだな。間に合うのか」

「たぶん無理。学校が始まる直前に、お母さんに叱られながらやるしかない。叱りながらも、お母さんは手伝ってくれるから」

毎年、その手で乗り切ってきたのだ。

「そういうのは手伝ったとはいわない。君のお母さんは邪魔をしている。息子の学力向上の邪魔をね」

「そんなことといったって、宿題をやっていかなかったら、今度は学校で叱られちゃうよ」

「叱られればいい。そのほうが君のためだ」

「何だよ、他人事だと思って」恭平は湯川の手からドリルを奪い返そうとした。だが寸前で、さっと遠ざけられた。

「私が手助けしよう。そうすればこんな問題集は二、三日で片づくだろう」

恭平は、ぴんと背筋を伸ばした。「博士が手伝ってくれるの？」

「手伝うんじゃない。手助けだ。君が全問正解できるよう指導してやろうといってるんだ」

「それって家庭教師みたいなもの？」

「平たくいえばそういうことだ」

「えー」顔をしかめた。「こんなところまで来て勉強なんかしたくないよ」

「いつかはやらなきゃいけないことだ」湯川はドリルを開いた。「十八角形の角の合計を求めなさい――この問題を、君はいつか自分の力で解かなければならない。解けないままで大人になろうとすると、いろんな局面で苦労することになるぞ。だったら、今解けるようになっておけばいいじゃないか。それに君は、すでに私の力で宿題を一つ片づけているはずだ」

「えっ、何のこと？」

「ロケットだ。ペットボトルロケットで海底の玻璃を見たじゃないか。あれは立派な自由研究だ。データはすべて私のところにあるから、それをまとめればいい」

「そうか」手を叩いた。「でも実験をしたのは博士だよ。それってインチキじゃない？」

「算数のドリルをお母さんに手伝わせることには罪悪感を感じないくせに、妙なところで律儀なんだな。ロケットの実験には君も参加した。インチキじゃない」

「やった。じゃあこれで宿題の一つは解決だ」恭平はガッツポーズをした。

「その勢いで、これもどうだ」湯川がドリルを持ち上げた。

恭平は鼻の上に皺を寄せ、頭を掻いてから頷いた。

「わかった。じゃあやってみるよ。博士が教えてくれるのなら、少しは楽しそうだし」

「期待してていい。ところで物は相談だが、勉強を教えてやる代わりに、一つだけ頼みを聞いてくれないか」

「何？」恭平は身構えた。

「マスターキーというものを知ってるかい？　こうした旅館やホテルで、どの部屋も開けられる万能の鍵のことだ」

「伯父さんたちの部屋にあるやつかな。成実ちゃんが引き出しから出しているのを見た」

「たぶんそれだ。それを使わせてもらいたい。もちろん、ほんの少しの間だけだ」

「いいよ。借りてくる」恭平は立ち上がりかけた。だが肩を湯川に押さえられた。

「今すぐじゃなくていい。それに、借りてくるのでもない」湯川は唇を舐め、声を落として続けた。「こっそり盗みだしてくるんだ」

25

県警本部に向かうという磯部らと別れ、西口が玻璃警察署に戻ったのは午後八時過ぎだった。署内は慌ただしい雰囲気に包まれていた。どうやら捜査本部の開設が正式に決まり、手の空いている者はその準備に追われているらしい。

署内で一番大きな空間である大会議室に行ってみると、パソコンや事務機器などが次々と運び込まれているところだった。

後ろから肩を叩かれた。振り向くと橋上が陰鬱な表情で立っていた。

「こんなところでぼんやりしてると手伝わされるぞ。飯、まだなんだろ？　食いに行こう」

「いいんですか、手伝わなくて」

「これから嫌というほど県警の下働きをさせられるんだ。手を抜けるところは抜いておかないとな」

橋上が歩きだしたので西口も後に続いた。

二人で警察署の近くにある定食屋に入った。西口は焼き肉定食を注文した。下働きをさせられるという言葉を聞き、少しでもスタミナをつけておかねばと思ったのだ。

「参ったよな。単なる事故だと思ってたのに、えらいことになっちまった。警視庁のあの管理官、余計なことをしてくれたもんだ。県警の奴ら、いかにも俺たちの初動捜査が悪かったみたいな言い方しやがるけど、あの状況じゃあ誰だって事故だと判断するしかないっつうの。あんなものをいちいち解剖に回してたら、こっちが文句をいわれるぜ」橋上は焼き魚を箸でつつきながら、ぶつぶつと不平をこぼした。

「橋上さんは、今日はどこを回ってたんですか」

「東玻璃だ。県警の奴らと歩き回った。ていうか、案内させられてたんだけどな」

「あのマリンヒルズとかいう別荘地ですか」

「あそこも行ったけど、聞き込みをしたのは別の住宅地だ。そこに仙波の死んだ女房の実家があったそうだ。今は駐車場になってるけどな」

「仙波の奥さんが東玻璃の出身だったんですか」

「どうやらそうらしい」橋上は箸を置き、隣の椅子にかけてある上着から手帳を取り出した。「警視庁から届いた資料によると、仙波自身は愛知県豊橋市の出身だ。就職して上京し、三十歳で職場の同僚だった女性と結婚。その相手が東玻璃の出身というわけだ」

橋上が見せてくれた手帳の頁には、『悦子　旧姓日野』とあった。

「すると奥さんの実家があるのに、さらにそのそばに別荘を購入したということですか」

「いや、二人が結婚した時、女房の実家はすでに取り壊されていた。女房が東玻璃に住んでいたのは高校生までで、その後父親の転勤で横浜に移り住んでいる。仙波と結婚してからは、当然東京で住むようになった。一方仙波は、三十五歳の時に独立して家電修理の会社を興している。当時の住所は東京都目黒区。会社は順調に業績を伸ばして、四十六歳の時、例のマリンヒルズを購入している。妻が常日頃から、いつかは故郷の海を眺められる家に住みたいといっていたので、願いを叶えてやりたかった——殺人で捕まった時、取り調べでそんなことを話していたそうだ」

橋上は手帳を閉じ、箸を持った。

「へえ。それだけを聞くと、さほど悪い人間とは思えませんね」焼き肉を頬張り、西口はいってみた。

「魔が差すってやつだよ。別荘を買えるほど景気がよかったわけだけど、小さい会社なんて、一つ間違えればどうなるかわかったもんじゃない。仙波の会社も同じだ。少しばかり無理をして新しい事業に手を出したところ、それがとんだお荷物になった。瞬く間に借金が膨らんで倒産。目黒の自宅とマリンヒルズが残ったのは幸いだったが、今度は女房が病気にかかった。しかも癌だった」

「癌？」西口は顔をしかめた。「なんとまあ……」

「ついてない話だよなあ」橋上は煮物を口に運んだ。「治療費を捻出するために目黒の自宅は売り、二人でマリンヒルズに移り住むことにした。皮肉な形で女房の夢が叶ったわけだ。ところがそれも長続きしない。間もなく女房は死に、仙波は一人になった」

「あんなところで独り暮らしは辛いですね」廃墟のような別荘を西口は思い浮かべた。

「しばらく一人で住んでいたが、さすがに無収入では生活が苦しくなる。そこで再び東京に出ていき、電器屋などで働き始めた。事件を起こしたのは、そんな時だった」

「そこから先なら資料を読みました。刺し殺した相手は元ホステスだったとか」

「金を貸した貸さないの口論の挙げ句、かっとなって刺しちまったわけだ。一文なしになった上に女房にも死なれて、仙波も自分を見失ってたんだろうなあ。馬鹿っていやあ馬鹿だけど、ちょっぴり同情もするね」

橋上の言葉に、西口は手を止めた。

「塚原さんもそうだったんでしょうか。仙波に同情的だったのかな」

橋上は少し考える顔になり、「そうだったんじゃねえの」といった。「取り調べたのは塚原さんだろ。さっきの、女房のためにマリンヒルズを買ったっていう話を記録に残したのも、たぶん塚原さんだ。裁判で少しでも心証がよくなるように配慮したんだと思うぜ」

「そういうことなら、仙波が塚原さんを恨んでたってことはないかもしれませんね」

「おそらくな」橋上は頷いた。「女房の実家と付き合いがあったという家が今もまだ何軒か残ってて、住人から話を聞いてきた。仙波がマリンヒルズに住み始めた頃、よく挨拶にきたらしい。誰もが仙波のことを、あんなに心根の優しい人間はいないといっていた。事件を起こしたのは、よっぽどの理由があったからだろうってな。だからこそ塚原さんも、こっちに来たついでに立ち寄る気になったんじゃないかな」

「すると今度の事件と仙波英俊とは……」

橋上は首を振った。

「関係ないよ。県警の連中も、興味をなくしてる感じだった」

26

テレビでは芸人たちが危険なゲームに挑戦するというバラエティ番組をやっていた。さほど見たくもなかったが、恭平は体育座りをし、楽しんでいるふりを装った。すると節子が皿に切った梨を載せて、運んできてくれた。座卓の上に置き、はいどうぞ、という。

「ありがとう」フォークが添えられていたが、恭平は手で摑んだ。

今夜は湯川とではなく、重治たちと一緒に夕食を摂ったのだった。食事を終えた後も、そのまま彼等の部屋に居座ってテレビを見ている。

重治は横で茶を飲みながら本を読んでいた。成実は夕食後すぐに出かけていった。

「恭平ちゃんは、今日は何をしたんだ？　あまり部屋から出てこなかったみたいだけど」重治が尋ねてきた。

「えーと、夏休みの宿題をやった。その後、ちょっとだけゲーム」

「宿題をやったのか。それはえらいな」

「まだ、やり始めたばっかりだけどね。わからないところがあったら、博士が教えてくれるって」

「ハカセ?」

「湯川さんのことよ」節子が立ち上がりながらいった。そのまま部屋を出ていく。厨房に行くのだろう。

「ああ、そうか。あの先生、いつまでここにいる気なのかなあ」重治は首を捻る。

「自分でもわからないっていってたよ」恭平はいった。「デスメックの連中はアホばっかりだから、研究がちっとも進まないって文句をいってた」

「そうなのか。まあ帝都大の先生なんだから、宿代を踏み倒される心配はないだろうけどな」重治は薄い頭を撫でた後、恭平を見た。「あの先生、事件のことで何かいってなかったかい」

「何かって?」

「どんなことでもいいよ。人が死んで気味が悪いとか、どうやって死んだんだろうとか、そんなようなことをいってなかったか」

「別に何もいってない。しょっちゅう警察が来るから落ち着かないとはいってたけど」

「そうか」重治は頷いた後、大きくため息をついた。「恭平ちゃんもついてなかったなあ。せっかく来てくれたのに、変なことに巻き込まれちゃって。海水浴に連れていくっていう約束も果たせてないし、伯父さん、本当に悪いと思ってるよ」

「そんなのいいよ。海なんていつだって行けるし」

そうか、と重治が答えた時、部屋の隅に置いてあるコードレスホンの子機が鳴りだした。しかしすぐに鳴りやむ。親機がカウンターにあるので、そっちで節子が出たのだろう。

恭平は時計を見た。間もなく九時になろうとしている。すでにバラエティ番組は終わっていた。リモコンを手にしながら、何を口実にこの部屋に居続ければいいだろうかと考えた。もう少しすれば重治は風呂に入るはずだから、それまでは粘らねばならない。

適当にチャンネルを合わせて待っていると、アイドルが主役を演じているドラマが始まった。今までに一度も見たことのない番組だったが、恭平は、さもこの時を待っていたかのように座り直した。

「なんだ、恭平ちゃんはこういうのが好きなのか」重治が意外そうにいった。

まあね、とテレビのほうを向いたままで答える。こんなくだらないドラマは見ちゃいられない、と伯父さんが思ってくれたら狙い通りだ。

その時、またしてもコードレスホンが鳴りだした。ただし今度はさっきとは鳴り方が違う。内線で呼び出しているらしい。

「おっ、一体なんだ」重治はいったが、電話に出ようとしない。

廊下から小走りで近づいてくる足音が聞こえ、やがて節子が入ってきた。

「それ、恭平ちゃんのお父さん」そういって彼女は電話に出た。「もしもし、聞こえる？　……じゃあ、今替わるから」恭平のほうに、はい、といって子機を差し出した。

「お父さん？」

「そう。大阪からかけてきてるの」

恭平は電話を耳に当てた。「僕だけど」

「よう、お父さんだ。元気にやってるか?」敬一の陽気な声が聞こえた。

「うん、元気だよ」

「そうか。今、伯母さんから聞いたんだけど、そっち、何だか大変なことになってるみたいだな。どうしてお母さんにいわなかったんだ。昨日の夜、お母さんから電話があっただろ。何か変わったことはないかって訊いたら、何もないって答えたそうじゃないか」

面倒だから、といいたいのを恭平は堪えた。

「大したことじゃないと思ったから」

「そんなことないだろ。人が死んだって、すごいことじゃないか。それで、大丈夫なのか」

「何が?」

「だから、警察の人とかが出入りしてて、落ち着かない感じなんだろ? どこにも遊びに行けないとか、勉強できないとか、そういうことはないのか」

「そんなことないよ。適当に遊んでるし、宿題だって少しはやってるし」

「そうか? もし居づらい感じだったら、正直にいうんだぞ」

うん、と答えながら、じつは居づらいんだといったらどうする気だろう、と恭平はふと思った。大阪に来いとでもいうのか。それができないから、姉夫婦に預けることにしたのではなかったのか。

「じゃあ、もうしばらくそっちにいるか?」

「うん」

「よし、わかった。だったら、伯母さんに替わってくれ。あっ、ちょっと待て。お母さんが話したいといってる」

「もういいよ。昨日話したばっかりだし」

恭平は子機を節子に渡した。節子は敬一と二言三言話した後、電話を切った。

「敬一君、かなり心配してる様子だったか」重治が訊いた。

「そうでもないみたい。あの子は一つのことに集中するタイプだから、今は仕事のことで頭がいっぱいなんじゃないかな」そういった後、節子は恭平を見た。「うちはいつまでいてくれても構わないんだけど、もしお父さんたちのところへ行きたくなったら、そういってね。伯母さん、すぐにお父さんに電話をかけるから」

うん、と恭平は頷いた。

「さてと、じゃあ俺は風呂にでも入ってくるかな」重治がようやく腰を上げた。

節子も厨房に戻っていった。これでようやく恭平だけになった。待ちに待った時だ。

入り口を開け、廊下に誰もいないことを確かめてから、テレビの横に置かれた戸棚の引き出しを開けた。大きな木の札が付いた鍵が、無造作に入れてあった。それを取り出し、短パンのポケットに入れた。

テレビを消し、部屋を出た。スリッパを履かずに廊下を駆け、ロビーを横切り、エレベータに乗った。心臓がどきどきするのは走ったせいだけではない。

三階まで上がり、『雲海の間』のドアをノックした。ほどなく鍵の外れる音がし、ドアが開いた。湯川が立っていた。

これ、といって恭平はマスターキーを見せた。

「御苦労。時間はどれぐらいある?」

「伯父さんがお風呂に入ってる間に返したいから、二十分ぐらいかな」

「それだけあれば大丈夫だ。行こう」湯川は部屋を出てきた。彼もまたスリッパを履いていなかった。ほかに誰も泊まっていないのだから足音を聞かれる心配はなかったが、万一を考えての用心だろう。

湯川はエレベータを使わず、階段を上がった。だが四階に着くと、恭平の予想とは逆の方向に歩き始めた。

「博士、どこへ行くの?」恭平は訊いた。「『虹の間』なら、あっちだよ」

湯川は足を止めた。「『虹の間』?」

「死んだおじさんの部屋を見たいんじゃないの?」

マスターキーを盗み出してほしいと湯川がいいだした時、その理由を尋ねてみると、見たい部屋がある、と答えたのだった。それで恭平は何となく、岩場で死んでいた客が泊まっていた部屋だろうと決めてかかっていた。じつは彼自身も、一度見てみたいと思っていたのだ。警察の命令で立入禁止の張り紙がしてあるので、余計に気になる。

しかし湯川は首を振った。「そんな部屋に用はない」

「じゃあ、どの部屋?」

「それはついてくればわかる」

再び歩きだした湯川が足を止めたのは、『海原の間』という部屋の前だった。

「ここ？」

「そうだ」湯川はポケットから何かを出してきた。「これをはめてくれ」

それは白い手袋だった。大人用なので、恭平がはめるとぶかぶかだ。

「生憎、子供用は持ってきていない。君はなるべく……いや、極力部屋の中のものには触れないように」

「一体、何をする気なの？」

湯川は少し思案する顔で黙り込んだ後、「ちょっとした調査だ」といった。

「調査？　何の？」

「物理学の、といったらいいかな。この建物は非常に興味深い構造をしている。私の研究に役立ちそうなので、調べさせてもらおうと思ったわけだ」

「だったら、そういって伯父さんたちに頼めばいいのに」

「それはだめだ。ここにはしょっちゅう警察の人間が来る。伯父さんがあの連中に話したら、きっと何のために部屋を見たのかと根掘り葉掘り訊いてくるだろう。そんな面倒臭いことは願い下げだ。――鍵を貸してくれ」

「学者って、いろいろと大変だね」恭平はマスターキーを渡した。

「楽をしていては真理を摑めない」

湯川は鍵を外し、ドアを開けた。手探りで明かりのスイッチを入れ、奥へと進んでいく。恭平も後に続いた。エアコンが入っていないので、ひどく蒸し暑い。

間取りや広さは、現在恭平が使っている部屋と同じだった。湯川は入り口に立ち、じっくりと室内を見回した後、しゃがみこんだ。畳を擦り、手袋を見つめている。

「何をやってるの?」

「いや、大した意味はない。あまり使われてない部屋なら畳が汚れてるんじゃないかと思っただけだ。しかし掃除は行き届いているらしい」

湯川は奥に進み、窓のカーテンを開いた。恭平も後ろから窓の外を覗いた。花火をした裏庭が見える。

「伯父さんとはロケット花火もやったといったね」

「やったよ。五発ぐらい上げたかな」

「その時、こちら側の部屋の窓は全部閉まってたのかな」

「うん、閉まってた」

「たしかか?」

「絶対そうだよ。だって、間違って花火が部屋に飛び込んだら危ないじゃん。だから伯父さんと二人で、開いてる窓がないかどうかよく確かめたんだ。窓以外でも、花火が飛び込みそうなところは全部蓋をしたよ」

そうか、と湯川は頷いた。「この部屋の明かりはどうだった」

「明かり?」

「開いている窓がないかどうかを確かめた時、この部屋の明かりは点いていたか」

「えっ……」思ってもいない質問に恭平は当惑した。「どうだったかな」

「今もそうだがあの夜も、こちら側の部屋は使われていなかったはずだ。となれば裏庭から見上げれば、すべての窓が真っ暗だったと思うんだが」

湯川のいっていることはよくわかった。だがあの時は、そんなことは考えていなかった。明かりの点っている部屋はあっただろうか。あったようにも思うが、よく覚えていない。

仕方なくそう答えると湯川は黙って頷き、カーテンを閉じた。さらに壁を眺めながら室内を歩き回り始めた。時折、拳で壁を叩く。音を確かめているようだ。

「ずいぶんと古い建物だな。いつ頃に建ったのかな」

「はっきりしたことは知らないけど、三十年以上は前だと思うよ。伯父さんのお父さんが建てたんだって。で、伯父さんが継いだのが十五年ぐらい前」

「十五年？　あの伯父さんは何歳だ」

「えーと、まだ七十歳にはなってないけど、四捨五入したら七十だっていってた」

「見たところ、そんなものだな。奥さんのほうはずいぶんと若く見えるが」

「伯母さんは、もう少ししたら四捨五入して六十だって」

「六十？　もう少ししたらということは、五十三、四か。とてもそうは見えないな」湯川は、ふと何かに気づいたように恭平を見下ろした。「君のお父さんの年齢は？」

「四十五歳」

「ずいぶんと姉弟の歳が離れてるんだな」

「それは、お母さんが違うから。伯母さんのお母さんはすぐに死んじゃって、二人目のお母さんが産んだのが、うちのお父さんなんだ」

「なるほど。異母姉弟というわけか」

「伯母さんは若い頃に家を出て、東京で独り暮らしをしてたらしいよ。だからお父さんも、あんまり姉弟っていう感じがしないっていってた。親戚のおばさんみたいなものだって」

「ずいぶんな言い方だな。それはともかく、ここの伯父さんは宿を継いだ時点で五十過ぎだったわけだな。それまでは何をしてたんだろう」

「エンジンの会社だって」

「エンジン？」

「転勤とかも多くて、単身赴任してたこともあるんだって。東京にいた頃は、殆ど伯母さんと成実ちゃんの二人暮らしだったみたいだよ」

「東京？　そうか、あの一家は東京から来たのか」

「それがどうかした？」

「いや、何でもない」

やがて湯川は押入を開けた。白い布団が積まれていた。数秒間眺めた後、彼は布団を引っ張り出し、押入の上段に入り込んだ。奥の壁を叩いたり、擦ったりしている。

博士、と恭平は呼びかけた。わけもなく不安な気持ちになっていた。

湯川が押入から出てきた。布団を戻し、襖を閉めた。

「よし、行こう」

「もういいの？」

「目的は果たせた。すべて予想通りだった」湯川は明かりのスイッチに手を伸ばした。部屋が暗闇に包まれる直前の物理学者の横顔は、これまでに恭平が見たことのない厳しいものだった。

27

内海薫が連絡してきたのは、間もなく午後十時になろうかという頃だった。その時草薙は阿佐ヶ谷にいた。愛車のスカイラインを道路脇に止め、電話に出た。

「もう少しこまめに連絡しろ。山谷でおまえを降ろしてから、何時間経ってると思ってるんだ」

「すみません。歩き回っているうちに時間の経つのを忘れてたんです」

「今まで回ってたのか」

「そうです。この周辺にある簡易宿泊施設は大方当たったと思います。さすがに疲れました」その言葉とは裏腹に声には元気があった。大したやつだな、と草薙は感心した。

「それだけ歩き回ったんだ。何か摑んだんだろうな」

内海薫は一拍置いてから、「ええ、それなりに」と答えた。

「よし。今、どこにいる」

「浅草に向かって歩いているところです」

「浅草?　どうして?」

「夕食を摂ろうと思って。今まで食べる暇がなかったものですから。浅草においしい定食屋があるんです」

「よし、その店を教えろ。俺もそこへ行く。夕食代は出してやる」

「本当ですか。そういうことなら、ほかの店にしようかな」

「図に乗るな。さっさと店の名前を教えろ」

店名を訊くと、カーナビで位置を確認し、エンジンを始動させた。

内海薫が教えてくれた店は、吾妻橋のそばにあった。江戸通りと隅田川に挟まれた細い道沿いに建っていて、好都合なことに目の前がコインパーキングだ。

巨大な丸太を平たく輪切りにしたデザインのテーブルを挟み、二人は向き合った。内海薫が牛タン定食がお奨めだというので、草薙もそれを注文した。

「じゃあ早速、成果のほどを聞かせてもらおうか」草薙は灰皿を引き寄せ、煙草に火をつけた。

内海薫はショルダーバッグから紺色の手帳を取り出した。

「草薙さんの推理が当たっていました。やっぱり塚原さんは仙波英俊を捜していたんです。仙波の写真を見せて、こういう人物を知らないかと訊き回っていたようです。今日だけでも、九軒の宿でそういう証言が得られました。ほかの宿でも、塚原さんかどうかははっきりしませんが、六十歳ぐらいの男性が人捜しのためにやってきた、という話はいくつか聞けました」

草薙は天井に向かって煙を吐いた。

「どうやら、間違いなさそうだな。で、その後はどうなっている？　塚原さんは仙波の居所を掴めたようなのか」

内海薫は手帳から顔を上げ、首を横に振った。

「たぶん、見つからなかったのだと思います。だからこそ、そんなにたくさんの宿を当たったんじゃないでしょうか」

「つまり、塚原さんの姿は泪橋周辺で何度か目撃されているが、仙波のほうはそうではないということだな」

「多くの人に写真を見せましたが、仙波英俊の顔を見た人はいませんでした」

「やっぱりな。そうだろうと思った」

料理が運ばれてきた。大きな皿には牛タンが七枚載っている。その皿を囲むように、とろろの入った器、麦飯、サラダ、そしてテールスープが並んでいた。

草薙は煙草の火を消した。「こいつは旨そうだ」

「草薙さんは、山谷では仙波の消息は摑めないと踏んでおられたんですか」

「まあな。仮に仙波が宿無しになった場合でも、そんなところには行かないだろうと思った。住所不定の人間が山谷の簡易宿泊所に集まるなんてのは、一昔も前の話だ。今じゃ、格安で日本旅行を楽しもうという外国人バックパッカーたちの定宿だよ。料金だって、それなりに高くなっている。仕事のない人間には泊まれない。塚原さんは現場から離れて何年も経っていたから、そういう状況を知らなかったのかもしれない。あるいは、知っていたけれど、一応調べてみたってところか。名刑事だったそうだから、手抜きはしないってことかもな」草薙は牛タンを一口食べ、「うめえ」と思わずいった。歯ごたえと味のバランスが絶妙だった。「くっそー、ビールが飲みてえなあ」

「今の時代は、やっぱりネットカフェでしょうか」

草薙は、とろろを麦飯にかけながら頷いた。

「決まってるだろう。若い奴も年寄りも、難民になったらまずはネットカフェだ。山谷の簡易旅館とは比較にならない値段で寝泊まりできる。シャワーだって浴びられる。――おお、この麦とろ飯も最高だな」

「じゃあ、明日からはネットカフェを回ってみます。それにしても、塚原さんはなぜ仙波を捜そうとしたんでしょうか」

草薙はテールスープを啜り、舌鼓を打ってから、隣の椅子に置いた上着に手を伸ばした。ポケットから手帳を出し、頁をめくる。

「荻窪署に行って、仙波が事件を起こした時の記録を調べてもらった。殺人だから、当然捜査本部が開設されている。その時に塚原さんと組んでいたのは、藤中という当時巡査部長だった人だ。今も荻窪署にいるけど、病気のために自宅療養中だった。連絡を取ってもらったところ、人と会うのは問題ないということだったので、家まで行ってきた。驚くなかれ、タワーマンションの三十階だ。奥さんがマッサージ業で当てたんだってさ。昼間に塚原さんの家に行ってきただけに、刑事ってのはいろいろだなあと思ったよ」

藤中博志は五十代半ばにも拘わらず、痩せているせいか老人の雰囲気を持った人物だった。心臓を患っているそうだが、それで痩せたのではなく、元々太りにくい体質らしい。

「あの事件のことはよく覚えていますよ。私は塚原警部補と組んだのですが、事件解決まで、殆ど何もお手伝いしなかった。それで印象に残っているんです」そういって藤中は目を細めた。まるで学校の教師のように丁寧な話し方をする。

「塚原さんが仙波を逮捕した時、藤中さんは一緒ではなかったのですね」

「そうです。全然別のところにいました。惜しいことをしましたよ。塚原さんにくっついていれば、逮捕劇が見られたのに」

自分が捕まえていたかも、という発想はないらしい。こんな刑事もいるんだなと草薙は不思議な感じがした。

「事件解決までは何も手伝わなかったとおっしゃいましたが、その後は仕事上の繋がりがあったんですか」

「繋がりといっても、主に道案内ですがね。あの事件はじつに単純で、犯人の自供にも信憑性があり、裏づけも取れていたわけですが、一点だけどうしてもわからないことがありました」

「それは何ですか」

「場所です」藤中は即答した。「被害者の遺体が見つかったのは荻窪の路上でした。ごくふつうの住宅地です。仙波の供述によれば、近くの公園で話し合っていたが、被害者が馬鹿にしたように笑った後、立ち去ろうとしたので、追いかけて刺したということでした」

「その経緯は資料で読みました。それの何がわからないのですか」

藤中は背筋を伸ばし、「なぜあの場所だったのか、ということです」といった。「被害者である三宅伸子さんの住まいは江東区木場でした。一方、仙波は当時江戸川区のアパートに住んでいました。距離にして十キロと離れていなかった。それなのになぜ、まるっきり方向の違う荻窪などという場所で待ち合わせをしたのか」

「それについては仙波の供述が残っていますね。三宅さんを呼び出そうとしたところ、自分は今荻窪にいるから、用があるのならこっちまで来てくれといわれたとか」

藤中は頷いた。

「なぜその時に三宅さんが荻窪にいたのかは知らない、と仙波はいいました。貸した金を返してもらうことに頭がいっぱいで、そんなことはどうでもよかったと。そこで私たちは、三宅さんの行動を追うことにしました。仙波と会うまで、三宅さんはどこにいたのか。荻窪で何をしていたのか。町中をずいぶんと歩き回りましたよ。犯人逮捕は早かったが、そこから先は長かった。いや、長いだけでなく、結局何も摑めなかった。最後までどうしてもわからなかったことというのはそれです」

「それはそんなに重要なことだったのでしょうか」

「正直にいいますと、私はそんなふうには思いませんでした。犯人がすべて自供しているし、その内容に矛盾はないし、少しぐらいわからないことがあったって構わないと思ったのです。しかし塚原さんは、なかなか納得されませんでした。私と一緒に聞き込みをするだけでなく、お一人で被害者のことをずいぶんと調べておられたようです。裁判で判決が出た後、私のところへ挨拶に来られたのですが、やはり心残りがあるような表情でした。ああ、生粋の刑事というのは、こういう人のことをいうのだろうな、自分とは根本的に人種が違うな、とぼんやり考えた覚えがあります」藤中は退役軍人が昔を懐かしむようにいい、穏やかな笑みを浮かべた。

草薙が話を終えると、内海薫はそれまで置いていた箸を再び手にした。

「塚原さんは、仙波ではなく、むしろ被害者の行動について疑問を感じておられたということでしょうか」

「藤中さんの話を聞いたかぎりではそうだ。だが俺は、なぜ塚原さんがその点に拘《こだわ》ったのかが気になる。たしかに事件の背景を知ることは必要だが、常にすべてを明らかにできるわけじゃない。

それに事件が起きるまでの被害者の行動など、本来ならば関係のないことだ。にもかかわらずそれほど拘ったのは、何らかの理由があったからだと思う」

「その理由というのは……」

「それを明らかにしないことには真実が見えてこない、と塚原さんは考えたんじゃないだろうか。つまり、仙波の供述のすべてが真実ではない、仙波は嘘をついている――供述調書を作りながらも、そう感じたんだと思う」

「その根拠は？」

「わからん。取り調べの過程で、刑事の勘が働いたのかもしれない」

「もし仙波が嘘をついていると感じたのなら、なぜもっと追及しなかったんでしょうか」

「おそらく、決め手がなかったんだろう。自供内容に矛盾がなく、裏づけが取れていれば、追及のしようがない。記録を読んだかぎりでは、事件全体におかしいところは何ひとつなかった。唯一の疑問は被害者が荻窪なんかにいた理由だが、仙波にそれを説明できなくても問題にはならない」

草薙は、やや冷めた牛タンの残りを口に押し込み、麦とろ飯をかきこんだ。話に夢中になり、料理を味わうどころではなくなっていた。

「被害者の三宅伸子さんについて調べてみてはどうでしょう」内海薫がいった。

口の中のものをテールスープで流し込み、草薙は頷いた。

「俺もそう思っていたところだ。明日から調べてみる。とはいえ、一筋縄ではいかないだろうな。当時、塚原さんだって三宅さんのことは調べたに違いないんだ」

「私は引き続き、仙波の行方を追ってみます」

「ネットカフェを回るつもりか。塚原さんと仙波の写真を持って」

「いけませんか」

草薙は口元を曲げ、首を傾げた。「いけなくはないが……」

「何でしょう？」挑むように見つめてくる。

「もっと手っ取り早い方法があるんじゃないか。宿無し男を捜すためにネットカフェを一軒一軒当たるより、そういう人間が一箇所に集まる機会を狙ったほうが簡単だぜ」

「一箇所に集まる？」

「安定した仕事がなく住居のない人間でも……いや、そういう人間だからこそ、集まってくる場所ってものがあるだろ。路上生活者の中には、そのおかげで辛うじて生き延びてる者も少なくない」

内海薫は険しい顔つきで考え込んだ後、不意に目を大きく見開いた。「炊き出しですね」

「正解」草薙は、にやりとした。「定期的に炊き出しをやってるボランティア団体がいくつかあったはずだ」

「そのアイデア、いただきます。後で早速調べなきゃ」内海薫は手帳に何やら書き込んだ。

「俺のほうはどうするかな。被害者は千葉の出身らしいが、実家や親戚とは殆ど連絡を取っていなかったようだ。元ホステスといったって、働いてた店なんて、どうせつぶれちゃってるだろうしな。つぶれてなくても、何十年も前にいたホステスのことなんか、誰も知らないだろう」

当時の記録によれば、犯行の動機が金銭絡みということで、三宅伸子の経済状況についても一応調査されている。銀行には殆ど蓄えがなく、カードの支払いに追われる日々だったようだ。彼女に金を貸していたという人間も、事件後、何人か見つかっている。

「事件の前夜、被害者と仙波は二人で飲みに行ってますよね。昔から馴染みだった店で、そこの店長が仙波のことを知っていたので逮捕に繋がったはずです。その店に当たってみるというのはどうですか」

「なるほど。それはいいかもしれない。だけど十五年以上も前だからな。つぶれてないか」

「被害者が働いていた店よりは、残っている可能性は高いと思いますけど」

「それもそうだな。よし、俺はそのアイデアをいただこう。たしか店の場所は銀座だったはずだ。これから行ってみるかな」

内海薫がにっこりした。「これでおあいこですね」

「馬鹿いうな。この程度のことで」草薙は煙草をくわえた。

定食屋を出て、コインパーキングの自動支払機の前に立った時、携帯電話が着信を告げた。相手は公衆電話からかけてきている。

「たぶん、奴からだ」内海薫にそういい、電話に出た。「はい、もしもし」

「湯川だ。今、大丈夫か」

「飯を食い終わったところだ。内海も横にいる。何かあったか」

「少しばかり進展があった。詳しいことはまだ話せないが、事件に深く関わっていると思われる人物を特定した」

草薙は電話を握りしめた。「容疑者と受け取っていいか」

数秒の間を置いた後、「どういう言葉を使うかは君の自由だ」と湯川はいった。

「オーケー。どこの誰だ？」

また少し沈黙してから湯川はいった。「この宿の経営者だ」

えっ、と思わず声を漏らした。「宿っていうと、ええと、何といったっけ」

「『緑岩荘』だ。経営者の名前は川畑重治。宿を父親から引き継ぐまで、東京で会社員をしていたらしい。この人物のことを……いや、この人物と家族のことを調べてほしい」

28

成実が食膳に料理を並べていると、おはよう、といって湯川が入ってきた。

「あ、おはようございます。よく眠れましたか」

「眠れたことは眠れたんだけど、あまりいい睡眠じゃないな。ワインを少し飲み過ぎたかもしれない」事実、湯川の表情は冴えなかった。湯飲みに茶を注いでやると、ありがとう、といって手を伸ばした。

「湯川先生も、今日、船を見に行かれるんですか」

彼女の問いに、湯川は不思議そうな顔で見返してきた。

「先生も、とはどういうことかな。ほかに誰か行く人がいるのかな」

成実は正座したまま背筋を伸ばし、少し胸を張った。

「あたしたちも行くことになったんです」

「君たちが？　ああ、そういうことか」合点がいった、というように湯川は頷いた。

今日、デスメックの海底資源調査船が玻璃ヶ浦港に到着することになっている。成実は沢村らと共に、船内を見学させてくれるようずいぶん前から申し入れてあったのだが、昨日の午後になってようやく沢村のもとに、許可する旨の連絡がデスメックからあったのだった。

「今の君たちがあんなものを見たところで、何の足しにもならないと思うけどね」そういって湯川は味噌汁を啜る。

「そうでしょうか。どんな機械や装置を使って、海の底をどんなふうに調査するかは、あたしたちにとってすごく重要なことなんですけど」

「それらの機器が、海底を荒らすようなものじゃないかどうかを見たいだけだろ？」

「そうです」

だったら、と湯川はいった。「見るまでもない。それらは間違いなく海底を荒らす。そんなものを見たって、ただ腹を立てるだけだ。科学の発展や人間の未来といったものと環境保護を天秤にかける視点があるのなら話は別だが」

「そういう視点がないわけじゃありません。でも天秤にかけるんじゃなくて、何とか両立させたいと考えているんです」

「両立ね」湯川は、ふっと笑った。

「何がおかしいんですか。そんなのは理想論だというんでしょうけど――」

「理想を追うのはいいことだ」湯川は真顔で成実を見つめてきた。「しかし君の台詞には全く説得力がない。学問に対する謙虚さが感じられない」

成実は物理学者を睨みつけた。「どうしてですか」

「君は環境保護の専門家かもしれないが、科学に関しては素人だろう？　海底資源開発について、どれほどのことを知っているというんだ。両立させたいというのなら、双方について同等の知識と経験を有している必要がある。一方を重視するだけで十分だというのは傲慢な態度だ。相手の仕事や考え方をリスペクトしてこそ、両立の道も拓けてくる」そういって湯川は、かき混ぜた納豆を白い御飯にかけた。「そうは思わないか」

成実は返答に窮した。悔しかったが、湯川の言葉は的を射ていた。

「じゃあ、どうしろというんですか。見学なんかやめろと？」

「今の考え方のままなら、見たって仕方がないだろうな」湯川は焼き魚を器用に箸でほぐしながらいった。「だけど相手のことを理解しようとする気持ちがあるなら、是非とも見ておくべきだ。さっきは何の足しにもならないといったが、何かを見学して意味がないなんてことは本来ありえない。海底資源開発のために培われた技術の数々を目にすれば、きっと君にも役立つ時が来るだろう」

成実は両手の拳を握りしめた。見学の計画を立てた時から、開発による問題点を探すことで頭がいっぱいだった。相手の技術の高さを評価することなど、全く考えなかった。

「恭平君から聞いたんだが、君のお父さんはかつて会社員だったそうだね」

「そうですけど、それが何か」

「何という会社？」

「『アリマ発動機』です」

「エンジンに関してはトップのメーカーだ。お父さんがあそこにいたのなら、日本の技術者たちの仕事ぶりをもう少し評価してもいいと思うんだけどな」

「それとこれとは話が別です」

「そんなことはない。あらゆる経験を生かしてこそ、見学にも意味がある」ここで湯川は視線を成実の後ろに移し、おはよう、といった。

彼女が振り返ると、恭平が入ってくるところだった。手に持っているのはヨーグルトらしい。

「あ、恭平ちゃん、おはよう」

恭平は彼女と湯川を交互に見て、「何の見学?」と訊いてきた。「僕も行っていい?」

「船だぞ」

湯川が答えると、恭平は途端に情けない顔になった。「えー、船かあ。だったらやめとく」勝手に座布団を敷き、その上で胡座をかいた。

成実は立ち上がった。「では湯川さん、後ほど」

「やはり見学に行くのかい?」

「ええ、もちろん。せっかく湯川先生から素晴らしいアドバイスをいただきましたし」

皮肉と受け取ったのだろうか、湯川は茶碗を手にしたまま、首をすくめるしぐさをした。

成実は部屋を出ていこうとしたが、ふと思いついたことがあって振り返った。

「その後、警視庁のお友達と何か話をされたんですか」

湯川は箸を止めた。「話というと、何の?」

「塚原さんが亡くなった件についてです。だって、そのことで先日電話をかけてこられたんでしよう？　たしか、クサナギさんとおっしゃいましたよね」

「気になるかい？」

「それは、少し……。だって、うちにお泊まりになった方のことですから。塚原さんは元警視庁の方だったんですってね。しかも捜査一課にいたこともあったとか」

湯川が彼女のほうに身体を捻り、見上げてきた。

「よく知っているね。新聞やニュースでは報道されていないはずだ」

「高校時代の同級生が警察官で、この事件にも最初から関わっているんです。昨日の昼間も、ここへ来ました。湯川さんが帰ってこられた時も、すぐそばにいたはずです」

「そういえば、若い刑事がいたような気がするな」

「湯川さんも、警視庁のお友達から塚原さんのことをお聞きになったんですか」

「まあね。クサナギという男も現在警視庁捜査一課の所属なんだ。つまり塚原さんの後輩にあたるわけだ」

二人のやりとりの意味がよくわからないらしく、恭平が不思議そうな顔で交互に視線を配ってくる。それを意識しつつも成実は質問を続けた。

「警視庁では、今度の事件のことをどんなふうに見ているんですか。そのクサナギさんという方は、何のために湯川先生のところに連絡をしてこられたんでしょうか」

するど湯川は箸を持ったまま、なぜか苦笑を浮かべた。

「何のためにクサナギが僕に連絡してきたか――それを説明するのは少し難しい。一言でいうと、こちらの様子を訊くためということになるんだが、彼にはもっと別の下心がある場合も少なくない。いやあ、そっちのほうが多いかな」

　成実は眉をひそめ、かぶりを振った。「意味がわからないんですけど」

「すまない。下心云々については忘れてくれ。警視庁が今度の事件をどう見ているかだが、残念ながら民間人の僕にはわからない。クサナギだって、そこまでは話してくれないからね。ただ、いろいろと引っ掛かることはあるようだ。たとえば、塚原さんが玻璃ヶ浦にやってきた理由だが、果たして海底資源開発の説明会に出るためだけだったのか、いやむしろ、主たる目的は別にあって、説明会のほうはついでだったのではないか、とかね」

「主たる目的って？」

「君は同級生の警官から聞いてないのかな。塚原さんは説明会に出る直前、東玻璃にある何とかっていう別荘地に行っていたそうだ。そこには、かつて塚原さんが逮捕した殺人犯の家があったらしい」

「殺人犯……」ぎくりとした。「何という人ですか」

「さあ、名前までは聞いてないな。知りたいなら、今度確かめておこうか」

「いえ、別にそういうわけじゃありません」

「そうか。とにかく僕としては、早いところ事件が解決してくれることを祈る。地元の警察が周囲をうろつき回るわ、東京から友人の刑事が電話をかけてくるわじゃ、落ち着いて研究に集中できない。――科学者が行き詰まる時、その原因は研究自体にではなく、環境や人間関係といった研究とは関係のないことにある場合が殆どなんだ」後半の台詞は、成実にではなく、恭平に向けられたものだった。

ふうん、と恭平が感心したように頷くのを横目で見ながら、成実は部屋を後にした。

29

手帳を開きながら立ち上がったのは、県警本部捜査一課に所属している捜査員だった。

「昨夜、埼玉県鳩ヶ谷市の被害者宅に出向き、夫人から最近の塚原正次氏の様子などを伺ってきました。塚原氏は昨年の春に退職した後、再就職などはせず、趣味の映画や読書を楽しんだり、時には一人旅などをして過ごしておられたようです。ただ夫人は和裁の仕事をしていて留守がちなので、その間塚原氏がどのように過ごしていたのか、細かいことはわからないみたいです。退職後から今まで、身辺に大したトラブルはなく、金銭面でも誰かと揉めているということもありません。女性関係でも、これまでに問題を起こしたことはないそうです」

「それ、奥さんがいってることだろ？」捜査一課長の穂積の声が飛んだ。「鵜呑みにはできんな」

「はい。今後、そのあたりのことも含め、元同僚らからも話を聞く予定です。夫人からは、仙波英俊に関する話も聞いてきました。この件につきましてはすでに磯部係長の電話による問い合わせで、特に思い当たることはないという回答が得られていたのですが、直に会って尋ねた結果も同様のものでした。塚原正次氏は、自分が手錠を嵌めた人間全員について、ずっと気にかけておられたようですが、個々の名前を敢えて口にするようなことはなく、仙波という名前についても聞いたことはないそうです。また、夫人の許可を得て、塚原氏の書斎などを調べさせてもらいましたが、かつて手がけた事件に関する資料類はすべて処分されていました。当然、仙波の起こした事件についても、何ひとつ残っておりません。ちなみに、我々よりひと足先に警視庁の捜査員が訪問しておりますが、夫人は我々に話した以上のことは何もいってないとおっしゃってます。持ち帰った物品もないようです」以上です、といって捜査員は着席した。

会議室には、机がずらりと並べられていた。壁を背にして中央に陣取っているのは、穂積をはじめとする捜査一課の幹部だ。玻璃警察署署長の富田や刑事課長の岡本も一緒に並んでいるが、何となく居心地が悪そうに見える。

彼等と向き合うように、数十名にのぼる捜査員たちが整然と座っていた。玻璃ヶ浦死体遺棄事件捜査本部は、正式に開設されたのだった。

西口も後方の席に座り、やりとりに耳を傾けたり、時折メモを取ったりした。これほどの規模の捜査に加わるのは初めての経験だ。勝手のわからないことばかりだった。

穂積の隣にいる磯部が、全員を見回してから口を開いた。

「東玻璃町の聞き込み結果は？」

はい、と返事して立ち上がったのは、橋上の隣に座っている捜査員だ。彼もまた県警の捜査一課から来ている。

ここで報告されたのは、昨日西口が橋上から聞いた内容だった。仙波の亡き妻の実家周辺で彼のことを悪くいう人間はいない、というものだ。また、刑期はすでに終えているはずだが、仙波の姿を東玻璃町で見た者はいない、ということも補足して報告された。

磯部が隣の穂積を見た。「どうですかね、課長。仙波のセンは？」

うーん、と穂積は渋面を作った。

「何ともいえんなあ。肝心の仙波は行方知れずなんだろ?」

「ええ。親戚が愛知県の豊橋にいますが、事件を起こした後は連絡を取ってないそうです」

「そりゃそうだろうな。誰だって、人殺しの親戚とは縁を切りたくなるものだ」穂積は鷲鼻の下に生やした髭を指先で摘んだ。「捜査記録を見るかぎりでは、仙波が被害者を恨んでいたとは思えない。今回の事件とは無関係と見ていいのかもしれん。ただ、万一ということもあるから、現場周辺で仙波らしき人物が目撃されていないかどうかは、引き続き聞き込みをさせてくれ」

「了解しました」磯部は頷いてから、また皆を見回した。「次、不審な車両の目撃情報について」

はい、とまた別の捜査員が立ち上がった。

塚原正次が第三者によって意図的に中毒死させられたのだとしたら、やはり何らかの車両が使用された可能性が高い、というのが鑑識の意見などを踏まえた上で出された結論だった。睡眠薬で眠らせた後、車両内で練炭などを燃やすという方法だ。血中の一酸化炭素へモグロビン濃度などから考えて、極めて短時間で中毒死した疑いが濃いらしい。そこで、現場周辺で不審な車両が目撃されていないかどうか聞き込みが続けられているのだが、今のところ、これといった有力な情報は得られていない。立ち上がった捜査員による報告も、芳しいものではなかった。路上に止められている車を見たという情報はいくつかあるものの、いずれも事件に結びつくかどうかは不明なのだ。

磯部が冴えない表情で唸り、再び隣の課長を見る。「どうしましょうか」

穂積は腕組みした。

「とりあえず、目撃情報のあった車両について、一つ一つ持ち主を明らかにしていくしかないだろうな。車両に関する聞き込みは、今後も続けてくれ。中毒死させた場所が現場付近だとはかぎらない。一旦離れたところまで連れていってから殺し、例の岩場に遺棄した可能性もある。聞き込みの範囲を広げてくれ」

了解しました、と磯部が恭しく答えた。

捜査会議が進んでいくのを見守りながら、この事件は一体どのように決着するのだろう、とまるで他人事のように西口は考えていた。どういう形でかは不明だが、自分とは関係のないところで解決するのだろうと決めてかかっていた。だがこの事件に携わったことによるメリットはあった。川畑成実と再会できたことだ。事件が解決したら、食事にでも誘おうと考えていた。どんな店がいいだろうか。彼女は東京出身だ。野暮ったい店では馬鹿にされてしまうだろう。

磯部が何やら大声を張り上げたので、西口は我に返った。周りの者たちが一斉に椅子から立ち上がっている。あわてて彼も倣った。

「礼っ」

磯部の号令に従い、西口は頭を下げた。

30

沢村の運転する車が玻璃ヶ浦港に着いた時、埠頭にはすでに海底資源調査船が横付けされていた。助手席からその姿を眺めた成実は、想像した以上の大きさに、思わず目を見張った。でけえな、と隣で沢村が呟いた。

手前にある駐車場に、もう一台の車と並んで止めた後、皆で埠頭に向かって歩きだした。成実と沢村のほか、五人の仲間が一緒だった。全員、先日の説明会にも参加している。夜に居酒屋へ一緒に行った交際中の若い男女も来ていた。

船に近づくと、その大きさがますます実感できた。長さは百メートル近くありそうだ。大きさだけなら、ちょっとした豪華客船に負けない迫力がある。ただし近寄ってみると船体の汚れや古さが目立つ。甲板にあるクレーンなどの装備は、いかにも工業用といった雰囲気を漂わせている。

「よくこんなに大きな船が、この港に入れましたね」成実はいった。

「この港はかつて火口だったから、自然のままでも水深がかなりあるんだよ。だからこそデスメックも、この港を利用することを思いついたらしい」

沢村の説明に、なるほど、と合点した。

二人の男が歩み寄ってきて、成実たちに挨拶した。そのうちの一人には見覚えがあった。名刺を受け取り、やっぱりと思った。初日の説明会で司会をしていたデスメック広報課の桑野という人物だった。もう一人の若い男は桑野の部下らしい。

「今日はどうぞ、納得のいくまでじっくりと御覧になってください」桑野は愛想笑いを浮かべ、揉み手を始めそうな気配でいった。

早速乗船した。最初に案内されたところは操舵室だった。船体のサイズや総トン数、最大速力や航続距離などを桑野が力説するが、途中で沢村が遮った。

「そういう話は結構です。海底資源開発とは直接関係がないわけですから」

「あ、そうですか。そうですね。これは失礼しました」桑野は恐縮している。

機関制御室や無線室、海図室といったところも通り過ぎた。ただしサロンという表示が出ているドアには、沢村は敏感に反応した。是非見たいといいだした。

その部屋にはテーブルやソファのほか、液晶画面やAV機器なども揃っていた。十数名がゆったりと寛げそうだ。

「こんなところに税金が使われているんだ」沢村が皮肉たっぷりにいった。

「長い調査ですと何か月もこの狭い船内に閉じこめられるわけですから、やはりこうした施設もございませんと……」桑野が遠慮がちに言い訳した。

次に成実たちが案内されたのは研究室だった。第一から第五まであるらしい。

「第一研究室では、多重ビーム音響測深装置などの各種音響探査機器の制御、サイドスキャンソナーなどの曳航体の監視、及びウィンチの遠隔制御などを行っています」ずらりと並んだモニターや操作盤の前に立ち、桑野が説明した。先程までよりは幾分誇らしげに見える。「各種音響機器は、水中雑音の影響を防ぐため、本船の中央前方部の特設ソナードーム内に配置されておりまして――」

「どうしてこういうことになるんですかっ」

突然どこからか声が飛んできて、説明途中だった桑野は口を開けたままで固まった。その後瞬きし、きょろきょろと周りを見回してから口を閉じた。

「だからいったじゃないですか。コイルの巻き方を二種類用意してあると。そのためにプログラムだって作り直したんです」

声は大きな機器の向こうから聞こえてくる。しかも成実はその声に心当たりがあった。

機器の陰から首を伸ばして覗いてみると、案の定湯川の横顔が見えた。デスメックの職員らしき男と机を挟んで話し合っている。机の上にはノートパソコンが置かれているほか、ファイルや図面のようなものが広げられていた。

「ですから、何度も連絡しようとしたんですが、湯川先生のケータイが繋がらなくて……」相手の男が弁明している。

「壊れたんです。ケータイが壊れることだってあるでしょう。宿に連絡すればいいじゃないですか」

「連絡しました。ところが、湯川先生はお泊まりじゃないといわれまして……。当日、急にキャンセルされたとか」

「しました。別の宿に泊まってるんです。担当の方に知らせておきましたが」

「いやあそれが、こちらに連絡がなかったんです。おかしいなあ。そもそも、どうして宿を替えたんですか」

「そんなこと、あなたには関係ないでしょう」

「あ、はあ、そうですね」相手の男はぺこぺこ頭を下げている。

不意に肩に手を置かれた。成実が振り向くと沢村が立っていた。「行くぞ」

はいと頷き、その場を離れた。

桑野の案内で各研究室を見学した後は、上甲板に出て、搭載している観測機器などについての説明を受けた。成実には難しくて、内容の半分も理解できなかったが、沢村は次々に質問を繰り出していく。

「フリーフォールグラブの場合、自重で海底まで沈んだ後、サンプルを採取して、自動的に錘《おもり》を捨てることで上昇するわけですよね。その錘というのは、どうなるのですか。そこに捨てたままですか」

「ええまあ、そうなのですが、海に沈めたからといって問題になるようなものではございません」

「いやあ、それはどうかなあ。そんなことはいいきれないんじゃないかなあ。だって、本来そこにはなかったものですよ。今、いろいろな分野で海洋投棄に繋がることはやめようっていわれてるのに、敢えて錘を捨ててくる装置を使うのは問題じゃないですか」

うーん、と桑野は困惑の色を浮かべた。

「しかしこの方法は世界的にも問題がないと認められておりまして……」

「そういうのは関係ないと思いますよ。我が国の海のことは、我が国で考えないと」

はあ、と桑野は首をすくめる。成実は少しかわいそうになった。

専門的なことはまるでわからなかったが、これまでの説明により、デスメックの研究者たちが科学技術を駆使して、未知の領域における開発に取り組んでいるということは成実にも伝わってきた。現代科学ではこんなことまでできるのか、と純粋に感心させられる部分も少なくなかった。湯川のいう通りかもしれない。実のある議論をするには、相手のことも正しく知る必要がある。

その他の装備などについて一通りの説明を行った後、桑野は時計を見た。

「こちらで見学していただく内容は以上です。この後、会議室で試験採掘の様子などを記録した映像を見ていただく予定ですが、まだ少し準備に時間がかかりそうですので、それまで御自由になさってってください。ただ、この場所から離れる場合には、一言声をかけてくださるようお願いいたします」そういって一礼した。

自由にしていろといわれても、船の甲板上では大してやることがない。沢村は腰を下ろして何やら熱心にメモを取っているが、ほかの者は手持ち無沙汰な様子だ。交際中の男女は海を見ながら談笑を始めている。仕方なく成実は、すでに説明を受けた観測機器などを眺めて回ることにした。

後ろに大きな羽根車が付いた、魚雷のようなものが二台置かれていた。それについても説明を聞いたが、今ひとつよくわからなかった。

「プロトン磁力計だ」横から声がした。見ると、湯川が近づいてくるところだった。「船から数百メートル離して引っ張ることで、海底熱水鉱床などに起因するごくわずかな磁気異常を検出できる」成実の横に並んだ。「見学は順調のようだね」

どうやら彼女たちが来ていることには気づいていたらしい。

「さっき、大きな声を出しておられましたね。何か手違いでもあったんですか」

湯川は顔をしかめた。

「仕様が合わないんだ。向こうが用意した装置と僕の作ったコイルが。何か一つ始めようとすると、問題が二つ三つ生じる。物理現象による弊害なら納得できるけど、人為的なミスで研究が停滞するのではストレスが溜まるばかりだ」

「それは困りましたね。そんなミスばかりをするような人たちに大事な海を任せて、本当に大丈夫でしょうか」

湯川は一瞬むっとしたが、すぐに不承不承といった感じで頷いた。

「残念ながら、その意見には反論できないな。彼等にも伝えておこう。それはともかく、大事な海……か。君は東京育ちだそうだが、なぜそんなにここの海を守ろうとするんだ？」

「いけませんか。美しいものを守ろうとしちゃ」

「そういうわけじゃないが、何事にもきっかけというものがあるんじゃないかと思ってね」

「きっかけならあります。この町に移ってきたことです。ここへ来て、この海を見て、そうして感激したんです」

「ふうん」湯川は釈然としない様子だ。「君は十四、五歳までは東京にいたんだろ？　帰りたいと思ったことはないのかい」

「ちっとも」

「そうなのか。ティーンエイジャーにとっては、都会にいたほうが刺激的だと思うんだけどね。君たちは東京のどこに住んでたんだ？」

「……王子ですけど」

「北区か」

「刺激的な町とはいいがたいでしょ」

「たしかにそうだが、電車に乗れば渋谷にだって新宿にだって行ける」

成実は湯川の顔を眺め、ゆっくりとかぶりを振った。

「若い女の子全員が、そうした街に憧れるわけじゃありません。海の奇麗な町のほうが性に合うという者もいるんです」

すると湯川は眼鏡の位置を指先で直し、じっと見つめ返してきた。

「何ですか」

「僕の見たところ」湯川は何かを観察するような目のまま、静かに続けた。「君はそういうタイプではない」

成実は思わず目を見開いた。

「どうしてですか。変なことをいわないでください。湯川先生に、あたしの何がわかるっていうんですかっ」頭に血が上り、声が大きくなっていた。

成実君、といって沢村が駆け寄ってきた。「どうしたんだ?」彼女と湯川とを見比べた。

「ごめんなさい」成実は呟いた。「何でもありません」

沢村は怪訝そうな顔を湯川に向けた。「あなたが彼女に何かいったんですか」

冷徹そうに黙り込んでいた湯川が口を開いた。

「おかしなことをいったつもりはないんだが、気に障ったのなら謝ろう。申し訳なかった」

成実は返事をせず、ただ俯いた。すると、「では僕はこれで失礼する」といって湯川は立ち去った。

「なんだあいつ」沢村が不快そうに吐き捨てた後、「大丈夫かい? 一体、どんなことをいわれたんだ」と尋ねてきた。

いつまでも固い表情をしているわけにはいかなかった。成実は笑顔を作った。

「大したことじゃありません。ごめんなさい。気にしないでください」

「それならいいんだけど……」

納得のいかない顔で沢村がいった時、「お待たせしました。準備ができましたので、会議室のほうへどうぞ。お飲み物も御用意してあります」と桑野の陽気な声が聞こえてきた。

31

麻布十番駅のそばに、そのビルはあった。『KONAMO』という看板が出ている。外階段を上がった先が入り口だ。店名の由来は「粉物」だろうか。もんじゃやお好み焼きを食べさせる店だった。

草薙が見上げていると店から若い男が出てきた。赤いエプロンを付けているから店員だろう。店員は入り口に下がっている札をひっくり返し、再び店に戻った。

時計の針は二時を少し過ぎたところだった。最後の客と思われる二人の女性が店から出てきた。彼女らが立ち去るのを見届けてから草薙は階段を上がった。入り口の札は『準備中』になっていた。

ドアを開けると頭上でからんからんと小さな鐘が鳴った。

先程の若い店員がレジカウンターで顔を上げた。「あー、すみません。昼の営業は終わっちゃったんです」

「わかっています。客じゃないんです。室井さんはいらっしゃいますか」訊きながら草薙は店内を見回した。鉄板付きのテーブル席が並んでいる。

すぐ手前の席で白髪頭の男が背中を向けて新聞を読んでいた。草薙の声が聞こえたらしく、振り返った。皺は多いが、よく日焼けしているので若々しく見えた。やはり赤いエプロンを付けている。

「おたくは？」男が訊いてきた。

草薙は警察のバッジと身分証を示しながら近づいた。「あなたが室井さんですか」

男の顔に戸惑いの色が浮かんだ。「そうだけど、何の用？」

「『カルバン』におられた頃のことでお尋ねしたいことがあるんです」

「『カルバン』？　古い話だな。俺があそこにいたのは十年以上前ですよ」

「知っています。昨夜、店に行って、室井さんのことを聞いてきましたから」

銀座七丁目の外れにあるビルに、『カルバン』はあった。店内の装飾品は派手で、フロアには高級そうな革張りのソファがずらりと並んでいた。日本の景気がよかった頃の気配を濃厚に残す店だった。

十六年前、仙波英俊と三宅伸子が一緒に酒を飲んだ店だ。その翌日、仙波は殺人事件の加害者になり、三宅伸子は被害者になった。仙波が逮捕されるきっかけになったのが、当時『カルバン』の店長だった室井雅夫の証言だ。彼は二人と顔馴染みで、仙波の名前も知っていたのだ。

あの時の事件について話を聞きたいのだと草薙がいうと、室井はおどけたように目を丸くした。

「それはまたさらに古い話だ。今頃一体何ですか。あっ、それとも――」室井は、ばさばさと新聞を乱暴に畳み、椅子に座り直した。「あの人……仙波さんがムショから出てきたんですか。それで、俺のことを恨んでるとか」

草薙は苦笑した。

「そうじゃありません。仙波英俊は、とっくの昔に刑期を終えていますよ。あなたの前に姿を見せたことはないでしょう？」

「たしかに。そうですか。もう出てきたんですか」

「あなたは二人のことをよく知っていたんですか」

「よくってほどでもないですよ。あの夜に二人が来たのも久しぶりでした。まさか次の日にあんなことが起きるなんてね」

「資料によれば、前の夜から険悪な雰囲気だったらしいですが」

「険悪っていうのとは少し違うなあ。たしかにふつうの雰囲気ではなかったけど……」室井はやや躊躇いを見せながらも続けた。「仙波さんはね、泣いてたんですよ」


昼飯は食べたかと訊かれ、つい、まだですと草薙は答えてしまっていた。すると室井はお好み焼きを焼くといいだした。遠慮したが、引き下がってくれない。仕方なく、勧められるままにテーブル席についた。

「俺は生まれはこっちなんだけど、中学時代は家の事情で大阪だったんです。その頃、近所にうまいお好み焼き屋がありましてね、いつかそういう店を持ちたいっていうのが、ずっと夢でした。だけどこっちで店を開くとなれば、やっぱりもんじゃも焼けないとまずいでしょ？　だから『カルバン』を辞めた後、月島で働いて、腕を磨きました。お好み焼きのほうは、ガキの頃から研究しているから自信がありましたけどね」室井は楽しそうに話しながら手を動かす。ボールの中で具をかき混ぜる手つきには、さすがと思わせるものがあった。

「『カルバン』には何年いたんですか」草薙は訊いた。

「ちょうど二十年。三十五の時にバーテンとして雇ってもらってね。それまでは、いろいろな店を転々としてたんだけど、あの店は一番居心地がよかった。だけどいつまでも雇われる立場じゃいけないと思って、十年前にこの店を出したってわけです。こう見えても堅実でね、大きな借金はしないで済ませました」室井はお好み焼きを焼き始めた。派手な音と共に油が細かく跳ねる。

「仙波英俊が店によく来ていたのは、いつ頃のことですか」

室井は腕組みし、首を捻った。

「あれはいつ頃になるかなあ。俺が『カルバン』で働き始めてまだ十年にはなってなかったと思うから、今から二十二、三年前ってところじゃないですか」

「すると……」草薙は頭の中で計算した。「事件が起きるより六、七年前ですね」

「ああ、そう。そんなもんだと思います。その頃は仙波さんも羽振りがよかったんです。小さいながらも会社を経営したりなんかしてね」室井は仙波をさん付けで呼んだ。かつてはよほどの上客だったのだろう。「それがある時期からぷっつりと来なくなって、今度やってきた時には、こういっちゃあ何だけど、ずいぶんと落ちぶれた感じだった。着ている服なんかも安物でね。それがあの夜です」

会社が倒産し、蓄えの殆どは妻の治療費で消えた。失意の中、やり直そうと思って上京した矢先のことだったのだ。落ちぶれて見えたとしても不思議ではない。

「三宅伸子さんのほうはどうですか。やはり店に来たのは久しぶりだったという話ですが」

「そうなんですけど、仙波さんほどじゃありません。あの夜は二、三年ぶりってところだったかな。働いてた店を辞めてから、リエちゃんは来なくなってたんです」

「リエちゃん？」

「ああ、源氏名ですよ。正式にはリエコだったかな。ホステスをやってた頃は、アフターでよく客を連れて来てくれました。仙波さんも、そんな客の一人でした」

「そのリエさん……三宅さんが店を辞めた理由って御存じですか」

草薙が訊くと、室井はお好み焼きの焼き具合を確かめる手を止め、少し身を乗り出してきた。

「噂なら聞きました」

「どんな噂ですか」

「店を辞めたんじゃなく、トラブルを起こしてクビになったたっていう噂です」

「トラブルというと？」

室井は肩をすくめて笑った。

「私が聞いたのは、寸借詐欺を繰り返してたっていう話です」

「それは穏やかじゃないな」

「集金の帰りにひったくりに遭ったとか、ツケを溜めてた客が行方不明になって店から立て替えを迫られたとかいって、贔屓《ひいき》の客から十万二十万と借りてたわけです。今でいえば、顔馴染みを相手に振り込め詐欺を働いてたようなもんです。しまいにはいろいろな客から店に苦情が行くようになって、とうとうクビにされたってわけです」

「じゃあ店を辞めた後は、どうやって生活してたんでしょう」

「さあねえ。歳も歳だったたし、かなり金には困ってたんじゃないですか」

三宅伸子は殺された時には四十歳になっていた。室井の話が本当なら、クビになった時は三十七、八歳ということになる。上客をたくさん抱えていたのなら話は別だが、そうでなければホステスを続けるのは難しいかもしれない。

「昔から金にはだらしなかったみたいですよ。だから事件のことを聞いた時も、意外ではなかったです。仙波さんが羽振りの良かった頃なら、リエちゃんに金を貸してたって不思議じゃないですから」

「で、さっきの仙波英俊が泣いていたという話ですが……」草薙は声を落とした。「たしかですか?」

室井はお好み焼きの具合を確認しながら、「俺だけじゃないんです」といった。「ほかの店員たちも、あの男性客泣いてるね、二人で何を話してるんだろうね、なんて裏でひそひそ噂してたんですよ。だからよく覚えてるんです」

「どういう話をしていたのかは覚えてませんか」

「いやあ、さすがにそれは……」室井は苦笑を浮かべた顔の前で手を横に振った。「若い女性客が泣いてるんなら、もっと好奇心を働かせたんでしょうけど、中年カップルの男のほうが泣いてるところへは、あまり近づきたくないもんです。単なる泣き上戸なのかなとも思いましたし」

草薙は頷きながら、その模様を頭の中に思い描いた。久しぶりに出会った年配の男女。一方はかつて事業で成功しながら、結果的にすべてを失った男。もう一方はトラブルを起こし、一文無しになった元ホステス。彼等の間には、一体何があったのか。どんなやりとりがあれば、酒を酌み交わしている最中に男が涙を流し、その翌日に男が女を刺し殺すという展開になるのか。

「三宅さんでも仙波でもいいんですが、二人と親しかったという人に心当たりはありませんか。あるいは、『カルバン』以外で二人が馴染みにしていた店とか」

「うーん、どうかなあ」室井は首を傾げた。「何しろ昔のことだからねえ。俺にしても顔馴染みではあったけど、それほど話をしたわけではなかったし」

「そうですか」

草薙はメモのための手帳をポケットにしまっていた。二十年以上も前のことをいきなり思い出せといわれて、すぐに何らかの記憶が蘇るほうが珍しいだろう。

「さあ、焼けた。熱いうちに食べちゃってください」室井はお好み焼きにソースを塗り、青海苔や鰹節をふりかけた後、鉄板の上で切った。「あっそうだ。生ビールをお出しするのを忘れてた」

「いえ、ビールは結構です。では遠慮なく」草薙は割り箸を手にし、お好み焼きを口に入れた。表面は程よく焦げているが、中はふんわりと柔らかい。素材の味もしっかりと伝わってくる。これはうまい、と思わず口にしていた。

お世辞には聞こえなかったらしく、室井は嬉しそうに目を細めた。

「うちには関西出身の人もよく来るんですよ。本場の味を再現しているといって、よく褒められます。やっぱり故郷の味が懐かしいんでしょうねえ」そういった彼は急に真顔に戻り、「あっ、そうだ……」と遠くを見るような目をした。

「どうかしましたか」

「いや、ええと」室井は頭痛を抑えるように自分のこめかみを人差し指で押した。何かを思い出そうとしているらしい。「あの二人も、そんな話をしていたことがあったなあと思いまして」

「あの二人とは?」

「だからリエちゃんと仙波さんです。故郷の料理の話をよくしていました。一度、何か貰ったことがあるんです」

「貰った?　あなたがですか」

「そうです。どこかの土産だとかで。ええと、何を貰ったんだったかなあ」室井は腕組みをし、しばらく唸っていたが、やがて諦めたように首を振った。「だめだ。全然思い出せない。何かを貰ったことは、ぼんやりと覚えてるんだけどなあ」

「もし思い出したら、ここに連絡をくれますか」草薙は携帯電話の番号をメモし、鉄板の横に置いた。

「わかりました。でもあんまり期待しないでください。思い出す自信はないし、思い出したとしても、大したことじゃないと思いますんで」

「構いません。よろしくお願いします」草薙は再びお好み焼きに箸を伸ばした。その時、ポケットの中で携帯電話がメールの着信を知らせた。こっそりと画面を確認すると、案の定内海薫からだった。

『KONAMO』を出てからメールを確認した。『アリマ発動機の名簿を確認。たしかに川畑重治は在籍していました。』とある。草薙は内海薫に電話をかけた。

「はい、内海です」

「よくやった。どうやって確認した?」

「新宿の本社の人事部で従業員名簿を見せてもらいました」

「よくあっさり見せてくれたな」

企業の中には、社員名簿を極秘扱いにしているところも少なくない。個人情報だからといって、なかなか見せようとしないことがある。

「捜査以外のことには使わないこと、外部に漏らさないこと、といった内容の誓約書にサインをさせられました。上司の名前も書けといわれたので草薙さんの名前を」

「かまわんよ。それで済んだのならラッキーだ」

「あとそれから、どういう事件の捜査なのかを根掘り葉掘り訊かれました」

おい、と草薙は声を荒らげた。「まさか、しゃべってないだろうな」

「当たり前です。そこまで新人扱いしないでください」

「それを聞いて安心した。で、川畑重治の名前はあったんだな」

「ありました。十五年前に退社するまで、名古屋支社営業技術部技術サービス課というところに所属していたようです。肩書きは課長です」

「名古屋？　東京にはいなかったのか」

「名簿を見たかぎりでは、そういうことになります。ただ、住所は東京です」

「東京？　どういうことだ」

「わかりません。北区王子本町となっています。最寄り駅は王子駅。住所の後ろに括弧付きで『社宅』とあります。『アリマ発動機』の社宅みたいですね」

住所は東京なのに職場は名古屋——単身赴任か、と草薙は推察した。

「その名簿には住所と職場以外に何が記されていた？」

「まず従業員番号です。その番号は入社年度などで決まるそうです。名簿はその番号順に並んでいます。ほかに出身校、自宅の電話番号が書かれています。名簿は毎年更新されるそうで、当然のことながら翌年の名簿からは川畑重治の名前は削除されていました」

「川畑の同期で出身校が同じという人間はいないか」

もしいれば川畑と親しかったのではないかと期待したが、「残念ながらいませんでした」という答えが返ってきた。「でもとりあえず、同期入社約五十人分をコピーしてきました。それから、当時川畑重治には四人の部下がいたようなので、一応その人たちの分も。ただし、全員愛知県在住です」

「わかった。じゃあ、まずはその社宅を当たってみよう。ていうか、まだあるのか、その社宅。取り壊されてないだろうな」

「あるらしいです。相当古いみたいですけど」

「オーケー、最寄り駅は王子だといったな。駅前で落ち合おう」

草薙は電話を切り、大股で歩きだした。麻布十番からなら王子へは地下鉄で一本だ。

地下への階段を下りながら、昨夜遅くに湯川からかかってきた電話のことを思い出した。彼は草薙に、『緑岩荘』の主人と家族について調べろといった。彼の推理によれば、事件に深く関わっている可能性が高いらしい。その自信のほどは、「容疑者と受け取っていいか」という草薙の問いに対し、「君の自由だ」と答えたことから窺える。

ただし例によってあの物理学者は、今の時点では推理を打ち明けようとはしなかった。川畑重治たちを調べる根拠さえ教えてくれない。しかも草薙に、こんなことをいったのだ。

「君たちを信頼しているし、この問題を解決するには君たちの力が必要だから、こんなふうに話しているのであって、所謂《いわゆる》警察への情報提供とは違うということは理解しておいてもらいたい」

まわりくどすぎて意味がよくわからなかった。そういうと湯川はさらにいった。

「川畑一家が事件に関わっていることはほぼ間違いない。しかしそのことを、まだこちらの警察には教えないでもらいたい。できれば、まずは我々だけで、真相を明らかにしたい。県警の雑なやり方で強引に真実が暴かれたりすれば、取り返しのつかないことになるおそれがある」

奇妙な言い分だった。何がどう取り返しがつかなくなるのかと草薙は訊いた。すると湯川は、人生がだ、といった。

「今回の事件の決着を誤れば、ある人物の人生が大きくねじ曲げられてしまうおそれがある。そんなことは、何としてでも避けねばならない」

その人物が誰なのかを湯川は最後まで明かさなかった。かわりに彼は、神妙な声でこういった。

「勝手なことばかりをいって申し訳ないと思っている。しかしこれだけは約束しよう。真相を突き止められたなら、必ず真っ先に君たちに打ち明ける。そしてその真相をどう扱うかは、君たちに任せよう」

こんなことをいうのは、何か余程特殊な事情があるからに違いなかった。こういう場合、あれこれ問い詰めたところで意味がないことを草薙は昔から知っている。わかった、川畑一家について調べてみよう、とだけいって電話を切った。

とはいえ川畑重治に関する情報は、玻璃警察署からも殆ど伝わってきていない。考えてみれば当然で、向こうにしてみれば、そんな情報を警視庁に流す意味がないのだ。しかしこちらから川畑重治や彼の家族について問い合わせるわけにはいかなかった。それをすれば、なぜそんなことを知りたいのかと逆に問われるだろう。下手をすれば、疑いの目が川畑一家に向けられるかもしれない。それでは湯川との約束を破ることになる。

さてどうやって川畑一家の過去について調べようかと思案していると、今朝になって湯川から有益な情報が寄せられた。彼が娘から聞いた話では、川畑重治の以前の勤め先はエンジンメーカーの『アリマ発動機』だというのだ。そこで早速、内海薫が新宿の本社へ出向いたというわけだった。

地下鉄に揺られながら、面白いことになってきたな、と草薙は思った。事件は玻璃ヶ浦などという田舎で起きている。ところが事件を解く鍵は、悉《ことごと》く東京に存在している。しかもそのことに肝心の捜査本部では殆ど誰も気づいていない。

一体あいつは玻璃ヶ浦でどんな人間たちと会い、何をやってるんだ?——車窓の外を流れる灰色の壁を見つめながら、草薙は友人の顔を思い浮かべた。

32

岩陰から不意に小さな魚が現れたので、恭平は水中眼鏡の中で大きく目を見開いた。体長は二、三センチで、色は鮮やかな青だ。思わず手を伸ばすが、もちろん捕まえられるはずがない。素早く動き回るのを、恭平は懸命に目で追った。すると青い魚は再びどこかの岩陰に隠れてしまった。出てくるのを待ってみたが、息が苦しくなってきた。シュノーケルの先端は完全に水没している。

たまらず浮上し、海面から頭を出した。水中眼鏡を外し、顔をこする。背泳ぎの姿勢を取り、足だけで浜に向かって泳ぎ始めた。水泳は得意だ。

水深が腰あたりになったところで歩き始めた。先程までは周囲が賑やかだったが、今は数えられるほどの人間しか海にはいない。砂浜でもあちらこちらでテントやビーチパラソルが片づけられていた。

脱ぎ捨ててあったビーチサンダルを履き、熱い砂の上を歩いた。一本のパラソルの下にビーチチェアを置き、重治が寝ていた。太鼓のような腹の上に、広げたままの雑誌を載せている。

伯父さん、と声をかけた。眠っていたわけではないらしく、重治はすぐに目を開けた。

「ああ、どうした？　そろそろ帰るか」

恭平は頷き、傍らに置いてあるクーラーボックスから水のペットボトルを取り出した。

「疲れちゃった。おなかもすいてきたし」

「そうか」重治は身体を起こし、腕時計を見た。「ええと、もう三時過ぎか。じゃあ、帰ってスイカでも食べるか」

「うん。ねえ、おじさん、青い魚がいたよ。すっごい奇麗な色で、これぐらいの大きさ」指先で二、三センチほどの大きさを表現した。

「ふうん。まあ、そんなのもいるだろうな」重治はあまり関心がなさそうだ。

「何ていう魚かな」

さあ、と重治は首を捻りながらビーチチェアから降りた。「そういうことは成実に訊くといい。あいつはこのあたりにいる魚のことは何でも知ってるから」

「伯父さんは、この町で生まれたんでしょ？　それなのに、海や魚のことを知らないの？」

「そうだなあ。ここに住んでたのは高校の時までだからなあ。それにうちは漁師じゃなかったし」

「東京の大学に行ったんだよね。うちのお母さんがいってた。重治伯父さんは、いい大学を出たエリートサラリーマンだったって」

「そんなことはない。ただのヒラ社員だ。お母さんは冗談をいったんだよ。そんなことより、早く着替えてきな」

「うん」恭平は服とタオルを入れたビニールバッグを提げた。

シャワーを浴び、更衣室で服を着てから元の場所に戻った。重治が携帯電話を取り出し、ボタンをいくつか押してから耳に当てた。

「ああ、俺だ。もう帰るってさ。……うん、じゃあさっきのところでな」

電話を切ると、重治は砂浜に立てたパラソルを閉じた。

パラソルとビーチチェアはレンタルだ。自前のクーラーボックスだけを恭平が持ち、二人で歩きだした。重治は杖をついている。先端が砂に埋まるので歩きにくそうだ。

今日は警察が訪ねてくることもなかったので、恭平はようやく海水浴場に連れてきてもらえた。とはいえ重治が海に入れるはずがなく、恭平が泳いでいる間、荷物番をしてくれただけだ。それでも休憩時に話をする相手がいるのは嬉しかった。

道路まで出て、小さなコンビニエンスストアの前で待っていると、しばらくして白いワンボックスワゴンが到着した。側面に『緑岩荘』と記されている。運転しているのは節子だ。ここへ来る時にも、彼女が送ってくれたのだった。

重治が苦労しながら後部座席に乗り込んだ。恭平は来た時と同様、助手席に座った。

「どうだった？　楽しかった？」節子が訊いてきた。

うん、と答えた。「これで自慢されなくて済むよ」

「自慢？　誰に？」

「クラスだとか塾の友達。海水浴に行ってないとさ、行った奴らに自慢されるんだ。それがウザいんだよね。嘘つくのもなんか悔しいし。だから本当に行っておくのが一番いいんだ」

「なんだ、それで海に行きたかったのか」後部座席から重治の声が飛んだ。「泳ぎたかったんじゃないのか」

「そりゃあ、泳ぎたかったよ。泳がないと意味ないじゃない。でもどこで泳いだかが大事なんだよね。近所のプールとかじゃだめなんだ」

ふうん、と重治は合点のいかないような返事をした。節子は運転しながら笑っている。

車は玻璃ヶ浦港のそばを通った。今朝来た時に見た大きな船は、停泊したままだった。あれがたぶんデスメックの船なのだろう。

船から前方に目を向けた恭平は、道路脇を歩いている人物に気づき、あっと声を上げた。「あれ、博士だ」そういって指差した。

薄い色の上着を肩に担ぎ、書類鞄を提げて歩いていく後ろ姿は、湯川に違いなかった。

「あら、本当ね」節子はブレーキを踏んで車の速度を落とし、湯川に近づいていった。彼は道路の右側を歩いている。

節子は窓ガラスを開け、湯川の歩く速度に合わせて車を併走させた。だが何か考え事でもしているのか、物理学者は難しい顔をして俯いたままだ。車のほうを見ようともしない。

湯川さん、と節子が声をかけた。それでようやく彼の顔がこちらを向いた。

やあ、といって彼は足を止めた。節子は車を停止させた。

「お仕事は終わったんですか」

「ええ、まあ」湯川は助手席に目を向けてきた。

恭平はシートベルトを外し、運転席側の窓に顔を近づけた。

「海に行ってきたんだ。伯父さんと一緒に」

「なるほど。それはよかったな」

「湯川さん、もし宿に戻られるんでしたら、お乗りになりませんか。私たちも帰るところなんです」節子がいった。

「いいんですか」

「ええ、もちろん」

湯川はほんの少しだけ迷う気配を見せたが、ではお言葉に甘えて、といって道路を渡り、車の左側に回った。スライドドアを開け、後部座席に乗り込んでくる。重治の隣に座り、どうも、といった。

「博士、デスメックの人たちは今日も馬鹿だった?」恭平は身体を捻って尋ねた。

「馬鹿というほどではないが、相変わらず苛々させられた。組織が複雑すぎるんだな。船頭多くして船山に上るの典型だ」

「何それ？　あの船、山道も登れるの？」

「そうではなく、指図する者が多すぎると物事は却ってとんでもない方向に進むという意味だ。――ところで、この車はお宅のものですか。横に宿名が入っていますが」

そうです、と重治が答えた。「前は、駅までの送迎に使ったりしていたんですよ。だけど最近では、めったに乗らなくなりました。私がどこかへ行く時に送ってもらう程度でね」

「御主人、運転は？」

「前はやりましたが、今は無理です。この身体ではね。ブレーキを踏むのも難儀で」

「そうですか」湯川は車内を見回した。「この車について、警察から何か訊かれませんでしたか」

「といいますと？」

「今日、デスメックの連中から聞いたんです。例の事件当夜、この付近に駐車していた車について警察が何やら調べているらしいと。持ち主だけでなく、状況によっては車内を詳しく点検されることもあるそうです」

「はあはあ、それでしたら」重治は答えた。「一昨日の夜、警察の鑑識がうちに来ましたけど、その時にこの車のことも調べていたようです。一体何を調べてたのかは、よく知りませんが」

「おそらくCOガスの発生源を探しているんだと思います。昨日の昼間、県警の刑事たちが宿に来てましたよね。僕もアリバイを訊かれましたが、その時にCOガスの発生源は特定できたかと質問すると、責任者と思われる人物は狼狽していました。どうやら岩場で見つかった遺体の死因はCO中毒だと思われます。でも、いつどこで中毒死したのかがわからないので、車両などを片っ端から調べているんでしょう」

博士、と恭平は呼びかけた。「COガスって何？　CO_2とは違うの？」

意表を衝いた質問だったのか、湯川はほんの少し身じろいだ。だがすぐに落ち着いた表情で頷くと、重治を見た。

「それについては君の伯父さんのほうが説明が上手いんじゃないかな。何しろ、かつては専門家だったらしいから。――『アリマ発動機』にいらっしゃったとか。今朝、成実さんから聞きました」

重治は、「古い話ですよ」と、ぎごちなく笑った。それから恭平のほうを向いた。「CO_2なら知ってるんだね。二酸化炭素ともいう」

「それは知ってる。地球温暖化の原因なんでしょ」

「そうだ。ものを燃やすと出るガスだ。だけど燃やし方が悪いと、違うガスが出る。それが一酸化炭素だ。別名をCOガスという」

「それを吸ったら死んじゃうの？」

「死ぬこともある」

「ふうん、怖いんだね。でもどうして車が関係あんの？」

「それは……」重治は唇を舐めてから口を開いた。「車からは排気ガスが出るだろ？　排気ガスにも一酸化炭素は含まれてるんだよ」

「へえ、そうなんだ」恭平は頷き、湯川を見た。

「さすがに説明がお上手だ」湯川は重治にいった。

「いやあ、この程度のことは別に……」重治は語尾を濁した。

「ただ補足しておくと」湯川の視線が恭平に戻ってきた。「警察が車を調べているのには、排気ガス以外の理由もあると思う」

「どんな理由？」

「さっき伯父さんは、燃やし方が悪いとCOガスが出るといったね。では、どう悪いと発生するのか。一言でいうと酸素が少ない場合だ。閉めきった部屋などで長い時間ストーブを使ってはいけない、といわれたことはないか？　たとえばこの狭い車の中で炭を燃やしたりすれば、忽ち不完全燃焼を起こしてCOガスが発生する。岩場で見つかった遺体は、そんなふうにして中毒死したのではないか、と警察は疑っているんじゃないかな。だから町中の車を調べているんだと思う」

ふうん、と恭平は頷いたが、すぐに新たな疑問が浮かんだ。

「でもさ、もしそうやって死んじゃったんだとして、どうしてあのおじさんは、あんな岩場で倒れてたのかな」

すると湯川は一瞬真剣な目をした後、口元を緩めた。ちらりと隣の重治に視線を投げてから、小さく首を捻った。

「さあ、どういうことなんだろうな。それは私にもわからない」

重治は黙り込んだままで窓の外を眺めている。その横顔には、話しかけづらい険しさが漂っていた。伯父さんのそんな表情を、恭平はこれまでに見たことがなかった。

恭平は助手席で座り直し、運転中の節子の顔を見た。そしてどきりとした。彼女もまた、重治と同じように暗さを漂わせていたからだ。

33

トロピカルフルーツを盛った器を抱え、小麦色に日焼けした美少女が微笑んでいる。背後には青い海が広がり、椰子の木も見える。そんな夏をイメージしたポスターの下に、『今年の営業は八月三十一日までとさせていただきます。ありがとうございました、店主』と書いた紙が貼られていた。今年の営業は、とあるが、実際にはそのまま閉店するということを、地元の人間ならば誰もが知っている。

成実たちは海水浴場の近くにあるピザ屋にいた。デスメックの調査船を見学した後、お茶でも飲もうという話になったが、この町には喫茶店のようなものが殆どないのだ。

このピザ屋がオープンした時のことは、成実もよく覚えている。カラフルに彩られた建物は、それまでこの町にはなかったものだ。ガラス張りの店内だけでなく、屋外のテラスにもテーブルを並べ、海を肌で感じながらピザとビールを味わってもらう、というのを売りにしていた。開店当初、営業期間は海開きの日から九月いっぱいとなっていた。だがそれが、年々短くなっていった。

「やり方が悪いんだよな」成実の向かいに座っている沢村がいった。彼も貼り紙に目を向けていた。「派手な店を一軒作ったからって、客が来るわけじゃない。人を集めたいと思うなら、町ぐるみで取り組まないとだめだ。なんだかんだいっても、玻璃ヶ浦には海しかない。役所の連中は何もわかってない。デスメックなんかにへいこらする暇があるなら、観光事業に力を入れりゃいいのに」

「入れたくても、入れようがないんじゃないかなあ」そういったのは社会科の教師をしている男だ。「海が最大の観光資源だという意見には賛成ですが、それだけをいくらアピールしたって、人は来ないと思いますよ。同じような場所は、いくらでもありますからね」

「ここの海は、ほかのところとは違うと思いますけど」成実は反論した。

「私もそう思いますよ。でも、ほかの土地の人たちだって、きっと同じように思っているはずです。そして都会の人たちにしてみれば、奇麗な海はどこも同じ。大事なのは地名なんだ。沖縄に行く人が多いのは、沖縄に行ったという実績がほしいからなんです。玻璃ヶ浦じゃあ、誰も羨ましがってくれない。素敵な旅行をしたっていう実感が湧かない」社会科の教師は容赦なくいった。

成実は眉をひそめた。

「自分の生まれ育った町のことを、そんなふうにいわなくたっていいじゃないですか」

「冷静に分析しているだけです。今回、久しぶりにこの町に帰ってきたんですが、驚きましたね。とても観光地とはいえない。宿にしろ飲食業にしろ、どの設備も老朽化していて、みすぼらしいったらない。沖縄に行く人はリッチな気分になるんでしょうが、ここへ来た人は逆でしょうね。せっかくの休日なのに、こんなところにしか来れないのかと自分が情けなくなるんじゃないですか」

おい、といって沢村は立ち上がり、社会科教師のシャツの襟首を摑んだ。

「それはちょっといいすぎじゃないか」

社会科教師は顔に怯えの色を滲ませながらも、「本当のことをいって、何が悪いんですか」といいかえした。声が少し上ずっていた。

「やめてください」成実は腰を浮かせ、沢村の手を摑んだ。「沢村さん、落ち着いて。乱暴なことはしないで。店に迷惑がかかりますから」

最後の台詞が効果的だったのか、沢村は我に返ったような顔をして周りを見た。客は成実たちだけだったが、女性店員が不安そうに立ち尽くしていた。

沢村は手を離し、椅子に座り直した。社会科教師は青ざめた顔でコップの水を飲んだ。

「議論するのはいいけど、熱くなりすぎないようにしましょうよ」

成実の言葉に二人は小さく頷いた。すみません、と社会科教師が先に謝った。

「たしかに、少し言葉が悪かったかもしれません」

「いや、俺も手を出したのは申し訳なかった」沢村も頭を下げた。

店内に安堵の空気が流れた。店員もほっとしたようだ。

「あなたのいってることもわかります」沢村は続けた。「実際、この町の商店や宿は、例外なく寂れている。でもこのままでいいとは誰も思ってない。どこだって、改築とかリニューアルとかしたいと考えている。だけどその資金がないんだ。みんな、その日その日を食いつないでいくので精一杯なんですよ。この成実君のところだって……」

彼の言葉を聞き、社会科教師は瞬きを繰り返してから成実を見た。

「そうか。あなたの家は旅館を経営されてたんでしたね。それは失礼いたしました。決して誰かを貶《けな》す気はなかったんです」

「わかっています。じつはうちでも、そろそろ廃業しようかという話になっているんです」

「そうでしたか。それは大変ですね」社会科教師は目を伏せた。

険悪な雰囲気は消えたが、代わりに沈んだ空気になった。そろそろ行こうか、と沢村がいい、皆が同意した。

店を出た後、沢村が送ってくれるというので、成実は彼の車の助手席に乗り込んだ。いつかの軽トラではなく、ハッチバックの付いた乗用車だ。

「みっともないところを見せちゃったな。悪かった」車を発進させるなり沢村がいった。

「沢村さんでも、あんなふうにキレることがあるんですね」

「ちょっとひどい言い方だと思ったからさ。あの先生、内心じゃ海底資源開発に期待してるんだよな。こっちに親の土地がかなりあるって話だ。でも調査船の装備を見ただろ。あんな機械で海底をかきまぜたりして、環境が維持できるわけがない。おまけに製錬工場なんかを作れば、当然水質汚染を招くだろう。想像するだけで鳥肌が立つ」

そうですよね、といいながら成実は、どこか醒めた気持ちで沢村の言葉を聞いていた。あら探しばかりするのではなく、もっとニュートラルな気持ちで、お互いにとって良い方向を協力して見つけていくことも大事ではないかと思い始めている。

そんな自分の変化に、じつは成実自身が驚いていた。それを招いたのは、間違いなくあの物理学者だろう。彼と会わなければ、こんなふうに考えることもなかった。

僕の見たところ、君はそういうタイプではない——調査船の上で、湯川からいわれた言葉が不意に蘇った。都会よりも海の奇麗な町のほうが性に合う者もいる、と成実がいったことに対する返答だ。なぜ彼はあんなことをいったのだろうか。

「ところで、例の話は考えてくれたかな」沢村が、やや改まった口調で訊いてきた。

「例の話というと……」何のことかはわかっていたが、成実はとぼけた。

「アシスタントの件だよ。自宅に事務所を構えるから、君に仕事を手伝ってほしいっていう話をしたじゃないか。あれから少し考えてくれたのかな」

「あっ、ごめんなさい。いろいろあって、ゆっくり考える時間がなかったんです。返事は、もう少し待っていただけますか」

「それは構わないよ。君以外の人間に声をかける気はないからさ。君でなきゃ意味がないんだ」

例によって沢村は、聞きようによってはどうとでも解釈できる言い方をする。湯川のようにもっと明快な話し方をしてくれればいいのに、と成実は思った。

沢村の運転する車は急な坂道を上がっていき、やがて『緑岩荘』が近づいてきた。

「おっ、あれは……」沢村が呟いた。

宿の前に湯川と恭平がいるのだった。土の地面に、棒を使って何か描いているようだ。

車の近づく音に気づいたらしく、恭平がこちらを向いた。「あっ、成実ちゃんだ」大声を出した。

湯川も視線を向けてきた。いつも以上に冷めた目をしているように見える。

沢村は二人のすぐそばで車を止め、運転席側の窓を開けた。「先程はどうも」湯川に声をかけた。船で会った時のことをいっているのだろう。

「見学の成果はありましたか」湯川が訊いてきた。

「いろいろとね。やはり、しっかりと監視しなければならないという思いを強くしました」

「なるほど。ところで、これはあなたの車ですか」

「そうですが、それが何か」

「いや、たしか軽トラに乗っておられると聞いたものですから」

ああ、と沢村は頷いた。「あれは店の車です。家が電器屋をやってましてね」

「そうでしたか。塚原さんを探した時に乗っていたのは、その軽トラですね」

ええ、と沢村は低く答える。訝しげな表情に変わっていた。「それがどうかしましたか」

「いや、塚原さんを見つけたらどうするつもりだったのかなと思いまして」

「そんなのは決まってるでしょう。宿まで連れて帰る気でしたよ」

「どうやって?」湯川は訊いた。「軽トラってことは二人しか乗れないんじゃないですか。助手席には、『緑岩荘』の御主人が乗っておられたんですよね」

成実は横で聞いていて、はっとした。たしかにそうだと思った。

「それは、だって、仕方がなかったんです。御主人を乗せないと、お客さんの顔がわからないし、あの時には軽トラしかなかったわけだし」沢村の口調が乱れた。

「でもこちらの宿にはワゴン車があるんです。さっき、乗せてもらいました。どうしてそれを使わなかったのかなあ」湯川が首を捻る。わざとらしいしぐさだった。

「そんなこと、今いわれても困りますよ。あの時にはそこまで考えが至らなかった、としかいいようがない。でも、もし塚原さんを見つけていたら、何とかしたと思いますよ。いざとなれば一旦御主人には降りてもらって、塚原さんをここまで送り届けた後、改めてまた御主人を迎えに行くという手もあるわけだし」

湯川はあまり納得していない顔つきながらも頷いた。

「まあたしかに、いろいろと手はあります。誰かを荷台に乗せるのも一つの方法だ」

沢村は下から睨みつけた。「何がいいたいんですか」

「いや、別に。では僕はこれで。小さな助手に算数を教えている途中なので」湯川は恭平のところへ戻っていった。そんな彼の後ろ姿を、沢村は険しい表情で見送っている。

沢村さん、と成実は呼びかけた。「どうかしました？」

「えっ？　いや、何でもない。おかしなことをいうやつだなあと思ってさ」

「あの人、変わってるんです。気にしないほうがいいですよ」

「そうかもしれないな。今日はお疲れ様。見学レポートについては、また打ち合わせよう」

「わかりました。送ってくださって、ありがとうございました」沢村に向かって頭を下げ、成実は車を降りた。

湯川と恭平は地面に描いた図形を挟み、何やら話し合っている。それを視界の端に捉えながら沢村の車が走り去るのを見届けた後、成実は二人に近づいていった。

「湯川さん、何かいいたいことがあるのなら、はっきりいってください」

「踏まないでくれ」

「えっ？」

「教材を踏まないでくれといっている。今、円の面積がなぜ『半径×半径×円周率』なのかを教えているところだ」湯川が成実の足元を指差した。地面に描かれているのは、円を多くの細い扇に分割した絵だった。

「僕は、そんなことまでは教えてほしくないんだけどさ」恭平がげんなりしたようにいう。

「公式に数字を当てはめるだけでは単なる計算問題だ。我々が取り組んでいるのは図形の問題だということを忘れるな」

「なぜあんなことをいったんですか」成実は訊いた。「沢村さんが事件に関わってるとでもいうんですか」

「誰もそんなことはいってない。素朴な疑問をぶつけてみただけだ」

「だけど……」

「心配しなくていい。彼――沢村さんといったかな。彼は塚原さんの死には無関係だ。だってアリバイがあるだろう。塚原さんが宿からいなくなった時、彼は君たちと一緒にいたはずだ」

「それはそうですけど……」

湯川は腕時計を見てから恭平にいった。「用を思い出した。この続きは夕食後にやろう」

「用って何？」

「明るいうちに行っておきたいところがあるんだ。タクシーが捕まるといいんだが」湯川は自転車のハンドルにかけてあった上着を手にした。「夕食は六時半に頼むよ」成実にいい、坂道を下っていった。

34

「カワハラさん？　ああ、カワハタさんね。さあ、そんな人いたかしら」四十代半ばと思われる主婦は頬に手を当てて首を傾げた。

「十五、六年前の話なんですよ。その頃には、すでにお宅はこちらに入居されていたと聞いたんですが」草薙はいった。

「ええ、そうですよ。うちはここに来て十七年になります。たぶん一番の古株です。でもごめんなさい。カワハタさんて人、知らないわあ」

「三〇五号室に入っておられたはずなんです」

「三〇五？　それじゃあ、全然だめ。うちとは階段が違うじゃない。階段が違ったら、顔を合わせることも少ないから、挨拶を交わすこともないのよね」刑事の訪問と知って最初は好奇心を示していた主婦も、明らかに話を早く切り上げたそうだった。

「そうですか。どうも、お邪魔しました」草薙が頭を下げた時には、玄関のドアが閉じられていた。

『アリマ発動機』の社宅は、交通量の少ない道路に面して建てられた古いマンションだった。四階建てだがエレベータも付いていない。総戸数は三十ちょっとというところか。

草薙は内海薫と手分けして一軒一軒当たり、川畑重治と彼の家族のことを少しでも知っている住人を探そうとしたが、結果は芳しくなかった。当時の住人の殆どが、すでに引っ越しているからだった。

ボールペンの後ろで頭を掻きながら階段を下りていると、「草薙さん」と呼ぶ声が下から聞こえた。内海薫が歩道に出て、見上げている。

「おう、何か摑めたか」階段を下りながら、さほど期待せずに訊いた。

「以前、二〇六号室に住んでいた方の現住所がわかりました。一〇六号室の奥さんが御存じだったんです。マイホームを建てて、八年ほど前に引っ越されたそうです。カジモトという人で、現住所は練馬区小竹町、西武線江古田駅のそばです」

「二〇六号室といえば、三〇五号室とは同じ階段を使ってたわけだな。そのカジモトって人は、いつ頃からこの社宅に住んでたんだろう」

「正確なことは不明ですが、引っ越していく時、二十年近く住んだという意味のことをいっておられたそうです」

「ということは、間違いなく川畑一家とかぶってるな」草薙は指を鳴らした。「よし、早速江古田に行ってみよう」

タイミングよく空車のタクシーが走ってきた。草薙は大きく手を振った。

二人で乗り込んだタクシーが走りだして間もなく、内海薫の携帯電話が鳴った。着信表示を見て、あっと声を漏らしてから電話に出た。

「はい、内海です。今朝はどうも……えっ、見つかったんですか？　……はい……はい。すみませんが、その方に代わっていただけますか。あ、そうなんですか。わかりました。では改めて、こちらから連絡させていただきます。御協力に感謝します。ありがとうございます」電話を切り、草薙のほうを向いた。頬が少し紅潮している。

「どこからだ」

「新宿に事務所があるボランティア団体です。炊き出しなど、ホームレスの支援を行っています。『アリマ発動機』に行く前に当たってみたんです。主要なスタッフはいなかったので、仙波英俊の写真をコピーして置いてきました」

「それで？」草薙は先を促す。いい予感がしてきた。

「ついさっき事務所に来た女性スタッフが、仙波を見たことがあるといっているそうです。しかも何度か。やはり炊き出しの時です」

「いつ頃のことだ」

「最後に見たのは一年ぐらい前だそうです。その女性スタッフは、今は所用で出ていて、あと一時間ほどしたら戻るとのことです」

「運転手さん、ちょっと止めてくれっ」草薙はいった。運転手があわててブレーキを踏む。

「どうしたんですか」内海薫が訊いてきた。

「どうしたもこうしたもない。そんな貴重な情報が入ったっていうのに、後回しにする手はない。すぐにその事務所に行って、女性スタッフを待ってろ。運転手さん、ドアを開けてくれっ。ここで一人降りる」

35

夕方の五時を過ぎたというのに、気温は一向に下がってくれなかった。路面からの照り返しはさすがに和らいだが、昼間のうちにたっぷりと焼かれたアスファルトが、蒸気と共に熱を発し続けている。

西口は県警本部の野々垣という巡査部長と共に東玻璃町に来ていた。塚原が昼食を摂った店を探すのが目的だった。死体検案書によれば、塚原の胃腸内には未消化の麺が残っていた。あの夜の『緑岩荘』の夕食に麺は出なかったらしいし、消化状態を考えても昼食に食べた可能性が高いという。

塚原の行動についてはまだ詳細が明らかになっていないが、公民館に行く前、東玻璃町にいたのは確実だ。時間的に考えても、同町で食事を済ませたと考えるのが妥当だった。

詳しい成分を分析したところ、麺には特徴があった。小麦粉や食塩のほか、海苔、ワカメ、昆布の粉末が練り込まれていたのだ。これは玻璃ヶ浦の名産品の一つ、『海藻うどん』だった。

事前に電話をかけ、東玻璃町で『海藻うどん』を出す店は見つけてあった。三軒あり、いずれも小さな食堂だ。一軒目では空振りに終わった。西口たちは、これから二軒目に向かうところだった。車を使うほどの距離ではないが、歩いていると汗が噴き出してくる。しかも彼等はここへ来るまでに、玻璃ヶ浦周辺にある倉庫や車庫の捜査に加わっていた。一酸化炭素を発生させた場所を見つけるためだった。もちろん、まだ見つかってはいない。その捜査の途中で、塚原が昼食を摂った店を探せ、という指示を受けたのだった。要するに県警本部捜査一課の人間のために道案内をしろということだ。

二軒目の店は、小高い丘の中腹を走る道沿いにあった。表が土産物屋で、奥が食堂になっていた。道の反対側にベンチが置かれていて、そこからは海を見下ろせる。

客がおらず、中年の女性が一人で店番をしていた。西口が話しかけ、塚原の写真を見せた。

「ええ、いらっしゃいましたよ」中年女性の回答は、あっさりしたものだった。

途端に県警本部の巡査部長は目の色を変えた。西口を押しのけ、矢継ぎ早に質問を浴びせかけた。どんな感じだったか。誰かと電話で話したりはしなかったか。待ち合わせている様子はなかったか。機嫌はよさそうだったか。だが中年女性は困惑の表情を浮かべただけで、それらの質問に対して一つもまともに答えられなかった。ほかにも客がいたので、そんなによく見ていないというのだった。無理もない話だ。

「では何か印象に残っていることはありませんか」野々垣は諦めたような口調で訊いた。

「そうですねえ。お食事を終えた後、店の前にあるベンチに座っておられました」

「ベンチに？　それで？」

「いえ、それだけです。ベンチに座って海を眺めた後、たぶん駅のほうだと思うんですけど、歩いていかれました」

「大体何時頃のことですか」

「はっきりとは覚えてませんけど、一時過ぎだったと思います」

横で話を聞きながら西口は考えを巡らせた。塚原は一時半頃に東玻璃駅の前からタクシーに乗り、玻璃ヶ浦の公民館に向かっている。マリンヒルズを見た後、この店で昼食を摂り、駅に戻ったということだろう。

礼をいって店を出た。野々垣は大きな音をたてて舌打ちした。

「収穫なしか。昼飯に『海藻うどん』を食ったたっていうだけじゃなあ」

「これからどうしますか。この周辺を当たってみますか」

うーん、と野々垣は渋い顔で唸った。「時間的に考えて、被害者はここを出た後、真っ直ぐ駅に向かってる感じでしょ。無駄じゃないかなあ」そういいながら携帯電話を取り出した。磯部の意見を聞くつもりらしい。

　野々垣が電話で話す間、西口は塚原が座っていたというベンチのそばに立ち、周囲を見回した。眼下には古い家の屋根が並んでいる。家々の隙間を埋める樹木の緑が濃い。彼は玻璃ヶ浦で生まれ育ったが、このあたりまで来ることも多かった。町の雰囲気は何十年も変わっていないと感じた。自然環境は程よく守られているのかもしれない。そのかわりに目立った発展もない。それでいいのかどうか、彼にもわからなかった。

　西口のいる場所から十メートルほど下のところにも道があり、一人の男が海のほうを向いて立っていた。肩に担いだ上着を持ち替える時、横顔が見えた。見覚えのある顔だったので、少し驚いた。

　西口君、と野々垣が近寄ってきた。「俺はこれから一旦捜査本部に戻ることになった。うちの係長らと打ち合わせだ。君はこれからどうする？」

　彼の口ぶりから察すると、その打ち合わせには所轄の若造などお呼びでない、ということらしい。

「このあたりでもう少し話を聞いてみます」西口はいった。「知り合いも何人かいますし」

「そうか。地元だもんな。じゃあ、ここは君に任せた」野々垣は携帯電話を懐にしまうと、西口の顔を見ないで歩きだしていた。

　県警の巡査部長の姿が見えなくなるのを待って、西口はそばの階段を下りた。先程の男は、まだ同じ場所に留まっていた。物思いにふけっているように見える。

　あのう、と後ろから声をかけた。だが男の耳には届かなかったらしく、無反応だ。「ちょっとすみません」今度は少し大きな声を出した。

男はゆっくりと振り返った。眉間に皺が寄せられている。思考を邪魔するのは誰だ、とでもいいたそうな顔つきだった。

「ええと、湯川さん……ですよね」

「そうですが」男は西口の顔を見つめた後、何かを思いついたように瞬きした。「昨日の昼間、『緑岩荘』で会った。君は刑事だ」

「西口といいます」

湯川は大きく頷き、西口の胸元を指差してきた。

「しかもただの刑事じゃない。『緑岩荘』の成実さんの同級生だ。違うかな」

「違いません。その通りです。彼女、俺のことを湯川さんに話したんですか」

「話の流れでね」

成実がどんなふうに話したのかが気になった。それを訊こうと思って言葉を探していると、

「でも心配ない」と湯川はいった。「大したことは聞いていない。所轄に同級生がいる、ただそれだけだ」

「あ、そうですか」軽く落胆した。「湯川さんも警視庁に御友人がいらっしゃるとか」

「まあね。おかげで今回のことではいろいろと訊かれて困る。僕は単に被害者と同じ宿に泊まっているというだけのことだからね」

「あの、今回の事件のことを警視庁ではどんなふうに見ているんでしょう。何かお聞きになってませんか」

湯川はおどけるように肩をすくめ、苦笑した。「僕は民間人だよ」

「でも御友人が……」

「君も知っていると思うけど、刑事というのは身勝手な生き物だ。友人だろうが家族だろうがお構いなしに利用するくせに、捜査の内容については一切教えようとしない。まあ、詳しく教えられても面倒なだけだがね」

すらすらと出てくる言葉を聞き、それを鵜呑みにしていいものかどうか、西口は判断に困った。たとえ友人でも捜査内容を漏らしてはならない、というのは警察の常識ではある。

「ところで、今は何をしておられたのですか」質問を変えることにした。

「特に何も。海をぼんやりと眺めていた」

「どうしてこんなところまで来られたんですか。玻璃ヶ浦からはずいぶんと離れていますけど」

「うん。ここへ来て、初めてタクシーを使った。それでも二十分以上かかったかな」

「質問に答えてください。何のためにここへ？」西口は重ねて訊いた。舐められてはいけないと思い、睨みつける目に力を込めた。

だが湯川ははぐらかすように眼鏡を外し、懐から出してきた布でレンズを拭いた。

「ここから見る景色がいいと聞いたからだよ。玻璃ヶ浦の海は、東玻璃から眺めるのが一番らしい。ネットに書いてあった」そういってから眼鏡をかけ直した。

「どこのサイトですか」西口はポケットから手帳とボールペンを出した。「教えてください。後で確認します」

「サイトの名称は、たしか、『マイ・クリスタル・シー』だったんじゃないかな。成実さんが運営しているサイトだ」

「えっ……」意表を衝く答えに、西口はメモを取るのを忘れた。

「西口刑事、と呼べばいいのかな」湯川が真っ直ぐに見つめてきた。「彼女は昔からあんなふうだったのかな。玻璃ヶ浦の海を守るためなら、何もかも投げ出す覚悟をしているように感じられるんだが」目から鋭い光が放たれているのがレンズ越しでもわかった。

「最初は、あそこまでではなかったですよ。この町に来た当時は」西口は答えた。「活発に環境保護活動なんかを始めたのは、夏ぐらいからでした。だけど、それまでも、海への思い入れは強かったみたいです。学校のそばの展望台から海を眺めてるのを、俺、よく見ましたから」

「そう。展望台からね」湯川は考えを巡らせる顔になった。

「何ですか。彼女が海を守ろうとしちゃいけないんですか」

「そんなことはない。立派だと思う。そうそうできることじゃない」

「湯川さんたちにとっては邪魔な存在かもしれないけど、俺、彼女のことは応援するつもりです。やってることは正しいと思うし」

するとと湯川は頷き、にっこりと笑った。「それでいいんじゃないか。ほかに質問がないようなら、僕はこれで失礼する」

湯川が立ち去るのを見送っているうちに、西口は自分のほうがしゃべらされてしまったことに気づいた。咳払いをし、手帳とボールペンをしまった。

36

キッズケータイのアラームが鳴った。恭平は時刻を確認し、音を止めた。六時半ちょうどだ。開いたノートを見て、ため息をつく。国語の宿題が、ちっともはかどっていない。漢字の書き取りを少しやっただけだ。算数は湯川が助けてくれることになっているが、国語は自分で何とかするしかない。そう思って渋々取りかかったが、まるで集中できなかった。すぐにゲーム機に手を伸ばしそうになるのだ。辛うじてゲームは我慢したが、テレビはつけてしまった。すると、たまたまアニメ番組をやっていた。今まで見たことのない番組だった。大して面白くもなかったが、結局最後まで見てしまった。それだけで三十分が過ぎた。その後、テレビは消したが、勉強へのやる気は出なかった。正直なところ、アラームが鳴るのを今か今かと待っていたのだった。

恭平は部屋を出て、一階に下りた。宴会場に行く前にロビーを覗くと、湯川の姿があった。立ったままで腕組みし、じっと壁の絵を見つめている。例の海の絵だ。

博士、と声をかけた。「またその絵を見てるの？」

「この絵はいつからここに掛かってるんだろうと思ってね」

うーん、と恭平は唸り声をあげた。「ずっと前からじゃないかなあ。僕が二年前に来た時には、もうあったと思うよ」

「だろうな」湯川は笑みを漏らし、腕時計を見た。「さて、夕食にしようか」

宴会場では成実が湯川の食事を並べているところだった。いつものように、料理には魚介類がふんだんに使われていた。

向かい側に恭平のための膳が置いてあった。今夜の川畑家の晩ご飯はハンバーグだ。

「いつもながら旨そうだ」そういって湯川は胡座をかいた。

「すみません。代わり映えしない料理ばかりで」

「そんなことはない。連日、違う魚が出てくる。さすがは海の幸の宝庫だ」

「そうだ」恭平は声を上げた。「成実ちゃんに教えてほしいことがあったんだ。今日、海に行って、すごい奇麗な魚を見てきた。小さくて青い魚。伯父さんに訊いたら、成実ちゃんに教えてもらえっていわれた」

「小さくて青い魚？　二センチぐらい？」

そうそう、と恭平は頷いた。「熱帯魚みたいに奇麗だった」

「それならたぶん、ソラスズメじゃないかな」

「スズメ？　魚なのに？」

成実は微笑んだ。

「正しくはソラスズメダイ。玻璃ヶ浦ではよく見られる魚なの。体験ダイビングをする人が最初に感激するのは、ソラスズメを見つけた時じゃないかな。あたしも初めて見た時には、動く宝石かと思っちゃった」

「僕もびっくりした。捕まえようとしたけど、無理だった」

「そりゃあ無理よ。でもね、あんなに奇麗だけど、冬になると黒っぽくなっちゃうの」

「そうなんだ。でもいいや。冬は海に潜ったりしないから」

いただきます、と両手を合わせた後、恭平はナイフとフォークを持った。ハンバーグの表面は程よく焦げていて、ナイフで切ると、滲み出た肉汁とデミグラスソースが混ざり合って湯気を立ち上らせた。

「いつもながら、そちらも旨そうだ」湯川がいう。

「一切れぐらいならあげてもいいよ。お刺身と交換」

「悪くない取引だな。考えておこう。それはともかく――」湯川は箸を手にし、「僕からも一つ質問が」といって成実を見た。

「何でしょう」彼女は身構えるように背筋を伸ばした。

「ロビーに飾ってある絵だけど、あれは誰が描いたものかな」

成実の胸が小さく上下した。深呼吸したように恭平には見えた。

彼女は首を振った。「知りません。どうしてですか」

「いや、少し気になったものだから。前から恭平君と話してたんだ。あの絵は、一体どこの海を描いたものだろうかってね。少なくとも、この宿の周辺からだとあんなふうには見えない」

成実は、耳の上の髪を後ろにかきあげながら首を傾げた。

「さあ、あたしにはよくわかりません。ずっと前からこの宿にあったものですから。あまり気にしたこともなかったし」

「ずっと前？　君たちがここに越してくるよりも前という意味かな」

「そうです。父の話では、祖父が誰かから貰って飾ったのを、そのままにしてあるということでした。だから父もよく知らないはずです」

成実はトレイの上に置いてあった点火棒を取り、湯川の前にある卓上コンロの下に、その先端を入れようとした。

「いや、火は自分で点けるよ」湯川がいった。「点火棒はそこに置いといてくれ」

成実は当惑の表情を浮かべたが、はい、と答えて点火棒をトレイに戻した。「ではごゆっくり」立ち上がり、部屋を出ていこうとした。

「あの絵の海は――」そういってから湯川は彼女の背中を見た。「東玻璃の丘から見たものだ。さっき確認してきた」

成実の足が止まった。足だけでなく、全身の動きが一瞬停止した。その後で首が回り始めた。錆びついたロボットのようにぎごちない動きだった。

へえ、と力のない声が漏れた。顔には不自然な笑みが浮かんでいる。「東玻璃の？　そうだったんですか」

「君は本当に知らなかったのか」湯川が訊く。

「考えたこともなかったですから」

「考えなくても、君なら一目見ただけでわかるんじゃないかと思ったんだけどね。玻璃ヶ浦の海については誰よりも詳しいはずだろ？　個人的にサイトを作るほど」

「東玻璃へは、あまり行かないんです」

「そうなのか。玻璃ヶ浦の海は東玻璃のほうから眺めたほうが美しい、という意味のことをブログで書いてなかったかい？」

成実の目元が険しくなった。「そんなこと、書いてませんっ」口調も尖った。

湯川は苦笑した。「怒ることはないだろう」

「別に怒ってませんけど……」

「君が書いてないのなら、僕の勘違いだろう。謝ったほうがいいかな」

「いえ、そんな必要はないです。まだほかに何かありますか」

「いや、もういい」湯川はグラスにビールを注いだ。

失礼します、といって成実は部屋を出ていった。その後ろ姿は何となく元気がなさそうに見えた。

「今の話、本当?」恭平は湯川に訊いた。「あの絵の海がどこか、博士は見つけたの?」

まあね、と短く答え、湯川は醬油を小皿に注いだ。箸の先でワサビを摘み、醬油に溶かす。そのしぐささえも科学者らしい。

「わざわざ行ってきたんだ。よっぽど気になったんだね」

「気になる、というのは知的好奇心が刺激されていることを意味する。好奇心を放置しておくことは罪悪だ。人間が成長する最大のエネルギー源が好奇心だからな」

この人物は、どうしてこういう話し方しかできないのだろう、と思いながらも恭平は頷いた。

湯川はトレイの上に置かれた点火棒に手を伸ばした。かちり、とスイッチを入れると先端から火が出た。恭平の家にも同じようなものがある。バーベキュー用に買ったのだ。だが実際にバーベキューで使ったのは一度だけだ。両親の仕事が忙しく、行っている暇がなくなったからだ。

湯川はそれを使い、卓上コンロの下部にセットされている固形燃料に火をつけた。

「今、火にかけられている容器が何で出来ているか、君はわかっているか」

卓上コンロには白い器が載っていた。だがふつうの容器ではない。それを見つめ、「紙みたいに見えるけど」といってみた。

「そう、紙だ。だからこの容器のことを紙鍋という。しかし不思議だと思わないか。なぜ紙なのに燃えないんだろう」

「何か特別な工夫がしてあるんじゃないの？」

するとも湯川は紙鍋の端を指先で破り取ると割り箸で摘み、左手で点火棒を操作して火を近づけた。紙はすぐに燃え上がることはなかったが、少しずつ黒い灰になっていった。割り箸まで燃えそうになったところで、湯川は作業を中止した。

「ふつうの紙なら、あっという間に燃えているところだ。燃えにくく加工されているのはたしからしい。しかし全く燃えないわけではない。君の説だけでは説明がつかない」

恭平はフォークとナイフを置き、四つん這いで湯川のそばまで移動した。

「じゃあ、どうして燃えないの？」

「紙鍋の中を覗いてみろ。野菜や魚だけなく、出し汁が入っている。汁はすなわち水だ。水は何度で沸騰する？　五年生なら知っているはずだ」

「知ってるよ。百度。四年生の時に実験したもん」

「フラスコに水を入れて、熱しながら温度を測ったんだな」

「そう。百度に近づいたら、ぶくぶく泡が出てきた」

「その後、温度計の数値はどうなった？　どんどん上がり続けたか？」

恭平は首を振った。「全然上がらなくなった」

「そうだろう。水は百度で気体になる。逆にいうと、液体の状態を保っているうちは、それより上の温度にはならない。それと同じで、この紙鍋の中に汁が残っているかぎり、その下の部分をいくら熱しても燃えたりしない。紙が燃えるのは三百度ぐらいになった時だからな」

「そういうことかあ」恭平は腕組みをし、卓上コンロの炎を見つめた。

「では次の実験といこう」

湯川はビールの入ったグラスを動かし、下に敷いてあったコースターを手に取った。紙製の丸いコースターだ。

「これを固形燃料の上に置いたらどうなるだろう」

恭平はコースターと湯川の顔を見比べた後、燃える、とおそるおそる答えた。引っかけ問題のような気がしたからだ。

「たぶん、そうなるだろうな」

湯川の答えに拍子抜けした。「何だよ、それ。どこが実験なんだよ」

「あわてるな。じゃあ、これならどうだ」

湯川は傍らに置いてあったポットを手にし、中の水をコースターにかけた。コースターはびしょ濡れになった。畳も濡れたが、物理学者に気にする素振りはない。

「これを固形燃料の上に載せたらどうなる?」

恭平は考えを巡らせた。単純な答えではないだろう。紙鍋の話がヒントになっているのかもしれない。湯川の言葉を頭の中で反復した。

「わかった」彼はいった。「やっぱり燃えるんだ。でもすぐには燃えない」

「どうして?」

「紙が水で濡れてるから。それが完全に乾くまでは燃えない。乾いてから燃える」

「なるほど」湯川は無表情だ。「ファイナルアンサーか」

恭平は顎を引いた。「ファイナルアンサー」

よし、と一言かけてから湯川は、濡れたコースターを燃えている固形燃料の上に置いた。燃料は小さな筒の中に入っているので、その筒に蓋をしたような状態になった。

恭平はコースターを見つめた。今にも中央が黒くなり、やがてそこから炎が上がることを予想した。だがしばらく経っても変化がなかった。

湯川がコースターを取った。固形燃料の火は消えていた。あっ、と恭平は声を漏らした。どうして、と湯川を見る。

「固形燃料が筒に入っているというところがポイントだ。固形燃料にしろ紙にしろ、燃えるには酸素が必要だ。ところが筒にコースターで蓋をすることにより、その酸素が入りにくくなる。それでもコースターが濡れていなければ、火が消える前に燃えだし、再び酸素を取り込めるようになったかもしれない。ところが濡れていたので、君がいったようにすぐには燃えなかった。しかも濡れた紙というのは、空気を遮断するという点では、乾いた紙よりはるかに優れている」

湯川は点火棒を使い、固形燃料に火をつけ直した。そしてもう一度濡れたコースターを載せ、今度はすぐに取り除いた。たったそれだけで火は完全に消えていた。

「手品みたいだ」恭平はいった。

「フライパンの油に火がついた時、あわてて水をかけたりしてはいけないと教わらなかったかい？　そういう場合は濡らした布をかぶせて空気を遮断してやるといい。物が燃えるには酸素が必要だ。酸素がなければ火は消える。不足した状態だと不完全燃焼となる」

「不完全燃焼？　昼間話してたやつ？」

「そうだ」湯川は改めて固形燃料に火をつけた。「COガスを発生させる不完全燃焼だ」

昼間、ワゴン車に乗って帰ってきた時のことを恭平は思い出した。どうして重治は、あんなに怖い顔をしていたのだろうか。重治だけではない。節子の表情も暗くなっていた。

「どうした。食べないのか？」湯川が訊いてきた。「せっかくのハンバーグが冷めてしまうぞ」

「あ、うん。食べるよ」恭平は四つん這いで元の場所に戻った。

37

草薙は、江古田駅北口の近くにあるセルフ式のコーヒーショップにいた。狭い店で、通りに面したカウンター席には三人しか座れなかった。その真ん中の席で、水を飲みながら時間が過ぎるのを待っていた。コーヒーカップは十分以上も前から空のままだった。

腕時計の針が七時ちょうどを示したのを見て、腰を上げた。カップやトレイを片づけ、店を出た。店と同じく、前の道路も狭かった。おまけに曲がりくねっている。当然、一方通行だ。そんな通り沿いに、小さな商店が並んでいる。ラーメン屋に居酒屋、スナックの看板も見られた。やや広い通りに出たが、それでもセンターラインさえ引かれていない。制限速度二〇キロとなっていた。

商店街を抜けると、マンションやアパートの建ち並ぶエリアとなった。草薙は二時間前にも通っている。曲がり角を間違えないように用心しながら進んだ。さっき来た時には、角を一つ間違えたせいで、目的地に辿り着くまで右往左往することになってしまったのだ。

いくつかの目印を頼りに歩いた。住宅地に足を踏み入れると、道は一層複雑になる。素直な四つ角など殆どないに等しい。しかも細くて入り組んでいる。練馬署の刑事は大変だろうな、と会ったこともない人間に同情した。

街灯に照らされた白いタイル張りの家が見えた時には安堵した。梶本修の家だ。

インターホンを押すと、妻の返事が聞こえたので名乗った。夕方来た時、再訪することはいってある。その時は主の梶本がいないのを承知で来たのだ。それだけ大事な用件だと思ってもらうためだった。

玄関のドアが開き、半袖のポロシャツを着た痩せた男性が現れた。顔が長いわりに目が丸く、どことなく馬を思わせる容貌だ。

「梶本さんですね。お疲れのところ、どうも申し訳ありません」丁寧に頭を下げた。

それは別にいいんですけど、といいながら梶本は招き入れてくれた。刑事が一体何の用だろうと訝しんでいるに違いない。彼の妻には、王子の社宅時代のことを聞きたい、とだけいってある。

二十畳近くはありそうな居間に通された。リビングボードの上は雑多なものでいっぱいで、床にも物が置かれている。八年前に入居した時には、もっと奇麗に使うつもりだったはずだ。時が経つにつれ、愛着も緊張感も薄れるのだろう。それでも草薙は、立派なお宅ですね、とお世辞をいった。

「いやあ、結構傷んできました。そろそろ手を入れなきゃいけないと思っているところで」そういいながらも梶本は満更でもなさそうだ。

「こちらに越してこられる前は王子の社宅にいらっしゃったとか」早速本題に入る。

「そうです。十八年……いや、十九年だったかな。ずいぶん長くいたものです。結婚が早かったものですから」

二十四歳で結婚し、その時に社宅に入ったのだという。

「梶本さんたちが入っておられたのは二〇六号室ですよね。その頃、三〇五号室にいた方のことで、何か覚えてませんか。川畑さんというお宅です」

「川畑さん、か」梶本は口を半開きにして、首を縦にゆらゆらと動かした。「おられましたね、たしかに。――覚えてるよな」後の言葉はダイニングチェアに座っている妻に向けられたものだった。

「私たちも長かったけど、あそこも結構長く入っておられたわよね」

「うん。――我々が入居した時、川畑さんのところはすでに四、五年目ってところだったと思います。しかも川畑さんは私と逆で結婚が遅かったから、すごい大ベテランが住んでるんだなあと驚いた覚えがあります。遅くに結婚した人は、あまり社宅には入りませんから」

「こちらで調べたかぎりですと、梶本さんのお宅と川畑さんのお宅は、十年以上、あの社宅で一緒だったはずです。その間、付き合いはあったんでしょうか」

うーん、と梶本は腕組みをした。

「大掃除とか夜回りとか、社宅の行事の関係で、それなりに付き合いはありました。ただそんなに親しかったわけではありません。歳が離れてましたから」そういってから、探るような目を草薙に向けてきた。「あのう、どうして今頃、川畑さんのことを聞きに来られたんですか。川畑さんに何かあったんですか」

いずれ発せられるだろうと予想していた質問だった。草薙は薄く笑った。

「詳しいことはお話しできませんが、ある時期に王子本町から他府県に引っ越された方について調べる必要が出てきたんです。で、川畑さん宅が王子の社宅を出ていかれた時期が、その期間に含まれているわけでして」

「ははあ、すると川畑さんのことだけを調べているわけではないんですか」

「はい。これまでに私が一人で調べただけでも……」指を折る。「二十人ほどでしょうか」

梶本は目を丸くし、のけぞった。「大変な仕事ですねえ」

「歩き回るしか能がありませんから。それで、いかがでしょう。川畑さんのことで何か印象に残っているようなことはありませんか。トラブルがあったとか、誰かともめてたとか」

いやあ、と梶本は大きく首を捻った。

「そういう問題を起こす人ではなかったと思うんですよね」

すると妻が、眉をひそめた顔を夫に向けた。

「ねえ、引っ越していかれる前は、社宅には殆どいらっしゃらなかったんじゃない?」

「えっ、そうだっけ」

「そうよ。たしかどこかに単身赴任しておられたはずよ」

梶本の口が開いた。そのまま細かく頷いた。

「そうだ、そうだ。そうですよ。川畑さん、単身赴任してたんです。たぶん名古屋じゃなかったかな」

「退職される前の職場は名古屋支社となっていますね」

「やっぱり。というか刑事さん、それを知ってるなら先にいってくださいよ。そうしたら、もっと早くに思い出せたのに」

「すみません。うっかりしていました」なるべく手の内は見せずにしゃべらせたかったのだ、とはいえなかった。「すると、ふだん社宅にいるのは奥さんとお嬢さんだけで、川畑さんは土日だけ戻ってくるとか、そういう感じだったんでしょうか」

「たぶんそうだったと思います」

梶本は軽い口調で答えたが、「違います」と妻が横からいった。「あなた違うわよ。そうじゃないでしょ」

「どう違うんですか」草薙は訊いた。どうやら、この妻の記憶のほうが確からしい。

「御主人だけでなく、奥さんも娘さんも、あの社宅にはいなかったんです。最後の一、二年は、ずっとそうだったと思います」


草薙が梶本宅を辞去したのは、午後八時を少し過ぎた頃だった。江古田駅までの曲がりくねったわかりにくい道を、考え事をしながら歩いた。梶本夫妻にあれこれと質問をぶつけてみたが、最も大きな収穫は、川畑本人だけでなく妻子も社宅にはいなかったという妻の話だった。

「全くいないというわけじゃなくて、たまに奥さんの姿を見かけることはありました。部屋の空気を入れ換えたり、荷物を取りに来たりしておられたんだと思います。一度何かで話をした時、じつは今、知り合いの家にいるのよといっておられました。仕事でしばらく海外に行くことになった御夫妻がいて、留守の間、家の管理を頼まれたという話でした。たしか川畑さんのところにはお嬢さんがいて、通っている私立の中学へはその家のほうがずっと近いから、とりあえず卒業まで使わせてもらうことにした——少し違っているところがあるかもしれませんけど、大体そんな話だったと思います」

その知り合いとは川畑家にとってどういう関係の人物か、その家はどこにあったのか、ということを知りたかったが、梶本の妻もそこまでは覚えていなかった。たぶん元々聞いていないと思う、と彼女は答えた。だが川畑家の一人娘が通っていた私立中学の名は覚えていた。草薙もよく知っている有名女子中学校だった。

明日の朝、その中学校へ行って卒業生名簿を見せてもらおうと決めた。川畑の娘の名前が成実だということは湯川から聞いている。川畑成実の同級生を当たれば、当時彼女たちが住んでいた家がわかるかもしれない。

考え事をしながら歩いていたにもかかわらず、江古田駅へは迷わずに到着した。内海薫からの連絡はない。彼女の居場所を確認してから次の行動を決めようと思って携帯電話を取り出したところ、タイミングよく着信があった。だが液晶画面に表示されたのは内海薫の名前ではなかった。急いで通話ボタンを押し、耳に当てる。「はい、草薙です」声が少し裏返った。

「多々良だ。今、話せるか」低い声が耳の奥で響いた。

「大丈夫です。何でしょうか」

「ついさっき、地域部にいる知り合いと会った。わかっていると思うが、塚原さんが最後にいた職場だ」

「あ、はい」

「そいつのところに、今日、向こうの県警の捜査員が来たらしい。用件は見当がつくと思うが」

「塚原さんのことを訊きに来たわけですね。誰かに恨まれていたふしはないか、とか」

「玻璃ヶ浦という地名を口にしたことはなかったか、とかな。被害者の関係者を地道に当たり、手がかりはないかと探しているわけだ」

「それが何か?」

「それはいいんだよ。だが妙なことがある。仙波英俊については、特に何も訊かれなかった様子だ。県警は、仙波の事件が重要だとは考えていないのか。私がいったことを、向こうには伝えてくれたんだろう?」

草薙は返答に窮した。こんなに早く多々良から指摘されることは予想していなかった。言い訳を考えようとしたが、思いつかない。

「どうした? 伝えてないのか」

ごまかしようがない、と観念した。深呼吸を一つしてからいった。

「はい。まだ伝えておりません」

「なぜだ」

「自分なりに考えがありまして」

「考え?」

「はい」

怒鳴られることを覚悟した。電話を握りしめる手に汗が滲んだ。殴られるのを待つように足を踏ん張っていた。

だが聞こえてきたのは、ふうーっと大きく息を吐く音だった。

「その考えというのは、現地からの情報に基づいたものか」

さすがに多々良は勘が鋭い。ここでいう「現地」とは、湯川のことだろう。

そうです、と答えた。「かなり意味のある情報です」

「どの程度だ。容疑者を特定できるほどか」

「そう思っていただいても結構です。ただし、そこに至るには、まだまだやらなければならないことがたくさんあります。こちらのほうで」

「こちらのほう……つまり、県警には邪魔されたくないということか」

「自分たちでやったほうがいいと考えています」

多々良はまた沈黙した。草薙の腋の下を汗が伝う。今度こそ電話から大声が聞こえてくるのではないか、と緊張した。相手は捜査員時代、瞬間湯沸かし器という異名を取った人物だ。

「内海は何をしている？」しかし管理官は落ち着いた口調で質問してきた。「君と一緒にいるのか」

「いえ、今は仙波の行方を追っています」

「何か手がかりがあったのか」

「目撃情報がありました」

草薙は新宿のボランティア団体が仙波を知っているらしい、ということを報告した。

「わかった。この件に関しては君に任せたのだから、君の考えを尊重しよう。ただしこれだけは約束してくれ。容疑者の特定に必要な材料が揃ったら、必ず私に知らせること。遅延は許さない。いいな」

「はい、お約束します」

「では、引き続きよろしく頼む」そういって多々良は電話を切った。

草薙は大きくため息をつくと、冷や汗でシャツが濡れているのを感じながら携帯電話を操作した。

「お疲れ様です。電話をしようと思っていたところです」内海薫の声が聞こえてきた。どことなく弾んで聞こえる。収穫ありか、と期待した。

「今、どこにいるんだ。まだ新宿か」

「いえ、蔵前にいます」

「蔵前？　そんなところで何をやってるんだ。新宿のボランティアの女性からは話が聞けたのか」

「聞けました。ヤマモトさんという女性です。そのボランティア団体は毎週土曜日に新宿中央公園で炊き出しをしているそうですが、去年の暮れぐらいまでは、毎週のように仙波が姿を見せていたようです。ほかのホームレスと比べてどことなく品があるので、印象に残っているということでした」

「去年の暮れぐらいまでということは、今年に入ってからは見かけてないのか」

「そのようです。亡くなったのかもしれない、とヤマモトさんはおっしゃっています」

「亡くなった？　どうして？」

「最後に見かけた時、ひどく痩せていたし、辛そうにしていたそうです。ヤマモトさんの知り合いに、ホームレスの人たちを無料で診察してくれるお医者さんがいるので、そこへ行くようアドバイスしたそうなんですが……」

「行ってないのか」

「ヤマモトさんからその診療所に確認してもらいましたけど、仙波という人物を診察した記録はないみたいです。偽名を使った可能性もあるので、明日、医師に顔写真を確認してもらおうと思っています」

「なるほど。で、どうして蔵前なんだ」

「ヤマモトさんの話では、ほかに仙波のことを知っている人がもう一人いたんです。去年までヤマモトさんたちと一緒に活動していて、今年になってから別のボランティア団体に移って炊き出しをしている方です。その団体の事務所が蔵前にあるんです。炊き出しは土曜日に上野公園でしているそうです」

「つまり、仙波は新宿中央公園には現れなくなったが、上野公園には来てるんじゃないか、というわけか」

「そう思って、ヤマモトさんからその方に連絡してもらいました。でも残念ながら、その方も上野公園で仙波を見たことはないそうです」

「なんだ、そうなのか。じゃあ、何のために蔵前なんかに行くんだ」

「それが、仙波の姿は見ていないけど、仙波を捜している人物には会ったそうなんです」

「何？　いつ頃のことだ」携帯電話を握る手に力を込めていた。

「今年の三月頃ということでした。こういう人間を見たことはないかといって、仙波の写真を見せられたそうです」

草薙はメモ帳とボールペンを内ポケットから取り出し、その場でしゃがみこんだ。携帯電話を肩で押さえ、立てた膝の上でメモ帳を広げる。

「事務所の場所を教えてくれ。俺もこれから行く」

電話を切り、通りに出てタクシーを拾った。蔵前に到着したのは、約三十分後だった。江戸通りから隅田川に向かって一本入ったところに小さな茶色のビルがあり、その二階が事務所になっていた。

ドアホンを鳴らすと、内側で人の動く気配があってドアが開いた。四十歳前後と思われる小柄な男性が顔を見せた。「警視庁の？」

ええ、と答えながら奥に目をやる。事務機器やファイルなどが乱雑に置かれた机を前にして、内海薫が座っていた。草薙を見て、小さく頷きかけてきた。

男は田中と名乗った。「どうぞ、遠慮なく」

「失礼します」草薙は足を踏み入れた。床にも段ボール箱などが置かれている。「話は聞けたのか」内海薫に訊いた。

「大旨、聞けました。塚原さんの写真を見ていただいたところ、仙波を捜していた人物に間違いないだろうということでした」

「何のために捜しているのかはいいませんでしたか」草薙は田中に尋ねてみた。

「聞かなかったと思います。時々、借金取りが見張ってたりするので、その類かなと思いました。

ホームレスの中には、借金を踏み倒して逃げている人も多いですから」
「田中さんによれば」内海薫がいった。「塚原さんから声をかけられたのは三月末頃で、その後、二、三回、見かけたそうです。いつも離れたところから、炊き出しに並んでいる人たちをじっと見つめていたということです。でも五月以降は見かけなくなった――そうですよね」本人に確認する。

ええ、と田中は頷いた。「気味が悪いなあって、みんなで話してたんです。姿を見なくなって、安心していたんですけど……。あのう、一体何があったんですか。これは何の捜査なんですか」

草薙は苦笑して手を振った。
「大したことではないんです。大袈裟に考えないでください」内海薫が立ち上がるのを目の端で捉えながら続けた。「また何かお訊きしたいことが出てくるかもしれませんので、その時はよろしくお願いいたします。今日はどうもありがとうございました。失礼いたします」一気にまくしたて、出口に向かった。

ビルを出て江戸通り沿いに少し歩くと、セルフ式のコーヒーショップがあった。江古田駅のそばにあった店と同じチェーン店だ。ほかに店が見当たらないので、仕方なく入った。

お互いの情報を改めて交換する。草薙は多々良からの電話についても話した。
「湯川先生からいわれたことについては話さなかったんですか。事件の決着を誤れば、ある人物の人生がねじ曲げられてしまうかもしれないっていう台詞ですけど」
「話してない。あの微妙なニュアンスを理解できるのは、俺とおまえぐらいだろうからな。それにいわなくても、管理官はある程度わかってくれている。湯川が乗り出しているなら、多少は好きにさせてもいいんじゃないかってな。それはともかく、さて次はどうするか。俺は川畑成実たちが実際に住んでいた場所を探り当てようと思っているが……」飲み飽きたコーヒーを啜った。

「田中さんの話を聞いていて、ひとつ思いついたことがあります」

「ほお、何だ」

「状況から考えて、塚原さんが仙波を捜していたのは確実です。時期と場所は違えど、炊き出しという状況下で二人は目撃されています。名刑事だった塚原さんのことです。もっと様々な場所を当たっていたでしょう」内海薫は切れ長の目を草薙に向けてきた。「塚原さんは、仙波を見つけたんじゃないでしょうか。田中さんは、五月になってから塚原さんを見なくなったといっていました。それは目的を果たしたから、とは考えられませんか」

草薙はコーヒーカップを置き、後輩の女性刑事の顔を見返した。

「だとしたらどうだ。何か打つ手があるか」

「さっきもお話しした通り、新宿中央公園で目撃された仙波は、ひどく衰弱していました。一目見て、何らかの病に冒されているとわかるほどでした。仮に塚原さんが四月頃に仙波を見つけていたとします。その時点で仙波が健康だったとは思えません」

「さらに悪化していたか、下手をすると死んでいたか……」

「今年に入ってから都内で見つかった身元不明死体については、昨夜データベースを当たりました。仙波らしき人物はいないようですが、もう一度確認してみます。問題は、死んでなかった場合です。ホームレスで重病人――ようやく見つけた相手がそういう状態なら、塚原さんはどうしたでしょうか」

草薙は椅子にもたれ、視線を斜め上に向けた。自分ならどうするか。

「まずは病院に連れていくだろうな。診察を受けさせ、必要とあらば入院させる。それが妥当じゃないか。たしか、ホームレスでも診てくれる特別な病院があっただろう」

「無料・低額診療制度を採用している病院ですね」

「それだ。東京には四十ほど、そういう病院があると聞いたことがある」

「私も知っています。ただ、仮にそういう病院に行ったとしても、無料・低額診療制度が適用されたかどうかは怪しいです。制度の適用には住民票が必要ですが、仙波は刑務所を出て以来、ずっと住所不定なんです。戸籍附票を確認しました。診療費は、おそらく塚原さんが立て替えたのではないでしょうか」

「かもしれんな。だけど、一回や二回病院に行ったからといって、病気がよくなるかな。聞いた感じじゃ、かなり悪そうだけどな」

「同感です。入院が必要だったかもしれません」

「住所不定のホームレスが入院となると、また話がややこしくなるな」

「通常そういった患者を入院させるとなれば、病院側は生活保護を受けさせようとするでしょう。その際、患者は実際に住んでいる場所、この場合だと病院を居住地として住民票を作る必要があります。でも戸籍附票を見るかぎり、そういった手続きはされていません」

「ということは……どういうことだ」

「生活保護を受けなくても仙波のことを診てくれる病院、何らかの理由で塚原さんのために融通をきかせてくれる病院がどこかにある、ということではないでしょうか」内海薫はあまり表情を変えず、しかし自信のある口ぶりでいった。

38

捜査員からの報告が次々になされるうちに、会議室の空気は徐々に重たくなっていった。成果と呼べるものが何もないからだ。県警本部捜査一課長の穂積は、仏頂面で手元の資料を眺めている。その資料にも大したことは書かれていない。広範囲にわたって聞き込み捜査が行われているが、今のところ有益な情報は得られていない、ということが具体的かつ客観的に記されているだけだ。その中には昨日西口たちが東玻璃で突き止めた、塚原正次が『海藻うどん』を食べた店のことも含まれている。残念ながら、事件解決には何の役にも立ちそうになかったが。

西口は後方の席から様子を見守りながら、湯川とのやりとりを反芻していた。あの学者は一体何のために、あんな場所にいたのか。玻璃ヶ浦の海は東玻璃から眺めるのが一番――成実が運営しているサイトにそう書いてあったという。じつは昨夜遅く西口は、そのサイトを調べてみたのだ。たしかに成実の『マイ・クリスタル・シー』というサイトは存在した。だがどこを読んでも、湯川のいったようなことは書かれていなかった。それどころか東玻璃という地名すら出てこない。

あの学者は嘘をついたということか。何のために？

会議は続いている。殺害方法と現場についての報告が始まった。

被害者が一酸化炭素中毒死した場所は、まだ特定できなかった。何しろ目撃情報が少ないのだ。被害者を車中に誘導し、睡眠薬を飲ませて眠らせた後、練炭等を使って中毒死させる。その後は死体を例の岩場に落とし、そのまま車で逃走。この方法なら、車を止める場所次第では、殆ど人目に付かずに済む。何しろ、夜になれば出歩いている者などいない海辺の田舎町だ。

車ではなく、ふだん使われていない倉庫や小屋、あるいは空き家などが使われた可能性もあるということで、現場周辺の、そうした建物についても調べられている。だが現時点では、今回の事件と結びつきそうな場所は見つかっていない。数年前まで営業していた旅館が廃墟になっており、その中の一室で何かが燃やされた形跡があったが、埃の溜まり具合などから見て、少なくともここ一か月は誰も足を踏み入れていないことが判明している。何かを燃やした跡は、おそらく探検半分で侵入した輩《やから》の仕業だろう。

「人間関係はどうだ。何か出てこないのか」収穫のない話ばかりを聞かされ、痺れをきらしたように穂積がいった。

「東京組から入った情報を私のほうから報告させていただきます」磯部が書類を手に、立ち上がった。東京組とは、塚原正次の周辺を調べるために東京に送られている捜査員たちのことだ。

咳払いを一つし、磯部は口を開いた。

「被害者の塚原正次さんは昨年警視庁を退職していますが、それまでに籍を置いていたのは地域指導課です。そこでの塚原さんの様子について、三人の同僚の方から話が聞けました。まず一人目の方ですが――」

磯部は声を響かせて語ったが、その内容は穂積を喜ばせられるようなものではなかった。生前の塚原正次は仕事熱心で、犯罪予防については人一倍真剣に考えており、どんな細かい仕事も手を抜くことがなかった。人付き合いの上手いほうではなかったが、一度心を許せば、その相手のためならとことん尽力するという熱い情を持った人物だった——つまりは人に恨まれるような人間ではなかったということだ。

仕事の面でも目立ったトラブルはなく、退職前の引き継ぎも遅滞なく済まされた。波風を立てることなく穏やかに去っていった、というのが元同僚たちの共通した感想らしい。

磯部の報告を聞くと、穂積は顔をしかめて伸びをし、そのまま両手を頭の後ろに回した。

「どうも、そっちのほうからは何も出てきそうにないな。あっちはどうだ。仙波といったっけ。やっぱり、目撃証言はなしか」

「今のところは。今日は、東玻璃からさらに東のほうにも足を延ばして聞き込みを、と考えていますが……」磯部が言葉を濁す。あまり期待できそうにない、ということを暗に仄めかしているのだろう。

「その仙波にしても、生きてるのか死んでるのかもわからんわけだろ?」

はあ、と磯部は煮え切らない返答をする。「警視庁のほうで行方を追っているはずですし、何かわかったら知らせてもらえることにはなっているのですが」

警視庁からは何の連絡もない、つまり手がかりは皆無ということらしい。

「被害者と玻璃ヶ浦の接点についてはどうだ。仙波以外に何かないのか」穂積が苛立った口調で訊いた。

「東京からの報告によれば、これまでに会った関係者から話を聞いたかぎりでは、被害者と玻璃ヶ浦を結びつけるものは何も見つかっていないようです。やはり被害者がこの地にやってきた理由としては、例の海底資源開発の説明会しか考えられないというのが現状です。それについて一件、報告させることがあります。――おい、野々垣」磯部が部下の名前を呼んだ。

前のほうの席に座っていた男が立ち上がった。昨日の午後、西口が一緒に聞き込みをした県警の捜査員だ。捜査本部に戻るといっていたが、じつは別の任務を与えられていたようだ。

「その説明会ですが、参加票がないと入場できません。正式名称は、海底熱水鉱床開発計画に関する説明会及び討論会参加票、といいます。被害者が持っていたものは本物で、偽造されたものではありませんでした。この参加票を入手するには、海底金属鉱物資源機構に郵便で申し込む必要があります。中込書と一緒に返信用の封筒を送付するんです。しかし申し込んだからといって必ず参加できるとはかぎらず、希望者多数の場合は抽選となっていました。今回も、二倍近い倍率になっていたそうです。海底金属鉱物資源機構に問い合わせたところ、たしかに当選者の中に被害者の名前がありました」

「それで?」穂積が目を光らせる。単なる確認なら承知しないぞと威嚇しているようだ。

「説明会と討論会の開催が決まったのは六月で、正式に募集が始まったのは七月に入ってからです。読売、朝日、毎日の三紙と海底金属鉱物資源機構のサイトで募集要項が発表されました。被害者からの応募があったのは七月十五日です。当選者の応募封筒は機構の事務所にまだ保管されていたので、その消印から判明しました。で、問題は投函場所ですが、調布駅前郵便局管内となっております」

「調布?」穂積が訝しげに眉を寄せた。「ええと、調布は東京だよな。位置でいうと……」

「誰か東京の地図を持ってこいっ」磯部が怒鳴った。

若手刑事が素早く動き、ドライブマップを穂積の前で開いた。その間に西口は、携帯電話で調布駅の場所を確認した。新宿から西に向かって十五キロ弱のところにある。

「被害者の自宅があるのは埼玉県鳩ヶ谷です」野々垣が話を再開した。「封筒の裏にもその住所が記されていますし、機構が作成した当選者リストの住所も、そのようになっております。ところが応募封筒が投函されたのは調布駅前なのです。その理由については、まだわかっておりません。以上です」

穂積はドライブマップを眺めた後、気難しい顔で首を捻った。

「大した理由でもないんじゃないか。何かの用があって調布に行って、ついでに投函した。そういうことじゃないのか」

「その可能性もあるとは思いますが」珍しく磯部が課長への反論を試みた。「被害者の奥さんに電話で尋ねたところ、被害者が調布に行く理由について、全く心当たりがないということなんです。親戚も知り合いもいないということですし。また、埼玉県鳩ヶ谷から調布市までは、ずいぶんと距離があります。被害者は車を持っておりませんから、電車で移動したと思われます。その間、投函するチャンスはいくらでもあったはずです。それなのになぜ調布駅前の消印なのか……いやもちろん、なかなかポストが見つからなかったということも考えられるわけですが」

穂積は黙っている。磯部の意見に、ある程度の妥当性を感じているようだ。やがて穂積は全員を見回した。「この件について、何か意見のある者はいないか」

数秒間の沈黙の後、はい、と低い声が聞こえた。元山が遠慮がちに手を挙げていた。どうぞ、と穂積は促した。

「なぜ被害者が調布市に行ったのかは不明ですが、その時にデスメックの説明会について知ったんじゃないでしょうか。もしかしたら誰かから教わったのかもしれません。被害者はどうしても参加したいと思い、忘れないうちにと、その場で申込書を作成した。そして調布駅から電車で帰る途中、駅前の郵便局に投函した。そう考えるのが自然だと思います」

話を聞いていて、なるほど、と西口も納得した。それならありそうだ。

同様の感想を抱いたらしく、穂積は頷いた。

「たしかに、それなら十分に考えられますね。そうなると、被害者が調布に行った理由というのが、俄然気になってくる」

「東京組に連絡しましょうか」磯部が身を乗り出した。

「そうしてくれ。被害者が、どこで説明会のことを知ったのか、なぜそんなに説明会に参加したかったのか、それを明らかにすることが事件解決に繋がるかもしれん。奥さんにも直接会って、改めて尋ねるよう指示してくれ」

「了解しました」上司の機嫌が良くなったことを感じ取ったのか、磯部の声は弾んでいた。

39

磨きあげられた濃紺の車体を目にし、草薙は口笛を吹きたくなった。駆動方式は2WD、燃費は15・8㎞／ℓ、総排気量3・5L、エンジンタイプはハイブリッド。価格を見て、思わず苦笑する。車に六百万円を出せるぐらいなら、まずは引っ越しを考える。

運転席側のドアに手をかけ、少し開いてみた。程よい重さを感じた後、閉めた。その音にも重量感がある。

「どうぞ、お乗りになってみてください」後ろから声をかけられた。薄いグレーのスーツに身を包んだショートカットの女性が、にこやかに微笑んでいた。

「ああいや、車を見に来たんじゃないんです」草薙は手を振った。同時に彼女が胸につけている名札を見ていた。小関《おぜき》、とあった。「あなたが小関さんですね」

はい、と彼女は笑みを浮かべたままで答えた。「警視庁の……」

「草薙です」素早く警察のバッジを提示し、すぐにしまった。

彼女――小関玲子は一瞬目を見開いた後、「どうぞこちらへ」といって応接用のテーブルまで案内してくれた。

「お飲み物は何がよろしいですか」小関玲子が尋ねてきた。

「いえ、結構です。どうかお気遣いなく。何度もいうようですが、お客さんではないので」

「遠慮なさらないでください。コーヒーでいいですか。それとも冷たいウーロン茶とか」

「じゃあ、ウーロン茶を」

「かしこまりました」小関玲子は一つ頷いて下がっていった。

どうやら迷惑がられてはいないようだ。草薙は吐息をつき、テーブルの上を見た。新車のカタログが立ててあった。

午後一時を少し過ぎていた。草薙が来ているのは、江東区にあるカーディーラーだった。目的は無論、小関玲子に会うためだ。

今朝早く、川畑成実が通っていた私立中学校に行き、卒業アルバムと名簿を見せてもらった。

中学生時代の彼女は、ややきつい印象の顔立ちをしていた。ただし、今頃はきっと美人になっているだろうと予想させるタイプだった。

川畑成実は軟式テニス部に所属していた。同じ学年には彼女のほかに三人の女子部員がいた。草薙は名簿を頼りに、その三人の家を訪ねてみることにした。一軒目は留守だった。二軒目は両親が在宅していたが、本人は結婚して仙台にいるということだった。三軒目に訪ねたのが小関玲子の家だった。母親がいて、娘は江東区のカーディーラーで働いているといった。至急会いたいのだがというと、その場で母親は電話をかけてくれた。午後一時過ぎなら大丈夫だといっております——親切な母親はそういった後、やや不安そうな顔で何の捜査なのかを訊いてきた。

御心配なく、お嬢さんには全く関係のないことです——草薙は笑顔で答え、辞去したのだった。

小関玲子がトレイにグラスを載せて戻ってきた。どうぞ、と草薙の前にグラスを置いてから、ようやく向かい側に腰を下ろした。

「お忙しいところ、申し訳ありません」草薙は改めて詫びた。

「あの後、母がまた電話をかけてきたんです。どういう事件の捜査なのか、できれば訊いておいてくれって。うちの母、二時間ドラマの大ファンなんです」

「ははあ、二時間ドラマですか」

「本物の刑事さんに会ったのは初めてだといって興奮してました。まあ、そういう私も少し楽しみにしてたんですけど」小関玲子はウーロン茶を一口飲んだ。「で、どういう事件なんですか」

「それを話すのは勘弁していただけますか」

「やっぱりだめですか。残念」そういいながらも楽しそうだった。

「伺いたいのは、中学時代のことなんです。小関さんは軟式テニス部に所属しておられましたよね」

「へえ、そんな昔のことなんだ。はい、入ってましたけど」

「川畑さんという方を覚えておられますか。川畑成実さんです」

小関玲子の顔が、ぱっと明るくなり、目の輝きが増した。

「成実？　もちろん覚えてます。ああでも、ずいぶん話してないなあ」

「中学卒業後も連絡を取り合っておられたのですか」

「取ってましたよ。私はそのまま高等部に上がったんですけど、彼女は家の事情があって、遠くに引っ越していったんです。でも、時々電話で話してました。といっても、ここ十年ぐらいは途絶えてるかなあ」小関玲子は首を傾げた後、はっとしたように草薙を見つめてきた。「もしかして、成実が何かの事件に関わってるんですか」

「いえいえいえ」草薙は大急ぎで手を振った。笑いを添えることも忘れない。「川畑さん御本人は関係ありません。知りたいのは、川畑さんが住んでおられた町のことでして」

「町？」

「当時の川畑さんの住所は北区王子本町だったんです。でも川畑さんは、ほかの家から中学に通っておられたはずです。御存じありませんか」

小関玲子は眉間に皺を寄せて考え込み始めた。十数年前のことだ。忘れていても不思議ではない。そもそも、同じ部に属しているからといって家まで知っているとはかぎらない。

無理かな、と草薙が諦めかけた時、不意に彼女は顔を上げた。「そうだ」

「何か思い出しましたか」

「何度か彼女の家に行ったことがあるんです。王子とかじゃなかったです」

「どこでしたか」

「正確な場所は覚えてません。でも、降りた駅なら覚えています」

「どこの駅ですか」

草薙の問いに対し、小関玲子はきっぱりと答えた。「荻窪駅です」

胸の内側で心臓がひと跳ねした。だが草薙は表情が変わるのを辛うじて堪えた。

「荻窪駅……もう少し詳しいことは思い出せませんか。駅からどっちの方角に歩いたとか」

うーん、と小関玲子は唸った。

「駅から少し歩いたことは覚えています。たしか、成実は駅まで自転車で行っていたと思うんですけど」自信のなさそうな口ぶりだ。

「一軒家でしたか」

「そうです。そんなに大きな家ではなかったと思います」

「こちらに地図はありませんか。ドライブマップか何か」

「あると思います。少々お待ちください」小関玲子は立ち上がった。

彼女が奥に消えるのを見送りながら、草薙はウーロン茶を飲んだ。ネクタイを緩めたのは、身体が熱くなっているからだ。

間もなく戻ってきた小関玲子はノートパソコンを抱えていた。

「このほうが楽に調べられます」彼女はパソコンを使ってインターネットにアクセスし、荻窪駅周辺の地図を表示させた。

「いかがですか。何か思い出せそうですか」草薙は訊いた。

しばらく画面を睨んでいた小関玲子だったが、結局は力なく首を振ることになった。

「ごめんなさい。やっぱり思い出せそうにありません。入り組んだ道を歩いた覚えはあるんですけど、ただ成実の後をついていっただけなんで、周りのことなんかあまりよく見ていなかったと思います」

「そうですか」

無理もない話だ、と思った。ここまで思い出してくれただけでも大収穫だ。

あの、と小関玲子はいった。「成実本人にお訊きになったらどうですか。私、連絡先を知ってます。引っ越しとかしていなければ、ですけど」

「あ、いや、それは」草薙は首を振った。「もちろん、川畑さんにもお訊きすることになると思います。ただ、なるべく多くの方からお話を伺いたいと思いまして。連絡先も承知しております。今は玻璃ヶ浦……ですよね」

「そうです。お父さんがあちらの出身で、たしか旅館を継ぐことになったんじゃなかったかな」

この点に関する小関玲子の記憶は正確だった。

「その引っ越しは急な話だったんでしょうか。それとも前々から決まっていたことでしたか」

「詳しい事情は知りませんけど、私たちとしては急な感じがしました。だって、成実も一緒に高等部へ上がると思っていましたから。本人もそんなふうにいってたんです。いずれお父さんが故郷の旅館を継ぐ時が来るかもしれないけど、正直いって自分はあまり行きたくない、こっちに残りたいって。高校を卒業した後も、独り暮らししてでも東京の大学に通うつもりだといってました。だから彼女があっさりと玻璃ヶ浦に行っちゃった時には、すごくびっくりしたんです」

「中学卒業後も連絡を取り合っておられたわけですよね。そのことについて、話をされたことはないのですか」

「あまり詳しくはしていません。彼女からは何もいわないので、いろいろと事情があるんだろうなと解釈していました」しんみりとした口調で話した後、小関玲子は訝しげな視線を向けてきた。「成実本人は事件とは関係ないという話でしたけど、彼女の家が引っ越したことが、何か関わってるんですか」

「いえ、そういうわけでもないんですが」

「何だか気になるなあ。十五、六年も前のことですよね。どういう種類の事件かってことだけでも教えてもらえませんか？　このままだと気になっちゃって、眠れなさそう」

「申し訳ありません。そういうルールになっておりまして」草薙は頭を下げ、腰を浮かせた。「お忙しいところありがとうございました。御協力に感謝します」

「捜査の足しになったのでしょうか」

「十分です。助かりました」草薙は出入口に向かいかけたが、途中で足を止めて振り返った。「今もいいましたが、川畑さん御本人からもお話を伺う予定です。その際、川畑さんには先入観のない状態で臨んでいただきたいのです。そこでお願いがあります。どうか今日のことは川畑さんには話さないでもらいたいのです。御本人にはいわなくても、人づてに伝わるおそれがあります。ほかの方に口外することも控えていただきたいのですが」

小関玲子は当てが外れたような顔を見せた後、悪戯っぽく微笑んだ。

「母ならいいですよね。だって、私が刑事さんと会っていることは知っているわけだし」

「できましたら、それも我慢していただけませんか」

「えー、帰ったらたぶん、根掘り葉掘り訊かれると思うんですけど」

「そこを何とかお願いします」草薙は頭を下げた。

「それじゃあ、まあ、何とか」小関玲子は頼りない口ぶりでいった。

彼女はふつうの客に対するように、草薙を正面玄関まで見送ってくれた。草薙は自動ドアをくぐり、外に出た。永代橋がすぐそばにある。

次の行動を考えながら歩きかけた時だった。刑事さん、と後ろから小関玲子が追ってきた。

「一つだけ思い出しました。四月になって間もなく、遊びに行ったことがあるんです。家の近くに公園があって、桜がすごく奇麗だったんです。お花見しようよといって、みんなで集まったんです」

「公園、桜……たしかですね」

「間違いないと思います。中学時代にお花見をしたのなんて、あの時だけだと思うし」

草薙は思考を巡らせた後、頷いて笑いかけた。「ありがとうございます。参考にします」

「でも、これも内緒なんですよね」彼女は人差し指を唇に当てた。

「お願いします」

草薙がいうと、わかりましたお仕事がんばってくださいね、といって彼女はショールームへ戻っていった。その姿を見送ってから、草薙は歩きだした。足がつい大股になってしまうのは、興奮しているからだ。

　荻窪、公園のそば――三宅伸子が殺された現場とキーワードが一致している。間違いない。川畑一家は、仙波事件と何らかの関わりがあるのだ。

　このことを湯川に知らせたほうがいいかもしれないと考えていると、携帯電話が震えた。歩きながら着信を確認した。内海薫からだった。彼女は塚原正次の妻に会いに行っているはずだ。住所不定のホームレスを入院させてくれるような病院を、塚原が知っていたかどうかを確かめるためだ。

「俺だ。収穫はあったか」電話を繋ぐなり訊いた。

「まだ何ともいえませんが、興味深い情報が得られました」

「奥さんから何を聞いたんだ」

「いえ、奥さんからではなく、県警の捜査員からです」

「県警？」

「私が行くと、二人の捜査員が奥さんから話を聞いているところだったんです。どちらも県警捜査一課の所属でした。同席を許されたので、横でやりとりを聞いていました」

「奴ら、何を調べに来たんだ」

「塚原さんと調布駅の繋がりについてです」

「調布駅？　何でまた、そんな場所が出てきたんだ」

「塚原さんが調布駅のそばから郵便物を投函したらしいんです」

　内海薫によれば、その郵便物とは玻璃ヶ浦で開催された海底資源に関する説明会への参加申込書だという。

「で、奥さんは何と？」

「ずいぶんと考え込んでおられましたけど、心当たりはないとのことでした。警視庁時代に行くことはあったかもしれないけれど、夫は家では仕事のことを一切話さなかったので、自分にはわからない――そうおっしゃってました」

塚原早苗の凜とした顔つきが浮かんだ。夫の仕事に無関心だったのではなく、自分の務めは夫が安心して仕事に没頭できるよう家を守ることだと心に決めていたのだろう。

「県警の連中は、ほかにどんなことを訊いていた？」

「目新しい質問はありませんでした。塚原さんと玻璃ヶ浦の繋がりについて、何か思い出したことはありますか、とか。もちろん、奥さんの答えはノーでした」

「おまえはどうだ。県警の連中から、何か情報を求められなかったのか」

「何のために奥さんに会いに来たのかと訊かれました」

「正直に答えたのか。病院について尋ねに来たって」

「答えたほうがよかったですか」

草薙は、にやりと口元を緩めた。「何と答えたんだ」

「アルバムを借りに来ました、と答えました。過去に塚原さんが玻璃ヶ浦に行ったことがあるのなら、写真が残っているかもしれない、ということで」

「なるほど。県警の奴ら、それで納得していたか」

「納得というより、拍子抜けした感じでした。警視庁も手伝ってくれていると聞いていたけど、まだそんなことをしているのかって。アルバムは、前回県警の捜査員が来た時、持ち帰ったそうです。彼等は、若い女の刑事が一人で動いていることにも失望しているようでした」内海薫の淡々とした口調は殆ど変わらないが、最後のほうでほんの少しだけ不満が滲み出ていた。

「まあ、気にするな。おまえのほうは、ちゃっかりと貴重な情報を手に入れているわけなんだから」

「気にしていません。草薙さんも貴重な情報だと思いますか」

「当然だろ。玻璃ヶ浦での説明会への申込書を調布の駅前から投函した。それは誰かと会った帰りだと俺は睨むね。その誰かが、玻璃ヶ浦と深い関係にある」

「同感です。それで私、すでに移動を始めています。この電話は、その事後報告です」

草薙は電話を握り直した。「調布に向かってるんだな」

「先程自宅に戻り、車で出ました。今はコンビニの駐車場にいます」運転中ではないということらしい。「調布駅周辺の病院を片っ端から当たってみます」

「任せた。県警の連中も、いずれ調布で聞き込みを始めるかもしれんが、病院という手がかりを持っている分、おまえのほうが圧倒的に有利だ。しっかり頼むぜ」

「わかりました。草薙さんのほうはどうですか」

「俺のほうか」唇を舐めた。「いろいろと収穫はある。それについては、そっちの仕事が終わってから教えてやる。気持ちが集中できなくなるとまずいからな」

「期待させますね」

「大いに期待してくれていい。じゃあな」実際のところ、あれこれ説明するほどには、まだ考えがまとまっていないのだ。さっさと電話を切った。

40

テーブルの上には鋏で三角形に切った紙が三枚置かれていた。三枚の紙を重ねて切ったので、すべて全く同じ形だ。湯川は二つの三角形をくっつけて平行四辺形を作った後、もう一つの三角形もくっつけて台形にした。

「これでわかるだろう。三角形の三つの内角を合わせると一直線になる。すなわち百八十度だ。これがすべての基本になる。四角形は二つの三角形に分けられるから内角の百八十の二倍、つまり三百六十度になる。同じように五角形の場合は――」

湯川は丁寧に説明してくれるが、恭平の頭の中には全く別の映像が浮かびつつあった。

昨夜のことだ。自分の部屋で寝る前に、伯父さんたちの部屋を覗きに行った。するとぼそぼそと話す声が廊下に漏れてきた。内容はまるでわからなかったが、一言だけ、はっきりと聞き取れた言葉があった。

あの先生は勘づいてるよ、というものだった。重治がいったのだ。

それを聞いた途端、恭平は足がすくんだようになった。膝ががたがたと震え、立っているのがやっとという有様だった。どうにかこうにか向きを変え、廊下を逆に歩き始めたが、足音をたてないようにするのが精一杯で、素早く動くことなどできなかった。

その後は部屋に戻り、布団にもぐりこんだ。とてつもない不安感が押し寄せてきて、いつまでも心臓がどきどきしていた。何ひとつ事情はわからない。大人たちはいつだって子供に本当のことを話さない。だが何かが起きようとしていることはわかった。しかもそれは決して良いことではない。良いことなら、伯父さんがあんな不吉な声で話したりはしない。

気がつくと湯川は黙り込んでいた。恭平は顔を上げた。物理学者は頰杖をつき、少年を見つめていた。何かを観察するような目つきだった。

恭平は頭を掻き、テーブルを見た。広げたノートにはいくつかの図形が描かれている。一番最後に描かれたのは九角形のようだ。

「九角形の場合、いくつの三角形に分けられるかと質問したんだが、その様子だと答えられそうにないな」

「あ、えーと……」あわててシャープペンシルを手にしたが、やり方がわからない。

「ひとつの角から、ほかのすべての角に線を引く。隣り合っている角には引けない。だから線は六本しか引けなくて、三角形は七つできる。内角の合計は、百八十かける七、千二百六十だ」向かい側に座っている湯川は、ノートを自分のほうに向けることなく数式を逆さまに書き込んだ。

「どうした？　今日の君は全く集中していない。そんなことではいつまで経っても宿題が終わらないぞ。何か気になっていることでもあるのか」

「そうじゃないけど……」適当な言い訳が思いつかずに口籠もっていると、傍らに置いたキッズケータイが鳴りだした。助かった、と思いながら手を伸ばす。だが表示されている番号は、心当たりのないものだった。

「どうした、出ないのか」湯川が訊いてきた。

「知らない番号からかかってきた時には出ちゃいけないっていわれてるんだ」

「ふうん。その番号というのは、もしかすると090――」湯川は、すらすらとある数字を述べた。「――じゃないか」

恭平はびっくりした。「そうだよ、ビンゴ」着信表示を見せた。

「だったら問題ない。私にかかってきた電話だ」湯川は恭平の手から電話を奪うと、すました顔で繋いだ。「もしもし、湯川だ。……ああ、大丈夫だ。その後何かわかったのか」話しながら腰を上げ、部屋を出ていってしまった。

何だよ、人のケータイを勝手に使うなよ――唇を尖らせながら恭平は立ち上がった。入り口のそばに立ち、ドアを少しだけ開いた。

湯川の背中が見えた。電話を耳に当てている。

「……そういうことか。荻窪でね。……ああ、おそらくそうだろう。思った通りだな。やはりあの家族には何かある。……うん、そうしてくれ」

恭平はドアを閉じ、足音を殺して元の場所に戻った。昨夜と同じように身体が震え始めている。

あの先生は勘づいてるよ――重治の声が蘇った。

41

滞在が六日目となると、夕食のメニューにも苦労するようになる。成実が後ろめたさを感じながら昨夜と殆ど同じような料理を並べていると、湯川が宴会場に入ってきた。「やあ、どうも」

「お疲れ様です。湯川さん、今日も調査船に？」

湯川は頷きながら座布団の上で胡座をかいた。

「ようやく実験らしきことができる環境が整った。一体いつになったら東京に戻れることやら」

「まだしばらくこちらに？」

「どうかな。デスメックの連中がきびきびと動いてくれれば、何日もかからないと思うんだけどね」

入り口で物音がした。恭平が入ってくるところだった。例によって湯川の向かい側に腰を下ろす。両手で持ったトレイの中央には、トンカツを載せた皿があった。

「いつもながら、そっちの料理もうまそうだな」

「だから、いつでも取り替えてやるっていってるじゃない」

湯川はふんと鼻を鳴らし、成実を見た。

「頼みがある。明日からは僕も彼と同じ料理にしてもらえないだろうか」

「えっ、でも、あれはうちの夕食で……」

「それがいいんだ。もちろん、その分宿代を下げろなんてことはいわない」

成実は膝の上に両手を置き、項垂《うなだ》れた。

「すみません。毎日同じような料理じゃ、飽きちゃいますよね。何とか工夫しようとは思ってるんですけど」

湯川は苦笑して箸を手にした。

「嫌味でいったわけじゃない。ここの海の幸なら、毎日でも食べていたい。ただ、そろそろ家庭的な味が懐かしくなってきてね」

成実は彼の顔を見返した。「それは、奥様の手料理が、という意味ですか」

湯川は肩をすくめた。「残念ながら僕は独身だ。だからこの場合の家庭的な味とは、自炊の味ということになる。もっとも、ここの厨房で作られれば、単なる家庭料理にしてもひと味違うのだろうけどね。料理は君が作ってるのかい」

「あたしも手伝いますけど、主に母が作っています。もっと忙しい頃は、ちゃんとした料理人もいたんですけど」

「お母さんが……」湯川は煮こごりに箸をつけた。「単なる料理上手というレベルじゃない。どこかで修業されたのかな」

「若い頃、小料理屋で働いていたことがあるそうです。その時に本格的に習ったとか」

「ふうん、その店は東京にあったのかな」

「だと聞いていますけど……」

「あっ、それなら僕も聞いたことがある」恭平が張り切った声を出した。「そこで伯父さんと会ったんだよね」

「伯父さんと？　それはつまり、こちらの御主人と奥さんが出会ったという意味かな」湯川が確認するように恭平と成実を交互に見た。

「そうだよ。――ね？」恭平が同意を求めてくる。

「まあ、なんかそういうことらしいです。あたしはよく知らないんですけど」

「それはそうだろうな。君が生まれる前のことだから」

「ここの料理を出してたんだって」恭平がさらにいった。

「ここの料理?」

「こっちの海で獲れた魚を仕入れて、その店で料理してたんだ。お父さんがいってたよ」

「そうなのかい?」

湯川の問いかけに対し、違うとはいえなかった。そうらしいです、とだけ成実は答えた。わけもなく胸騒ぎがし始めていた。

「なるほど。郷土料理店というわけか。故郷を離れて都会で働く人々にとっては、ありがたい店だっただろうな。ここの御主人も、懐かしさに惹かれたんじゃないか。で、運命的な出会いをしたというわけか」

「そんな大袈裟な話ではないと思いますけど」

「君のお父さんのほかにも、その店に通っていた人は多かったんじゃないかな。そういう話を聞いたことはないか」

「さあ、それは……」成実は腰を上げることにした。「昔のことだし、その頃の話って、あまり聞いたことがないので」笑顔を作ろうとするが、頬が微妙に引きつってしまう。

どうぞごゆっくり、といって逃げるように宴会場を出た。

ロビーを通る時、壁の絵を見て思わず足を止めた。昨夜、湯川からいわれたことを思い出した。あの物理学者は、この絵が東玻璃で描かれたものだということに気づいている。そのうえで、さっきの質問だ。成実は後悔した。節子が小料理屋にいたことなど、話すべきではなかったのかもしれない。

湯川は何を知っているのだろう。どこまで気づいているのだろう。警視庁のクサナギとかいう友人と、一体どんなやりとりを交わしているのだろう。

重たい気持ちを引きずりながら厨房に戻りかけた時、フロントカウンターの上の電話が鳴った。どきりとし、次に嫌な予感がした。クサナギが電話をかけてきた時のことを思い出した。

喉に痰が絡んでいた。空咳を一つしてから受話器を取った。「はい、『緑岩荘』です」

「もしもし、ちょっとお伺いしたいんですけど、そちら、川畑さんのお宅でもありますよね」若い女性の声だった。丁寧な話し方をする。

「そうですけど、どちら様でしょうか」

相手の女性は一拍置いてから、「オゼキといいます。オゼキレイコです。川畑成実さんは御在宅でしょうか」といった。

自分の名前をいわれ、成実は大急ぎで脳内のアドレスブックを探った。小関玲子の顔が出てくるまでに三秒とはかからなかった。

「玲子……どうして？　あたしよ。成実」

あー、という声が聞こえた。「やっぱりそうだ。最初に声を聞いた時、そうじゃないかなと思った。久しぶりだよねえ。元気？」

「うん、まあまあ元気」

中学時代の同級生からの突然の電話に、成実の気持ちは一旦は高揚した。だが次の瞬間には、不吉な風が胸中を横切っていた。なぜ今頃になって電話をかけてきたのだろう。

「十年ぶりぐらいだよね。連絡したいなあとは思ってたんだ。だけど、なかなかきっかけがなくて。仕事のほうも結構忙しいしさあ。今、ディーラーに勤めてるんだ」

「へえ、いいじゃない」受け答えをしながら成実は苛立ちを覚えていた。きっかけがなくて連絡しそびれていた。では今夜は、何をきっかけに電話をかける気になったのか。

「成実は今、何やってるの？　そこにいるってことは、まだ一人なんだよね」

「うん。家を手伝ってる」

「そうなんだ。ねえ、知ってる？　ナオミなんてさあ、もう子供が二人もいるんだよ。しかも旦那がとんでもなく情けないやつでさあ」

中学時代の部活で一緒だった友人たちに関する話が始まった。近況報告というところだ。聞いていて、それなりに楽しくはあるが、やはり集中できない。なぜ電話をかけてきたのか、それを早く知りたい。

適当に相槌を打っていると、「そっちはどう？」と突然訊かれた。「どんな感じなの？　何か変わったこととかある？」

「変わったことって？」

「何でもいいよ。身の回りでちょっとしたサプライズがあったとか」

妙なことを訊くんだなと思った。

「別にないよ。ふつうに生活してる」

「ふうん。じゃあ、あたしと一緒だね。あっ、もうこんな時間になっちゃってる。ごめんね。忙しかったんじゃないの？　仕事の邪魔しちゃったかな」

「ううん、大丈夫。ちょうど一段落したところだったし」

「それならよかった。じゃあまた連絡するね。あ、ケータイの番号を聞いとかなきゃ」

お互いの番号を教え合った。このまま電話を終える気かなと成実が思った時だった。あのさあ、と玲子が躊躇いがちにいった。「たしか、荻窪だったよね」

「えっ？」どきりとした。「何が？」

「成実の家。たしか、荻窪駅の近くだったよね」

「そうだけど、それがどうかした？」

「ううん、何でもない。ふと思い出したから、確かめてみただけ。じゃあ、またね」

「うん、電話ありがとう」電話が切れる音を聞き、成実は受話器を置いた。だがその手は震えている。

間違いない。何者かが小関玲子に尋ねたのだ。川畑成実は中学時代、どこの家で暮らしていたのか、と。質問者がふつうの人間であったなら、玲子も特には気にしなかったかもしれない。だがそうでなかったから、彼女はわざわざ電話をかけてきたのだ。彼女は中学の時から好奇心旺盛な少女だった。

警察が動いているのだ。川畑成実が荻窪に住んでいた頃のことを調べようとしている。

足元がぐらつくのを感じた。立っているのも辛くなり、カウンターの脇でうずくまった。

42

麻布十番駅に着いた時には、午後九時を少し回っていた。この時間なら、さほど客は残っていないのではないかと見当をつけた。『KONAMO』の閉店時刻は午後十時だ。

ビルに近づき、外階段を見上げた。カップルらしき男女が出てくるところだった。彼等が下りるのを待って、草薙は階段を上がった。

ドアを開け、中を覗いた。レジカウンターにいた若い店員が何かいいたそうにして、言葉を呑み込んだ。草薙の顔を覚えていたらしい。

「何度もすまないね」

いえ、といって若い店員は奥に目を走らせた。赤いエプロンをつけた室井雅夫が近づいてくるところだった。

「もうすぐ手が空きますから、ちょっと待っててもらえますか」

「ええ。どうぞごゆっくり」草薙は、すぐそばの空いているテーブル席についた。

店内には三組の客が残っていた。いずれも会社員のグループと思われた。生ビールやサワーのジョッキが所狭しと置かれている。

草薙は、湯川との電話でのやりとりを振り返った。今日は二度、彼と話した。一度目は草薙から電話をかけた。夕方のことだ。前回話した時、連絡を取りたい時にはここにかけてくれといって、ある携帯電話の番号を教えてくれたのだ。一緒にいる可能性が高い人物の電話らしい。試しにかけてみると、何度か呼び出し音が鳴った後、たしかに湯川が出た。

草薙は、川畑重治が名古屋に単身赴任していた間、節子と成実は荻窪の一軒家に住んでいたらしいということを話した。仙波英俊が事件を起こした場所については、前回伝えてある。

「じつに興味深い話だな。時間的にも空間的にも、川畑親子と仙波事件はほぼ同じ座標上にあるわけだ」湯川は独特の言い回しをした。

「川畑一家の現状については、こちらではわからん。おまえのほうで仙波との繋がりを見つけられそうか」

「何ともいえないが、やってみよう。仙波の妻と川畑重治が同郷なわけだから、単純に考えれば、その二人がどこかで知り合った可能性が高いようにも思える。しかし今の話を聞いたかぎりだと、仙波事件の時、川畑重治は東京にはいなかったわけだから、案外川畑節子と仙波に繋がりがあるのかもしれない」

「それはありうる。川畑の女房ってのは、どんな女性なんだ」

「もし君が田舎臭いおばさんを想像しているのだとしたら、全くの的外れだ。化粧気はないのに垢抜けている。年齢より、ずっと若く見える。早くに家を出て、結婚前は東京で独り暮らしをしていたそうだ」

たしかに湯川の言葉は、草薙の頭にあった川畑節子のイメージを描き換えるものだった。彼が何をいいたいのかも、おぼろげにわかった。

「東京で若い女が独り暮らし……水商売をしてたんじゃないかってことか」

「水商売でなくても、何らかの接客業に就いていた可能性はあると思う」

「オーケー、よろしく頼むぜ」そういって電話を切った。

そして今から二時間ほど前、湯川からかかってきた。「小料理屋だそうだ」電話が繋がるなり彼はいった。

「小料理屋？」

「結婚前、節子は東京の小料理屋で働いていて、そこで川畑重治と出会ったらしい。しかも玻璃料理の店だったそうだ。重治は故郷の味を求めて、その店に通っていたということだろう」

「故郷の味か……」そう呟いた時、草薙の脳裏を刺激するものがあった。あっと声を漏らしていた。

「どうかしたか」湯川が訊いてくる。

草薙は舌なめずりをした。「おまえほどじゃないが、俺だって閃くことがある」

「ほう。是非、拝聴したいが」

確認したら教えてやる、とだけいって電話を終えた。すぐに『KONAMO』に来たかったが、客が混む時間帯だったので、今まで待っていたのだ。

室井雅夫がエプロンを外しながらやってきた。「どうもお待たせしました」

「たびたびすみません。昨日、お聞きした話について、確認したいことがありまして」

「ええと、どんな話をしましたっけ」

「亡くなった三宅さんと仙波英俊が、よく故郷の料理の話をしていたとおっしゃいましたよね。それはもしかすると、玻璃料理のことではないですか」

「玻璃？」室井は額に手を当て、少し考える顔つきをした後、今度はその手で右の膝を叩いた。「そうだった。銀座に玻璃料理の店があって、二人でそこへ行ったようなことをいってましたね。土産に、何か乾麺みたいなものを貰ったような気がするんですけど」

「乾麺？　もしかすると海藻うどんですか」草薙は訊いた。湯川から電話を貰った後、玻璃料理についてネットで調べてみたのだ。

「あ、そうそう。そんなようなものでした」室井の表情が明るくなった。

間違いない。仙波英俊も川畑節子が働いていた店に通っていたのだ。仙波だけではない。殺された三宅伸子も、節子と顔馴染みだった可能性がある。

その時、草薙の携帯電話にメールの着信があった。確認してみると内海薫からだ。本文を表示させ、目を見張った。『仙波が入院している病院を見つけました。これから戻ります。』とあった。

43

躊躇いつつも足は動いていた。何をどう切りだせばいいだろう。それも決まらないまま、成実は厨房を覗いた。中では節子が一人で包丁を研いでいた。壁の時計は十時過ぎを示している。

「お母さん」思いきって声をかけた。

余程集中していたのか、成実が入ってきたことに気づいていなかったらしく、節子はぎくりとしたように顔を上げた。「ああ、びっくりした」

「お父さんは？」

「えっ？　たぶんお風呂だと思うけど」

予想通りだ。もちろん、そう思ったから、この時間まで待っていたのだ。

「お母さんに訊きたいことがあるんだけど」

成実の言葉を聞き、節子は包丁を置いた。戸惑っている様子はない。むしろどこか冷めた表情だ。娘が何かをいいだすのを覚悟していたように感じられた。

「何？」節子は囁くような声で訊いた。

「さっき、中学時代の友達から電話があったの。特に用はなかったみたいなんだけど、最後に荻窪のことを訊かれた」

「荻窪？」節子は眉をひそめた。

「中学生の頃、家は荻窪にあったよねって。どうしてそんなことを訊くのか、ちゃんとした説明はなかった。でも、あたし、何となく見当がつく。彼女が、なぜそんな電話をしてきたのか」

「なぜだと思うの？」

節子の諦めたような顔を目にし、成実は胸が押し潰されそうになった。やはり自分の思い過ごしではないのだと確信し、絶望的な気持ちに襲われた。

涙声になりそうなのを懸命に堪え、彼女は口を開いた。

「あたしの想像だけど、彼女のところに誰かが訊きに来たんだと思う。中学時代、川畑成実はどこに住んでいたのか知らないかって。その誰かというのは、たぶん警察の人。それで彼女は気になって、あたしに電話をかけてきたってわけ」

「どうしてそんなふうに思うの？」節子がぎこちない笑みを浮かべる。「その友達が、ふと電話をかけてみようと思いたっただけかもしれないじゃない」

成実は首を振った。

「そうは思えない。タイミングがよすぎるもの」

「タイミング？」

「あたし、西口君から聞いたの。殺された塚原さんって、前は東京で刑事をしていたって。しかも殺人事件を担当する捜査一課にいたそうよ」

節子の顔から不自然な笑みが消えた。「それがどうしたの……」

「その後、湯川さんからは別の話を聞いた。塚原さんは、東玻璃の別荘地にいるところを目撃されてるんだけど、そこには昔塚原さんが逮捕した殺人犯の家があったんだって。湯川さんは警視庁の捜査一課に友達がいるのよ。だからその人から聞いたんだと思う。その殺人犯って……たぶんあの人よね」

「なるみっ」節子が目元を険しくした。「その話はしない約束よ」

「そんなことといってる場合じゃない。どういうことなのかわけがわからないけど、警視庁は確実に動いてる。あたしたちのことを調べてる。ねえ、本当のことを教えて。お母さんは知ってるんでしょう？　塚原さんはどうしてうちに来たの？　あの夜、一体何があったの？　お父さんはその時どうしてたの？」

節子は苦悶の色を浮かべ、唇を嚙んで俯いた。その様子を見つめながら、教えて、と成実は繰り返した。

やがて意を決したように節子が顔を上げた。だが言葉を発する前に、大きく目を見開いた。彼女の視線は成実の背後に向けられていた。

成実はおそるおそる振り返った。ランニングシャツ姿の重治が、首からタオルをかけて立っていた。右手で杖をついている。

「そんな大きな声で話してたら、外に聞こえるじゃないか」のんびりとした口調でいうと、重治は杖をつきながら入ってきた。冷蔵庫からウーロン茶のペットボトルを出し、そばにあったコップに注いで、旨そうに飲んだ。その様子から、話の中身は聞かれていないのだろうか、と成実は思った。

節子は俯いたままで黙っている。成実も発すべき言葉が見つからなかった。

重治はウーロン茶を飲み干すと、はあーっと大きくため息をついた。そして、「もう、無理かもしれんなあ」といった。

成実は父の顔を見た。「無理って？」

「あなた……」

「おまえは黙ってろ」重治は重々しい口調で節子を制した後、成実に穏やかな笑みを向けてきた。「話しておかなきゃいけないことがある。とても大事な話だ」

44

約束したファミレスに入ると、一番奥の席に内海薫の姿があった。近づいてきた店員を手で制し、草薙は奥に進んだ。

携帯電話をいじっていた内海薫が、彼に気づいて電話を折り畳んだ。周囲を見回してから、はっとしたように口を開いた。

「すみません。つい、禁煙席に来ちゃいました。移りましょうか」

「いや、ここでいい。今夜はおまえを優先だ。長時間の聞き込みで疲れただろう」

ウェイトレスがやってきた。メニューを見ることなく、ドリンクバーを、と注文した。すでに内海薫の前にはコーヒーカップが置かれている。

草薙はドリンクバーでコーヒーを取ってくると、改めて彼女の向かい側に座った。

「では報告を聞こうか。どうやって見つけた」

「正攻法です。調布駅周辺の病院を片っ端から当たることにしました。といっても入院設備のあることが条件ですから、さほど多くはありません。五つ目の病院で、受付の女性に塚原さんの写真を見せたところ、確かに何度か来たことがあるという証言が得られました」

「やったじゃないか。どういう病院だ」

内海薫は病院のパンフレットを出してきた。『柴本総合病院』という名称だった。

「中規模の総合病院です。ここの特徴はホスピスがあることです」

「ホスピスっていうと……」

内海薫はパンフレットの一部を指した。

「緩和ケア病棟のことです。何を緩和するのかというと、痛みです。基本的に、この病棟に入るのは末期癌患者だけです」

草薙は口元に運びかけていたカップをテーブルに戻した。「癌なのか？　仙波は」

「今日は院長にも担当の先生にも会えなかったので詳しいことはわかりませんが、仙波がホスピスにいることはナースから聞きだしました。ホスピスにいるということは、末期癌か、それに近い状態だということだと思います。ただし、どういった種類の癌かは教えてもらえませんでした」

「仙波には会ったのか」

内海薫は首を振った。

「午後六時以降、家族以外は会えないそうです。ただ、塚原さんは仙波の家族と同等と見なされていて、六時以降の面会も許されていたとか。受付の女性によれば、入院費等は塚原さんが支払っていたようです」

「塚原さんと、その病院の関係は？」

「わかりません。ただ、院長と塚原さんが親しそうに話しているところは、看護師らが何度か目撃しています」

草薙は味の薄いコーヒーを一口飲んでから、うーんと唸った。

「おまえが睨んだ通り、そこは塚原さんが個人的に顔の利く病院なのかもしれないな。問題は、なぜそうまでして塚原さんは仙波の面倒を診ていたのかだ。住所不定の人物を捜し出し、病気だと知れば治療費や入院費まで出してやる——並大抵の理由がなければ、そこまではやらないだろう」

「同感です」内海薫は真剣な眼差しを返し、細い顎を引いた。その表情に迷いや戸惑いの色はなかった。

草薙は腕組みをし、椅子にもたれて彼女を見つめた。

「おまえには何か考えがあるようだな。なぜ塚原さんがそこまでやるか、薄々見当がついてるって顔だ」

「そういう草薙さんはどうなんですか」

草薙はふんと鼻を鳴らした。

「もったいをつけるには十年早いぜ。何か考えてることがあるのなら、さっさとしゃべっちまえよ」

「もったいをつける気はありません。多々良管理官の話の通りです。塚原さんは仙波事件のことが、ずっと心に引っ掛かっていたのだと思います。仙波を逮捕することで事件は終わったけれど、じつは何かとても重要な真相が隠されたままになっていた――塚原さんはそう感じておられたのではないでしょうか」

草薙は組んでいた両腕を、そのままテーブルに載せた。後輩の女性刑事を下から眺めた。

「何だよ、とても重要な真相って。そこまでいうなら、全部話したらどうだ」

内海薫は逡巡の気配を見せた後、つんと鼻先を上げてから首を振った。

「根拠のない想像を迂闊には口にできません」

草薙は苦笑し、指で鼻の下を擦った。

「警視庁に身を置く者としては、たしかに迂闊にはいえない。だけど、こういう情報があるとしたらどうだ」周りを見回した後、声を一層低くして続けた。「川畑重治の女房と娘が、以前どこに住んでいたのかを突き止めたぜ。正確な住所は不明だが、最寄り駅はわかった。荻窪駅だ」

内海薫の切れ長の目が一瞬見開かれた。瞳の光が増したようにも見えた。

「十六年前の事件には川畑一家が絡んでいた――これが重要な真相ってやつじゃないのか。では、一体どう絡んでいたか」草薙はにやりと口元を緩めた。「ここから先は、まだいわないほうがよさそうだな」

45

恭平は泥の山を崩していた。懸命に両手を動かしていた。しかし崩しても崩しても、泥はむくむくと盛り上がってくる。その勢いは、次第に強まってくるようだ。

泥の高さはとうとう恭平の背丈を超えた。そして次には形を変え始めた。人間のような形だ。恭平は逃げだした。その泥人形が追ってくることを知っているからだ。ところが足はちっとも前に進まない。仕方なく、その場でうずくまった。すると泥人形は下から覗き込んでこようとする。泥人形の顔がとても恐ろしいことも恭平は知っていたから、固く目をつぶった。泥人形は自分の顔を恭平の顔に押しつけてきた。忽ち息が苦しくなる。それでも瞼を閉じていた。絶対に開いちゃいけない――。

たまらず溜まっていた息を吐き出した。顔に泥を押しつけられる感触が別のものに変わった。押しつけられているのは、もっと柔らかいものだ。

おそるおそる目を開けた。恭平は布団の上にいた。頭が枕から落ち、顔を布団に埋めるようにして寝ていた。よかった、夢だ。

ゆっくりと起き上がった。パジャマが汗でぐっしょりと濡れている。

頭がぼんやりしたまま、卓袱台の上の携帯電話を取った。時刻を見て、少し驚いた。間もなく午前十一時になろうとしている。こんなに遅くまで寝ていたのは、ここへ来てからは初めてのことだ。

恭平は服を着替え、部屋を出た。おなかがすいていた。エレベータで一階に下り、宴会場に向かいかけて足を止めた。この時間だ。湯川はとうの昔に朝食を済ませてしまっただろう。ロビーを横切り、伯父さんたちの部屋に向かった。すると、誰かの話し声が聞こえてきた。ぎくりとして立ち止まった。一昨日の夜のことが蘇る。あの先生は勘づいてるよ、といった重治の声が今も耳に残っている。

恭平は足音を殺し、入り口に近づいた。襖に耳を近づけようとした時、「どうしてそんなことに」と誰かがいった。恭平はびっくりした。彼がとてもよく知っている男性の声に酷似していたからだ。その人物が、今ここにいるわけがないのだが——。

「迷惑をかけて、本当に申し訳ないと思うよ」重治の声だ。

「いや、俺に謝ってもらってもしょうがないんだけど」

間違いなかった。恭平は襖を開けた。

重治と節子が並んで座っていた。どちらも驚いた顔をしている。そして彼等と向き合っている人物が振り返った。恭平の父、敬一だ。ジーンズにTシャツという出で立ちで、傍らに旅行バッグを置いている。

「恭平……おまえ、いつからそこにいたんだ」

「今、来たとこ。お父さん、どうしてここにいるの？」

「どうしてって、そりゃあ、恭平を迎えに来たんじゃないか」

「もう？　大阪の仕事は終わったの？　お母さんは？」

「仕事は、まだ終わってない。お母さんは向こうに残っている。だから、大阪へ行くぞ」

「大阪へ？　僕も？」恭平は当惑した。

「そうだ。もうそんなに忙しくないから、ホテルで留守番ってことは、そうはないと思う。それに恭平だって、そろそろ宿題に本腰を入れなきゃいかんだろ。お父さんたちがそばにいたほうがいいんじゃないか」

恭平は父親の顔を見返した。様子が変だと思った。わざわざ迎えに来るからには、余程の理由があるに違いない。それは何だろう。だがその質問を発せられなかった。答えを聞くのが怖かったのだ。

「今すぐに大阪へ行くの？」

「いや、それは……」敬一は重治と節子のほうを見てから、恭平に視線を戻した。「すぐではなくて、夜まではこっちにいることになると思う。いや、もしかしたら出発は明日の朝になるかもしれないな」

「明日？」

「いろいろとやらなきゃいけないことがあるんだ。それで、ほかに宿を取ったから、恭平もそっちに移ってくれ」

「どうして？　ここに泊まればいいじゃない」

「ごめんね、恭平ちゃん」節子が笑いかけてきた。「うちもちょっと、都合が悪いの」

すまんな、と重治もいった。

ふうん、と頷き、恭平は襖を閉めた。廊下を歩き、ロビーに出た。壁の時刻表を見て、足を止めた。ふと疑問が浮かんだ。

この時間に玻璃ヶ浦へ着くには、大阪を何時に出ればいいのだろう。詳しくはわからないが、すごく早い新幹線に乗らねばならないのではないか。なぜお父さんは、そんなにあわててやってきたのだろうか——。

46

内海薫の愛車は臙脂《えんじ》色のパジェロだ。捜査に自分の車を使用することはなるべく避けるよう上からいわれているが、彼女はあまり意に介していないようだ。自分がそうなので、草薙も注意する気はない。それどころか、今日は助手席に便乗している。

調布ICを出て、十分ほど走ったところに件《くだん》の病院はあった。クリーム色をした四角い建物と、灰色の細長い建物が並んでいる。灰色のほうがホスピスだと内海薫がいった。

駐車場に車を止め、正面玄関から病院に入った。エアコンの効いた空気が心地良い。待合室には長椅子が並んでおり、ざっと見たところ十数名が座っていた。全員が患者なのかどうかはわからない。

内海薫がインフォメーション・カウンターに向かった。今日、院長がいることは事前に電話で確認してある。問題は会ってくれるかどうかだ。

係の女性は、どこかに電話をかけ始めた。少し話した後、受話器を内海薫に渡した。内海薫は草薙のほうを振り返りながら電話に出た。神妙な顔つきで、何やら話している。

やがて電話を終え、係の女性と二言三言交わした後、内海薫は戻ってきた。安堵の表情が見て取れた。

「院長が会ってくださるそうです。院長室は二階です」

「電話で話していたみたいだな」

「今日は忙しく、急な用件でないなら日を改めてほしいといわれたんです」

「それで何といったんだ」

「塚原正次さんのことでお訊きしたいことがあるといいました。やはり院長は個人的に塚原さんのことを御存じだったようです。塚原さんがどうしたのかと訊かれました」

「殺されたことは知らないのか」

「そのようです。亡くなったと答えたところ、そういうことならこちらも話を聞きたいと。かなり驚いている様子でした」

「知らなかったのなら驚くだろうな。じゃあ、早速行こう」

階段で二階に上がり、廊下を歩いた。事務局という札の出た部屋の隣が院長室になっていた。草薙がノックをすると、どうぞ、と男性の声が返ってきた。

ドアを開けた。眼鏡をかけた初老の男性が白衣姿で立っていた。大柄で、白いものの混じる髪を短く刈り込んでいる。眼鏡の奥の目は、やや斜視気味だった。

草薙は警察バッジを示した後で名刺も出し、自己紹介した。院長も名刺を出してきた。柴本総合病院院長、柴本郁夫とあった。

室内には簡単な応接セットが据えられていた。草薙たちは勧められるままにソファに腰を下ろした。

「塚原さんがお亡くなりになったとか。驚きました。いつのことです」柴本は二人の刑事を交互に見た。

「遺体が見つかったのは、五日ほど前です。玻璃ヶ浦というところです」

「玻璃ヶ浦？　そんなところで……」

「こちらの新聞には出なかったと思います。岩場で倒れているところを発見されたんです。事件性があるかどうかは、まだ不明です」不必要に警戒させるのは得策ではないと考え、そういった。

「そうですか。しかしそうなると、ちょっと困ったな」独り言のように呟いた。

「困った？　何がですか」

「ああいえ、こっちのことです。それで、私に訊きたいことというのは？」

草薙はやや胸を張るように背筋を伸ばしてから、柴本の目を正面から見つめた。

「こちらに仙波英俊が入院していますよね。そして彼が入院できるよう取り計らったのが塚原さん。我々はそう考えているんですが、事実と反していますか」

柴本は戸惑いの色を浮かべたが、動揺している様子はなかった。すぐに小さく頷いた。

「いえ、その通りです。間違いありません」

「いつ頃のことですか」

「四月の終わり頃、だったかな」

草薙は頷いた。五月以降、上野公園の炊き出しで塚原の姿が見られなくなった、という話と一致する。

「失礼ですが、先生と塚原さんとはどういった御関係ですか」

柴本は考えをまとめるように黙り込んだ後、徐《おもむろ》に口を開いた。

「二十年ほど前、うちで医療過誤騒ぎが起きたことがあります。医師の判断ミスで患者を死なせてしまったが、病院ぐるみで隠蔽した——そういう内部告発があったのです。通常、医療過誤というのは、それがあったことを証明するのはなかなか難しいのですが、あの時は逆でした。病院にとって不利な材料ばかりが出てくる。懸命に無実を主張しようとしましたが、証拠となるはずの資料をなぜか紛失していたりして、追い込まれる一方です。当時の院長は父でしたが、連日の取り調べで、日に日にやせ細っていくのがわかりました」

そんな窮地から救ってくれたのが塚原正次だった。彼は地道な聞き込みを重ね、ついに内部告発者を突き止めた。正体は手術に立ち会ったベテラン看護師だった。本人によれば、日頃から自分の待遇に不満を持っており、退職する前に病院を困らせてやろうと企んだのだという。

「何とも幼稚な動機でしたが、病院が追い込まれたのは事実です。真相が不明のままでは、仮に医療過誤の件が不起訴になったとしても、イメージダウンは免れなかったでしょう」柴本は穏やかな口調で締めくくった。

「それだけ恩のある塚原さんの頼みだから、住所不定のホームレスを連れてこられた時も、無下に断るわけにはいかなかった、ということですか」

柴本は一瞬不本意そうな表情を浮かべたが、すぐに口元を緩めた。

「塚原さんでなければ、事務局の連中を説得するのは難しかったでしょうね」

「塚原さんは、仙波のことをどのように説明しておられましたか」

「詳しい説明はありません。古くから付き合いのある人間だとおっしゃっただけです」

「病院の費用はすべて塚原さんが？」

「ええ。あの人は一文無しのようですから」

「先程、ちょっと困ったとおっしゃったのは、そのことですね」

「まあ、そうです」

「病状は、どんな具合なのですか。聞くところによるとホスピスに入っているそうですが」

柴本は眉間に皺を寄せ、口をへの字にした。

「患者の病状を口外するのはタブーなのですが、この場合はやむをえんでしょうね。おっしゃる通り、緩和ケア病棟にいます。病名は脳腫瘍です」

「脳……」意外だった。末期癌と聞き、膵臓癌や胃癌を想像していた。

「悪性なんですね」そう訊いたのは内海薫だ。

柴本は険しい顔で顎を引いた。

「塚原さんに連れてこられた時、すでにかなり進行していました。辛うじて歩くことはできましたが、杖が必要でした。栄養状態も悪く、衰弱がひどかった。塚原さんの口ぶりでは、ホームレス仲間に介護してもらっていたようですが、もし塚原さんに発見されるのが一週間遅れていたら、危なかったかもしれない」

聞いているだけで気分が重たくなるような話だった。

「助かる見込みは？」

柴本は肩をすくめた。

「あれば、あの病棟にはいません。手術も不可能、というより、手術する意味がないという状況です」

草薙はため息をついた後、身を乗り出した。「現在、意思の疎通はできますか」

「コンディションによります。本人にお会いになりますか」

それが本来の目的だ。できれば、と即答した。

「少々お待ちください」

柴本は立ち上がり、後方の机で電話をかけ始めた。ぼそぼそと短い会話を交わした後、受話器を持ったままで草薙たちを見た。

「看護師によれば、今日は体調が良いそうです。今なら面会も可能のようです」

「では、お願いします」草薙はいった。

柴本は頷き、再度電話でやりとりしてから受話器を置いた。

「緩和ケア病棟の三階に談話室という部屋があります。そこで待っていてください」

わかりました、といって草薙は内海薫と共に腰を上げた。

院長室を出て、一旦一階に下りてからホスピスに向かった。こちらのほうが幾分建物が新しいようだ。ガラスの自動ドアをくぐった瞬間、一層深い静寂に包まれた。見渡したが待合室もインフォメーション・カウンターもなかった。樹木に似た金属製のオブジェが置かれているだけだ。説明書きによれば、輪廻転生をモチーフにしているのだという。

エレベータで三階に上がり、壁に貼られた配置図を参考に廊下を歩いた。談話室という表示が出た入り口の前に、ピンクがかった白衣を着た看護師が立っていた。小柄なので若く見えるが、年齢は三十過ぎというところか。

「院長室から来られた方ですね」看護師が尋ねてきた。胸の名札には、安西とあった。

「そうです。お手数をおかけします」

草薙は警察のバッジを出そうとしたが、安西看護師は、必要ないとでもいうように手で制してきた。口元に笑みが滲んでいる。

「この部屋でお待ちください。今、お連れしますので」

「あ、はい」

彼女が立ち去るのを眺めた後、草薙たちは談話室に足を踏み入れた。小さなテーブルが二つ置かれ、それらを囲むようにパイプ椅子が並んでいる。ほかに人はいない。

草薙は手近な椅子に腰掛け、室内を見回した。飾りっ気が一切ない、殺風景な部屋だ。壁に唯一かかっているのは丸い時計だ。秒針の音が耳に届いた。

「静かだな。ここだけ時間の流れ方が違っているような気さえする」

「わざとそうしてあるんじゃないですか」内海薫がいった。

「わざと？　どうして？」

「それは――」やや迷いを見せた後、彼女は続けた。「ここにいる人たちは皆、残された時間がそう長くはないから……」

「ああ……」草薙は頷き、椅子にもたれた。返す言葉が思いつかなかった。

二人で黙り込んでいると、どこからか物音が聞こえてきた。何かを擦るような音だ。やがて、床の上をキャスターが転がっている音だと草薙は気づいた。

音が止まり、入り口の引き戸が開けられた。安西看護師が、車椅子を押しながら入ってきた。

車椅子に乗っているのは、ひどく痩せた老人だった。皺だらけの皮膚は骨に張り付き、頭蓋骨の形状がくっきりとわかる。首は羽をむしられた鶏を思わせるほど細く、ぶかぶかのパジャマの袖から覗く手は枯れ枝のようだった。

草薙と内海薫は立ち上がっていた。安西看護師は二人の前まで車椅子を進めた後、ストッパーをかけた。

老人は真正面を向いたままで、殆ど動かなかった。だが窪んだ眼窩の奥にある黒目は、かすかに揺れている。草薙は腰を屈め、その目を覗き込んだ。「仙波英俊さんですか」

老人の細い顎が動いた。はい、と答えた。かすれてはいたが、思ったよりもしっかりとした声だった。

草薙は警察のバッジを老人の顔の前に差し出した。

「我々は警視庁捜査一課の者です。塚原正次さんを御存じですね」

仙波は瞬きを何回かした後、はい、と頷きながらいった。その顔を見ながら草薙は告げた。

「塚原さんは亡くなられました」

落ち窪んだ目が大きく見開かれた。黒目は宙を睨んでいる。顔は土気色だったが、目元だけが急に赤らんできた。口が小さく開いた。「いつ？　どこで？」懸命に尋ねてきた。

「数日前です。場所は、玻璃ヶ浦というところです」

「玻璃……」仙波は目を開いたり細めたりした、そのたびに顔中の皺が微妙に変化した。やがて、おおお、という呻きとも小さな叫びともつかぬ声が漏れた。だが姿勢は殆ど変わらない。前を向いたままだ。

「まだ確定ではありませんが、塚原さんは殺された可能性があります。それについて、何か心当たりはありませんか」

仙波の目は草薙のほうに向けられていたが、明らかに焦点が合っていなかった。塚原の死を知り、激しく動揺している。

「仙波さん。なぜ塚原さんが玻璃ヶ浦へ行かれたのか、御存じないですか。玻璃ヶ浦といえば、あなたの奥さんの実家から近いですよね。そのことと何か関係があるんですか」

仙波の口元が、ぴくぴくと細かく動いていた。独り言を呟いているようだったが、言葉を発するべきかどうかを迷っているようにも見えた。

草薙が改めて質問を繰り返そうとした時、仙波がかすかに首を捻った。さらに左手をほんの少しだけ上げた。するとそれは何かの合図だったらしく、安西看護師が彼の口元に自分の耳を近づけた。彼女は二度三度と頷いた後、「ちょっと待っててくださいね」と草薙たちにいい、部屋を出ていった。

その後、仙波は瞼を閉じたままだった。その姿はまるで新たな質問を拒絶しているように感じられたので、草薙は黙っていた。

安西看護師が戻ってきた。手に紙切れを持っている。仙波と言葉を交わした後、それを草薙のほうに差し出した。

それは新聞記事の切り抜きだった。日付は七月三日となっている。内容は、海底熱水鉱床開発計画に関する説明会及び討論会への参加者を募るものだった。

「玻璃の、海は」突然、仙波が話し始めた。「私にとって、宝です。だから、その海がどうなるのか、知りたくて、塚原さんに、相談しました」振り絞った力を一言一言に込めるように続けた。

「すると、自分が行く、と、いって、くださいました。自分が、話を、聞いてくると。だから、塚原さんは、玻璃ヶ浦に、行ったのです」

「それだけですか。塚原さんには、玻璃ヶ浦に行く理由がほかにあったのではないですか」

仙波を顔を震わせるようにかぶりを振った。

「ないです。ほかには、何も、ないです」彼は再び首をかすかに捻り、右手を上げた。すると安西看護師が車椅子のストッパーを外した。

「待ってください。もう少し話を……」

「すみません。患者さんが疲れますから」安西看護師は車椅子を押し始めた。

草薙は内海薫と顔を見合わせ、吐息をついた。

病棟を出て、駐車場に向かいかけた時、携帯電話に着信があった。公衆電話からだ。出てみると、湯川だ、と相手はいった。

「どうした。犯人が確定したのか」草薙は訊いた。

「ある意味、そうだ」

「ある意味？」

「ついさっき、宿を出てくれといわれた。川畑夫妻が長期留守にするかららしい」

「おい、それはもしかして」

「そうだ。夫妻は警察に出頭する気だ」

47

動物園の熊のように歩き回っては足を止め、腕時計で時刻を確かめた。さっき見た時から二分しか経っていない。西口は頭を掻き、ズボンのポケットからハンカチを取り出して、額の汗を拭いた。ネクタイはすでに緩めている。上着は『緑岩荘』のロビーに置いたままだ。

時刻は午後一時半を少し過ぎたところだ。太陽はほぼ真上にある。おまけに雲一つない晴天で、直射日光が容赦なく照りつけてくる。本当ならエアコンの効いた室内に逃げ込みたいところだが、そうすれば川畑一家と一緒にいなければならない。あの気まずい空気の中で、どんな顔をして座っていればいいのか。

間もなく下からエンジン音が聞こえてきた。数台のパトカーが連なって坂道を上がってくる。そのうちの一台はワゴン車だった。すべて赤色灯を点けているが、サイレンは鳴らしていない。その必要がないからだろう。

先頭の一台だけが敷地内に入ってきた。ほかの車両は路上に止まっている。

停止した先頭車両から磯部と二人の部下が降りてきた。西口は敬礼した。

「被疑者は？」磯部が訊いてきた。

「中にいます」

「自分がやったといってるんだな」

「やったというか……死なせてしまったと」

磯部は不満そうに顔を歪めた。「共犯は？」

「奥さんが死体の処理を手伝ったそうです」

「娘は？」

「彼女は……娘さんは何も知らなかった模様です」

磯部は口元を曲げたままで、ふんと鼻を鳴らす。鵜呑みにできるか、という顔だ。

行くぞ、と部下たちにいい、玄関に向かった。西口も後からついていった。

西口のもとに成実から電話があったのは、今から約一時間前だった。その時彼は東玻璃町よりさらに東に行ったところにある小さな駅のそばで、一人で玉子丼をかきこんでいた。朝から仙波や塚原の目撃証言を求めて歩き回っていたが、全く成果はなく、ただ腹が減っただけという有様だった。聞き込み範囲に漏れがあってはいけないという理由だけで歩き回らされているのは明白だった。どうせ無駄足に終わるような仕事は所轄の若造にでもやらせておけ、ということなのだろう。

それだけに、電話が成実からだとわかった時には心が浮き立った。彼女と話ができるだけでも嬉しかった。だが電話から聞こえてきた成実の声は、予想に反して暗かった。相談したいことがあるので家に来てほしいとのことだったが、楽しい話は期待できそうになかった。何か深刻な事態が発生したのかもしれない。すぐに行くと答え、電話を切った。

そして先程、『緑岩荘』に到着した。待ち受けていたのは成実と川畑夫妻だった。全員が塞いだ表情をしていた。

何があったのですかと尋ねた西口に、川畑重治が意を決したように口を開いた。じつは自首したいのです、塚原正次さんを死なせてしまったのは自分なのです、それを隠すために遺体を岩場に捨てたんです――。

思いも寄らぬ告白に西口は混乱した。あわてて筆記具を取り出し、メモを取ろうとしたが、手が震えてうまく字が書けなかった。今日の日付を記すだけでも手間取った。

川畑重治は落ち着いていた。話は理路整然としていて、わかりやすかった。混乱しつつも西口にも事情が呑み込めてきた。話を聞き終えた後、すぐに上司の元山に電話で報告し、ここで待機することになったのだった。

磯部たちの姿を見て、ロビーにいた川畑親子は立ち上がった。重治が真っ先に頭を下げた。

「このたびは、どうも御迷惑をおかけしました。申し訳ございません」

「ああ、座ったままでいいですよ。奥さんもお嬢さんも座ってください」磯部は靴を脱ぎ、ロビーに上がり込んだ。何人かの部下たちも倣う。

西口は迷ったが、靴脱ぎに立ったままでいることにした。気がつくと、元山と橋上が隣に来ていた。

「詳しいことは後ほど署でゆっくりと聞きますが、とりあえず、ざっと話してもらえますか」籐の長椅子に座った川畑一家を見下ろし、磯部はいった。彼の横では野々垣がメモを取る準備をしている。

重治が顔を上げた。

「全部、私が悪いんです。横着をしていた罰が当たったんです」

「横着といいますと?」磯部が訊く。

「ボイラーやら建物やらが老朽化しているのを知っていて放置していました。それがすべての間違いです。それであんな事故が起きてしまったんです」

「事故？　あれは事故だと？」

「そうです。事故なんです。すぐに警察に届ければよかったのですが、ついあんなことを……。本当に申し訳ありませんでした」深々と頭を下げた。

磯部は仏頂面に戸惑いの色を滲ませ、頭を掻いた。「とにかく説明してもらえますか。一体、何があったんですか」

「はい。前にもお話ししましたが、あの夜私は甥と二人で、裏庭で花火をやりました」

暗い口調で川畑重治が話した内容は、以下のようなものだった。

花火を始める少し前、塚原が厨房にやってきて、何か強い酒はないかと尋ねてきた。重治が理由を訊くと、旅先では寝付きが悪いのだという。それならと重治は、以前知り合いの医師から貰った睡眠薬を一錠だけあげた。塚原は喜び、部屋に戻った。重治が恭平に電話をかけ、花火をやらないかと誘ったのは、そのすぐ後だ。

八時半頃に塚原の朝食時刻を確認するため、重治は一旦旅館に戻って部屋に電話をかけたが、塚原は出なかった。裏庭に戻って甥と花火を再開し、終わったのは九時前。改めて塚原に電話をかけたが、やはり出ない。そこで大浴場を覗いた後、四階の『虹の間』を見に行った。すると鍵はかかっておらず、塚原の姿はなかった。やがて節子が沢村に送られて帰ってきたので、二人に事情を話した。沢村は、近くを捜してみましょうといって重治を軽トラの助手席に乗せて近辺を走り回ってくれたが、結局塚原を見つけることはできなかった——ここまでは以前の供述通りだ。

しかしじつは、ここから先があった。

沢村が帰った後、節子はもう一度館内を見て回った。そして四階にある客室のドアの隙間から明かりが漏れていることに気づいた。『海原の間』という部屋だ。ドアを開けてみると、空気がかすかに焦げ臭い。さらに室内に進み、仰天した。そこに塚原が倒れていたからだ。節子はあわてて重治を呼んだ。重治は事態を把握すると、今度は地下室へと急いだ。ボイラーが停止していた。

地下のボイラー室から屋上の煙突までは一本の管で繋がっている。排煙はそれを通って屋外に排出されるわけだ。管は当然のことながら、壁の間を通っている。客室の中には、その壁と接している部屋もある。四階でいえば、『海原の間』がそれに当たった。押入の壁のすぐ向こうを管が通っている。通常ならば、それでも何も問題はない。だが『海原の間』の場合は、そうではなかった。建物の老朽化と何年か前の地震の影響で、壁に亀裂が生じていた。中にある管も気密性が損なわれているようだった。それを裏づけるように、この部屋ではしばしば煤の臭いがした。だからこの部屋は、極力使わないようにしていた。

浴衣姿で倒れていた塚原は、すでに息がなかった。だがそのわりに血色だけは異様によかった。重治はエンジンメーカーに勤務していた頃の知識から、即座に一酸化炭素中毒だと悟った。何らかの原因でボイラーが不完全燃焼を起こし、その排煙が『海原の間』に流入したため、たまたまそこにいた塚原が中毒死したのだ。

ではなぜ塚原は『海原の間』にいたのか。もはや推測するしかないが、裏庭で重治たちが花火をしていることに気づき、それを見物しようとしたのではないか。『緑岩荘』では、ふだんの掃除の手間を省くため、空き部屋には鍵をかけないことが多い。間の悪いことに重治から貰った睡眠薬を飲んでいた。花火を見ているうちに眠り込み、排煙が入ってきていることにも気づかなかったのだろう。

すぐに警察に知らせるべきだった。だが決心がつかなかった。父親から受け継いだ看板に、こんな形で傷をつけたくなかった。

魔が差した、という表現を川畑重治は使った。遺体をどこか別の場所に移そうと節子に提案したのだ。一酸化炭素中毒死は、一見したところでは死因がわかりにくい。たとえば別の大きな怪我を負っていれば、それが死因だと判定される可能性は大いにある。

「岩場に捨てようと提案したのは私です。妻は渋っていました。警察に通報したほうがいいといいました。それを私が無理矢理協力させたんです」

膝の上で両手を固く握りしめながら話す重治の隣で、節子が何かいいたそうにした。それを磯部が手で制した。

「とりあえず、奥さんは黙っていてください。あなたの話も後でゆっくりと聞きます。今は御主人の話を聞きたい。――どうぞ」重治を促した。

重治は空咳をしてから改めて口を開いた。

「妻と二人で遺体を運びました。私が御覧の通りの身体ですから、ずいぶんと苦労しましたが、どうにかこうにかワゴン車に乗せることができました。それから例の岩場へ行き、周りに人がいないことを確かめた後、堤防から遺体を落としました。落とす前には、遺体に丹前を羽織らせました。散歩に出ていたように見せかけるためです。同じ理由で、宿の下駄も落としました。その後は二人で宿に戻りました。娘と湯川というお客さんが戻ってきたのは、そのすぐ後でした。以上が、私たちがやったことのすべてです」話し終えると、もう一度ゆっくりと頭を下げた。

磯部は頷き、首筋をとんとんと叩いてから部下たちを見た。「話の要点はメモしたか」

はい、と野々垣が返事をした。

「刑事さん」重治が顔を上げた。「今の話でわかっていただけたと思いますが、全部私が悪いんです。妻は私のいいなりになっただけです。どうかそのことだけは――」そこで言葉を切った。

磯部が彼の顔の前に広げた手を出したからだ。

「余計なことはしゃべらなくていい」磯部は低く冷淡な声でいった。「大体わかりました。後は署のほうで個別に話を伺います。お嬢さんは無関係ということですが、一応来ていただけますね」

成実は黙って頷いた。

「たった今から、この宿は関係者以外立入禁止とします」磯部は高らかに宣言した。「鍵はこちらで預かります。ええとそれから、親戚の子供がいたはずですが」

「今朝、父親に迎えに来てもらいました」

「父親が？」磯部は不服そうに顔を曇らせた。「子供を連れて帰ったんですか」

「いえ、まだこちらにおりますが」

「よかった。連絡先を教えてください。その子からも話を聞く必要がある。それから、湯川とかいう客はどうしました」

「湯川さんにも宿を移ってもらいました。急に夫婦で出かける用事ができたからといって」

「どこの宿に移ったのかはわかりますね。それも教えてください」

磯部は部下たちに、川畑親子を署に連行するよう命令した。さらに現場を保存管理する手順と役割を決め、鑑識への連絡を指示した。

西口は、川畑親子が別々にパトカーに乗せられていくのを見送るしかなかった。成実に、大丈夫そんなに重い罪にはならないよと声をかけたかったが、捜査員に取り囲まれた彼女には近寄ることさえできなかった。

48

またしてもテーブルに置いた父の携帯電話が鳴りだした。恭平はノートから顔を上げた。敬一は舌打ちをしながら表示を確認し、電話に出た。この一時間で、四回目だ。たぶん今度も由里からだろう。

「……何が？　だから、そんなことは俺にもまだわからないといってるだろ。……だからホテルにいるよ。チェックインして、待機しているところだ。……待機だよ。さっきもいっただろ。状況から考えて、絶対に警察が――」そこまでしゃべったところで敬一は周囲を見回し、声を極端に落とした。「警察が、恭平のところへ来るに決まってるんだから。……由里がこっちに来てどうすんだよ。話がややこしくなるだけだろ。……いや、だからオープンの予定はもう変更できないわけだし……」携帯電話を耳に当てたまま立ち上がり、テーブルから離れていった。

恭平はオレンジジュースをストローで飲んだ。彼等はホテルのラウンジにいた。オープンスペースになっていて、すぐそばにはプールもある。ただし、浮き輪を付けた五歳ぐらいの子供と、その母親らしき女性が入っているだけだ。

敬一はラウンジの隅まで行って電話を続けている。どうやら大阪での仕事をすべて由里に任せて、こっちに来たらしい。新しい店のオープン準備が大変だということは恭平にも想像がついた。母親のやきもきする姿が目に浮かぶようだった。この忙しい時に義姉夫妻はとんでもないことをしてくれたものだと怒っていることだろう。

突然迎えに来たことについて、敬一は最初ごまかしていたが、『緑岩荘』を引き払い、このリゾートホテルにチェックインする前には、本当のことを話してくれた。塚原という宿泊客が死んだのはボイラーの故障による事故だった。それをごまかすため、重治と節子が死体を岩場に捨てたのだという。

すぐに警察に届けていればよかったのに、おかしなことをしたから面倒なことになった。たぶん刑務所に入らなきゃいけないだろう——敬一は暗い顔をしていった。

恭平は、事件後の川畑夫妻のことを思い出した。たしかに二人とも様子が変だった。敬一のいったようなことが起きていたのなら、それも合点できる。

ジュースを飲んでいたら、そばに人の立つ気配がした。顔を上げると、湯川が立っていた。

「あっ、博士」

「君たちも、このホテルにいたのか」

「さっき、お父さんと来たところだよ。博士もここにしたんだね」

「当初、デスメックが用意していたのがこのホテルだ。まさかこんな形で移ることになるとはな」

恭平は湯川を見上げた。「博士は知ってたんじゃないの？」

物理学者は指先で眼鏡を少し押し上げた。「何を？」

「だから……伯父さんたちが事故を起こしたんだってことを」

すると湯川は、「事故か……」と呟いた後、小さく首を傾げた。「まあ、いろいろと想像していることはあった。それはともかく、君たちはいつまでここにいるんだ」

「わからない。早ければ、今夜遅くにでも出発するかもしれないって」

「そうか」湯川は頷いた。「それがいい。たぶん君はここにいるべきじゃない」

気になる言い方だった。どうして、と恭平は訊いた。

「それは、君自身が一番よくわかっているんじゃないのかい」

恭平は思わず身を引き、湯川を上目遣いに見た。

敬一が戻ってくるところだった。それに気づいたらしく、湯川は大股で立ち去った。

「誰だ、あの人」敬一が訊いてきた。

恭平はうまく答えられず、湯川の背中を見送るだけだった。

49

どんなふうに質問の仕方を変えられても、成実としては同じ答えを繰り返すしかなかった。あの夜は仲間たちと居酒屋にいた。塚原が行方不明になったと聞かされたのは、まだ店にいる間のことだった。帰宅後は自分の部屋に戻り、翌朝まで出なかった。ボイラーが故障したことなど、全く知らない。

「で、事実を知ったのは昨夜だと？」野々垣という刑事が訊いてきた。

「そうです。何度もそういいました」

うーん、と野々垣は腕組みをして唸った。

「そこのところがどうもねえ。腑に落ちないわけですよ。だって同じ屋根の下に住んでるわけでしょ？　何か様子がおかしいとか、気づくのがふつうだと思うんだけどなあ」

「そういわれましても……」成実は俯いた。

玻璃警察署の一室で、彼女は刑事と向き合っていた。取調室ではなく、会議室として使われていそうな部屋だ。おそらく重治や節子は、狭い取調室で、もっと厳しい口調で詰問されているに違いない。その様子を想像すると胸が痛んだ。

昨夜遅く、重治が告白を始めた時の光景が蘇る。「話しておかなきゃいけないことがある。とても大事な話だ」といった後、彼はこう続けた。「明日、俺は自首するよ」

心臓が止まるかと思うほど驚いた。もしかすると両親が事件に関与しているのではないかと疑い始めてはいたが、実際に告白されるとやはりショックだった。

どういうこと――息苦しさを覚えながら尋ねた成実に、重治は諦めの表情で答えた。事故なんだ。塚原さんが亡くなったのは事故なんだ。ただし事故の原因を作ったのは俺だ。それでも潔く警察に届ければまだましだったが、何とかしてごまかそうとした。死体を捨てて隠そうとした。本当にもう、馬鹿なことをしたよ――。

それから重治が語った内容は、先程『緑岩荘』に警察が来た時に話したものだ。その前に西口を呼んだ時も、重治は同じことを話している。

「いずれ警察には真相がばれてしまうだろう。何より今のままでは良心が痛む。節子も逮捕されるのは辛いけど、俺が無理矢理に手伝わせたと主張すれば、情状酌量してもらえるんじゃないかな」重治はそんなふうにいった。

成実は激しく動揺し、同時に混乱していた。事故死を隠蔽するために死体を捨てたとは、何という恐ろしい話だと思った。まるで悪夢を見ているようだった。

だが絶望的になりながらも、心の片隅に安堵している思いがあるのも事実だった。単なる事故？　塚原の死に複雑な背景などはなく、ただ老朽化した設備が原因だったのか。それならば、辛い状況ではあるが光はある。

無論、さらに別の考えが宿り始めるのを押し止めることはできなかった。本当だろうか。本当に事故なのだろうか。これもまた隠蔽の一つではないのか。しかし成実はその疑問を口にはできなかった。重治の告白を事実として受け入れるのがやっとだった。むしろ、事実であってほしいというのが本音だった。

その間、節子は無言だった。それは、最初に重治から、「おまえは黙ってろ」といわれたからだけではないような気がした。節子には彼女なりの考えがあるが、ここは夫の決めた通りにしようと腹をくくったのではなかったか。

重治の告白を聞いた後も、成実は多くのことは質問しなかった。この宿はどうするの、恭平ちゃんのことはどうするの、そんな些末なことを訊いただけだ。もちろん、重治はそれらのことも熟考済みだった。事故を起こした宿が経営を続けられるわけがないだろう、といって寂しそうに笑った。

昨夜は殆ど眠れなかった。明日になれば両親が犯罪者として逮捕されると思うと、夜明けが怖かった。しかし一方で、全く別の不安が成実の胸の中で漂っていた。果たしてこれですべて終わるのだろうか、というものだった。小関玲子からの電話が気になる。警視庁は、今も自分たち親子のことを調べているのではないか――。

「……やってましたか？」

野々垣の声に、成実は我に返った。「えっ？　何ですか」

「だから、スポーツは何かやってましたかと訊いてるんですが」

「あっ……あの、中学時代に軟式テニスを」

「テニスねえ」野々垣は成実の身体をじろじろと眺めた。「スキューバのインストラクターもしておられますよね。女性のわりには力が強いほうじゃないですか」

「それはよくわかりませんけど」

野々垣は指先でテーブルをゆっくりと叩いた。

「どう考えても、あの二人じゃ無理だと思うんだなあ。親父さんは足が悪いし、奥さんは小柄で非力そうだ。四階から死体を下ろして車に乗せ、岩場まで運んで落とす。うーん、できるかなあ。あなた、できると思いますか」

「……本人たちがそういっているので、できたということだと思うんですけど」

「そうかなあ」野々垣は大きく首を捻った。「あの二人じゃあ無理だよ。誰が見たって、明らかだ」

　そんなことをいわれても成実にはどうしようもなかった。

　野々垣は机に両肘を乗せ、成実の顔を覗き込んできた。

「まあ、親なら子供だけは守りたいと考えるのは当然だよね。自分たちは捕まってもいい、だけどあの子にだけはそんな目には遭わせたくないって」

「何のことですか」

「わかりませんか？　そんなことはないでしょう。歳取った両親を刑務所に入らせて、自分だけのうのうと暮らしていこうなんて、それはないんじゃないの」

　刑事が何をいっているのか、成実は理解した。頬が引きつるのがわかった。

「あたしも……手伝ったというんですか」

　野々垣は口元を歪めた。

「警察を舐めちゃいけないよ。あの二人に犯行を再現させれば、話の筋が通らないなんてことはすぐにわかる。誰かを庇《かば》ってるんだなってばれちまうよ。じゃあ、一体誰を庇ってるのか。そんなの、考えるまでもないよね」

　成実は首を振った。顔が熱くなるのを感じた。

「あたしは何もしていません。本当です。もしあたしも手伝っていたのなら、正直に話します。親だけに罪をなすりつけるなんて……そんなこと、絶対にしません。絶対に」

　だが野々垣は小馬鹿にしたように指先で耳の穴をほじった。迫真の演技をしたところで騙されないぞ、とでもいわんばかりだ。

その時、ノックの音がして、ドアが細く開けられた。野々垣さんちょっと、と誰かが外から呼びかけてくる。

野々垣は大きな音をたてて立ち上がり、仏頂面で部屋を出ていった。ドアの閉め方も乱暴だった。

成実は額に手を当てた。いろいろと質問されることはわかっていたが、自分まで疑われるとは思わなかった。今頃は両親たちも、娘が手伝ったのではないかと問い詰められているに違いない。だが刑事のいうこともわかった。たしかに、あの二人だけでは、死体を処分するのは難しいだろう。

ドアが開き、野々垣が戻ってきた。先程と表情が少し違っている。眉間に皺が寄っていることに変わりはなかったが、視線にやや落ち着きがなかった。

野々垣は椅子に座った後、先程と同じように机を指先で叩いた。だがそのリズムが、かなり早くなっている。やがてその動きを止め、成実を見た。

「居酒屋に入ったのは九時頃ということでしたね」

えっ、と成実は刑事の顔を見返した。

「塚原さんが亡くなった頃、あなたは居酒屋にいたんでしょう? その店に入ったのは九時頃だとおっしゃったけど、それに間違いありませんか」野々垣は苛立ったようにいう。

「ええ、間違いないと思いますけど」戸惑いつつ、成実は答えた。なぜ話がそこまで戻るのかがわからなかった。

「その後、沢村という人があなたのお母さんを家まで送っていったとのことでしたが、その人が居酒屋に戻ってきたのは何時頃でしたか」

「沢村さんが戻ってきた時刻ですか。それはたぶん、十時前だったと思います。送っていっただけのわりには遅いなと思いました。そうしたら、旅館からいなくなったお客さんを捜してたということだったんですけど……。あのう、それがどうかしたんでしょうか」

野々垣は少し迷う表情を見せた後、「まあ、いいか」と呟いた。「どうせすぐにわかることだし」

「両親に何かあったんですか」

「いや、そうじゃありません。裏を取りに別の刑事が沢村元也氏に話を聞きに行ったところ、遺体処理を手伝ったのは自分だといいだしたそうです」

「あ……」成実は思わず背筋を伸ばしていた。

「これから正式な取り調べが行われるらしいですが、おたくの両親の話よりは筋が通っていて、説得力もあるそうです。どうやら、ようやく着地点が見えてきましたかね」そんなふうにいう野々垣は、もはや尋問を続ける気はなくしている様子だった。

50

沢村の取り調べは自分がやる、と磯部がいいだした。ここが捜査の肝だと感じ取ったからだろう。当然、捜査一課所属の部下を同席させるものと思われたが、意外なことに西口を記録係に指名してきた。なぜ自分なのだろうと思いながら取調室に向かったが、沢村と対面して間もなく、その真意が判明した。取り調べを始める前に、磯部がこういったのだ。

「ここにいる西口君はこの町の出身で、おたくの電器屋や『緑岩荘』のこともよく知っているそうだ。特に『緑岩荘』の娘さんとは高校が一緒だったとかで、両親とも顔見知りらしい。だから、あの人たちならそういうことをしそうだなとか、いやあそんなことはしないだろうなとか、大体見当がつくわけだ。そのへんのところを頭に置いた上で、何があったのかを包み隠さず話してもらいたい」

要するに事情通がそばにいるから、下手なごまかしはするなと釘を刺したかったようだ。だが西口には、そんな牽制が必要だとは思えなかった。沢村は、この部屋に連れてこられた時点で、すでに覚悟を決めたような顔をしていたからだ。

「何も隠す気はありません。『緑岩荘』の親父さんが勝手に自首したから変なことになってしまったけれど、一緒に警察へ行こうといってくれれば、俺だって腹をくくってました」沢村はいった。強い口調の中にプライドが込められていた。

「ふん、では話してもらおうか。なるべく細かく」

沢村は気持ちを整えるように深呼吸を一度してから口を開いた。

「すでに御存じだと思いますが、あの夜俺は川畑成実さんたちと居酒屋に向かいました。店の前で成実さんのお母さんと会ったので、俺は駅前に止めてあった軽トラで、家まで送ってあげることにしました」

「その時点では、『緑岩荘』で何が起きているかは知らなかったわけだね」

「もちろんです。だってそれまでは環境保護活動の仲間たちと一緒にいたんですから」

「わかった。話を続けて」

「『緑岩荘』に行くと、御主人がロビーでぼんやりしておられました。それで奥さんが、どうしたのかと訊きました。すると御主人は、こう答えたんです。えらいことになった。客を死なせちまった、と」

西口はキーボードを打つ手を止め、思わず沢村の顔を見た。だが磯部に睨まれ、あわてて目を戻した。

つまり、と磯部はいった。「あんたが行った時、すでに事故は発覚していたわけか」

「そうです。四階の、たしか『海原の間』といったと思うんですが、その部屋で人が倒れているのを御主人が見つけたらしいです。しかもそれがボイラーの故障による事故死だってことも、すぐにわかったんだそうです」

「それで、川畑重治はどうするといったんだ」

「警察に届けるしかない――そうおっしゃいました」

ほう、と磯部はいった。「ところが実際にはそうしなかった。なぜかね」

沢村は沈痛な面持ちで吐息をついた。「俺が止めたんです」

「止めた？　どうして？」

「だって……」唇を嚙んでから続けた。「そんな事故が起きたことが世間に知れたら、玻璃ヶ浦のイメージは一気に悪くなります。老朽化した設備があちらこちらにあるように思われて、観光客なんかは寄りつかなくなります」

「なるほど。そういえばあんたは海底資源開発には反対の立場らしいね。観光事業を町の主要産業に、と主張する身としては、『緑岩荘』の不始末が公表されるのは都合が悪いわけだ」

「俺は玻璃ヶ浦を守りたいだけです」

「ふうん。まあいいや。で、川畑はあんたの意見を聞いて、すぐに考えを変えたわけか」

「最初は迷っておられました。でも俺が、これは『緑岩荘』だけの問題じゃない、このことが公になれば玻璃ヶ浦のみんなが困るといったら、じゃあどうすればいいんだと尋ねてこられました。それでいったんです。遺体をどこか別の場所に移せばいいと」

「あんたがいったんだね。あんたが遺体を処分しようといいだしたんだね」ここのところが大事だ、とでもいうように磯部は念を押した。

「そうです。俺がいったんです。あの岩場に落とすことを提案したのも俺です」沢村は自棄気味にいった。

「川畑と女房は、すぐにその話に乗ったのか」

「いえ、すぐってことはありません。二人とも頭を抱えておられました。でも、ぐずぐずしていたら事故に見せかけられなくなると俺がいったら、どちらも覚悟を決めたみたいでした」

沢村によれば、殆ど彼一人で遺体を運んだらしい。軽トラの荷台に乗せ、重治と二人で例の岩場に向かった。だが岩場から遺体を落とす時も、足の悪い重治はあまり役に立たなかったようだ。

重治を『緑岩荘』まで送った後、沢村は自宅に帰り、軽トラを置いてから居酒屋に向かった。何食わぬ顔で成実たちと酒を飲んだが、会話の内容はまるで覚えていないらしい。

「以上が、あの夜に起きたことのすべてです。死体遺棄罪ってやつですかね。容疑を否認する気はありません。ですから――」沢村は一呼吸置いてからいった。「成実さんを帰してやってください。彼女は何も知らない。犯行には、全く関わってはいないんです」

熱く語るのを聞きながら、なぜこの男があっさりと自供したのか、西口には何となくわかった。おそらく刑事から、成実も疑われていると聞いたのだろう。どうせいずれは真相がばれる。それなら自分から白状し、成実に恩を売っておいたほうが得策だとでも考えたのではないか。

彼女と一緒にいて、好きにならない男なんているわけがないのだから――キーを叩きながら西口は横目で沢村を見た。

51

これなら伯母さんの手料理のほうがよっぽどおいしいや、と思いながら恭平はホタテフライをかじった。具材は豪華で盛りつけも派手だが、味は近所のファミレスと変わらない。こんなものをわざわざ海のそばのリゾートホテルで食べる意味なんてあるのかな、と疑問に感じた。

恭平は父の敬一と共に、ホテルのレストランにいた。どうやら今夜はここに泊まるらしい。明日、大阪に行くのかなと思ったが、「いや、それはまだわからないんだ」と敬一はいった。「伯父さんたちがあんなことになったから、もしかしたらいろいろな手続きをお父さんがしなきゃいけないかもしれない。もう少し我慢してくれ」

恭平は黙って頷いただけだったが、ここにいることが我慢だとは思わなかった。むしろ、これからどうなるのかがわからないまま立ち去るのは嫌だった。

夕食が終わりかけた頃、敬一の携帯電話に着信があった。敬一は液晶表示を見て顔を曇らせ、電話に出た。口元を手で覆い、低い声で何やら話した後、浮かない顔つきのまま電話を切った。

「どうしたの?」恭平は訊いた。

敬一は鼻の上に皺を寄せ、口を曲げた。

「警察の人が、恭平の話を聞きたいんだってさ。ティーラウンジにいるから、食事が終わったら来てくれってことだった。いいか?」

「別にいいよ」恭平はホタテフライの残りを食べ、トマトサラダを口に入れた。それほどたくさん食べたわけではなかったが、いつもよりも早くお腹がいっぱいになっていた。

ティーラウンジで待っていたのは、野々垣と西口という二人の刑事だった。どちらもどこかで見たことがあるような気がしたが、話したことはなかった。

テーブルを挟み、向き合って座った。恭平の横には敬一がいる。何か飲みますかと野々垣から訊かれたが、敬一がいらないと答えたので、恭平も首を振った。

「それで、どんな様子なんでしょうか」敬一のほうから質問した。「まだ、取り調べは終わってないんですか」

野々垣は威張るように胸を反らせた。

「そう簡単には終わりません。何しろ、人が死んでいる事件ですからね。それに川畑夫妻の供述内容には、事実と違っている部分がいくつかあるようです。弟さんとしては辛いでしょうが、取り調べは時間をかけてじっくりとやる必要がありそうです」

「事実と違う? どこがどう違うんですか」

「それは申し上げられません。捜査上の秘密です。ただ、関わっていたのはあの夫婦だけではなかった、ということはいっておきましょう」

「ほかに共犯が？　まさか成実ちゃんが……」

「いえ、彼女は無関係です」西口という若い刑事が、いきなり口を挟んできた。だが野々垣に睨まれ、すぐに顔を伏せてメモを取る準備をした。

野々垣が嫌味な笑みを向けてきた。

「息子さんに質問させていただいても構いませんか。我々は、あなたの疑問に答えるために来たわけではないので」

「あ……はい」敬一が恭平に顔を向けてきた。大丈夫か、と尋ねる表情だ。平気だよ、と目で応じた。

「伯父さんと花火をした時のことは覚えているかな。六日前のことだけど」野々垣が訊いてきた。正面から見るとキツネのような顔だった。

覚えています、と恭平は答えた。

「君が花火をやりたいといったのかい」

「違います。部屋でテレビを見ていたら、伯父さんから電話がかかってきて、花火をやろうっていわれたんです」

「それは何時頃？」

「八時頃……だったと思います」

刑事の質問は、特に予想外なものではなかった。要するに、あの夜の重治の行動を確認しているのだ。何時頃に一旦宿に入り、何時頃に戻ってきて花火を再開したのか。花火は何時頃までやっていたのか。時計を見ながら行動していたわけではないから、恭平としては適当に答えるしかない。途中、何か変わったことはなかったかという質問に対しても、ふつうに花火をしただけですと答えた。それでも刑事は満足そうだった。

花火の後は重治たちの部屋へ行ってスイカを食べ、テレビを見ているうちにそのまま眠ってしまった、というところまで話を聞いたところで、野々垣は隣の西口に目配せした。質問は終了らしい。

「お疲れのところ、ありがとうございました。また何かあるかもしれませんので、その時はよろしくお願いします」野々垣は立ち上がりながら棒読み口調でいうと、軽く頭を下げて出口に向かった。その後をあわてた様子で西口が追った。

敬一はため息をついた後、行こうか、といって腰を上げた。

「お父さん」恭平は呼びかけた。「あれは……事故なんだよね」

息子の言葉に、敬一は怒ったように眉を吊り上がらせた。

「決まってるだろ。事故じゃなかったら、何なんだ」

「それは、わかんないけど……」

「今の刑事さんもいってたけど、人が死んだとなれば、たとえ単なる事故であっても警察は徹底的に調べるんだ。心配するな。伯父さんたちは罰を受けることになると思うけど、そんなにひどいことにはならないよ」

恭平は俯いた。それを頷いたと解釈したのか、さあ行こうといって敬一は歩きだした。その後を追いながら恭平は湯川の言葉を思い出していた。

たぶん君はここにいるべきじゃない。それは、君自身が一番よくわかっているんじゃないのかい——。

52

「きちんと話のできる子供でよかった。最近は、まともな日本語を知らないガキが多いからな」

ラウンジを出るなり野々垣はいった。「沢村に手伝ってもらったことを隠してた以外は、川畑の供述に嘘はなさそうだな。後は、湯川とかいう客か。同じホテルに泊まってるってのはラッキーだが、ケータイが壊れてるとは面倒臭い話だ」

「フロントに行って、部屋を訊いてきます」

「おっ、任せた」

ぞんざいな返事を聞きながら西口は足早にフロントに向かった。この数日で、捜査一課の連中に顎で使われることにはすっかり慣れた。

湯川の部屋はすぐにわかったが、フロントから部屋に電話をかけてみたところ、出る気配がなかった。すると若い男性のホテルマンがいった。

「湯川様でしたら、もし自分に外から電話がかかってきた場合には、十階のバーに繋いでほしいと承っておりますが」

「あっ、そうですか」

それを早くいえよ、という台詞を呑み込んで野々垣のところへ戻った。

「その学者ってのはあれだろ。海底資源の研究のために来てるんだろ。それがリゾートホテルのバーとは豪勢な話だねえ」エレベータに向かいながら野々垣は口元を曲げていう。

プライベートで何をしようが自由だろうと西口は思ったが、黙っていることにした。

やたらと広いバーには、数えるほどしか客がいなかった。海に面した側は全面がガラス張りだが、残念ながら真っ暗で殆ど何も見えない。この店が賑わうのは花火大会が行われる時だけだろうと西口は想像した。

湯川は窓際の席に一人でいた。眼鏡は外し、テーブルに置いている。その横には赤ワインのボトルとグラスがあった。音楽でも聞いているのか、両耳にイヤホンが入っていた。

野々垣と西口がそばに立つと、湯川はゆっくりと顔を上げた。西口を見て、片方のイヤホンだけを外す。「こちらも警察の方かな?」そういって野々垣に目を向けた。

野々垣は自己紹介した後、湯川に断ることなく椅子に腰掛けた。「今、ちょっといいですか」

「だめだといったら?」

野々垣がむっとするのを見て、湯川は口元を緩めた。

「冗談ですよ。――君は立ったままでいいのかい?」

湯川に訊かれ、西口も野々垣の横に座った。

「あなた方も何か注文されたらどうですか。自分だけ飲んでいるのは申し訳ない気がする」もう一方のイヤホンも外し、湯川は野々垣にいった。

「我々は結構です。どうかお気になさらず」

「そうですか。では遠慮なく」湯川はワインの入ったグラスを手にし、悠然と口に含んだ。

野々垣は咳払いし、「川畑夫妻を逮捕しました」と切りだした。

湯川はグラスを置いた。「そうですか」

「驚かないんですか」

「これまでの宿泊料はいらないからほかの宿に移ってほしい――今朝、『緑岩荘』の主人からそういわれた時、何か余程深い事情があるようだと思ったんです。その後で宿にパトカーが集結したという噂を聞いたので、もしやと。そうですか。容疑は何ですか」

「今のところ、業務上過失致死罪と死体遺棄罪です」

湯川はテーブルの眼鏡を取り、ペーパーナプキンでレンズを拭き始めた。

「今のところ、とはどういう意味ですか。変わる可能性があるのですか」

「それはわかりません。だからいろいろと調べています。こうして先生にもお話を伺いに来ました」

「なるほど。それで、僕は何を話せばいいんでしょう」湯川は眼鏡をかけた。

「ありのままを話してくだされば結構です。もう何度も同じ話をさせられてうんざりかもしれませんが、『緑岩荘』での初日に居酒屋へ行った時のことからお願いできますか」

ふん、と学者は鼻を鳴らした。「たしかにうんざりだけど、仕方がない」そういってから話し始めた。その内容は、これまでの彼の供述内容と全く同じものだった。川畑節子に居酒屋まで案内してもらい、そのまましばらく彼女と酒を酌み交わすことになった。その後、成実たちと一緒になり、最後には沢村もやってきた。客の行方不明は沢村から聞いた。『緑岩荘』に戻ったところ、客はまだ戻っていなかった――。

すでに死体遺棄に関して沢村が自供している内容とも矛盾しない。西口は内心ほっとしていた。湯川の話が嘘でないなら、成実の無実は動かない。

「居酒屋に入ってきた時の沢村さんは、どんな様子でしたか」野々垣が訊いた。

「どんなというと?」

「ですから……」落ち着きがなかった、というような答えを野々垣は期待しているのだろうが、それを口に出すと誘導尋問になる。「何でも結構です。感じたままで」

湯川は肩をすくめた。

「だったら、何も感じなかったと答えておきましょう。彼とは初対面だったし」

「では旅館に戻った時や、その翌日からの川畑夫妻の様子について、何か気づいたことはありませんでしたか」

「特に気にはなりませんでしたね」ここでも湯川の答えは素っ気なかった。「あの夫婦とは、それほど密に接していたわけじゃないし。食事の世話なんかをしてくれるのは、大抵成実さんでしたから。彼女は事件とは関係ないんでしょう?」

それはもちろん、といいたいのを西口は堪えた。

野々垣は答えず、腰を浮かせた。

「どうもありがとうございました。おくつろぎ中、申し訳ありませんでした」

「もういいんですか」

「ええ、結構です」

野々垣が出口に向かいかけたので西口も立ち上がった。すると、「実験はしたんですか」と湯川が訊いてきた。

野々垣は立ち止まり、振り返った。「実験？」

「先程、業務上過失致死罪とおっしゃいましたが、それは『緑岩荘』で何らかの事故、おそらくCO中毒だと思いますが、そういうことが起きたと考えているからでしょう？　だとすれば、鑑識が再現実験をするのがふつうではありませんか」

「CO中毒？　何のことです」野々垣はとぼけた。

「違うんですか。では、なぜ業務上過失致死なのかな」湯川は、わざとらしく首を捻った。

野々垣は目を見開き、鼻の穴を膨らませた。胸が大きく上下するほど深い息を吐き、「御協力ありがとうございました」とだけいって大股で出口に向かった。

西口は湯川に会釈し、野々垣の後を追おうとした。すると湯川がいった。「再現は難しいんじゃないかな」

西口は足を止めた。「どうしてですか」

だが湯川は即答せず、勿体をつけるようにグラスにワインを注いだ。そのグラスの脚の部分を指先で摘み、くるくると回した。じれったくなった西口がもう一度訊こうと口を開きかけた時、「君たちに刑事の勘というものがあるように」と話し始めた。「僕たちにもあるんだよ。物理学者の勘というものがね」そういってグラスを口元に運んだ。

真意がわからず、西口は当惑した。からかわれているわけでもなさそうだ。返す言葉が思いつかなかったので、黙ったままで歩きだした。

店の外では野々垣が携帯電話で話していた。不機嫌そうな顔で電話を切り、エレベータのボタンを押した。

「いけすかない奴だな。学者ってのは、みんなああなのかね」

「あの人は特に変わってるみたいです」

「まあいいや。もう会うこともないだろう。めでたく一件落着だ」

「何か情報が入ってきたんですか」

野々垣は頷いた。

「警視庁の連中が仙波を見つけたらしい。調布の病院で療養中。で、被害者はしょっちゅうそこへ見舞いに行ってたんだってさ。犯人どころの話じゃない」

エレベータの扉が開いた。二人で乗り込んだ。

川畑夫妻の最初の供述には不可解な点も多かったが、沢村の自供により、矛盾点は殆ど解消されている。後は、なぜ塚原がこんなところに来たのかという点だけが謎だったが、今の野々垣の話を聞いたかぎりでは、どうやら解決されそうな気配だ。たしかに一件落着といっていいのかもしれない。

だが西口は、先程の湯川の台詞が気に掛かっていた。

川畑重治たちの取り調べと並行し、今日の昼間から、『緑岩荘』では鑑識による再現実験が行われている。途中、捜査本部に入ってきた報告によれば、たしかに『海原の間』の壁には亀裂があり、ボイラーの排煙の一部が侵入してくるということだった。後はボイラーが不完全燃焼した時に、部屋のCO濃度がどうなるかを確認すればいいだけだ。

しかし実験開始から何時間も経つというのに、まだ再現できたという報告はない。責任者の回答は、原因不明というものだった。

53

アルミサッシの窓を開けると、潮の香りのする生暖かい風が入ってきた。街灯に照らされ、堤防と道路が浮かび上がっている。その先にあるはずの海は、暗くて全く見えない。

携帯電話を取り、時刻を確かめた。午後九時になろうとしている。

階段を軽快に駆け上がってくる音がし、続いてドアが勢いよく開けられた。コンビニの袋とクーラーボックスを両手に提げ、永山若菜が入ってきた。

「お待たせしました。いやー、だけど、ろくなものがなくて。とりあえず、サンドウィッチとかおにぎりなんてとこを買ってきたんすけどねえ。あとそれからインスタントの味噌汁もあります。酒の肴なんかも買ってきちゃいました」若菜は袋の中身を畳の上に広げた。

「ごめんね、迷惑かけちゃって」成実は謝った。

なんのなんの、と若菜は日焼けした顔の前で手を横に振った。その腕も真っ黒だ。

「困った時はお互い様っすよ。それより、この若菜を頼ってくださったことが嬉しいじゃないですか。狭いところですけど、何日でもいてくださって結構ですから。はい」

「ありがとう」

「どうします？　味噌汁を飲まれるんでしたら、下に行って、ちゃちゃっとお湯を入れてきちゃいますけど」若菜はインスタント味噌汁のカップを手にした。

「ううん、今はまだいい。それより、何か飲み物はある？」

「そりゃ、もちろんございますって」若菜はクーラーボックスを開けた。「ビールにチューハイ、いろいろあります。何がいいですか」

「お茶はある？」

「お茶、合点です」若菜は緑茶のペットボトルを出してきた。

窓の外を眺めながら、成実は冷たい茶で喉を潤した。今日一日のことを振り返ってみたが、とても現実だとは思えなかった。悪い夢を見ていたようだ。

玻璃警察署から解放されたのは、午後八時を過ぎてからだった。沢村の自供によって成実への疑いは晴れたはずだが、何度も同じ話をさせられたり、意味もなく待たされたりしているうちに、時間が経ってしまったのだ。警察署を出る頃には、しゃがみこみたくなるほど疲れていた。

だがそのまま帰宅して横になる、というわけにはいかなかった。『緑岩荘』への立ち入りが禁止されていたからだ。そのくせ刑事たちは、落ち着き先が決まったらすぐに連絡するように、と高圧的に命じてきた。無論、両親たちのことは一切教えてもらえなかった。

悩んだ末に成実が連絡したのは、マリンスポーツのショップでバイトをしている永山若菜だった。彼女は東京の大学に通っていて、夏の間は住み込みで働いている。スキューバのインストラクターでもあるが、彼女が資格を取った時の指導員が成実だった。二年前のことだ。

若菜には、両親が逮捕されたことを含め、すべての事情を電話で話した。すると彼女は、「これからすぐに行きます」といい、実際約三十分後にショップのワゴン車で警察署まで迎えに来てくれたのだった。車の中でもあれこれ詮索することはなく、ただひたすら成実の体調を気遣ってくれた。彼女に頼って正解だったと思った。

気がつくと若菜も緑茶のペットボトルを手にしている。

「若菜ちゃん、お酒は飲まないの？」

彼女は無類の酒好きなのだ。

「いやあ、それは……」

「あたしに気を遣っているんならやめて。居づらくなるから」

「そうっすか。じゃあ、遠慮なく」若菜は緑茶のペットボトルをクーラーボックスに戻し、代わりに缶ビールを出してきた。いただきます、と一言いってからプルタブを引き開け、噴き出した泡をこぼさないようにビールを呷った。うめえ、と小声で呟く。

そんな様子を見て、成実はいつか湯川からいわれた台詞を思い出した。君は華やかな街より海のほうが好きだというタイプには見えない、というものだった。若菜に対してなら、彼もそんなことはいわないのではないか、と思った。

それにしても、今後どうしたらいいのだろう。『緑岩荘』は処分すればいいと重治はいったが、人身事故のあった古い旅館に買い手がつくとは思えない。取り壊すにも費用がかかる。それ以前に、成実自身が住むところを見つけなければならない。何日でもいていいと若菜はいってくれるが、そういうわけにはいかない。彼女だって、いずれは東京に戻ってしまうのだ。

「若菜ちゃん、車を貸してもらえない？」

「車っすか。それはいいですけど、どこかへ行かれるってことなら、自分が運転しますよ」

「だめよ、ビールを飲んじゃったじゃない。大丈夫。家に行ってくるだけだから」

「あ、『緑岩荘』に……」

「着替えとか化粧品とか、取ってきたいの。あと、お金も。見張りの警官に断れば構わないと刑事さんがいってたから」

「そうですか。いやあ、たしかにここには成実さんにお貸しできるようなものは何もありませんからねえ」若菜は缶ビールを置き、腰を上げた。

ショップの二階に若菜の部屋はあった。階段を下り、明かりの消えた店内を横切り、外に出た。車は店の前に止めてある。成実は若菜からキーを受け取り、乗り込んだ。『緑岩荘』にあるものと車種は違うが、ワゴン車の運転には慣れている。お気をつけて、と若菜が声をかけてきた。

人気のない海岸沿いの道を走り、駅前から上り坂に入った。すぐに『緑岩荘』が見えてきた。玄関前に工事現場で見るような赤い照明器具がいくつか置かれている。制服を着た若い警官がパイプ椅子を置いて座っていたが、成実の車を見て立ち上がった。

成実は車を止め、事情を話した。警官は玄関の戸を開け、中にいる誰かとやりとりした後、彼女に入るようにいった。

ロビーにいたのは中年の太った警官だった。テレビがついていて、お笑いタレントが大声で何かしゃべっている。

「立ち会わせてもらっていいかな。勝手に触らせたことがわかると、後でこっちが叱られるから」警官はぞんざいな口調でいった。

成実が頷き、奥に進んだ。警官はテレビを消し、後からついてきた。

自分の部屋に入ると、押入から大きめの旅行バッグを出し、思いつくままに着替えを詰めていった。下着を入れる際には、警官に見られないよう身体で隠した。

「しかし、えらいことになったもんだねえ。あんた、これからどうすんの？」警官が無遠慮な調子で尋ねてくる。成実が黙ったままで首を傾げてみせると、「そうだよなあ。こんなことを訊かれても困るよなあ」と続けた。「ずっと前にね、駅前の交番にいたことがあるんだよ。二十年ほど前かな。その頃は玻璃ヶ浦も賑やかだった。この旅館もなかなか繁盛してたよ。だけどあれだよねえ。不景気だもんな。金のないやつは旅行なんかしないし、金のあるやつは海外とか、もっと洒落たところへ行く。ほんと、厳しいと思うよ。建物が古くなったからって、そう簡単に修繕なんかできないもんな。俺はさあ、内心同情してるんだよ。ついてなかったよなあ。ただ、あれだな。死体を捨てちまったのはまずかった。あんなことさえしなきゃなあ」

よくしゃべる警官だった。成実は途中からは無視して作業に集中した。彼女が返事をしなくても、警官はしゃべり続けていた。

荷造りを終えると成実は部屋を出た。ロビーに戻った途端、太った警官はテレビのスイッチを入れ、そのまま籐の椅子に腰を下ろした。彼女を見送る気はなさそうだった。

玄関の戸を開ける時、外から話し声が聞こえてきた。いい争っているような感じだ。

「だからそういうきまりなんです。関係者以外立入禁止です」

「何度もいうようだが、僕は関係者だ。今朝まで泊まっていたんだからな」

「それは……その程度の関係ではだめなんです」

「じゃあ、どの程度の関係ならいいんだ。説明してくれ」

外へ出てみて驚いた。若い警官とやり合っているのは湯川だった。湯川さん、と呼びかけた。

「ちょうどよかった。君からも頼んでくれないか。中の様子を少し見せてくれといってるんだが、この警官がわけのわからないことばかりいって、埒があかない」

「わけのわからないことをいってるのはあなたです。とにかくだめなんです。さっさと帰ってくださいっ」そういうと警官は宿の中に入ってしまった。

湯川は両手を腰にあて、ため息をついた。「何てことだ」

「どうして中を見たいんですか」

「鑑識が再現実験を行っただろうから、その形跡を確かめておこうと思ったんだ。僕の推理では、実験はうまくいかなかったはずだ」

成実は学者の顔を見つめ、瞬きした。「うまくいかない？　なぜですか」

しかし湯川は指先で眼鏡を押し上げただけで答えようとはしなかった。「参ったな。こんなことなら、歩いてまで来るんじゃなかった」そういって歩きだした。

「待ってください。車で来ているんです。お送りします」成実はワゴン車に駆け寄った。

湯川を助手席に乗せ、発進した。彼が泊まっているリゾートホテルまでなら数分で着く。

車中、二人とも黙っていた。成実は先程の疑問が引っ掛かっていたが、尋ねたところで答えてもらえないだろうと思った。

間もなくホテルが見えてきた。だが敷地内に入る前に、「ここでいい」と湯川がいった。

「どうしてですか。正面玄関まで行きますよ」

「いや、このホテルには恭平君たちも泊まっている。万一顔を合わせたら、お互いに気まずいだろう」

「あ……」成実はブレーキペダルに足を乗せていた。車を道路脇に寄せて止めた。「すみません。気を遣っていただいて」

「それに、いくつか君に訊きたいことがある」湯川はいった。「答えたくないなら、答えなくていいが」

成実は彼の顔を見返した。ざわざわと胸騒ぎがした。「何でしょうか」

「今回の事件だが、君も単なる事故だと考えているのかい」

ぎくりとし、頬が強張った。

「単なる事故じゃないなら、何だというんですか」

「質問しているのは僕のほうなんだけどね。では、こう尋ねよう。君もまた御両親からは、事故だと説明されているんだね」

「両親からではなく、父からです。父から事故についての説明を聞きました」

「その説明を信じたわけだ」

「いけませんか。一体何がいいたいんですか」

「不思議なんだよ。少しぐらいは疑問を感じなかったのだろうか、とね。納得できないことだって、多々あったはずだ。それでも信じたのには、二つの理由が考えられる。一つは、それほど父親のことを信用しているということ。そしてもう一つは、君自身に信じたいという気持ちがあったということだ。あるいは、その両方かもしれないな」

湯川の言葉の一つ一つが、成実の心の中心にある何かを微妙に刺激した。だが決して、直接急所を突いてくるようなことはない。それが彼の計算によるものかどうかはわからなかった。

「たしかに父の話には不自然なところも少しありました。でもそれは本人だってよく覚えていないのかもしれないし、些細な矛盾なんて大きな問題ではないと思ったんです。だって、親が自首しようとしているんですよ。そのこと自体が大ごとで、細かいことを気にしている余裕なんてなかったんです」成実は、少しむきになって答えた。嘘はいっていないと自分にいい聞かせた。

「なるほど。そうかもしれないな。ところで君は、不幸にも亡くなった被害者——塚原さんのことをどの程度知っているのかな」

「殆ど何も……。以前は東京の刑事さんだったっていうことぐらいです」

「そうか。前に話したように、友人が警視庁の捜査一課にいる。彼に頼めば、塚原さんの遺族に連絡を取ることは可能だ。もし君が御両親に代わって詫びたいということなら、そのように手配するけど、どうする?」

成実は背筋に寒気が走るのを感じた。そうだ。自分は詫びねばならない立場なのだ。

「今は取り調べが始まったばかりですし、すべてがはっきりしたら、その時に考えたいと思います」辛うじて、そう答えた。

「わかった。では友人にもそういっておこう。わざわざ送ってくれてありがとう」湯川は助手席側のドアを開けた。だがそのまますぐには降りようとせず、振り返った。「君は今後どうするんだ。これからもこの地に留まるつもりなのか」

成実は戸惑った。なぜこんなことを訊くのか、真意が摑めない。

「そんなこと、まだ考えられません。明日がどうなるのかもわからないし……」

「でも、海は守っていきたいんだろ?」

「もちろん、そうしたいです」

「それはいつまで続けるんだ？」

えっ、と成実は湯川の顔を見返した。「いつまでって？」

「死ぬまでここにいて、死ぬまで海を守り続ける気なのか。結婚はしないのか。もし恋人ができて、その人が遠くへ行くとしたらどうするんだ」

「……どうしてそんなことを訊くんですか」

湯川は眼鏡の向こうから、じっと成実の目を見つめてきた。

「まるで君が誰かを待っているように感じるからだ。誰かが帰ってくるまで、玻璃ヶ浦の海を守ろうとしているようにね」

顔から血の気が引いていくのが自分でもわかった。何かいわねばと思ったが言葉が出ない。

湯川がポケットからメモのようなものを出してきた。

「水晶の海へ、ようこそ。海は玻璃ヶ浦の宝です。その宝の番人を勝手に名乗っております。どうか海の色を確かめに来てください。いつまでも貴方をお待ちしております――これは君のサイトのトップページに書かれている文章だ。誰かへの呼びかけに受け取れるのだが、考えすぎだろうか」

成実は首を振った。「考えすぎです。そんなに深い意味なんてありません」声が震えた。

「そうか。それならそれでいい。最後に一つ、頼みがあるんだが」

「今度は何ですか」

「大したことじゃない」湯川はポケットからデジタルカメラを出してきた。「そろそろ僕もこの土地を離れることになりそうだ。その前に記念写真を撮っておきたい」

「あたしを？　やめてください」

「大丈夫。ネットに流したりはしない」そういうなり湯川はシャッターを押した。ストロボが一瞬車内を光で満たした。彼は液晶画面を確認し、「うん、よく撮れた」といって成実のほうに向けた。不意を突かれて思わず目を見開いた顔が写っている。

湯川は、おやすみ、といって車を降りた。そのまま振り返らず、ホテルに向かって歩いていく。その背中を見つめた後、成実は車を動かした。

54

草薙が自分の部屋に戻った時、すでに日付は変わっていた。うんざりするほど室内は蒸し暑かった。上着をベッドの上に放り投げ、エアコンのスイッチを入れた。ネクタイを外し、冷蔵庫から缶ビールを取り出すと、立ったままでごくりと飲んだ。爽快感が喉から全身に広がっていく。ふうーっと息を吐きながら、ローソファに腰を落とした。

シャツのボタンを緩め、ベッドの上の上着を引き寄せた。内ポケットから携帯電話を取り出し、登録してある番号を出した。『玻璃ヶ浦リゾートホテル』――今夜湯川が泊まっているはずの宿だ。昼間、川畑夫妻が出頭する気だという電話が彼からかかってきた時、番号を聞いておいたのだ。

実際、あれから間もなく川畑夫妻は自首したようだ。ただし、そのことが草薙のところに伝わってきたのは、夕方になってからだった。多々良から連絡が入ったのだ。

「本人たちは事故だといっているらしい。ボイラーが不完全燃焼を起こして、その排煙が室内に流入したのだとか。それを隠蔽するために死体を遺棄したということだが、まだいろいろと筋の通らない点もあるようだ」多々良の声は警戒心に満ちていた。「何かわかり次第連絡してもらうことになっているが、こちらからも少しは情報を提供しておきたい。君のほうはどうなっている」

草薙は、仙波の居場所を突き止めたこと、本人に会って塚原の死を伝えたが心当たりは何もないといっていることなどを報告した。

「わかった。ではその内容を玻璃警察署に報告しておいてくれ」

「了解しました」草薙は答えたが、胸の内には後ろめたさが残った。川畑一家が仙波事件に関わっている可能性については、多々良には敢えていわなかったからだ。それが今後どう響いてくるかは不明だが、今は黙っておいたほうがいいと咄嗟に判断したのだった。

草薙は玻璃警察署に電話をかけ、元山という係長に仙波を発見したことを伝えた。詳しいことはファクスで送るというと、元山は感謝の言葉を述べたが、さほどありがたがっているようには聞こえなかった。どうやらそれは気のせいではなさそうだった。その後で元山はこういったのだ。

「お手数をおかけしましたが、どうやら片が付きそうです。川畑夫婦の共犯者が見つかったんです。娘の友人で、そいつが死体の処分を手伝ったようです。供述内容に矛盾はないし、まあこれで決まりじゃないかと思いますね」晴れ晴れとした口調だった。

草薙は釈然としなかった。これまでに自分たちが調べ上げてきたことを振り返ると、到底単なる事故で片づけられる話ではないと思った。

内海薫に話したところ、彼女も同意してくれた。ではどうするか。

「やはり、すべての出発点まで遡る必要があると思います」それが彼女の意見だった。

同感だ、と草薙はいった。そして二人は銀座に向かった。約三十年前、川畑重治と節子が出会った玻璃料理の店を見つけだすのが目的だった。

その目的は果たした。歩き回ったせいで足の裏が痛い。汗で下着が濡れ、不快だ。だがもしかすると、これですべてが明らかになるのかもしれない。ただし達成感はなかった。疲れた身体と同様に、心も重かった。

吐息を漏らし、携帯電話を操作した。『玻璃ヶ浦リゾートホテル』にかけたが、繋がるまでにずいぶんと時間がかかった。従業員が出たので湯川という客の部屋に繋いでほしいというと、またさらに一分近く待たされてから、湯川だ、という声が聞こえてきた。

「草薙だ。寝てたか」

「いや、君からの電話を待っていた。必ず何か連絡してくるはずだと思ったからね」

「そっちの状況はどうだ。俺が把握しているかぎりでは、共犯者の登場によって、幕引きはぐっと近づいたという印象だが」

「その通りだ。今のままだと、おそらく警察はそこから先へは一歩も踏み出さない。いや、踏み出せないといったほうがいいかな。彼等には何も見えてないだろうからね」

「おまえには何が見えてるんだ」

「僕は推理しているだけだ。それが正しいかどうかは君たちが確かめる。そのために電話をかけてきたんじゃないのか」

草薙は口元を曲げ、手帳を広げた。

「川畑節子が働いていた小料理屋が見つかった。移転していたが、今も店はある。店主も健在だった」

「当時の話を聞けたんだな」

もちろんだ、と草薙はいった。


その店は銀座八丁目の細い路地を入っていったところにあった。白木の格子戸の脇に、『はるひ』と書かれた小さな看板が遠慮がちに掛かっていた。まるで、気づかない人は通り過ぎて結構とでもいいたげだ。常連客に支えられているということだろう。

「そうですね。お客さんの七割から八割は常連さんじゃないですか。そういう人たちに連れてこられた方が、また繰り返し来てくださったりして、何とかやってこれましたよ。ありがたいことです」そう話したのは、店主の鵜飼継男だ。見事に真っ白な髪を、奇麗に刈り込んでいる。七十歳というだけに皺は多いが、身体には無駄肉が全くない。痩せているというより、引き締まっているという感じだ。今も仕入れは自分でしているという。

時刻は閉店時刻の十一時を少し回ったところだった。草薙は内海薫と共に隅の席でウーロン茶を飲みながら待っていたが、最後に帰った客も常連らしく、カウンターの中にいる鵜飼と親しげに話していた。

店はテーブル席三つとカウンターで成り立っており、詰め込んでも三十名がせいぜいといったところだ。鵜飼のほかに二人の料理人と給仕の女性がいる。

鵜飼もまた玻璃の出身だった。料理人を目指し、十代で上京してきたらしい。いくつかの有名店で修業を積んだ後、三十四歳で玻璃料理の店『はるひ』を出した。最初は人を雇わず、妻と二人だけのスタートだったという。

「以前の店は七丁目にあったんです。ソニー通りってわかりますか。当時の店は十人入るのがやっとという狭さでね。おかげさまで贔屓にしてくださる方が増えたものですから、思いきってこっちに越してきたってわけです」

それが約二十年前のことらしい。

「すると柄崎節子さんが働いていたのは以前の店ですね」

草薙の問いに、そうそうと鵜飼は頷いた。節子について話を聞きたい、ということは最初に告げてある。どういう事件の捜査なのかを鵜飼は知りたそうだったので、ある人物の人間関係を調べているとだけ説明した。それが誰か、ということまでは鵜飼も訊いてはこなかった。

「節ちゃんに来てもらったのは、店を出してから二、三年って頃じゃなかったかなあ。人手が足りなくなったんで、人を雇おうってことになったんです。誰かいい人がいないかなあと思っていたら、馴染みのお客さんが、知り合いに料理好きのホステスがいて店を辞めたがってるから、一度連れてこようかっていってくださったんです。それじゃあということで会ったのが節ちゃんです。私も気に入ったが、うちのやつがそれ以上に気に入りました。是非来てほしいとお願いしたところ、本人も水商売からは足を洗いたかったみたいで、二つ返事をもらいました。助かりましたよ。物覚えがよくて器用でね、ちょっとした料理なら安心して任せられました」

だが柄崎節子が店にいたのは三年ほどだった。結婚することになったからだ。相手は皮肉にも常連客の一人だった。

鵜飼は、川畑重治のこともはっきりと覚えていた。

「実家が玻璃ヶ浦で旅館をやってるって話でしたね。御本人はばりばりのビジネスマンだったけど、やっぱり故郷の味が懐かしいといって、よく来てくださいました。結婚した後も、二人で何回かは来てくれたんじゃなかったかなあ。すぐにお子さんが出来たりして、幸せそうでしたよ。今はどうしてるのかなあ。その後も十年ぐらいは年賀状をくれてたんですが」

「川畑さん以外にも、柄崎節子さんと親しくしていたお客さんというのは何人かいたんでしょうか」さりげない口調で草薙は訊いた。

「そりゃあいましたよ。若いし、ホステスをしていただけに美人で客扱いも上手でしたからね。あの子を目当てに来ていた客も多かったはずです」鵜飼は目を細めた。

「こういう人は来なかったですか」草薙は仙波が逮捕された当時の写真を見せた。「当時は、もっと若かったかもしれませんが」

ああこれは、と鵜飼は目を大きく開いた。

「もちろん覚えてますよ。仙波さんだ。今いった人ですよ」

「今いった人?」

「だからほら、節ちゃんを紹介してくれたお馴染みさんです。奥さんが玻璃の出身だとかで、それで来てくれるようになったんじゃなかったかなあ」

草薙は内海薫と顔を見合わせた。

「節子さんがこの店で働く前は、仙波さんとはホステスと客の関係だったわけですか」

「そうです。最初は勤め人だったけど、なかなかのやり手で、自分で会社を興したんじゃなかったかな。サラリーマン時代から、結構派手に遊んでたみたいですね。節ちゃんを紹介してくれた後も、ホステスを何人か連れて来てくれることがありました。その頃はうちも、夜中の一時過ぎまで店を開けてましたからね」

草薙は三宅伸子の写真を見せることにした。鵜飼は思案顔でしばらく眺めていたが、やがてはっとしたように口を開いた。

「あっ、これはもしかしてリエちゃんかな」

そうです、と草薙はいった。『KONAMO』の室井が、三宅伸子の源氏名はリエコだったといっていたのを思い出した。

「そうかあ、リエちゃんか。あの頃は奇麗だったけど、さすがにトウが立っちまったね」そういってから鵜飼は首を傾げた。「いや、そうじゃないか。あれはもう三十年も前だから、今はもっと老けてなきゃおかしいんだ」

「この写真は十五年ほど前のものなんです」

「あ、そうですか。どうりで。リエちゃんも節ちゃんと同じ店にいたんですよ。ふうん、懐かしいな」

これは大きな収穫だった。節子と三宅伸子がホステス仲間だったとすれば、節子が結婚した後も、二人の間に何らかの繋がりがあった可能性はある。

「だけど仙波さんもリエちゃんも、ある時期からぱったりと来なくなってしまいましたねえ。一体どうしてるのかなあ。刑事さんたちは御存じなんですか」

「いえ、それがわからないから我々も苦労しているんです」

「仙波さん、何かやったんですか」

「いえ、そういうわけでは」草薙は言葉を濁した。どうやら鵜飼は、三宅伸子が殺された事件を知らないらしい。敢えて教える必要もないと思い、黙っていることにした。

ところで仙波と三宅伸子の間に男女関係はなかったのだろうか。

「いや、それはなかったと思いますよ」鵜飼の答えはあっさりとしたものだった。「むしろ仙波さんは、節ちゃんのことが気に入ってたんじゃなかったかな。さっきもいいましたけど、奥さんが玻璃の出身だってことで贔屓にしてもらえたんですが、結局その奥さんを一度も連れてきませんでしたからね。節ちゃんには会わせたくなかったんじゃないかな。まあこれは邪推かもしれませんがね」

当時の写真があると鵜飼がいうので、見せてもらうことにした。奇麗に整理されたアルバムの初めのほうのページに、その写真は貼られていた。小さなカウンターを背に、男性を挟んで二人の女性が立っている。男性が三十数年前の鵜飼だということは、すぐにわかった。体格も髪型も、今と殆ど変わらない。

「右が節ちゃんです」鵜飼がいった。

そこには切れ長の目が印象的な若い女が写っていた。鼻筋も通っていて、黙っていたらややきつい印象を受けるかもしれないが、丸い輪郭と笑顔がそうなることを防いでいた。紅葉柄の着物に前掛けという出で立ちだった。

美人ですね、と草薙は思わずいった。忽ち鵜飼は相好を崩した。

「そうでしょう。節ちゃん目当てのお客さんが多かったってのもわかるんじゃないですか。その紅葉柄の着物は、うちのやつが節ちゃんにあげたもので、トレードマークみたいになってましたね」

鵜飼の左側に立っている女性も、細面《ほそおもて》の美人だった。ただし年齢は節子よりもずいぶん上に見えた。

女房です、と鵜飼は説明した。

「私より三歳上でね、働き者でしたよ。あいつがいなかったら、今の『はるひ』はなかった。いやそもそも、店を出せてたかどうかも疑わしいですね」

その働き者の妻は、昨年暮れに膵臓癌で亡くなった、ということだった。


草薙の話を終えた後も、湯川は無言だった。湯川、と呼びかけた。「どう思う?」

息を吐くのが聞こえた。続いて、「やはり、そういうことだったか」と呟いた。

「そういうこと、とは?」

「君だって気づいているはずだ。塚原さんは仙波事件の何が気にかかっていたのか。川畑一家がどう関わっていたのか。今の話を聞いて、見当がつかないわけがない。そうだろ?」

「まあ、漠然と想像していることはある」

微妙な沈黙が生まれた。湯川の微苦笑が見えるような気がした。

「警視庁の人間としては、曖昧な言い方をするしかないかもしれないな。では僕が代わりにいうことにしよう。仙波事件は冤罪だった。仙波は真犯人ではなく、誰かを庇って刑に服した。それが君の想像していることだろう？」

草薙は顔をしかめた。この男にごまかしは通用しない。愛する者のためなら罪を被ることも躊躇わない――そういう「献身」が存在することを湯川は誰よりも知っている。

「根拠は薄いけどな」

「そうでもないだろう。塚原さんは仙波が自供した後も、その真相には納得がいかず、一人で捜査を続けていた。自分が犯人を逮捕したのだから、ふつうなら余計な事実をほじくり返したくはないはずだ。しかし塚原さんはじっとしていられなかった。なぜか。自分が逮捕したからこそ、釈然としないものがあったんだ。結局真相はわからずじまいで仙波は有罪になったが、塚原さんは諦めきれなかった。だから刑期を終えた仙波を捜し出し、病院に入れてまで真実を聞き出そうとした。それはたぶん贖罪だったのだと思う。たとえ仙波自身が望んだこととはいえ、冤罪を生み出したことに対する責任を取ろうとしたんだ」

電話を握りしめたまま、草薙は黙り込んだ。否定する言葉など思いつかなかった。湯川の述べた内容は、彼の考えそのものだった。

草薙、と湯川が呼びかけてきた。「君に頼みがある」

55

目が覚めると、敬一の声が聞こえてきた。誰かと電話で話しているようだ。恭平は目をこすった。父の広い背中が見えた。窓のほうを向いて立っている。カーテンが少し開けられ、強い陽光が射し込んでいた。今日も天気だけはよさそうだ。

「……だから取引先には詳しいことは話さずに……ああ、そう。それがいいと思う。……うん、それはわかっている。何度か、こっちには来ることになると思う。……いや、裁判のことも考えておいたほうがいいって。……じゃあ、弁護士の件はそういうことで。……うん、また後で」話を終え、敬一は携帯電話をぱたんと閉じた。

おはよう、と恭平は父の背中に声をかけた。

敬一が振り返った。笑顔だった。「うん？　起きたか」

「お母さんと？」

「そうだ。昼過ぎに、ここを出ることにしたからな。夕飯は、お母さんと一緒に食べられるだろう」

「もうこっちにはいなくていいの？　また警察の人が、いろいろと訊きに来るんじゃないの？」

敬一は薄く笑みを浮かべて首を振った。

「大丈夫だ。さっき、警察の人にも電話をかけて確かめた。恭平から話を訊くことは、たぶんもうないだろうってさ。もし何かあった場合でも、電話で済むでしょうってことだった。こっちの連絡先を教えておけば、何も問題ないよ」

恭平はベッドから下りた。

「やっぱり伯父さんたちは刑務所に入れられるの？　何とかしてやれないの？」

忽ち敬一の顔から笑みが消えた。うーんと唸り、頭を掻きむしった。

「できるだけのことはしてやろうと思っている。なるべくいい弁護士をつけるつもりだし。だけど刑務所行きは避けられないだろうな。特に伯父さんのほうは」

「そんなに重い罪なの？」

恭平の質問に、父親は一層渋い表情になった。

「昨日もいっただろ。事故が起きた時点で警察に届けていれば、そんなにひどいことにはならなかったはずなんだ。下手に隠そうとしたから、結果的に罪が重くなってしまった。何事もそうなんだ。誰だって間違いは犯す。問題はその後だ。本当につまらないことをしてくれたもんだ。これからのことを考えると頭が痛い」

敬一の言葉を聞いていると、姉夫婦たちの軽率な行いを道徳的に責めているだけでなく、それによって自分たちが被る厄介事を想像して苛立っているように感じられた。そのことが恭平を落ち込ませた。

「でも、もしわざと事故を起こしたんだとしたら、もっと罪は重くなるんでしょ？」

息子の質問に、敬一は立ったままでのけぞった。

「そりゃあそうだ。わざとなら事故じゃない。それは人殺しだ。刑務所どころか、下手をすれば死刑だ。そんな重い罪と比べたって意味ないだろ」そういってから腕時計に目を落とした。「もうこんな時間だ。大して食欲はないけど、朝飯でも食べにいくか」

恭平も目覚まし時計を見た。午前九時になろうとしていた。

朝食会場は、刑事と話をした一階のティーラウンジだった。大きなテーブルにいろいろな料理が載っていて、どれでも好きなだけ取っていいといわれた。

「だけど、食べられるだけにしておくんだぞ。足りなければ、また取ればいいんだから」

敬一がいったが、小さな子供じゃあるまいし、食べきれないほど取るわけないじゃないかと恭平は思った。それによく見ると、どの料理もあまりおいしそうではなかった。

ベーコンをかじり、ジュースを飲みながら周囲を見回した。店内はすいている。湯川の姿はなかった。

食事を終え、部屋に戻ることになった。ラウンジを出たところで、お父さん、と前を行く敬一に声をかけた。「ちょっと海を見てきてもいい？」

「いいけど、あまり遠くに行くんじゃないぞ」

「わかってる」

恭平はラウンジに戻り、プールサイドを横切った。そこから浜辺に出られるようになっているのだ。いわばプライベートビーチで、それがこのホテルの売りでもあるらしい。ただし、ここにもあまり人はいなかった。

湯川がいないのを確かめ、ホテルに戻った。フロントに行き、制服を着た女性従業員に、湯川という人の部屋を教えてほしいといってみた。

「その人に何か用があるの？」

「そうです。話したいことがあって……」

「じゃあ、ちょっと待ってね」

女性はどこかに電話をかけたが、繋がらないらしく、無言で受話器を置いた。

「部屋にはいらっしゃらないみたいね」そういって手元でパソコンを操作した。やがて、ああ、と何かを合点した顔になった。「湯川さんはお出かけになってる。夜には戻られるそうよ」

「夜……」落胆した。その頃には恭平自身がここにはいない。

「何か伝えたいことがあるなら、手紙に書けば？　こちらで預かっておいて、湯川さんが戻ってこられたらお渡しするけど」

恭平は力なく首を振り、「いいです。それじゃあ遅いから」といってフロントの前から離れた。

56

「……というわけで、沢村の供述に矛盾はありません。犯行後に居酒屋に戻った時刻も、居合わせた人物たちの証言と一致しています。『緑岩荘』から遺体遺棄現場、そこからまた『緑岩荘』に帰るまでのルートについても検証しましたが、不自然さはありません。その間に目撃者が一人もいなかったことについては、時間帯と現場周辺の状況を考えれば、むしろ当然のことであったろうと推察されます。以上です」野々垣が気取った口調で締めくくり、席についた。

例によって玻璃警察署の会議室で捜査会議が開かれている。お偉方の顔ぶれはいつも通りだが、その表情は数日前とは一変している。特に顕著なのは、署長の富田や刑事課長の岡本らだ。事件解決が見えてきて、県警本部の連中と過ごす気詰まりな日々からようやく解放される、と胸を撫で下ろしているのだろう。

その県警本部捜査一課の面々は、所轄組に比べれば、やや複雑な表情を浮かべている。無事に解決するのはいいが、死体遺棄事件から辿り着いた先が殺人事件ではなく過失致死だった、という点に物足りなさを感じているに違いない。

とはいえ、死体発見から一週間足らずでの早期決着を歓迎しない者がいるはずもなく、会議の雰囲気は和やかと表現していいものだった。

川畑夫妻の最初の供述には明らかに不審な点が多かったが、沢村が自供したことで、疑問はすべて解決したといっていい。今では川畑重治も節子も、沢村の話した内容が事実であることを認めている。二人とも、娘の友人に迷惑をかけたくないという思いから嘘の供述を行ったわけで、沢村本人が自供したとなれば、真実を隠している理由もなくなったのだ。

彼等の話が事実であることを裏づける科学的物証も、着々と揃いつつあった。沢村の自宅にあった軽トラを調べたところ、荷台から数本の毛髪が見つかったのだ。現在、ＤＮＡ鑑定が行われているが、形状や性質などから、塚原正次のものと考えてまず間違いないということだった。

重治が塚原に渡したという睡眠導入剤は、同じものが居間の引き出しに入れてあった。その成分を見るかぎり、塚原の血液から検出されたものと同一のようだった。重治が薬を貰った医師からも証言が取れている。五年前に軽い睡眠障害について相談された際、処方したということだった。

だが未だに釈然としない問題も残っていた。その最たるものが、事故の原因だった。

鑑識の現場責任者が立ち上がって説明を始めた。それによれば鑑識では今日も朝から『緑岩荘』で再現実験に取り組んでいるらしい。

「……つまり、地下のボイラー自体には大きな異状はないのですが、何らかの原因で吸気口が塞がれた場合には、不完全燃焼が起こります。その原因については被疑者の記憶が曖昧なので特定が難しいのですが、周辺に放置してあった段ボール箱などが怪しいのではないかと考えられます。立てかけてあったものが倒れたりして、吸気口を塞いだというわけです。で、不完全燃焼が起きた場合に、問題の『海原の間』のCO濃度がどうなるかですが、昨日の実験では最大でも百ｐｐｍ、平均すると五十から六十ｐｐｍといったところでした。また、ボイラーには燃焼状態監視機能が付いており、不完全燃焼の状態が三十分以上続くと自動停止することが判明しています。この条件下ですと、死体の一酸化炭素ヘモグロビン濃度とは一致しません」

「じゃあ、どういうことかね。話が合わないじゃないか」捜査一課長の穂積が不満そうに眉間を狭めた。

「ですから、ほかの要因も影響していると考えられます」

「ほかの要因とは？」

「たとえば当日の天候です。強い風が吹いていたりして煙突内の流れが逆になるような場合では、CO濃度は飛躍的に上昇すると思われます。室内で千ｐｐｍ以上に上がった可能性もあります」

「なるほど」どこまで理解したのかは不明だったが、穂積は頷いた。「つまりこういうことだな。根本的には本人の過失が原因だが、死亡事故に繋がったのは、様々な偶然が重なった結果ではないか、と」

「その通りです。もう少し実験を続けるつもりですが」

「了解、そうしてくれ」穂積は軽く手を上げた。その表情を見るかぎりでは機嫌は直ったようだ。

どうやら幕引きは近いようだ、と傍観していて西口は思った。鑑識に再現できないほど、事故の起きる条件が難しいのであれば、川畑重治がわざと起こした可能性は極めて低いということになる。業務上過失致死と死体遺棄、これで決まりだろう。

しかし西口の胸には、もやもやしたものが残っている。無論、昨日の湯川とのやりとりが原因だ。あの物理学者は再現実験がうまくいかないことを予見していた。それはもしかすると、再現する方法を知っている、ということではないのか。

元山が立ち上がり、報告を始めた。警視庁から届いた、仙波英俊の近況に関する情報のようだ。穂積が隣の磯部と談笑を始めた。ほかのお偉方も聞いていない。彼等だけでなく捜査員たち全員が、仙波については完全に興味を失っていた。

事件が解決して、少し時間が経ったら——。

成実を慰めに行こう、と西口は思った。警察官の自分だからこそ力になれることもあるはずだ。裁判をしてる間、ずっと一緒にいてやることもできる。

その日のことを想像すると、胸のもやもやが少し晴れた。

57

ＪＲ品川駅高輪口——。

自動改札機に向かって歩いてくる湯川の姿が見えたのは、彼の乗った電車が到着してから約五分後のことだった。シャツの上から薄い色の上着を羽織っている。脇に書類鞄を抱えていた。草薙が小さく手を上げると、湯川は鷹揚に頷きかけてきた。

改札機の外で彼が出てくるのを待った。

「さすがに焼けたな」友人の浅黒い顔を見て草薙はいった。

「思った以上に屋外作業が多くてね」

「そいつは大変そうだ」軽く流した。湯川が玻璃ヶ浦にいる理由については、海底資源の研究のため、ということ以外は何も知らない。知る必要もないと思っている。

外に出たところで湯川は立ち止まり、タクシーの並ぶコンコースを見渡した。

「どうしたんだ」草薙は訊いた。

「いや、たった一週間離れていただけで、駅というものに対するイメージがずいぶんと変わったと思ってね。やはり東京は広い。駅も大きい」

「田舎暮らしが気に入ったのか」

「とんでもない。やはり自分には無理だと痛感した。大勢の人々が行き来しているのを見ていたほうが心が落ち着く。都会にはタクシーもたくさん走っているし。――ところで車はどこだ?」

湯川が訊いた直後、右側から臙脂色のパジェロが現れ、道路脇に停車した。二人で駆け寄り、素早く乗った。草薙は助手席、湯川は後部座席だ。

お久しぶりです、と車を発進させながら内海薫がいった。無論、後ろの湯川にかけた言葉だろう。

「草薙から聞いたよ。今回も君はなかなかの働きをしたそうじゃないか。正式な捜査でもないのに、大変だったな」

「先生こそ、大変だったんじゃないんですか。おかしな事件に巻き込まれたりして」

するると湯川は言葉を選ぶように沈黙してからいった。

「巻き込まれた……か。いや、今回に関していえば、それは少し違うかもしれない。面倒なことになるのが嫌ならば、いくらでも回避できた。たとえ君たちから捜査協力を求められたとしても、断れば済む話だ」

「それだよ。俺たちも気になっていたんだ。どうして今回にかぎって、おまえがこんなに協力的なんだろうってな。何かわけがあるのか」

「それについては、すでに話したと思うが」

「ある人物の人生がねじ曲げられるおそれがあるから、だったな。その、ある人物というのが誰なのかは教えてもらえないのか」

湯川がため息を漏らすのが聞こえた。

「いずれは教えることになるかもしれないが、たぶんあまり意味はないだろうな。川畑夫妻の自首によって、事態はますます厄介な方向に進んでしまった。少々、考えが甘かったかもしれない」

「また、思わせぶりなことばかりいいやがって」

「そうだな。すまない」湯川は珍しく素直に詫びた。「前にもいったと思うが、いずれ君たちにはすべて話す。今すぐではないが」

「これから行くところではどうなんですか」内海薫が訊いた。「先生の推理を、すべて聞かせていただけるんじゃないんですか」

湯川はしばし黙考してからいった。

「これから僕がやろうとしていることは、謎の解明とか、そんなことじゃない。単なる確認だ。

それによって、もしかすると様々なことが明らかになるかもしれない。だけど、それですべてが解決するとは思わないでほしい。むしろ、解決には程遠い結果にしかならない可能性のほうが高い」

「ある人物の人生がねじ曲げられるのを防ぐこともできないってわけか」

草薙の問いに、わからない、と湯川は答えた。

それからしばらく三人は無言だった。内海薫の運転するパジェロは高速道路を駆け抜け、調布インターで出た。

そして間もなく、柴本総合病院の建物が前方に見えてきた。


ホスピスに入ると、湯川は足を止めた。閑散としたロビーを見回し、静かだ、と呟いた。

「内海の説では」草薙はいった。「患者たちが時の流れを感じなくて済むよう配慮してあるんじゃないか、ということだ」

「やめてください。単なる思いつきです」

「いや、なかなか鋭い考察だ」湯川は彼女を見下ろし、頷いた。

エレベータで三階に上がった。昨日と同じように、談話室を背にし、薄いピンク色の制服を着た安西看護師が立っていた。

「連日すみません」

草薙が謝ると、彼女は微笑んで頭を下げ、黙って廊下を歩いていった。

仙波に会わせたい人間がいるということは、今朝早く病院に電話をかけて伝えてあった。院長の柴本はやや迷っていたが、最終的には了承してくれた。

昨夜の電話で湯川から仙波に会わせてほしいといわれた時、草薙はその理由を訊かなかった。湯川が自分の考えを迂闊に話す人間でないとわかっていたこともあるが、彼に任せるしかないと開き直ったといったほうが適切だ。事件の鍵は、おそらく玻璃ヶ浦にある。しかし草薙たちは玻璃ヶ浦のことを何ひとつ知らない。

やがて、キャスターの音が聞こえてきた。草薙は身を固くした。

車椅子に乗った、ミイラのような容貌の仙波が現れた。ベージュ色のパジャマを着ていた。顔は真っ直ぐ前を向いたままで、窪んだ眼窩の奥にある目には強い警戒心が浮かんでいた。塚原のことで、また何か訊かれるのかもしれないと用心しているのかもしれない。

草薙は湯川の横顔を窺った。人生の終末を迎えつつある人間を前に、物理学者がどんな表情を見せるのか興味があった。

だが湯川は観察者の目を、じっと老人に向けているだけだった。端正な横顔からは、何の感情も汲み取れなかった。末期癌患者なら、この程度に肉体が蝕まれているのは想像の範囲内――そんなふうに感じているのかもしれない。

「自己紹介したほうがいいのかな」湯川がいった。

それが自分への問いかけであることに気づき、草薙は仙波にいった。

「昨日はどうもありがとうございました。じつはもう一人、あなたに会いたいという人間がいるので、連れてきました。彼は私の友人で湯川といいます。警察官ではなく、学者です。物理学者です」

彼の紹介を受け、湯川が名刺を差し出した。だが仙波の腕が動くことはない。安西看護師が代わりに名刺を受け取り、仙波の顔に近づけた。

仙波の目が動いた。ぶつり、と乾いた唇からかすれた声が漏れた。なぜ物理学者が自分に会いに来るのかと戸惑っているのだろう。

「じつは僕は、今朝まで玻璃ヶ浦にいました」湯川がはっきりとした口調でいった。低い声だったが、静かな室内に響き渡った。

仙波の顔に変化があった。瞼が少し動いたのだ。明らかに関心を抱いた様子だ。

湯川は書類鞄を開け、一冊のファイルを出してきた。その表紙を仙波のほうに向けた。

「玻璃ヶ浦で、海底熱水鉱床の探査に関する研究を行っています。先日の説明会や討論会にも出席しました。海底熱水鉱床のことは御存じですね。説明会には塚原さんに代わりに行ってもらったと聞きましたが」

仙波はぎごちなく顎を引いた。

「玻璃ヶ浦の海は」湯川はいった。「美しいです。息を吞むほどに美しい。海底の玻璃を見ました。あれは奇跡です。奇跡の造形です。仙波さん。おそらく、かつてあなたが目にした海と遜色ないと思われます。あなたの海は今も守られています」

仙波の身体がかすかに揺れ始めた。頰が引きつり、唇が震えている。一瞬何かに怯えているように草薙には見えた。だがやがて、そうではないことに気づいた。彼は笑おうとしているのだ。

湯川の話を聞き、喜んでいる。

「海底熱水鉱床の開発がどうなるかは、まだわかりません。しかし、仮に始まるとしても数十年先です。その頃には、環境保護の技術も、もっと確立されているはずです。何より、科学者だって、あの海の美しさを壊したくはない。どうか安心してください。我々も、できるかぎりの努力をします。それはお約束します」

仙波の頭が前後に動いた。頷いているらしい。柴本院長の話では、意識が混濁することも多いようだが、今の彼の頭は正常だ。湯川の話を受けとめ、満足している。

「仙波さん、あなたに見ていただきたいものがあります」湯川は、鞄からＡ４サイズの紙を出してきた。

草薙は横から覗き込んだ。そこには一枚の絵が描かれていた。デジカメで撮ったものをプリントしたらしい。それは海の絵だった。空は青く、遠くに浮かんだ雲が海面に映っている。海岸線は緩やかに曲がり、岩場のそばでは小さく白いしぶきが上がっていた。

湯川は絵を仙波のほうに向けた。その瞬間、明らかな変化が仙波の身に起きた。体内の奥深くに沈んでいた何かが突然こみあげてきて、全身の精気を刺激したように見えた。かすかではあるが肌に赤みがさし、淀んでいた目が充血を始めた。

おおお、という声が漏れてきた。何かを堪えるような声だった。

「この絵は、『緑岩荘』という宿に飾られているものです。仙波さん、見覚えはありませんか。ここに描かれた景色は、東玻璃から海を眺めたものです。あなたが亡くなる直前の奥さんと過ごした家は、東玻璃にありましたよね。その家からだと、玻璃ヶ浦はこんなふうに見えたのではありませんか。いえそれどころか」湯川はさらに絵を仙波のほうに近づけて続けた。「この絵はあなたが、あるいはあなたの奥さんが描いたものではないのですか。そして奥さんが亡くなり、あの東玻璃の家を去った後も、あなたはこの絵を大切にしていた。この絵はあなたの宝物だった。だからこそ、最も大切な人に託した。違いますか」

仙波は目を見張り、全身を硬直させていた。小刻みに震えるのは、息が荒くなっているからと思われた。

隣で安西看護師が心配そうに覗き込んだ。だが彼女が何かをいおうとするのを、仙波は小さく左手を上げて制した。そして力を振り絞るように深呼吸した。何かを訴えようという構えだ。ここは自分がしっかりと答えねばならない、そんな決意の気配が感じられた。

「ちがい……ちがい、ます」押し殺したような声で彼はいった。「そんな絵、見たことありません。しり……知りません」

「本当ですか。よく見てください」

湯川がさらに絵を前に出すと、「知らないっ」といって仙波は右手で振り払った。絵は湯川の手を離れ、ひらひらと床に落ちた。

重たい沈黙が部屋を支配する中、湯川は絵を拾った。

「わかりました。では、もう一枚の写真を見てください」彼は鞄から、さらにもう一枚の紙を出してきた。

再び草薙は横から覗いた。今度は若い女性の写真だった。車の運転席に座っていると思われた。シャッターが押されることを予期していなかったのか、やや驚いた表情だ。鼻筋の通った美人顔だが、健康的な日焼けがきつい印象になることを防いでいる。

「先程、あなたの海は守られているといいましたよね。守っているのは、この女性です。僕は今日、玻璃ヶ浦に戻ります。彼女に何か伝えることはありませんか」湯川は写真を仙波に見せた。

仙波の顔が泣き笑いをするように歪んだ。無数の皺が曲線を描いたままで固まった。唇がぴくぴくと震えている。

どうですか、と湯川はいった。「彼女に何か言葉をかけてやってください。あなたの海を守っている彼女に、何か言葉を」

仙波の身体がぴくりぴくりと二度痙攣した。だが何かを呑み込むように喉を動かすと、不意に身体の揺れが止まった。さらには背筋をぴんと伸ばし、胸を張った。窪んだ目で、じっと湯川を見つめた。仙波が初めて見せる、かくしゃくとした姿だった。

「その人のことは知りませんが、ありがとう……と、お伝えください」力強く答えた。

湯川は瞬きした後、唇に笑みを浮かべた。一度目を伏せてから、改めて仙波を見た。

「必ず伝えます。これらの写真はここに置いていきます」

先程の海の写真と女性の写真とを安西看護師に手渡すと、行こう、と草薙にいって湯川は立ち上がった。

「もういいのか?」

ああ、と湯川は頷いた。

草薙は内海薫に目配せし、腰を上げた。どうもありがとうございました、と仙波と安西看護師に頭を下げた。

談話室を出た後、エレベータホールに向かった。三人とも無言だった。足音がやけに大きく響いた。

エレベータを待っていると、談話室のドアが開く音が聞こえた。車椅子に乗った仙波が、安西看護師に押されて出てきた。看護師は三人に気づいて小さく会釈してきたが、仙波は深く項垂れたままだった。両手に何かをしっかりと摑んでいる。それが先程の二枚の写真だということは、遠目にもはっきりとわかった。

「三宅伸子は、殺される前日に仙波と会っていたという話だったな」ホスピスを出て、駐車場に戻ったところでようやく湯川が口を開いた。

「そうだ。『カルバン』という、かつて二人が行きつけにしていた店でな」

「その時、二人の間では、どんなやりとりが交わされたのだろう」

草薙は肩をすくめた。

「さあな、お互いが華やかだった頃の話でもしてたんじゃないか。当時のマスターの話では、仙波は泣いていたようだ、ということだった」

「泣いていた、か」湯川は得心がいったように頷いた。「なるほどな」

「何だよ、一体。もったいぶらずに話したらどうだ」

だが湯川は腕時計を見てから、パジェロのドアを叩いた。

「まずは車に乗らないか。こんなところで長話をしてたら日射病になってしまうぞ。それにさっき仙波にもいったように、僕はこの後、玻璃ヶ浦に戻らなきゃいけないんだ」

草薙は内海薫に目で指図した。彼女はバッグからキーを取り出した。

来た時と同じ配置で乗り込んだ。道順はすっかり頭に入っているらしく、内海薫は迷いのないハンドルさばきを見せた。

「三宅伸子は、なぜ荻窪に行ったのだと思う?」湯川が後方から尋ねてきた。

草薙は首を後ろに捻った。

「それは塚原さんが仙波を逮捕した後もずっと拘っていた謎だ。その時の塚原さんには理由を突き止められなかったようだが、もはや考えられることは一つだ。三宅伸子は川畑節子に会いに行った。違うか?」

「いや、おそらくそれに間違いないだろう。では何のために会いに行ったのか」

「そりゃあ、仙波と昔話をしているうちに節子のことも思い出して、それで懐かしくなって……」そこまでしゃべったところで草薙は首を振った。「いや、違うな」

「違うだろうね」湯川は即座に応じた。「そもそも川畑節子の居場所を突き止めること自体、そう簡単なことじゃない。何しろ、本来の住所とは違うところに住んでいたんだからな。ホステス時代の伝手《つて》を辿って知ったんだろうけれど、それにしても結構な手間だ。それだけの手間をかけるには、それなりの理由があったと考えるべきだ」

「お金じゃないでしょうか」内海薫が口を挟んできた。「当時、三宅伸子はお金に困っていました。川畑節子のところへは、お金の無心に行ったのだと思います」

草薙はぱちんと指を鳴らし、運転席の後輩刑事を指差した。

「それだ。仙波と話しているうちに、節子から金を借りることを思いついた。そういうことだろ?」湯川のほうを振り返った。

「それしか考えられないだろうね。しかし新たな疑問が生じてくる。なぜ三宅伸子は、川畑節子のところへ行けば金を出してもらえると思ったのだろうか。それほど親しい間柄だったというなら、もっと早くに会いに行ってたはずだ」

「たしかにその通りだな。それに俺が聞いたかぎりでは、節子と三宅伸子が特別に親しかったという話は出なかった」草薙は腕組みをした。

「親しくないのに金を出してもらえる、必ず出してもらえる——これはどういう状況の時だろう?」湯川が重ねて問いかけてくる。

ここで答えたのは、またしても若手の女性刑事だった。

「相手の弱みを握っている時、とか」

「弱み……そうか」草薙は頷いた。「つまり、口止め料ってわけだ」

「その通り。三宅伸子は仙波と話しているうちに、川畑節子に関する何らかの秘密に気づいたんだと思う。節子本人と仙波しか知らない秘密だ。そこで、それをネタに節子から金を引き出すことを思いついた。そう考えれば、仙波と会った翌日に、わざわざ荻窪まで出向いたことにも説明がつく」

「ところが話は三宅伸子の思ったようには進まなかった。秘密を守るために節子が選んだのは、相手を殺すという方法だった。つまりそれだけ重大な秘密だということだ。それは一体どういうものなのか。湯川、おまえは気づいてるんだろ?　いい加減、全部話しちまえよ」

するとと湯川はシートのヘッドレストに頭をもたせかけ、視線を斜め上に向けた。

「先程、仙波に見せた写真の女性だが、名前は川畑成実さんという」

「川畑?　ということは……」

「そう、川畑節子の娘だ」

「先生は、その女性が海を守っているとおっしゃいましたよね」内海薫がいった。

そうだ、と湯川は答えた。

「海を守るということに関して、悲愴感さえ漂わせて取り組んでいる。僕の目から見ると不自然なほどだ。痛々しいとさえいえる。玻璃ヶ浦の出身でもない彼女が、なぜそこまでやるのか。また、かつては独り暮らしをしてでも東京に留まりたいと思っていた女の子が、なぜ田舎に移り住むことに同意したのか。それらの謎は一つの仮説によって氷解する。彼女はそれが自分の役目だと思ったのではないか。誰かに対する贖罪であり、恩返しだと信じているのではないか」

「湯川、もしかしておまえは……」

「僕も最初は、仙波は川畑節子の身代わりになったのではないかと考えた。しかし事件が起きた時点で、二人は十年以上も会っていなかったはずだ。たとえかつて愛した相手だとしても、殺人罪を代わりに被ることなどできるものだろうか。それを成し遂げるには、男女間の愛情などを凌駕するものが必要だ。そう考えた時、全く別の発想が生まれた。仙波が守ったのは節子ではない。節子が産んだ子供のほうではなかったのか、と」

「川畑成実は仙波の娘だと?」

湯川は真っ直ぐ前を見つめ、大きく息を吐いた。

「それが、仙波と節子が隠さねばならなかった秘密だ。そしてその秘密を守るため、娘自身が殺人を犯したんだ」

58

安西看護師に手伝ってもらい、仙波はベッドに横になった。その間も右手に持った写真は離さなかった。最近は、指先に全く力が入らないことも多いが、今日は違った。

何かあったら呼んでくださいね、といって安西看護師は部屋を出ていった。彼女は何も尋ねてこなかった。それがありがたかった。

誰かの咳が聞こえた。ヨシオカさんだろう。彼も脳腫瘍らしい。ここは四人部屋で、先週までは三人いたはずだが、一昨日あたりから隣のベッドが空になっている。たぶん亡くなったのだ。

鈍い頭痛と共に視界が狭まる感覚があった。周囲が闇に包まれていき、すぐ目の前しか見えなくなった。その狭窄した視野の中に、先程受け取った写真を収めた。

少し驚いたような女性の顔。車の運転席にいるらしい。小麦色の肌が眩しい。

そして――。

あの頃の節子にそっくりだ、と仙波は思った。近頃では夢と現実がごちゃまぜになったり、記憶が混乱することもしょっちゅうだが、損なわれないよう気をつけている思い出がいくつかある。節子のことも、そのうちの一つだ。目を閉じれば、忽ちあの時代に戻ることができる。

仙波は、まだ三十代前半だった。商社に勤めていて、主に電気製品を扱っていた。スーツを着こなし、アタッシェケースを提げて全国を飛び回った。営業成績はトップクラスだった。接待で銀座を使う時も、仙波には特別な金額が認められていた。週に何度かは高級クラブへ得意客を連れていった。

節子と出会ったのも、そういう店でだった。彼女は整った顔立ちをしているわりに、地味な印象があった。自分から積極的に話そうとはせず、黙々と水割りを作っていた。

ちょっとした変化があったのは、仙波が各地の名物料理について話している時だった。いつもは興味がなさそうなのに、その時にかぎって節子は目を輝かせて聞いていた。まるで紙芝居を見ている子供のようだった。

二人だけで話す機会があったので、料理が好きなのかと訊いてみた。

彼女の答えは明快だった。大好き。本当のことをいうとホステスなんかはやめて、どこかの料理屋さんで働きたい。しかも仲居さんではなくて、料理を作る仕事がしたい。だけど、そのためには修業を積まなきゃいけないし――。

節子の話を聞き、仙波は一軒の店を思い出した。玻璃料理の店、『はるひ』だ。妻が玻璃の出身なので興味本位で入ってみたところ、味が絶品だったので贔屓にするようになった。小柄な店主と美人の奥さんが二人で切り回している小さな店だ。そこで店を手伝ってくれる人間を探していたのだ。

話してみると、節子は是非行ってみたいという。そこでクラブが終わった後、『はるひ』に連れていった。

『はるひ』の店主夫妻は節子のことを一目で気に入った。翌月には節子はカウンターの中に立ち、三か月後には常連客から節ちゃんと呼ばれるようになり、半年後には店にとってなくてはならない存在になっていた。店主の妻からもらったという紅葉柄の着物は、彼女のトレードマークになった。仙波の目にも、ホステスをしていた時よりもはるかに生き生きとして見えた。

当時の『はるひ』は深夜まで営業していたので、仙波は接待客を見送った後、必ずといっていいほど寄った。節子の笑顔を見ながら玻璃料理を肴に熱燗を飲むのが、銀座の夜の締めくくりだった。

『はるひ』の料理は、いつも旨かった。だが自分が通う理由はそれだけではないことに仙波は気づいていた。たとえどんなに疲れていても、どんなに時間がなくとも店を覗いてしまうのは、そこに行けば節子に会えるからだった。いつの間にか、彼女に強く惹かれていたのだ。

そんな彼の気持ちに、節子も気づいている様子だった。ふと目が合う時など、心と心が微妙に接触する手応えがあった。

しかし彼女とどうにかなろうという魂胆はなかった。自分には妻がいる。こうして向き合っているだけで満足すべきだと自らにいい聞かせた。仙波は、時折馴染みのホステスを『はるひ』に連れていった。周りに対するカムフラージュであり、自分の気持ちを抑える目的もあった。そういうホステスの一人に三宅伸子——リエコがいた。

節子目当てに来ている客は仙波だけではなかった。中には堂々と口説いている者もいたが、いつも節子はうまくあしらっていた。

だがあしらえない客もいたようだ。それが川畑重治だった。

店では何度か会ったことがある。顔を合わせると会釈する程度の関係で、話したことは殆どなかった。だがどうやら仙波より頻繁に顔を出しているらしい。

いい人なんですよ、と店主夫妻は口を揃えていった。真面目で優しくて独身。ああいう人と結婚したら、きっと幸せにしてもらえる。節子もまんざらではなさそうだった。そんな話を笑顔で聞き流しつつ、仙波は焦燥感を募らせた。

ある夜のことだ。節子から、店が終わった後、二人で飲みに行かないかと誘われた。そんなことは初めてだったので驚いたが、もちろん断る理由はない。朝までやっているワインバーに入った。

節子は妙に陽気だった。シャンパンを開けようといいだし、それが空になるとワインをボトルで注文した。飲むペースは速く、ボトルはあっという間に空になった。どうしたんだと訊いても、何でもないただ今夜は飲みたいだけと答えるのみだった。

したたかに酔った節子を部屋まで送った。彼女をベッドに寝かせると、仙波の首に両腕を巻き付けてきた。その目に涙が光っているのを見て、仙波は抗う気持ちをなくした。応えるように抱きしめ、唇を重ねた。

明け方に仙波は部屋を出た。節子はベッドで目を閉じていたが、おそらく眠ってはいなかっただろう。

肉体関係を持ったのは、その時だけだ。後日『はるひ』で顔を合わせた時も、節子はそれまでと全く同じ態度で接してきた。あの夜の出来事は夢だったのかと思うほどだった。

節子が川畑という男のプロポーズを受け入れたと聞いたのは、それから間もなくのことだ。それで仙波は、あの夜の意味が何となくわかったような気がした。彼女は彼女なりに、何かを吹っ切ろうとしたのではなかったか。

やがて節子は『はるひ』を辞めた。無事に結婚したという話を聞き、仙波は彼女の幸せを祈って盃を傾けた。あの夜のことは忘れようと決めた。

だがある時、結婚式の時点で節子がすでに妊娠していたという噂を耳にし、途端に落ち着かなくなった。カレンダーを見て、何度もあの夜の日付を確認した。

俺の子じゃないのか——そう疑う気持ちが日に日に大きくなっていった。節子が女の子を出産したと聞いた時には、病院に駆けつけたい気持ちを抑えるのに苦労した。

妻の悦子は病弱で、子供は望めないだろうといわれていた。それを承知で結婚したのだから、子供のことは考えないようにしていた。しかしもしかすると自分の血を受け継いだ者がこの世に生を受けたかもしれないと思うと、いてもたってもいられなくなった。

悩んだ末、仙波は節子に連絡を取った。とにかく真実を知っておきたかった。

久しぶりに会った節子は、以前よりも肌つやがよくなっていたが、表情はすっかり母親のものだった。話し方まで穏やかになっていた。子供は預けてきたという。もしや対面できるのではという仙波の密かな期待は、脆くも壊された。

お互いの近況などを少し話した後、仙波は自分の疑問を真っ直ぐにぶつけてみた。子供の父親は本当に川畑さんなのか、と。節子は全く動じることなく、ええそうですよ、と答えた。あまりに平然としているところが逆に不自然だった。その真剣な眼差しを見て、仙波は彼女が嘘をついていることを確信した。

だが、しつこく問い詰めるのはやめた。そのかわりに一つだけ頼み事をした。子供の写真がほしいといったのだ。節子は渋った。他人の子供の写真なんか持ってたって仕方がないでしょうといった。それでも仙波は食い下がった。写真を一枚貰えたら、今後一切こういう話はしないといった。

それでようやく節子は折れた。後日、別の場所で会い、写真を受け取った。赤ん坊が抱かれている写真だった。目が大きく、肌は陶器のように白い。それを見ているだけで涙がこぼれそうになった。

ありがとう、と仙波はいった。節子を見ると、彼女の目も充血していた。だが泣くことだけは懸命に堪えているようだった。

絶対に誰にもいわない、死ぬまで秘密にする——仙波は約束した。そして、こう続けた。どうかこの子を幸せにしてやってほしい。節子は少し笑いながら答えた。いわれなくても、そうするつもりです。それで仙波も少し笑った。そりゃあそうだよな。

その写真は仙波にとっての宝物となった。ただし秘密の宝物だ。誰にも見られてはならない。ケースに入れ、書斎の引き出しの奥にしまった。

節子とは、もう会わないつもりだった。娘の顔を見たいという気持ちは常にあったが、心の奥底に封印した。幸い事業を興したばかりだったので、仕事に集中することで、余計な考えを頭から追い出せた。

それからの十数年間は、社会の波に翻弄される日々だった。始めた事業が成功し、自分たちが勝者だと思えたのは、ごくわずかな期間だった。気がつけば、残ったのは不治の病に冒された妻と東玻璃に買った小さな別荘だけだ。

それでも東玻璃で悦子と過ごす日々には意義があった。すべてをなくしてしまったことで、歩んできた道のりを冷静に振り返ることができた。そうして湧き上がってきたのは、妻への感謝の気持ちだった。どんな時にも文句をいわずについてきてくれた彼女がいたからこそ、今の自分があるのだと思えた。節子とのことについては心の中で何度も詫びた。

悦子に残されている時間は短かった。仙波は常に一緒にいて、可能なかぎり彼女の願いを叶えてやろうとした。だが彼女は多くのことを望まなかった。故郷の海を眺められるだけでも幸せだといった。ある日、海の絵を描きたいというので、画材を買ってきて与えた。彼女はベランダにキャンバスを置き、毎日少しずつ絵の具を載せていった。完成した絵を見て仙波は驚いた。妻に絵心があることなど全く知らなかったからだ。恥ずかしいからあまりじっくり見ないで、と悦子はいった。

悦子が息を引き取った後は、再び東京に戻った。一からやり直そうという気持ちがあったわけではない。食べていければいいと思った。昔の知り合いから紹介してもらい、家電量販店で働くようになった。

そんな時、思わぬ人物と会った。リエコ——三宅伸子だった。親しくしていたホステスの一人ではあったが、会社が倒産してからは会わなくなっていた。久しぶりに飲みに行こうよ、と誘ってきた。

特に深い考えもなく誘いに乗った。華やかだった頃を思い出したかったのかもしれない。軽く食事をした後、昔よく行った『カルバン』というバーに行った。三宅伸子は話の引き出し方がうまい女だった。二杯三杯とグラスを傾けるうちに、仙波はこれまでの出来事を大方話してしまっていた。服装などから、彼にかつての勢いがないことは見抜けていたはずだが、話を聞いて確信したらしく、途中から三宅伸子は失望感を露わにし始めた。たぶん金の無心を企んでいたのだろう。

悔やんでも悔やみきれないミスを犯したのは、その後だ。煙草を買おうとして財布を出した時、挟んであった写真が落ちた。例の写真――節子から貰った赤ん坊の写真だった。それを拾った三宅伸子が、誰の子かと尋ねてきた。

知り合いの子供だと答えたが、自分でも不自然だと思った。すると三宅伸子は、赤ん坊を抱いている人が着ている紅葉柄の着物に見覚えがある、といいだした。仙波はぎくりとし、黙り込んだ。

明らかに三宅伸子は気づいた様子だった。誰にもいわないから本当のことを話してくれといった。

変に邪推され、いいふらされるのが一番怖かった。仕方なく、打ち明けた。三宅伸子は親身になって聞いてくれているように感じられた。誰にもいわないという言葉も信じられそうだった。

話を聞き終えると、三宅伸子はちょっと待っていてくれといって席を立った。やがて戻ってきた彼女は一枚のメモを仙波の前に置いた。そこには住所と電話番号が記されていた。

節子の連絡先だと彼女はいった。『はるひ』に電話をかけて訊いたのだという。節子と親しかったホステスの名前を騙ったらしい。

会いにいったらどうか、と三宅伸子はいうのだった。一目会うぐらいは構わないのではないか、と。仙波は首を振った。その必要はない。すべては胸にしまったままでいいのだといいきった。

話しているうちに涙が出てきた。自分に酔っていたのかもしれない。

だが三宅伸子が節子の連絡先を調べたのには、じつは別の目的があった。そのことがわかったのは、二日後の朝だった。たまたまみた早朝のニュースで三宅伸子が殺害されたことを知った。場所を聞き、血の気が引いた。メモに書かれた節子の住所と近接していた。

迷った末、節子に電話をかけた。繋がらないのではないかと危惧した。彼女が三宅伸子を刺したという不吉な想像を捨てきれなかった。

しかし電話は繋がった。川畑です、という節子の日常的な声を聞き、安堵した。仙波が名乗るとさすがに驚いたようだが、迷惑そうではなかった。夫は単身赴任中だといった。

仙波は一昨夜のことを話し、もしや節子たちが事件と何か関係があるのではないかと気になって電話をしたのだと説明した。すると、途端に節子の様子がおかしくなった。彼女が帰宅したのは昨夜遅くで、娘の顔をきちんと見ていないという。部屋にいるのは確かだが、今朝もまだ起きてこないらしい。

様子を見てくるというので、仙波は一旦電話を切った。それからの時間は恐ろしく長く感じられた。不安のあまり吐き気がし、全身が粟立った。

ようやく節子からかかってきた電話は、絶望的な事実を伝えるものだった。娘が三宅伸子を刺した、机の上には血みどろの包丁がある——泣きながら、そういったのだ。

どうしてそんなことに、などと問い詰めている暇はなかった。節子からの電話を待つ間に、最悪の事態を想定し、仙波はある覚悟を決めていた。それを実行するしかなかった。

自分が何とかするから包丁を持ってきてくれ、と彼はいった。節子は当惑している様子だったが、説明する時間も惜しかった。場所と時間を決め、電話を切った。

室内を見回した。失って困る物など殆どなかったが、一つだけ捨てきれない物があった。悦子の描いた絵だ。それを風呂敷に包み、部屋を出た。

待ち合わせの場所で、仙波は節子から包丁を受け取った。すでに節子は彼が何をするつもりなのかを察している様子で、本当にこれでいいのだろうかと迷っていた。娘を守るのは母親として当然のことだ、と諭した。

包丁と引き替えに絵を渡した。いつか再会できる日まで保管しておいてほしいと頼んだ。

その場所を離れる時、向かいの喫茶店を見るように節子がいった。するとその店の窓際の席に、髪の長い、ほっそりとした女の子が目を伏せて座っていた。その子を見て、愕然とした。若くして病死した、仙波の妹に酷似していた。

これで思い残すことはなくなったと思った。ありがとう、と節子にいった。


仙波は枕の下から袋を取り出した。そこには何枚かの写真を入れてある。そのうちの一枚を出した。あの日、節子からもらった赤ん坊の写真だ。

湯川という学者からもらった写真と見比べた。赤ん坊だった頃の面影が残っている。一体どんな女性に育ったのだろう。どんな声で話すのだろう。死ぬ前に一度だけでも会いたいと思うが、叶わぬ夢だ。叶えようとしてもいけない。そんなことをすれば、これまでのすべてが無駄になる。

記憶が再び十六年前に飛んだ。江戸川区の古いアパートに彼はいた。

間もなく警察がやってくることは予想できた。遺体の身元が三宅伸子だと判明すれば、殺される前日に『カルバン』で仙波と会っていたことも突き止められるだろう。

そして刑事は来た。精悍な顔つきをした男だった。仙波は刑事が部屋に入ろうとするのを頑なに拒んだ。無論、不審に思われるのが狙いだ。

刑事は引き下がったが、本当に立ち去ったとは思えなかった。必ずどこかで見張っているはずだという確信があった。その上で仙波はアパートを出た。抱えた鞄には、節子から預かった包丁を入れてあった。

近くの水路のそばまで行き、きょろきょろとあたりを見回した。尾行している刑事に対しての演技だった。その演技は奏功した。やがて先程の刑事が駆け寄ってきた。

仙波は走った。本気で逃げてみた。もしや逃げきってしまうのでは、という心配は杞憂に終わった。さすがに刑事の体力はすごい。すぐに捕まり、取り押さえられた。

逮捕され、起訴され、裁判で有罪判決を受けた。どの段階でも、仙波の供述内容が疑われることはなかった。ただ一人、疑問を口にしたのは彼を逮捕した刑事――塚原だった。

なぜ鞄を投げ捨てなかったのだ、と訊いてきた。逃げる途中、鞄を水路に捨てることもできたはずだ、というのだった。水路を浚《さら》われたら鞄が見つかるかもしれないが、少なくとも時間稼ぎはできる。鞄から包丁が見つかったので、現行犯逮捕されたのだ。

思いつかなかったのだ、と仙波はいい張った。逃げることに夢中で、鞄に凶器を入れていたことも忘れていた、と。

塚原は納得できない様子だった。だが仙波は供述を変えなかった。

刑務所暮らしは決して楽ではなかった。しかし自分がここにいることで、あの娘が平穏に暮らせていると思うと力が湧いた。生きていることに意味があると思えた。

出所後は、刑務所時代に知り合った男を訪ねていった。男は廃品回収の仕事を紹介してくれた。

給料は呆れるほどに安く、狭くて汚い小屋で寝泊まりすることを強いられたが、生きていけるだけで幸せだと思った。

だがそんなささやかな幸せも長くは続かなかった。仙波に仕事を紹介してくれた男が、会社の金を持って逃げた。会社は潰れ、仙波は仕事も住む場所も失った。

路上生活を始めるしかなかった。そういう人々がどこにいるのかは知っていたので、彼等に助けを求めた。彼等は優しかった。どうすれば生きていけるかを丁寧に教えてくれた。

しかし試練はさらに続いた。ある時から身体が思うように動かせなくなってしまったのだ。おまけに頭痛がひどく、よく眠れない日がたびたびあった。日によっては言葉が出ないこともある。毎週のように行われる炊き出しにも行けなくなってしまった。

何かとても悪い病気だということは自分でもわかった。ホームレス仲間たちが看病してくれたが、好転する兆しは全くなかった。医者にかかっていないのだから当然だ。

そんな時、思いがけない人物が目の前に現れた。

塚原だった。彼は長年に亘って仙波を捜し続けていたらしい。彼の病状を知ると、どう手配したのか、入院できるようにしてくれた。

もっともただの病院ではない。末期癌患者の入るホスピスだ。仙波は院長から、治療のしようがない脳腫瘍だと知らされた。

悲しくはなかった。むしろ、どこかほっとする気持ちがあった。こんなに設備の整った場所で人生の幕を下ろせるのなら本望だと思った。すべて塚原のおかげだ。

それだけに、どうか真実を話してもらえないだろうかと頼まれるたびに、申し訳なさに胸が痛んだ。聞けば、あの事件のことが気がかりで、ずっと仙波を捜していたのだという。どうしてそこまでと思うが、そうせざるをえないのが塚原という男なのだろう。

「わかってるんだよ。誰かを庇ってるんだろう。あんたにとってとても大事な人だ。だけど、このままでいいのかい。今のあんたのことをその人に知らせなくていいのかい。あんたはその人に会いたくないのかい。なあ、どうなんだ」

　見舞いに来ては、ベッドの横に腰を下ろし、塚原は同じことばかりをいった。仙波は次第に嘘をついているのが辛くなった。絶対に口外しない、すべては自分の胸にしまっておくから、という塚原の言葉にも心が揺れた。

　そこで、ついに打ち明けることにした。言葉を発するのが難儀になっていて、すべてを話し終えるにはひどく長い時間を要したが、塚原は殆ど口を挟むことなくじっと聞き入っていた。

　話してくれてありがとう、約束は守る、聞き終えた後で塚原はいった。

　実際、塚原が真相をほかの者に話すようなことはなかった。そのかわりに、節子たちが今どこでどうしているのかを元刑事の聞き込み技術を駆使して調べてきた。川畑の故郷である玻璃ヶ浦にいると聞いた時には、仙波は胸の奥が熱くなった。

　さらに塚原は、インターネット上で興味深い情報を見つけてきた。玻璃ヶ浦を拠点に環境保護活動を行っている沢村元也なる人物の文章中に、川畑成実という女性が出てくるのだという。彼等は玻璃ヶ浦の海底資源開発に反対しているようだった。それに関する説明会が八月に行われ、参加者を募集しているということも塚原は摑んできた。そして、一緒に行かないか、と仙波にいうのだった。

「会うわけじゃない。遠くから見るだけだ。そうまでして守ってやった娘を一目見ておきたくはないか？　大丈夫、俺が一緒に行ってやるよ。車椅子を押してやる」

塚原の提案に仙波の心は揺れた。それができれば本当に思い残すことはなくなると思った。しかしやはり最後まで頷かなかった。自分のような重病人が行けば、きっと目立つだろう。何がきっかけで正体がばれるかわからない。それでももし節子や成実に迷惑がかかるようなことになってはいけないと思った。

だがどうやら塚原は、仙波の同意を得ぬまま参加の申し込みを行ったらしい。ある日病室に来て、一通の封書を見せた。中身は説明会の参加票だった。二人分を申し込んだが、抽選に当たったのは一人分だけだったのだ。

「行こうよ。俺は会場の外で待ってるからさ」塚原はいった。

仙波は首を横に振った。気持ちはありがたかったが、考えは変わらなかった。それに何より、肉体的に不可能だった。病状は急激に悪化しており、長時間の移動など到底できそうもなかった。

仕方ないな、と塚原はいった。彼がその話題を口にしたのは、その日が最後だった。見舞いに来たのも、それが最後になった。

しかし塚原は諦めたわけではなかったのだ。彼は一人で玻璃ヶ浦に行った。おそらく節子や成実たちに会おうとしたのだろう。いや、会ったに違いない。

その結果何が起きたのか。そこから先は想像するのも恐ろしい。だが事実は、その想像通りに違いなかった。

深い後悔の念が仙波の心を揺さぶった。なぜ塚原を止めなかったのだろう。参加票を見せてくれた時、破り捨ててしまえばよかったのだ。

赤ん坊の写真を見つめ、ごめんな、と仙波は呟いた。俺のせいで、君たちはまた一つ大きな罪を犯すことになったのだろうな。だけど俺は黙っているからな。死ぬまで黙っているからな。だから愚かな俺を許してほしい——。

59

品川駅が前方に見えてきた。車が多く、道路は少し渋滞している。

「止めてくれ。このあたりでいい」湯川が降りる準備を始めた。

内海薫がパジェロを路肩に寄せると、湯川はドアを開けた。「ありがとう。助かった」

「待てよ。改札口まで送っていこう」草薙はシートベルトを外した。

「結構だ。駅までまだ少し距離がある」

「まあ、そういうな。——先に戻っててくれ」内海薫にいい、草薙も車を降りた。

車が数珠《じゅず》繋ぎになっている横を、駅に向かって二人で歩いた。八月が終わろうとしているが、まだまだ日差しは真夏のままだ。忽ち汗が噴き出し、埃がまとわりついてきた。

「真相は闇の中だ」不意に湯川がいった。「あれこれと仮説を述べたが、推理と呼ぶには程遠い。所詮、単なる想像にすぎない。三宅伸子を刺し殺したのは成実さんではないのかという説にしても、そう考えれば様々な疑問をうまく説明できるというだけのことだ。具体的な証拠は何ひとつない。それに不明なこともたくさんある。そもそも、成実さんが仙波の子供だという前提自体、当たっているのかどうかわからない。もしそれが事実だとして、そのことを川畑重治は知っているのか。成実さんが殺人を犯したことについてはどうか。知っているのだとしたら、いつ知ったのか。全く謎だらけだ。それを明らかにするには本人たちに告白させるしかないわけだが、そんなことは不可能だと断言できる」

「じゃあ、塚原さんが殺された件はどうなる?」

「殺された、ではなく不審死した件、というべきだな。同じことだ。三宅伸子が殺された事件については解決済みなのだから、塚原さんが殺される理由も存在しないことになる」

「だけど、川畑一家と塚原さんを結びつけることは可能だぞ。塚原さんは仙波を逮捕した。その仙波と節子には繋がりがある」

「たしかにね。だけど、三十年以上も前に小料理屋の店員と客の関係だったということに、果たしてどれだけの意味を持たせられるだろうか」

「偶然で済ませられる話じゃない」

「そうだろうか。その程度の偶然は、世の中にはいくつも転がっているように思えるが。いずれにせよ――」湯川は大きくため息をついた。「少なくとも仙波が真実を語らないかぎりは、事件の本当の姿が明らかになることはないだろう。そして彼は決して語らない。罪を被り、刑期を無事に終え、愛する人間を守り通したんだ。それを無駄にはしないだろう。秘密を抱えたまま、人生を全うしようとしている。それがそんなに長い時間でないこともわかっている。草薙、今度ばかりは君たちの負けだ」

冷淡にさえ聞こえる言葉に、草薙は反論が思い浮かばなかった。何もかもが湯川のいう通りだった。

品川駅に着いた。ではここで、と湯川が改札口に向かって歩きかけた。

「湯川、おまえはそれでいいのか」草薙は湯川の背中に尋ねた。「こんな決着でいいのか。誰かの人生がねじ曲げられようとしているんだろ？　それを防がなくていいのか」

湯川は振り返った。「いいわけがない」よく響く声でいった。「だから、玻璃ヶ浦に戻るんだ」

「湯川……」

じゃあな、といって湯川は持っていた上着を肩にかけ、再び歩きだした。

60

磯部という警部が節子の向かい側に座った。横で記録を取るのは若い刑事だが、西口という成実の同級生ではなかった。

「エアコン、大丈夫かな。冷えすぎじゃないか」磯部が尋ねてきた。仏頂面だが、分厚い瞼に挟まれた細い目に、こちらを気遣う色が滲んでいる。立場上、無愛想な表情をすることが多く、それが癖になり、やがてはそういう顔になってしまったのだろうなと節子は想像した。昔、『はるひ』にも、よくこういう客が来た。不機嫌なわけではなく、ただ柔らかい表情をするのが照れ臭いだけなのだ。

「ちょうどいいです」

彼女が答えると、磯部は小さく頷き、これまでの調書に目を落とした。

実際、取調室の環境は悪くなかった。空調は程よく効いているし、刑事たちが煙草を吸わないので、空気が濁ることもない。取調室というとマジックミラーで隣の部屋から監視されているようなイメージを持っていたが、そんなものはどこにもなかった。

「さてと、じゃあまた、ちょっと細かいことを訊かせてもらいますよ」

そう前置きして磯部が尋ねてきたのは、宿の経営状態に関することや、ボイラーの点検や修理を検討したことがあるのか、あるとすれば費用はどれぐらいだと把握していたか、といった質問だった。嘘をつく必要はなかったので、節子はありのままを答えていった。

どうやらすべてうまくいきそうだ、と思った。警察は業務上過失致死と死体遺棄で片づけようとしている。十六年前の、あの出来事を永遠に隠せるのならば、その程度の罪で自分たちが逮捕されることなど何でもない。

「やっぱり、かなり経営は苦しかったようだねえ」節子の話を聞き、磯部は頭を掻きながら呟いた。「まあ、どこの旅館も似たようなものなんだろうけどなあ」

節子は黙って頷いた。もっと早くに廃業していればよかったと思うが、今さらいっても遅い。

「被害者は、どうしてよりによって、おたくの宿に泊まることにしたんだろうね。何か聞かなかったの？　被害者に夕食を運んだのはあなたでしょ」

節子は首を傾げた。「料理について、説明させてもらっただけです」

そうかあ、と磯部は口元を曲げつつも首を縦に振る。気にはなるが大した疑問ではない、といったところか。

磯部は記録係をしている刑事と何やら話した後、二人で部屋を出ていった。節子は鉄格子の入った窓に目をやった。空がほんのりと赤い。夕闇が迫ってきているのだろう。

あの日は朝焼けが鮮やかだった――十六年前に見た景色が瞼に浮かんだ。

たしか日曜日だ。前日、節子は昔の友人たちと会い、帰るのが遅くなった。アルコールも少し入っていた。帰る途中、家のそばでずいぶんたくさんのパトカーを見かけたが、交通事故でもあったのかなと思っただけだ。家に着いた時には、午前零時近くになっていた。

単身赴任中の重治は当然いない。当時中学生だった成実の部屋を覗いてみた。明かりは消えていたが、ベッドにもぐりこんでいるシルエットは確認できた。節子は安心し、そのまま静かにドアを閉めた。

そして翌朝早く、意外な人物からの電話で目を覚ました。仙波英俊だった。驚きと共に気まずい思いと懐かしさが交錯した。戸惑いはしたが、不愉快でもなかった。

だがそんな甘ったるい感情に浸っている場合ではなかった。仙波は重大な用件があって、そんな早朝に電話をかけてきたのだ。その内容を聞き、節子は仰天した。あのリエコ――三宅伸子が殺されたという。しかも現場は、節子たちの住んでいるすぐそばだ。さらに仙波は目の前が暗転するようなことをいった。成実の出生の秘密を三宅伸子に気づかれてしまったらしい。

電話を切り、成実の部屋へ行った。彼女はまだベッドにいた。胎児のように手足を縮め、丸くなっていた。眠ってはおらず、顔には涙の跡があった。一晩中泣いていたのだ、と節子は瞬間的に悟った。

机の上に包丁があった。節子がよく使うものだった。それが赤黒く汚れていた。刃だけでなく、取っ手も血に染まっていた。

愕然とし、立ち尽くした。節子の目は、なぜか窓の外に向けられていた。朝焼けが、遠くの雲を赤く不気味に染めていた。今後の自分たちの運命を示しているように思えた。

成実を問い詰めた。一体何があったの？　この包丁は何？　正直に話しなさい。

だが人を殺めて思考が混乱している女子中学生に、冷静に事情を話せというのは無理な相談だった。それでも何とか把握できたのは、知らない女が突然やってきて、成実の出生についてあれこれいいだしたということだった。女が帰った後、成実はキッチンへ行って包丁を手にし、追いかけていって刺したらしい。

わからないことはいくつもあったが、パニック状態の成実を問い詰めたところで埒があかないと思った。どうすればいいか。重治に知らせることなどできない。頼れるのは仙波だけだった。

電話をかけて事情を話したところ、仙波は即座に指示を出してきた。包丁を持ってきてくれ、というのだった。自分に考えがあるから、と。

もしや庇ってくれる気ではないか。そう思った。成実の身代わりになって自首する気では。だとしたら、それは断らねばならない。そんなことはさせられない。

だが成実の将来や人生を思うと、何とかしてこの窮地を逃れられないものかと考えてしまうのも事実だった。自分が代われるものなら代わってやりたい。しかし皮肉なことに節子自身にはアリバイがあった。それに動機が思いつかない。成実の出生の秘密を明かすことは絶対にできなかった。

迷いつつ、仙波の指示通り、包丁を持って家を出ることにした。その際、成実にも声をかけた。あなたも一緒に来なさい――。

仙波にそんなことはさせられないと思いながらも、内心では彼の厚意に期待していた。成実を救う方法は、ほかには考えつかなかった。たぶん自分は彼の申し出を受け入れるだろうと思った。しかしその場合には、せめて彼に成実の成長した姿を見せてやりたかった。たしかに彼が成実の本当の父親なのだ。

待ち合わせ場所で会った仙波は、ずいぶんとやつれた印象だった。様々な苦労を越えてきたことが窺えた。とはいえ昔話を交わしている余裕などなかった。

やはり仙波は身代わりになる覚悟を決めており、殺害の状況などを細かく尋ねてきた。節子は成実から辛うじて聞きだした内容を伝えた上で、本当にこれでいいのだろうかといった。娘を守るのは母親として当然のことだ、迷ってはいけない――仙波の言葉は力強く節子の背中を押した。

それから二日後、仙波が逮捕されたというニュースを目にした。証拠を処分しようとしたところを尾行中の捜査員に見つかり、摑まったということだった。自首ではなかったことが意外だった。警察を騙すには、そのほうがいいと判断したのだろう。罪を重くしてまで成実を守ろうとする彼の愛情の強さに、節子は胸が押しつぶされそうになった。

たぶん周到に準備した上で逮捕されたのだろう。ニュースや新聞を見るかぎりでは、仙波の供述内容が疑われている気配はなかった。無論、刑事が節子たちのところへやってくることもなかった。

成実にはすべてを打ち明けた。余程ショックだったらしく、学校を四日間休んだ。だが事件に関する報道が少なくなるのと共に、落ち着きを取り戻していった。自分が何をしたのか、誰が自分を救ってくれたのか、冷静に正視できるようになったのかもしれない。

重治には秘密にしておく、というのは暗黙の了解となった。この出来事について二人で語り合うことは、その後殆どなかった。とはいえ、忘れられるものではない。どちらの心にも、消えない傷跡となって残り、事あるごとに鈍い痛みを呼び覚ましては、彼女たちの生き方を左右していった。玻璃ヶ浦に移りたいという重治の提案に、それまでは消極的だった成実が賛成した心境も、節子にはよくわかった。

玻璃ヶ浦での新生活は、それなりに平穏で幸せなものとなった。成実が何かに目覚めたように環境保護活動に身を入れる姿は痛々しかったが、それで罪の意識が少しでも薄まるのならと見守ることにした。仙波の妻が描いた絵を『緑岩荘』のロビーに飾った際も、止めはしなかった。

そんなふうにして玻璃ヶ浦での十五年間が過ぎた。仙波のことを忘れたことはなかったが、記憶に靄がかかるようになっていたのは確かだ。

その靄を吹き飛ばしたのが塚原正次だった。節子が夕食の料理を並べていると、「……さんが入院中なんです」と話しかけてきたのだ。名前の部分が聞き取れなかったので、「えっ、どなたが?」と尋ねた。塚原は唇を舐め、やや固い笑みを浮かべていった。

「仙波さんです。仙波さんが入院中なんです」

表情が凍りつくのが自分でもわかった。返答の言葉が出ず、ただ唇を震わせていた。すると塚原は、ぐっと声を落として続けた。じつは自分は元警視庁の刑事で、荻窪の殺人事件を担当した、と。

心臓が大きく跳ねた。どくっどくっと鼓動が耳に響いてきた。

「怖がらないでください。昔のことをほじくり返す気はありません」塚原はいった。「ただ、どうしてもお願いしたいことがあって、こうしてやってきたんです」

何でしょうか、と節子は訊いた。声を出すのが精一杯で、顔が強張るのは防げなかった。

塚原が節子の目をじっと見つめていったのは、成実に仙波の見舞いに行くようにいってほしい、ということだった。

「あの人は、もう長くありません。あと一か月、もたないかもしれない。息を引き取る前に、自分が命がけで守った人物と再会させてやりたいんです。それが私の……十六年前、とんでもない間違いをしでかした私にできる唯一の償いなんです」

どうか、といって塚原は深々と頭を下げた。

その姿を見ているうちに節子の動揺は徐々に鎮まっていった。この人は成実の罪を暴こうとしているのではない。ただ仙波に同情しているのだとわかった。

しかし、だからといって易々と心を開くわけにはいかなかった。節子は懸命に態勢を立て直し、何のことだかわからない、ととぼけた。センバさんとは誰ですか。私共には関係のない方だと思いますが――。

「そうですか。それは残念です」塚原は悲しげな顔をしただけで、それ以上はしつこくいってこなかった。

料理を置いて部屋を出た。廊下に重治が立っていた。ぎくりとし、何をしているのかと訊いてみたが、何もしていないただ通りかかっただけだ、と彼は答えた。その顔に表情はなかった。

もしや盗み聞きされたのではないかと疑ったが、確かめる術がなかった。杖をついて歩き始めた夫の背中を黙って見送った。

その後、節子は湯川を居酒屋に案内し、少しだけ付き合ってから店を出た。だが宿に戻ると塚原からまた何かいわれそうで不安だった。店の前でぐずぐずしていると成実が沢村たちと現れた。沢村が送ってくれるというので、仕方なく戻ることにした。

そこから先は、警察に供述した通りだ。『緑岩荘』のロビーでは重治が呆然として座っていた。ボイラーの事故で客を死なせてしまったという。警察に通報するつもりだというし、節子もそれがいいと思ったが、沢村が反対した。玻璃ヶ浦を守るためには、もっと別の事故に見せかけたほうがいいといった。多少の議論はあったが、結果的に重治も節子も沢村に同意した。

自分たちとは関係のないところで塚原は死んだことにしたい。それが節子の正直な思いだった。たとえ事故であろうとも、捜査の段階で塚原と自分たちとを結びつけられることは避けたかった。

それに――。

果たして本当に事故なのだろうか、という疑問もあった。

仮に塚原とのやりとりを聞いていたとしても、重治には何のことかわからなかったはずではある。だがもし十六年前の事件について、何か感付いていたらどうだろうか。

事件が起きた時、重治は名古屋にいた。しかし三宅伸子が殺されたことや仙波が逮捕されたことなどは知っていた可能性がある。重治は二人とも顔見知りだ。そんな事件が節子や成実の住む家のすぐそばで起きたと知り、彼はどんなふうに考えただろうか。

しかも、おそらく彼は成実が自分の娘でないことに気づいていた――。

無論、確かめたわけではない。だが節子にはわかるのだ。この人は知っている。知った上で、成実を自分の娘として受け入れようとしてくれている。

頭の良い重治が、事件と節子らを結びつけて考えないわけがない。しかし彼が事件について触れることはなかった。それが却って節子の確信を深めることになった。

急に玻璃ヶ浦への移住を強くいいだしたのも、事件と無関係だとは思えなかった。忌まわしい土地から一刻も早く妻と娘を引き離したい――そう考えたのではなかったか。

すべては節子の想像にすぎない。だがもし事実が想像通りだとすれば、塚原の話を聞き、どんなふうに思っただろうか。

塚原のことを、葬り去りたい過去への扉を開く不吉な使者だとは思わなかっただろうか。この人物を生かしておくことは自分たちの破滅に繋がるとは考えなかっただろうか。

しかし真相は、節子にもわからなかった。重治に対して一度たりとも、「本当に事故なの？」と訊くことはなかった。重治が何もいわない以上、彼女も黙っているつもりだった。たぶん一生このままだろう。

自分たちにはそうするしかないことを節子は誰よりもわかっていた。

61

例によって敬一は電話をかけていた。相手は由里だ。母親の苛立った顔が目に浮かぶようで恭平は憂鬱になった。

「だって、しょうがないだろ。本人がここにもう一日いたいっていうんだから。……わかんないよ。宿題がどうとかいってる。……知らないよ。それなら君からいってくれよ。……うん、じゃあ替わるからな」敬一は携帯電話を恭平のほうに差し出した。「お母さんだ。話を聞きたいってさ」

げんなりした思いで電話を受け取った。うまく説明してくれない父にも腹を立てていた。

もしもし、といってみた。

「どういうこと?」いきなり由里の尖った声が聞こえた。「警察には、もう全部話したんでしょ? だったら、さっさとこっちに来ればいいじゃない。何がだめなの?」大声で早口だ。恭平は思わず電話を耳から少し離した。

「宿題があるんだよ」ぼそりといった。

「宿題? 何よ、それ。こっちですればいいでしょ」

「それができないんだ。いろいろと教わりながらやってるんだ」

「誰によ?」由里は尋ねてくる。いちいち面倒臭いな、と恭平はうんざりした。

「伯父さんの旅館で会った人。大学の先生なんだ」

「先生? なんでそんな人に教わってるの?」

「なんでって……僕が宿題のことを話したら、教えてやるって。今も同じホテルに泊まってる。でもその人、今日は出かけてて、夜まで帰ってこないんだ」

ふーん、と由里は疑わしそうな声を発した。「その人でなきゃだめなの? お父さんがいるし、お母さんだって手伝ってあげるわよ。いつもそうしてるじゃない」

「それじゃだめだって、その人が。自分の力でやらなきゃ身に付かないって」

由里がしばし黙り込んだ。息子のいっていることのほうが正しいので、反論が思いつかないのだろう。

「もういい、わかった。ちょっとお父さんに替わって」

恭平は敬一に電話を渡すと、ガラスドアを開けてベランダに出た。眼下にプールが見える。その周辺に視線を走らせたが、湯川の姿は見当たらない。時刻はまだ午後三時を少し過ぎたところだ。

湯川は夜まで戻らない、という話をフロントで聞き、一旦は諦めかけた。だが部屋に戻り、支度をしながらあれこれ考えているうちに、どうしても最後にもう一度会っておきたいと思った。会って、話がしたかった。そこで敬一に、もう一泊だけしたいと頼んでみたのだ。

はっきりとした理由をいわなかったにもかかわらず、敬一は意外にあっさりと願いを聞き入れてくれた。息子がこんなことをいうからには何か余程深い理由があるのだろう、と察してくれたのかもしれない。

敬一が電話を終えた。どうやら由里も納得したらしい。

「ただし、明日の午後には帰るからな」

父の言葉に恭平は頷いた。

母親にあんなふうにいった手前、遊んでいるわけにはいかず、恭平は部屋のテーブルを使って宿題を始めることにした。それにじつは遊ぶ気分でもなかった。今は何をやっても楽しくなさそうだった。

「お父さんは警察に行ってくるよ。伯父さんたちがどんな様子か訊いてみる。教えてくれるかどうかはわからないけどな」そういって敬一は出ていった。

夜の六時を過ぎた頃、敬一は戻ってきた。成果なしだ、といった。「粘ってみたけど、何も教えてもらえなかった。仕方ないから、ぶらぶらしてたよ」

成果がないのは恭平も同じだった。ほかのことばかり考えて、ちっとも宿題に集中できなかったのだ。

一階のレストランで夕食を摂ることになった。恭平は海老フライを注文した。好物の一つだ。大きな皿に三匹も載っていた。

しゅるしゅる、ぱん、という聞き覚えのある音がした。恭平は海岸のほうに目をやった。

「花火か」敬一がいった。「誰かが浜辺で打ち上げ花火をやってるみたいだな」

違うよ、あれは打ち上げ花火じゃなくてロケット花火だよ——そういおうとした時、あの夜のことが恭平の脳裏に蘇った。その瞬間、喉の下あたりに大きな塊が生じるのを感じた。それは鉛のように重くなり、彼の心にのしかかってきた。

恭平は首を振り、フォークとナイフを置いた。好物の海老フライさえ、食べたくなくなっていた。

「どうした？　気分でも悪いのか」敬一が訊いてきた。

恭平は首を振った。「違う。おなかがいっぱいになっただけ」

「いっぱいって……」

その時だった。レストランの外を湯川が通りかかるのが見えた。恭平は椅子から下り、駆けだしていた。博士、と声をかけた。

湯川は立ち止まり、振り返った。恭平を見て、一瞬困惑の色を浮かべた後、表情を緩めた。

「君か。まだここにいたのか」

「博士、僕、どうしていいかわからないんだ。お父さんにもお母さんにもいえないし、本当は博士にも話しちゃいけないのかもしれないけど――」

恭平が無我夢中で話し出しそうになるのを制するように、湯川は唇に人差し指を当てた。さらにその指を恭平のほうに向けた。

「それは花火の夜のことだな」

恭平は頷いた。やっぱりこの人は何でもお見通しだ。

「そのことなら、明日話そう。今夜はゆっくり眠るといい」そういうと湯川はくるりと身体を反転させ、恭平の返事も聞かずに歩きだした。

62

インターネットで様々な記事を調べてみたが、事件の続報は見当たらなかった。昨日の夕方、『玻璃ヶ浦での転落死遺体じつは中毒死　旅館店主らが隠蔽か』というタイトルで短い記事が出たっきりだ。世間から見れば大した事件ではないのだろう。

だが成実たち当事者にとっては大事件だ。現在両親たちがどんな状況に置かれているのか、少しでも情報を得たいと思うが、その手だてがなかった。西口に電話をかけてみたが、「ごめん。俺にも詳しいことはわからないんだ。ただ、二人とも元気だと思うよ」といわれただけだ。迂闊には情報を漏らせないのだろう。

西口からは、事件が一段落したらゆっくり会おうともいわれた。考えておく、と成実は答えた。今はそれどころではなかった。

求人情報などをぼんやりと眺めていると、階段を上がる音が聞こえ、ドアが開いた。

「成実さん、下にお客さんが来てるんですけど」若菜がいった。

「お客さん？　あたしに？」成実は自分の胸を押さえた。「警察の人？」

「違います。海に潜りたいんだけど、できれば川畑成実さんに案内してほしいとかいってるんです。前に約束したとか」

いつそんな話をしただろうかと考え、すぐにある人物の顔が思い浮かんだ。「背の高い男の人？」

「そうです」

「わかった」成実は頷き、立ち上がった。

階段を下りていくと、思った通り湯川の姿があった。売り物のステッカーを手に取っている。こんにちは、と声をかけた。

湯川は成実のほうを向き、笑顔になった。「先日はどうも」

「こちらこそ。……どうしてあたしがここにいると？」

湯川は持っていた商品を元の場所に戻した。

「玻璃警察署に行ってきたんだ。宿泊費について確認したいことがあるので、『緑岩荘』の責任者に会わせろといったら、君がここにいることを教えてくれた」

「警察署に……」

どんな状況だったかを訊こうとしてやめた。重治や節子のことがわかるはずがない。

「じつは、今日でここを離れることにした」湯川はいった。

「今日？　研究は終わったんですか」

「後はデスメックの連中に任せる。そろそろ大学が始まるしね。それで、最後に見ておこうと思ったんだ。君が自慢していた玻璃ヶ浦の海を。たしか、案内してくれるという話だった」

「それはいいましたけど……」

あのう、と後ろから声が聞こえた。いつの間にか若菜がそばに来ていた。

「もしよければ、自分が御案内しますけど。成実さんは、ここんところいろいろとあって、たぶんかなりお疲れだと思うんですよね。急に潜ったりして、体調を壊したらまずいし」

湯川は思案顔で頷き、成実を見た。

「そういうことなら無理にとはいわない。海を案内してもらいながら、君と少し話したかっただけだ」

成実は湯川の顔を見返した。眼鏡の奥にある彼の目には、いつも以上に真剣な光が宿っている。だがその一方で、これまでに見せたことがないような優しさも感じられた。何かを告げたいのだ、と成実は察した。

「スキューバとなると、いろいろと準備が大変なんです。シュノーケリングなら、お付き合いできますけど」彼女はいった。「それでも十分に、海の美しさは満喫できるはずです」

「シュノーケリングね。もちろん、悪くない。むしろ、ちょうどよかった」湯川は棚にあった水中眼鏡を手に取り、「以前、ダイビングのライセンスを持っているといったが、あれは嘘だ」と、すました顔でいった。

それから約一時間後、成実は湯川と共に海の中にいた。彼女自身がシュノーケリングに夢中になるきっかけになった場所だ。海水浴場からも、人気のダイビングスポットからも離れているので、いわば穴場だ。少し沖に出るだけで一気に水深が深くなり、光景ががらりと変わる。海底の色はグラデーションに変化し、生き物たちの多様な世界が現れる。

この海が自分を救ってくれた、と思った。もしこの海がなかったら自分はどうなっていただろう。そう考えるだけで恐ろしくなる。

十五年前、この町にやってきた時には、生きる目標が見つからなかった。それどころか、自分のような者が生きていてもいいのだろうかという疑問を持っていた。人を殺し、その罪を人に押しつけたままで、幸せを求める権利などはないように思えた。

あの感触――。

女の胴体に包丁を突き立てた感触は、今も手に残っている。おそらく一生消えることなどないだろう。なぜあんなことをしてしまったのか。いくら考えてもわからない。気がつけば身体が動いていたとしかいえない。

だがその直前の気持ちなら思い出せる。このままでは壊れてしまうと思ったのだ。平和な自分たちの生活が無茶苦茶になると恐れたのだ。

あの女――三宅伸子の台詞が脳裏に蘇る。節子が留守だと知った時には残念そうな表情をしたが、成実の顔をじろじろと眺めると、赤い口紅を塗った唇を微妙に曲げていった。

「やっぱり似てる。間違いないわ」

何がですか、と成実は訊いた。後から思えば、訊かないほうがよかった。

三宅伸子は鼻から息を吐き、嫌味な笑みを浮かべた。

「成実さんっていったわね。あなた、お父さんには似てないっていわれるでしょ」

えっと思わず目を見開いた。その反応に満足したらしく、三宅伸子はくすくす笑った。

「図星みたいね。大丈夫。本当のことを知ってるのはあたしだけだから」

成実の頭に一気に血が上った。

「どういう意味ですか、変なことといわないでください」声を尖らせた。

「変なことじゃないわよ。すごく大事なこと。それにしてもよく似てるわあ。口元のあたりなんか、あの人にそっくり」無神経に成実の顔を視線で舐め回してきた。

「やめてください。父にいいつけます」

すると女は大口を開き、わざとらしく驚いた顔を作った。

「どうぞいってちょうだい。あたし、お父さんに本当のことを教えてあげる。そしたらどうなるかしらね。あなたもあなたのお母さんも追い出されるんじゃないの？　まあいいや。とにかく節子さんに伝えといて。また来ますってね。何よ、その顔は。何を睨んでるんだよ。でかい面してられるのも、今のうちだからね」

赤い唇の動きは、成実の瞼の裏で残像となった。それが消える頃には、三宅伸子は玄関から出ていっていた。

頭の中が混乱した。どうすべきか、考えがまとまらなかった。それなのに身体は動き始めていた。キッチンで包丁を手にし、女の後を追った。

無我夢中だったが、意識の底にこびりついている思いがあった。それは、やっぱり、というものだった。自分は父の娘ではないんじゃないか――それはずっと以前から彼女自身が胸に抱いていた疑問だった。

そのきっかけになったのは、ある夜のことだ。学生時代の同窓会に出た重治が、珍しくひどく酔って帰ってきた。真っ直ぐ歩くこともできないほどで、水を飲もうとして社宅のキッチンで倒れ込んでしまった。節子が起こそうとしてもいうことを聞かない。それどころか重治は、突然節子の顔を叩いたのだ。父が家族に手を上げたことなど一度もなかったので、成実は衝撃を受けた。節子も凍りついたようになった。

「文句をいうな。おまえが俺に文句をいうな」それまでに成実が耳にしたことのない恐ろしい声を父は出した。さらに父は懐から財布を出し、中に入れてあった写真を床に投げ捨てた。それが家族三人で撮った写真だということを成実は知っていた。「似てないってさ。みんな、笑ってたよ。似てないよなあ、そりゃあ」

そのまま重治は酔いつぶれ、眠ってしまった。そんな夫を節子はじっと見つめていた。

翌日になると重治はいつも通りの優しい父親、穏やかな夫に戻っていた。昨日は飲みすぎちゃったなあ、記憶が全然ないよといい、節子や成実に謝った。

それ以後、重治が荒れることはなかった。無論、あんなことをいいだしたのも、あれが最初で最後だった。成実も節子には何も尋ねなかった。しかしあの夜のことを忘れたこともなかった。

三宅伸子という女は、あの忌まわしい記憶を明瞭に呼び覚ました。このままでは我が家の生活は壊れてしまう。

女の後ろ姿が街灯に照らされ、浮かび上がっていた。成実は両手で包丁を握りしめ、突進していった。これが罪だということ、殺した人間は刑務所に入らねばならないことなど、その瞬間は頭になかった。

その後のことはよく覚えていない。気づいた時には部屋のベッドで丸くなっていた。そのまま眠ることもなく、朝までずっと震えていた。

節子から問い詰められ、事の次第を話したが、うまく説明できたとはいえない。自分でも記憶が曖昧なのだ。

節子に命じられるまま、服を着替え、家を出た。どこに行って何をするのか、それによって何がどうなるのか、まるでわからなかった。

何が起きたかを知ったのは、それから何日も経ってからだ。驚いたことに三宅伸子を殺した犯人が逮捕されていた。知らない男性だった。

それが誰なのか、なぜ身代わりになってくれたのかを、節子が話してくれた。成実は驚愕した。信じられず、信じたくない話ばかりだった。だがそれらが真実である証拠に、成実は逮捕されずにいる。

「このことは私たちだけの秘密。誰にもいっちゃだめ。もちろんお父さんにも」節子は険しい目をしていった。

逆らうことなどできなかった。自分のせいで会ったこともない人間が刑務所に入れられるのだと思うと苦しいほどに胸が痛んだ。だがその一方で、その人物を憎む気持ちもあった。妻がいるのにほかの女と関係を持つから、こんなことになってしまったのだ、と。

自己嫌悪と戦う日々だった。実の父を刑務所に入れ、育ての父を欺いている。自分など生まれてこないほうがよかった——事あるごとにそう思った。たまに重治が帰ってきた時など、申し訳なくて顔を正視できなかった。

だから重治が会社を辞めて旅館を継ぐといいだした時も、全く反対しなかった。むしろ、この場所を早く離れたいと思った。あの殺害現場を目にするたび、足がすくむのだ。

玻璃ヶ浦に越してきて一か月ほど経った頃だ。友人に誘われ、学校からの帰りに近くの展望台に寄った。そこから海を眺め、あまりの美しさに息を呑んだ。さらに思い出したのが、節子が仙波という人物から預かったという絵のことだ。

その瞬間、自分の生きていく方向が見えたような気がした。

せっかく守ってもらった人生を粗末にはできないと思った。何かに捧げたい。何に捧げればいいか。最早明らかだ。恩人が愛した海を、その人が戻ってくるまで自分が守ろう。そう心に決めた。

湯川のフィンさばきはなかなかのものだった。動きに全く無駄がない。スキューバのライセンスを持っているというのは嘘だといったが、もしかしたらそれもまた嘘なのかもしれない、そんなふうに思うほどだった。

成実のお気に入りのポイントを何箇所か案内した後、元の場所に戻り、岩場に上がった。

水中眼鏡を外し、素晴らしい、と湯川はいった。「君が自慢したくなるのもわかる。日本人は愚かだな。こんなに奇麗な海がすぐ近くにあるというのに、わざわざ遠いところへ行きたがる」

成実を見て、「ありがとう。いい思い出になった」と続けた。

成実はフィンを外し、岩に腰を下ろした。

「感想はそれだけですか。ほかにもっと話したいことがあるんじゃないんですか」

するとと湯川は意味ありげな笑みを浮かべ、彼女と並んで座った。視線の先には水平線があった。

「夏も、もう終わりだな」

「あの、湯川さん……」

「警視庁の友人が仙波英俊さんを見つけた」不意に湯川はいった。「それでじつは、昨日会ってきたんだ。入院中だった。悪性の脳腫瘍で、もう長くないという話だ」

成実の胸の中に大きな塊が生まれた。呑み込むことはできず、吐き出すわけにもいかない感情だった。ただ顔を強張らせた。

「ただの物理学者が、なぜそんなことまで、といいたいだろうな。僕自身、ずいぶんと余計なことをしていると思う。他人のことなどほうっておけばいいのにね」

成実は言葉を探した。何とかして、この場を取り繕わねばと思った。しかし同時に、そんなことは無駄だということもわかっていた。この人物は、すべてを知っている。

「仙波さんの生活を支えていたのは、十六年前に彼を逮捕した塚原さんだった。すでに警視庁を辞めていたが、あの事件だけは心残りだったようだ。二人の間にどんなやりとりがあったのかは不明だが、塚原さんが真相を聞きだそうと説得したであろうことは想像がつく。そして仙波さんはついに折れたのではないかな。世話になっているし、何より信用できると思ったんだろう。実際、真相を知った塚原さんに、それを公にする気はなかった。だが仙波さんの死期が近いことを知り、その前に彼の願いを叶えてやりたいと思ったんじゃないだろうか。人生を犠牲にしてでも守り抜いた自分の娘に一目会いたい、という願いをね。もちろん、仙波さんがそれを口にしたことはなかったと思うが」

淡々と語る湯川の言葉が、成実の心の底に沈んでいった。説明会の会場で塚原と目が合った時のことを思い出した。あの優しい眼差しの意味も、今となってはよくわかる。

「塚原さんのやろうとしたことは、人として間違ったことじゃない。だけど危険を伴う行為だった。まるで海の底にある扉を開くようなものだ。そこから何が出てくるのか、それによって何が起きるのか、全く予想がつかない。だからこそ、誰も手を触れなかったし、開けることもなかった。開けようとする人間が現れれば、それを阻止しようとする者がいても当然だ」

成実は湯川の顔を見返した。「あれは事故ではないというんですか」

「君はどうなんだ？」湯川は冷めた目を向けてきた。「単なる事故。本当にそう信じているのか」

もちろんそうだ、といおうとした。だが声を出せなかった。口の中が、からからに渇いている。

湯川は再び遠くに視線を投げた。

「僕はね、本当は口出ししたくなかったんだ。今回の事件には最初からいろいろと気に掛かることがあったんだけど、無視しようと決めていた。ところが、ある事実に気づき、そういうわけにもいかないと思った。ある人物の人生を狂わせるおそれがある。そんなことは何としてでも防がねばならない」

成実は湯川の横顔を見つめた。彼の意図がわからなかった。ある人物とは誰なのか。

「あれは事故なんかじゃない。れっきとした殺人だ」湯川は彼女のほうを向いた。「そして犯人は……恭平君だ」

一瞬、すべての音が消し飛んだような気がした。海の表面が止まって見えた。

やがて波の音が耳に蘇ってきた。一陣の風が成実と湯川の間を駆け抜けていった。

何をいっているのだ、この人は——物理学者の顔を見つめた。それとも自分が聞き違いをしたのだろうか。

もちろん、と湯川はいった。「彼が自分の意思でやったことではない。それどころか、その時点では自分のやったことの意味すらわかっていなかったと思う」

「……どういうことですか」声がかすれた。

湯川は沈痛な面持ちで俯いた後、改めて顔を上げた。

「前にもいったように、警察は再現実験に苦労している。理由は簡単。君のお父さんが嘘をついているからだ。あの現象を再現するには、一つ大きな条件が必要なんだ。それ自体は難しいことではないが、足の悪い重治氏には不可能だ。だから鑑識も気づかない」

成実は後ずさりした。「それって一体……」

湯川は大きく呼吸をした。

「簡単なことだ。煙突の出口を塞いでやればいい。行き場を失った排煙は逆流する。やがてボイラーは不完全燃焼を起こすだろう。発生したＣＯガスは上昇し、煙突の亀裂から『海原の間』へと流れ込む。計算では十分足らずで室内のＣＯ濃度は致死量に達する」

「そんなことで……」

「僕がその可能性に気づいたのは、鑑識が『緑岩荘』にやってきた時だ。燃焼系統ばかりを調べる彼等を見て、どうやらCO中毒を疑っているらしいと見当がついた。だけどさっきもいったように、僕は極力無関心でいるように努めた。ところが恭平君の言葉を聞いて、どうしても無視していられなくなった」

「あの子が何をいったんですか」

「建物の非常階段を下りてくる鑑識を見て、彼はこういったんだ。屋上には煙突がある、と。僕は驚いた。なぜなら下からだと煙突などは全く見えないからだ。彼はいつ、そんなところへ上がったのだろうか。前回『緑岩荘』に来た時か。いや、その時の彼は今よりもっと小柄だったはずだ。そんな危険なことをしたとは思えない。やはり、今回最初に花火をやった夜と考えるのが妥当だ。なぜ彼はそんなところに上がったのか。鑑識が調査を行っていたこともあり、僕はどうしても結びつけて考えざるをえなかった。恭平君が煙突に細工をし、それが原因で燃焼事故が起きたのではないか、とね。もちろん彼に何らかの意図があったとは思えない。それだけに慎重に事を運ぶ必要があった。僕は彼に尋ねることなく、自分なりに推理し、検証することにした」湯川は口元を緩めた。「ただし、彼にも手伝ってもらったがね。マスターキーを盗み出してもらった」

「何のためにマスターキーを?」

「『海原の間』を調べるためだ。あの部屋の壁には煙突が通っていると推測できた。しかもほかの空き室には鍵がかかっていないのに、あの部屋だけは施錠されていた。何かあるのではないかと疑うのは当然だろ? 案の定、押入の壁に亀裂があるのを発見した。さらに恭平君から重大な話を聞いた。ロケット花火を飛ばす際、花火が屋内に飛び込んでしまわないよう窓はすべて閉めた、窓以外でも花火が飛び込みそうなところはすべて蓋をした、というんだ。その時にはっきりとわかった。彼は何のために煙突に近づいたのかがね」

「煙突に蓋を……」

「おそらく段ボール箱を使ったのだと思う。水に濡らして煙突の先端にかぶせるだけでいい。そうするように命じられたんだ」

「父に……ですね」

湯川は答えず、足元にあった小石を拾った。

「塚原さんを『海原の間』で眠らせておくことは難しくない。適当な理由をつけて、部屋を移るように頼めばいい。荷物は犯行後に『虹の間』に戻しておく必要があるけどね。睡眠薬は酒にでも混ぜて飲ませたのかもしれないな」

話を聞くうちに成実は絶望的な気持ちになっていった。彼の話には説得力があった。少なくとも単純な事故と考えるよりは筋が通っている。

「どこまで明確な殺意があったのかはわからない。煙突に蓋をしたからといって、必ず成功するという確信はなかったはずだ。何とかうまくいってほしい――その程度の気持ちだったんじゃないか。だけど殺意は殺意だ。そこには何らかの動機があるはずだ。だから警視庁の友人に、君たち親子のことを調べるよう進言した」湯川は立ち上がり、持っていた小石を海に投げつけた。

「その結果、十六年前のことを明らかにする必要が出てきた。だから仙波さんに会ってきたんだよ。ただし、彼は何ひとつ認めてはいないけどね」

気がつくと成実は震えていた。寒さのせいではない。太陽の日差しは今日も強く、ウェットスーツの水気などとうの昔に乾いていた。

「その話を警察にするつもりですか」震えながら訊いた。

湯川は唇を真一文字に結んだ後、首を横に振った。

「それができないから悩んでいる。君のお父さんの殺意を証明するには、恭平君のやったことも話さねばならない。もちろん彼が処罰されることはないだろう。だけど苦しい選択を迫られることは確実だ。本当のことを話すべきかどうか、彼は悩むだろう。いやすでに彼は苦しんでいる。今はもう、自分がやったことの意味がわかっているはずだからね」

成実は息を呑んだ。「そうなんですか」

「今問い詰めることは彼のためにならない。本当のことを話しても、嘘をついても、彼は自分自身を責めることになる」湯川は成実を見下ろしてきた。「そこで、君に頼みがある」

成実は思わず背筋を伸ばした。「何でしょうか」

「恭平君は今後、大きな秘密を抱えたまま生きていくことになる。だけど、いつかきっと知りたいと思う時が来るだろう。なぜあの時伯父さんは自分にあんなことをさせたのか、とね。もし彼がそのことを訊いてきたら、どうか真実を包み隠さずに話してやってほしい。その上で彼に、どうするかを選ばせてやってほしい。人の命に関わる思い出を抱えていく辛さは、誰よりも君が一番よくわかっているはずだ」

湯川の言葉の一つ一つが成実の心に浸みた。それによって心の傷が痛んだが、仕方のないことだった。

彼女は立ち上がり、湯川の顔を見つめた。「わかりました。お約束します」

「よかった。それを聞いて安心した」

「あの……」成実は息を整えていった。「あたしは罰を受けなくてもいいんでしょうか」

湯川の眼差しが一瞬大きく揺れた。だがすぐに穏やかな笑みを唇に浮かべた。

「君の務めは人生を大切にすることだ。これまで以上に」

返す言葉など思いつかなかった。涙を堪え、視線を遠くに向けた。

63

報告書に目を通す間、多々良の眉間には深い皺が刻まれたままだった。草薙は会議机の下で両手を擦り合わせた。掌に汗をかいていた。

「要するに」多々良が目を上げ、太いため息をついた。「証拠は何もないということだな」

「申し訳ございません」草薙は頭を下げた。「そこに書きました通り、三宅伸子殺害事件に川畑節子と成実が関わっていた可能性は高いと思われます。しかし仙波が口を閉ざしているかぎり、そのことを立証するのは極めて困難といわざるをえません」

多々良は頬杖をつき、低く唸った。

「あの塚原さんが突き止められなかったんだ。仕方がないだろう。それに三宅伸子殺害事件は、完全に解決した事件だ。今さら警視庁としては何もできない。何かをするわけにもいかない。君たちはよくやってくれた。少なくとも、私の気は済んだ」

「あっちのほうはどうしますか」草薙は訊いた。玻璃ヶ浦の事件のことだ。

多々良は再び唸り、懐から手帳を取り出した。

「玻璃警察署から連絡があった。向こうでは事故ということで決着させるつもりらしい。関わった人間たちの供述内容に疑問の余地はなく、事故が意図的に引き起こされた可能性は殆どないというのが鑑識の見解だそうだ。塚原さんと川畑親子の関係については言及していない。こちらから知らせていないのだから、当然といえば当然だが」

「どうしますか。今から知らせますか」

草薙の問いに、多々良の目が大きくなった。腕組みをし、じっと見つめてきた。

「知らせてどうなる？　こちらには三宅伸子殺害事件を再捜査する予定はないんだぞ」

草薙は首をすくめた。「ではどのように？」

多々良は報告書を手にすると、ゆっくりと破った。

「県警の判断を受け入れるだけだ。塚原さんの奥さんには私から説明する」

「それで――」いいんですか、という言葉を呑み込んだ。

多々良は破った報告書を握りしめ、真っ直ぐに草薙を見つめてきた。「御苦労だった。たった今から、正規の任務に戻ってくれ」

草薙は立ち上がり、一礼してからドアに向かった。部屋を出て、ドアを閉める直前、多々良を見た。じっと窓に目を向けた白髪の管理官は、横顔に無念さを漂わせていた。

64

敬一がフロントで精算をしている間も、恭平はロビーの中を歩き回っていた。無駄とわかりつつ、ラウンジやプールサイドも覗いてみる。だがどこにも湯川の姿はなかった。

明日、話をしようといったくせに——腹立たしさがこみ上げてくる。大人はいつだって平気で約束を破る。博士はそんな人じゃないと思ったのに。

「おい、何やってるんだ。行くぞ」敬一が声をかけてきた。「今からだと、ちょうどいい時間に駅に着く。急ごう」腕時計を見ながら正面玄関に向かった。

もうこれ以上我が儘はいえない。恭平は仕方なく父親の後を追った。

ホテルの前からタクシーに乗った。恭平は車の窓から外を眺めた。漁港には今日もたくさんの船が浮かんでいる。遠くに見える海水浴場の砂浜が白く光っていた。

あっ、と小さく声を漏らした。湯川とロケットを飛ばした防波堤が見えたからだ。ついこの間のことなのに、ずいぶんと昔のような気がした。

思ったよりも早くタクシーは玻璃ヶ浦駅に着いた。車から外に出るなり汗が噴き出した。

「今日も暑いな。駅の待合室、冷房が入ってるかなあ」敬一がいった。

階段を上がったところに小さな待合室がある。中は程よく冷房が効いていた。だがそれ以上に恭平を喜ばせることがあった。湯川が隅の席で雑誌を読んでいた。

博士、と声をかけながら駆け寄った。

湯川は顔を上げ、頷いた。「思った通りだ。次の特急列車に乗るんだろう?」

「そう。博士も乗るんだね?」恭平はリュックサックを下ろし、湯川の隣に座った。

「いや、私は乗らない。デスメックの連中とバスで東京に帰ることになった」

「……そうなんだ」がっかりした。もっとゆっくり話がしたかった。

「私がここへ来たのは、君に会うためだ」そういった後、湯川は戸惑った様子の敬一を見上げた。「彼と少し話をしても構いませんか」

「どうぞ。私は外にいますから」敬一は指先で煙草を挟むしぐさをしながら出ていった。

「まず、これを渡しておこう」湯川が上着のポケットから書類を出してきた。「ペットボトルロケットを飛ばした時のデータだ。これがないと自由研究の宿題ができないだろ」

「あっ、そうだった」書類を受け取り、目を通した。細かい数字が並んでいる。知らない人が見たら、何のデータかさっぱりわからないだろう。しかし恭平にはわかる。ロケットがうまく飛んだ時、ちっとも飛ばなかった時、それぞれの光景が目に焼き付いている。

「この世界には」湯川がいった。「現代科学では解けない謎がいくつもある。しかし科学の発展と共に、いずれはそれらも解かれていくだろう。では科学に限界はあるのだろうか。あるとすれば、何がそれを生み出すのだろうか」

恭平は湯川を見た。なぜこんなことをいいだしたのか、わからなかった。だが何かとても重要なことを教えてくれるような予感がした。

湯川は恭平の額を指差し、「それは人間だ」といった。「人間の頭脳だ。たとえば数学の世界では、何か新しい理論を発見した時には、正しいかどうかをほかの数学者たちに検証してもらう。だが発見される理論は益々高度化していく。そうなると当然、検証できる数学者もかぎられてくる。ではもし理論が難解すぎて、ほかの誰も理解できなかったらどうだろう。それが理論として定着するには、別の天才が現れるまで待たねばならない。人間の頭脳が科学の限界を生み出すというのは、そういう理由からだ。わかるかい?」

恭平は頷いたが、この話がどこに向かっているのはわからなかった。

「どんな問題にも答えは必ずある」湯川は眼鏡の奥から真っ直ぐに見つめてきた。「だけどそれをすぐに導き出せるとはかぎらない。人生においてもそうだ。今すぐには答えを出せない問題なんて、これから先、いくつも現れるだろう。そのたびに悩むことには価値がある。しかし焦る必要はない。答えを出すためには、自分自身の成長が求められている場合も少なくない。だから人間は学び、努力し、自分を磨かなきゃいけないんだ」

その言葉を嚙みしめた後、恭平はあっと小さく声を漏らした。湯川が何をいおうとしているのかが、突然わかったからだ。

「今回のことで君が何らかの答えを出せる日まで、私は君と一緒に同じ問題を抱え、悩み続けよう。忘れないでほしい。君は一人ぼっちじゃない」

恭平は湯川の顔を見返しながら深呼吸した。胸の中に明かりが点ったような気がした。数日前から恭平の心にのしかかっていた重しが、すっと消えるのを感じた。湯川と何を話したかったのか、今ようやくわかった。まさにこういう言葉をかけてほしかったのだ。

敬一が戻ってきた。「そろそろいいかな。電車が着く時間だ」

恭平は立ち上がった。改めて湯川のほうに向き直った。「わかった。ありがとう、博士」

湯川はにっこりと微笑み、頷いた。「元気でな」

敬一に続いて、改札口をくぐった。ちょうどその時、特急電車がホームに入ってきた。

電車に乗る直前、振り返って待合室を見た。すでに湯川の姿はなかった。

四人掛けのロマンスシートに、敬一と向き合って座った。何を話していたのかと訊かれたので、データの書類を見せた。ペットボトルロケットの実験をしたことは話してある。

「何だ、これ。ずいぶんと小難しそうだな。よくわからん」敬一は興味がないらしく、すぐに書類を返してきた。そりゃそうだよ、と恭平は心の中で呟いた。実験をした者でないとわからない。それが科学なんだ。

窓の外を流れる景色に目をやった。海面が光っていた。水平線の上には、ソフトクリームのような雲が浮かんでいる。

このことは内緒だからね——重治の声が耳に蘇った。あの花火の夜のことだ。打ち上げ花火が飛び込んだらまずいので煙突に蓋をしよう、と伯父さんはいった。濡れた段ボール箱をかぶせるだけでいいという。足の悪い伯父さんは、屋上には上がれない。

あの時は何も知らなかった。煙突に蓋をしたらどうなるかなんて考えなかった。

蓋をした後、花火を何発か打ち上げた。そのたびに恭平は夜空を見上げた。

ふと横を見ると伯父さんも上を向いていた。だが夜空ではなく、建物のほうを見上げていた。さらに仏壇の前でよくやるように、両手を胸の前で合わせていた。その顔は、なぜかひどく辛そうだった。

あの時伯父さんは、誰かに謝っていたんじゃないだろうか。

でもいいんだ、と思った。まだ答えを出す必要はない。いろいろなことをいっぱい勉強して、それからゆっくりと答えを探そう。僕は一人ぼっちじゃないんだから——。

初出「週刊文春」二〇一〇年一月十四日号〜十一月二十五日号

東野圭吾

一九五八年、大阪府生まれ。
大阪府立大学工学部電気工学科卒業。
八五年、『放課後』で江戸川乱歩賞を受賞しデビュー。
九九年、『秘密』で日本推理作家協会賞、
二〇〇六年、『容疑者Xの献身』で直木賞受賞。
『探偵ガリレオ』『予知夢』『聖女の救済』
『ガリレオの苦悩』などガリレオシリーズのほか、
『白夜行』『手紙』『流星の絆』『麒麟の翼』
など著書多数。

真夏《まなつ》の方程式《ほうていしき》

二〇一一年六月六日　第一刷発行

著者　東野《ひがしの》圭吾《けいご》
発行者　羽鳥好之
発行所　株式会社　文藝春秋
〒102-8008　東京都千代田区紀尾井町三―二三
電話　〇三―三二六五―一二一一
印刷所　凸版印刷
製本所　加藤製本

ISBN978-4-16-380580-1